HEYNE <

Das Buch

Bryce Fenston ist ein skrupelloser Finanzmakler. Seine Leidenschaft sind wertvolle Gemälde – für einen echten van Gogh geht er über Leichen. Das Objekt seiner Begierde: das berühmte »Selbstporträt mit abgeschnittenem Ohr«. Es befindet sich im Privatbesitz einer britischen Lady. Die junge Kunstexpertin Anna, die für Fenston arbeitet, schwebt in Gefahr, weil sie zu viel über dessen Machenschaften weiß. Und sie ahnt nicht, dass sie noch dazu von FBI Special Agent Jack Delaney beschattet wird. So beginnt an einem vermeintlich friedlichen Septembermorgen in New York eine atemlose Jagd nach einem Gemälde und ein spektakulärer Wettlauf gegen die Skrupellosigkeit.

Der Autor

Jeffrey Archer, geboren 1940 in London, verbrachte seine Kindheit in Weston-super-Mare und studierte in Oxford. Archer schlug zunächst eine bewegte Politiker-Karriere ein. Weltberühmt wurde er als Schriftsteller, *Kain und Abel* war sein Durchbruch. Mittlerweile zählt Jeffrey Archer zu den erfolgreichsten Autoren Englands. Seine historischen Reihen *Die Clifton-Saga* und *Die Warwick-Saga* begeistern eine stetig wachsende Leserschar. Archer ist verheiratet, hat zwei Söhne und lebt in London, Cambridge und auf Mallorca.

JEFFREY ARCHER

DIE FARBE DER GIER

ROMAN

Aus dem Englischen
von Tatjana Kruse

WILHELM HEYNE VERLAG
MÜNCHEN

Die Originalausgabe FALSE IMPRESSION
erschien erstmals 2005 bei Macmillan
Erstmals im Deutschen erschienen 2007 im S. Fischer Verlag Frankfurt

MIX
Papier | Fördert
gute Waldnutzung
FSC® C014496

Penguin Random House Verlagsgruppe FSC® N001967

Neuausgabe 08/2025

in der Penguin Random House Verlagsgruppe GmbH,
Neumarkter Str. 28, 81673 München
produktsicherheit@penguinrandomhouse.de
(Vorstehende Angaben sind zugleich
Pflichtinformationen nach GPSR.)

Umschlaggestaltung: DAS ILLUSTRAT, München,
unter Verwendung von Motiven von
Shutterstock.com (Igor Link) und Arcangel Images (Richard Nixon)
Satz: Uhl + Massopust, Aalen
Druck und Bindung: GGP Media GmbH, Pößneck
Printed in Germany
ISBN: 978-3-453-44293-1

www.heyne.de

Für Tara

10. September

1

Victoria Wentworth saß allein an eben jenem Tisch, an dem Wellington mit sechzehn seiner Offiziere am Vorabend seines Aufbruchs nach Waterloo gespeist hatte.

An jenem Abend hatte General Sir Harry Wentworth zur Rechten des Eisernen Herzogs gesessen und hatte später dessen linke Flanke befehligt, während der geschlagene Napoleon vom Schlachtfeld ins Exil geritten war. Ein dankbarer Monarch hatte dem General den Titel Earl of Wentworth verliehen, den seine Familie seit 1815 voller Stolz trug.

Dieser Gedanke ging Victoria durch den Kopf, während sie Dr. Petrescus Bericht ein zweites Mal las. Als Victoria die letzte Seite umdrehte, seufzte sie erleichtert auf. Eine Lösung für all ihre Probleme hatte sich aufgetan, buchstäblich fünf vor zwölf.

Die Tür zum Speisesaal öffnete sich lautlos und Andrews, der im Laufe von drei Generationen der Wentworth-Familie vom Lakaien zum Butler aufgestiegen war, entfernte routiniert den Dessertteller ihrer Ladyschaft.

»Dankeschön«, sagte Victoria und wartete, bis er die Tür erreichte, dann fügte sie hinzu: »Wurde für die Abholung des Gemäldes Sorge getragen?« Sie brachte es einfach nicht über sich, den Namen des Künstlers auszusprechen.

»Ja, Mylady.« Andrews drehte sich zu seiner Herrin um. »Das

Bild wird abgehängt, bevor Sie zum Frühstück nach unten kommen.«

»Und wurde alles für den Besuch von Dr. Petrescu vorbereitet?«

»Ja, Mylady«, wiederholte Andrews. »Dr. Petrescu wird am Mittwoch gegen Mittag erwartet und ich habe die Köchin bereits davon in Kenntnis gesetzt, dass Frau Doktor Petrescu mit Ihnen das Mittagessen im Wintergarten einnehmen wird.«

»Danke, Andrews«, sagte Victoria. Der Butler deutete eine Verbeugung an und schloss leise die schwere Eichentür hinter sich.

Noch vor dem Eintreffen von Dr. Petrescu würde sich eines der kostbarsten Erbstücke der Familie auf dem Weg nach Amerika befinden und obwohl das Meisterwerk nie wieder in Wentworth Hall betrachtet werden konnte, musste das außerhalb des engsten Familienkreises keiner wissen.

Victoria faltete die Serviette und erhob sich vom Tisch. Sie nahm Dr. Petrescus Bericht zur Hand und trat aus dem Speisesaal in den Flur. Ihre Schritte hallten auf dem Marmorboden wider. Sie blieb am Fußende der Treppe stehen und bewunderte Gainsboroughs lebensgroßes Porträt von Lady Catherine Wentworth in einem herrlichen, bodenlangen Gewand aus Seide und Taft, komplettiert von einer Diamantkette mit passenden Ohrringen. Victoria lächelte angesichts des Gedankens, dass eine derart extravagante Spielerei zu der damaligen Zeit zweifelsohne für reichlich schlüpfrig erachtet worden war.

Victoria sah unverwandt geradeaus, als sie die breite marmorne Rundtreppe zu ihrem Schlafzimmer im ersten Stock emporstieg. Sie fühlte sich nicht in der Lage, ihren Vorfahren in die Augen zu schauen, die von Romney, Lawrence, Reynolds, Lely und Keller lebensecht festgehalten worden waren. Victoria war sich bewusst, dass sie sie allesamt enttäuscht hatte. Sie musste ihrer Schwester schreiben und sie von ihrer Entscheidung in Kenntnis setzen, bevor sie sich zu Bett begab.

Arabella war so klug und so vernünftig. Wenn ihre geliebte Zwillingsschwester nur einige Minuten früher geboren worden wäre, dann hätte *sie* das Anwesen geerbt und das Problem zweifellos mit beträchtlich mehr Schwung gehandhabt. Schlimmer noch, sobald Arabella die Neuigkeit erfuhr, würde sie sich weder beschweren noch Protest einlegen. Sie würde einfach weiterhin die für die Familie typische Unerschütterlichkeit zur Schau stellen.

Victoria schloss die Schlafzimmertür, durchquerte den Raum und legte Dr. Petrescus Bericht auf ihren Schreibtisch. Dann löste sie ihren Haarknoten und verbrachte die nächsten Minuten damit, sich die Haare zu bürsten. Anschließend entkleidete sie sich und zog ein seidenes Nachthemd an, das eines der Zimmermädchen am Fußende ihres Bettes ausgebreitet hatte. Zu guter Letzt schlüpfte sie in ihre Pantoffeln, setzte sich an den Schreibtisch und nahm den Füllfederhalter zu Hand.

WENTWORTH HALL

10. September 2001

Meine liebste Arabella,

schon viel zu lange habe ich diesen Brief hinausgezögert, denn du solltest als Letzte die beunruhigende Neuigkeit erfahren.

Als unser lieber Papa verstarb und ich das Anwesen erbte, dauerte es eine Weile, bis mir das ganze Ausmaß

der Schulden, die er angehäuft hatte, bewusst wurde.
Ich fürchte, meine mangelnde Erfahrung in geschäftlichen Angelegenheiten, dazu die exorbitante Erbschaftssteuer, trugen zu dem Problem noch das Ihrige bei.
Ich glaubte anfangs, die Lösung darin zu finden, noch mehr Kredite aufzunehmen, aber das hat die Sache nur verschlimmert. Es kam so weit, dass ich fürchtete, aufgrund meiner Naivität müsse unser Familiensitz veräußert werden. Aber nun kann ich Dir voller Freude mitteilen, dass sich eine Lösung eröffnet hat.
Am Mittwoch treffe ich mich mit …

Victoria glaubte, gehört zu haben, wie hinter ihr leise die Schlafzimmertür geschlossen wurde. Sie fragte sich, wer vom Personal die Frechheit besaß, das Zimmer ohne anzuklopfen zu betreten.

Bis Victoria sich umgedreht hatte, um nachzusehen, um wen es sich handelte, stand die Frau bereits neben ihr.

Victoria sah zu der Fremden auf, die sie noch nie zuvor gesehen hatte. Sie war jung, schlank und noch kleiner als Victoria. Sie hatte ein süßes Lächeln, das sie verletzlich erscheinen ließ. Victoria erwiderte das Lächeln. Erst da fiel ihr das Küchenmesser in der rechten Hand der Frau auf. »Wer …«, fing Victoria an, doch da schoss die Hand schon nach vorn, packte sie an den Haaren und riss ihren Kopf gegen die Lehne. Victoria spürte die schmale, rasiermesserscharfe Klinge auf der Haut ihres Halses. Mit einer einzigen, raschen Bewegung schlitzte ihr die Klinge den Hals auf.

Sekundenbruchteile, bevor Victoria starb, schnitt ihr die junge Frau das linke Ohr ab.

11. September

2

Anna Petrescu drückte auf den Knopf des Weckers neben ihrem Bett. *5 Uhr 56* verkündete die Leuchtanzeige. Weitere vier Minuten und der Wecker hätte sie mit den Frühnachrichten geweckt. Aber nicht heute. Die ganze Nacht hatte sie gegrübelt. Und als sie schließlich aufwachte, hatte Anna beschlossen, was sie tun würde, falls der Vorsitzende ihren Empfehlungen nicht nachkommen sollte. Sie schaltete den automatischen Weckruf ab, sprang aus dem Bett und ging direkt ins Badezimmer. Anna verharrte etwas länger als gewöhnlich unter dem kalten Strahl der Dusche. Sie hoffte, dadurch vollständig wach zu werden. Ihr letzter Liebhaber – Gott allein wusste, wie viel Zeit seitdem vergangen war – hatte es für amüsant gehalten, dass sie immer *vor* ihrer morgendlichen Joggingrunde zu duschen pflegte.

Nachdem Anna sich abgetrocknet hatte, zog sie ein weißes T-Shirt und blaue Shorts an. Obwohl die Sonne noch nicht aufgegangen war, musste sie die Vorhänge ihres kleinen Schlafzimmers nicht aufziehen, um zu wissen, dass auch dieser Tag wolkenlos und sonnig werden würde. Sie schloss den Reißverschluss des Oberteils ihres Trainingsanzugs, auf dem noch ein blasses ›P‹ zu sehen war, wo sie den aufgestickten, leuchtend blauen Buchstaben aufgetrennt hatte. Anna wollte den Umstand, dass sie einst Mitglied des Laufteams der University of

Pennsylvania gewesen war, nicht öffentlich zur Schau stellen. Schließlich war das vor neun Jahren gewesen. Zu guter Letzt zog sie ihre Nike-Joggingschuhe an und band die Schnürsenkel fest zusammen. Nichts ärgerte sie mehr, als mitten in ihrem Morgenlauf eine Pause einlegen zu müssen, um sich die Schnürsenkel neu zu binden. Das Einzige, was sie an diesem Morgen noch trug, war ihr Haustürschlüssel an einer schmalen Silberkette um den Hals.

Anna drehte den Schlüssel in der Tür zu ihrem Vier-Zimmer-Apartment zweimal um, lief durch den Flur und drückte auf den Fahrstuhlknopf. Während sie wartete, dass die winzige Kabine knarzend in den zehnten Stock kletterte, führte sie eine Reihe von Dehnübungen durch, die sie beendet hatte, noch bevor der Aufzug das Erdgeschoss erreichte.

Anna betrat die Lobby und lächelte ihrem Lieblingstürsteher zu, der sich beeilte, ihr die Eingangstür zu öffnen.

»Morgen, Sam«, rief Anna, als sie aus dem Thornton House auf die East 54th Street in Richtung Central Park rannte.

An Werktagen lief sie die südliche Schleife. An den Wochenenden nahm sie die sechs Meilen längere Schleife in Angriff. Am Wochenende war es egal, ob sie sich ein paar Minuten verspätete. Heute aber nicht.

Bryce Fenston stand an diesem Morgen ebenfalls vor sechs Uhr auf, da auch er einen frühen Termin hatte. Während er duschte, hörte er die Nachrichten, doch nicht einmal ein Selbstmordattentäter, der sich an der West Bank mit einer Bombe in die Luft gesprengt hatte, brachte Fenston dazu, den Ton lauter zu drehen – dieses Ereignis war so alltäglich geworden wie der Wetterbericht.

»Wieder ein herrlicher Sonnentag mit einer sanften Brise aus Nordwest, Höchsttemperaturen um die 25 Grad, Tiefsttemperaturen um die 19 Grad«, verkündete eine muntere Wetterfrau, als Fenston aus der Dusche trat. Sie wurde von einer ernsteren Stimme abgelöst, die ihn darüber informierte, dass der Nikkei in Tokio um vierzehn Punkte gestiegen und Hongkongs Hang Seng um einen Punkt gefallen war. Die FTSE in London hatte sich noch nicht entschlossen, in welche Richtung sie sich bewegen wollte. Fenston ging allerdings davon aus, dass die Fenston-Finance-Aktien wahrscheinlich weder dramatisch steigen noch fallen würden, da nur zwei Menschen außer ihm von seinem kleinen Coup wussten. Mit einem von ihnen würde Fenston frühstücken und den anderen um kurz nach acht Uhr feuern.

Um 6 Uhr 40 war Fenston geduscht und angezogen und betrachtete sein Spiegelbild. Er wäre gern ein paar Zentimeter größer und ein paar Kilo leichter gewesen. Aber es gab nichts, was ein guter Schneider und kubanische Schuhe mit speziell gefertigten Einlagen nicht hätten kaschieren können. Fenston hätte sich auch gern die Haare wieder wachsen lassen, aber das ging nicht, solange es so viele im Exil lebende ehemalige Landsleute von ihm gab, die ihn immer noch erkennen konnten. Obwohl sein Vater Straßenbahnschaffner in Bukarest gewesen war, wäre jeder, der einen Blick auf den makellos gekleideten Mann geworfen hätte, der kurz darauf aus dem Backsteingebäude in der East 79th Street trat und in seine Limousine mit Chauffeur stieg, davon ausgegangen, dass er in die besten Kreise hineingeboren worden war. Nur diejenigen, die genauer hingesehen hätten, würden den kleinen Diamanten in seinem linken Ohr bemerkt haben – eine Affektiertheit, die ihn seiner Meinung nach von seinen konservativeren Geschäftspartnern abhob. Keiner seiner Angestellten wagte es, ihm das auszureden.

Fenston machte es sich im Fond seiner Limousine bequem. »Ins Büro«, bellte er, bevor er einen Knopf in der Armlehne drückte. Ein rauchgrauer Bildschirm surrte nach oben und unterband jedes unnötige Gespräch zwischen ihm und dem Fahrer. Fenston nahm die *New York Times* zur Hand, die auf dem Sitz neben ihm lag, und blätterte sie durch. Bürgermeister Giuliani schien sich verkalkuliert zu haben. Erst brachte er seine Geliebte im Gracie Mansion unter, dann verließ er auch noch seine Frau, die daraufhin nur allzu gern ihre Meinung zu diesem Thema jedem kundtat, der ihr sein Ohr lieh. Und an diesem Morgen war das die *New York Times*. Fenston war in die Finanzseiten vertieft, als sein Fahrer auf den Franklin-Delano-Roosevelt-Drive bog, und als die Limousine vor dem Nordturm hielt, hatte er die Seiten mit den Nachrufen erreicht. Der einzige Nachruf, an dem er interessiert war, würde frühestens morgen erscheinen, aber noch wusste ja auch niemand in Amerika, dass sie tot war.

»Ich habe um 8 Uhr 30 einen Termin in der Wall Street«, teilte Fenston seinem Chauffeur mit, als der ihm den Wagenschlag öffnete. »Holen Sie mich um 8 Uhr 15 ab.« Der Chauffeur nickte. Fenston marschierte in Richtung Lobby. Obwohl es in dem Gebäude 99 Aufzüge gab, führte nur ein einziger davon direkt ins Restaurant im 107. Stockwerk.

Kaum trat Fenston eine Minute später aus dem Aufzug, entdeckte der Maître seinen Stammgast, nickte leicht mit dem Kopf und führte Fenston zu einem Tisch in der Ecke mit Blick auf die Freiheitsstatue. Als Fenston einmal hatte feststellen müssen, dass sein üblicher Tisch anderweitig vergeben worden war, hatte er sich umgedreht und war schnurstracks wieder im Aufzug verschwunden. Seit jenem Tag blieb der Ecktisch jeden Morgen leer – nur für den Fall.

Fenston überraschte es keineswegs, dass Karl Leapman bereits auf ihn wartete. Leapman war in den zehn Jahren, die er nun schon für Fenston Finance arbeitete, niemals zu spät gekommen. Fenston fragte sich, wie lange Leapman schon dort saß, damit der Vorsitzende nicht womöglich vor ihm eintraf. Fenston sah zu dem Mann herab, der bewiesen hatte, dass es keine Kloake gab, die er für seinen Herrn nicht durchschwimmen würde. Aber Fenston war auch als Einziger bereit gewesen, Leapman nach seiner Entlassung aus dem Knast eine Stelle anzubieten. Aus der Anwaltschaft ausgeschlossene Rechtsanwälte mit einer Gefängnisstrafe wegen Veruntreuung erwarten normalerweise nicht, Vorstandsmitglied zu werden.

Noch bevor Fenston sich gesetzt hatte, fing er schon an zu reden.

»Jetzt, da wir im Besitz des van Gogh sind, müssen wir nur noch eines klären: Wie werden wir Anna Petrescu los, ohne dass sie misstrauisch wird?«

Leapman schlug die vor ihm liegende Akte auf und lächelte.

3

An diesem Morgen war nichts wie geplant gelaufen.

Andrews hatte die Köchin angewiesen, das Frühstückstablett ihrer Ladyschaft sofort nach der Abholung des Gemäldes hinaufzutragen. Die Köchin hatte jedoch einen Migräneanfall bekommen, darum war ihrer Nummer zwei – keinem sehr zuverlässigen Mädchen – die Verantwortung für das Frühstück ihrer Ladyschaft zugefallen. Der Laster der Sicherheitsfirma war vierzig Minuten zu spät aufgetaucht, mit einem unverschämten jungen Fahrer, der nicht eher abfahren wollte, bevor man ihm nicht Kaffee und Kekse angeboten hatte. Die Köchin hätte einen solchen Unsinn niemals geduldet, aber ihre Nummer zwei gab klein bei. Eine halbe Stunde später fand Andrews die beiden plaudernd am Küchentisch vor.

Andrews war sehr erleichtert, dass ihre Ladyschaft sich nicht gerührt hatte, bevor der Fahrer sich endlich auf den Weg machte. Er prüfte das Tablett, faltete die Serviette neu und verließ die Küche, um seiner Herrin das Frühstück zu bringen.

Andrews hielt das Tablett auf der Handfläche der einen Hand, während er mit der anderen leise an die Schlafzimmertür klopfte und diese daraufhin öffnete. Als er ihre Ladyschaft in der Blutlache auf dem Boden liegen sah, schnappte er nach Luft, ließ das Tablett fallen und eilte zur Leiche.

Obwohl klar war, dass Lady Victoria schon seit mehreren Stunden tot sein musste, zog Andrews es nicht in Betracht, die Polizei zu rufen, bevor er nicht den nächsten Anwärter auf das Wentworth-Erbe von der Tragödie in Kenntnis gesetzt hatte. Rasch verließ er das Schlafzimmer und verschloss die Tür. Zum ersten Mal in seinem Leben rannte er die Treppe hinunter.

Arabella Wentworth bediente gerade einen Kunden, als Andrews anrief.

Sie legte den Hörer auf. Dann entschuldigte sie sich bei ihrem Kunden und erklärte, dass sie unverzüglich aufbrechen müsse. Sie drehte das Offen-Schild auf die Geschlossen-Seite und verriegelte die Tür zu ihrem kleinen Antiquitätenladen in der High Street nur wenige Augenblicke, nachdem Andrews das Wort *Notfall* ausgesprochen hatte, ein Ausdruck, den er in den vergangenen 49 Jahren in ihrem Beisein noch nie in den Mund genommen hatte.

Fünfzehn Minuten später brachte Arabella ihren Mini auf dem Kies vor Wentworth Hall zum Stehen. Andrews wartete bereits auf der obersten Eingangsstufe auf sie.

»Es tut mir überaus leid, Mylady«, sagte er nur, bevor er seine neue Herrin ins Haus und die breite Marmortreppe hinaufführte. Als Andrews dabei am Geländer Halt suchte, wusste Arabella, dass ihre Schwester tot war.

Arabella hatte sich oft gefragt, wie sie in einer Krise reagieren würde. Zu ihrer Erleichterung stellte sie fest, dass ihr zwar extrem übel wurde, als sie die Leiche ihrer Schwester sah, sie jedoch nicht in Ohnmacht sank. Nach einem zweiten Blick auf ihre Schwester hielt sich Arabella am Bettpfosten fest, dann wandte sie sich ab.

Das Blut war überallhin gespritzt und auf dem Teppich, den

Wänden, dem Schreibtisch und sogar der Decke geronnen. Mit herkuleischer Anstrengung ließ Arabella den Bettpfosten los und schwankte zum Telefon auf dem Nachttisch. Sie ließ sich schwer auf das Bett fallen, nahm den Hörer zur Hand und wählte die 999. Als sich eine Stimme mit den Worten »Notrufzentrale, welchen Dienst wünschen Sie bitte?«, meldete, erwiderte sie nur: »Die Polizei.«

Arabella legte anschließend wieder auf. Sie war fest entschlossen, die Schlafzimmertür zu erreichen, ohne noch einmal auf die Leiche ihrer Schwester zu schauen. Doch es gelang ihr nicht. Es war nur ein Blick und dieses Mal fiel er auf den Brief. »Meine liebste Arabella.« Sie packte das unvollendete Schreiben, nicht bereit, die letzten Gedanken ihrer Schwester mit der örtlichen Gendarmerie zu teilen.

4

Anna joggte entlang der East 54th Street nach Westen, vorbei am Museum of Modern Art. Sie überquerte die 6th Avenue und bog dann nach rechts auf die 7th Avenue. Auf die vertrauten Wahrzeichen – die massive LOVE-Skulptur, die die Ecke an der East 55th Street dominierte, sowie die Carnegie Hall – verschwendete sie keinen Blick, als sie die 57th Street überquerte. Ein Großteil ihrer Energie und ihrer Konzentration floss in den Versuch, den frühmorgendlichen Pendlern auszuweichen. Anna hielt den Lauf zum Central Park nur für eine Aufwärmübung und setzte die Stoppuhr an ihrem linken Handgelenk erst in Gang, als sie durch das Artisan Gate in den Central Park einlief.

Sobald Anna einen gleichmäßigen Rhythmus gefunden hatte, versuchte sie, sich auf das Treffen mit dem Vorsitzenden zu konzentrieren, das für acht Uhr an diesem Morgen angesetzt war.

Anna war sowohl überrascht als auch irgendwie erleichtert gewesen, als Bryce Fenston ihr nur wenige Tage, nachdem sie als stellvertretende Leiterin der impressionistischen Abteilung bei Sotheby's gekündigt hatte, eine Stelle bei Fenston Finance anbot.

Ihr unmittelbarer Vorgesetzter bei Sotheby's hatte deutlich durchblicken lassen, dass ihr berufliches Fortkommen noch geraume Zeit auf Eis gelegt würde, nachdem sie zugegeben hatte, für den Verlust einer bedeutenden Sammlung an den Hauptkonkurrenten Christie's verantwortlich gewesen zu sein. Anna hatte den betreffenden Kunden monatelang gehätschelt, umschmeichelt und ihm gut zugeredet, sich bei der Versteigerung des Familienbesitzes für Sotheby's zu entscheiden, und sie hatte naiverweise angenommen, wenn sie dieses Geheimnis ihrem Geliebten erzählte, würde der es diskret behandeln. Schließlich war er ja Anwalt.

Als der Name des Kunden prompt im Kunstteil der *New York Times* auftauchte, verlor Anna sowohl ihren Liebhaber als auch ihre Stelle. Da half es auch nicht, dass dieselbe Zeitung einige Tage später berichtete, Dr. Anna Petrescu habe Sotheby's in »beiderseitigem Einvernehmen« verlassen – ein Euphemismus für den Rauswurf –, und der Kolumnist noch hilfreich anmerkte, dass Anna sich gar nicht erst die Mühe machen solle, sich bei Christie's um eine Stelle zu bewerben.

Bryce Fenston wohnte regelmäßig allen großen impressionistischen Auktionen bei und hatte Anna dabei nicht übersehen können, die stets neben dem Podium des Auktionators stand und sich Notizen machte. Ihr hatte stets jedwede Andeutung widerstrebt, dass ihr verblüffend gutes Aussehen und ihre durchtrainierte Figur der Grund waren, warum Sotheby's sie regelmäßig an einer so augenfälligen Position platzierte und sie nicht einfach neben die anderen Deuter an der Seite des Auktionssaales aufstellte.

Anna sah auf ihre Uhr, als sie unter dem Playmates Arch hindurchlief: zwei Minuten 18 Sekunden. Sie hatte immer das Ziel, die Schleife in zwölf Minuten zu laufen. Das war nicht besonders schnell, aber es ärgerte sie dennoch, wenn sie überholt wurde, und das machte sie vor allem dann rasend, wenn eine Frau sie überholte. Anna war beim letztjährigen New York Marathon allerdings als 97. ins Ziel eingelaufen, darum wurde sie bei ihrer morgendlichen Runde im Central Park nur selten von etwas auf zwei Beinen überrundet.

Ihre Gedanken kehrten zu Bryce Fenston zurück. Die Insider der Kunstwelt – Auktionshäuser, die führenden Galerien und private Händler – hatten schon seit einiger Zeit gewusst, dass Fenston eine der größten impressionistischen Sammlungen anhäufte. Neben Steve Wynn, Leonard Lauder, Anne Dias und Takashi Nakamura gehörte er regelmäßig zu den letzten Bietern bei großen Auktionen. Bei solchen Sammlern verwandelte sich ein unschuldiges Hobby rasch in eine Sucht und wurde so intensiv wie ein Drogenrausch. Für Fenston, der von allen großen Impressionisten außer van Gogh mindestens ein Werk besaß, war allein der Gedanke, eine Arbeit des holländischen Meisters zu erwerben, wie ein Schuss pures Heroin, und sobald er einen Kauf getätigt hatte, sehnte er sich bereits nach dem nächsten Schuss, begab sich wie ein zittriger Süchtiger auf die Suche nach einem Dealer. Und dieser Dealer war Anna Petrescu.

Als Fenston in der *New York Times* las, dass Anna Sotheby's verlassen hatte, bot er ihr sofort eine Stelle in seinem Vorstand an, mit einem Gehalt, das widerspiegelte, wie ernst es ihm mit dem weiteren Ausbau seiner Sammlung war. Den Ausschlag gab für Anna, dass Fenston ebenfalls aus Rumänien stammte. Er rief Anna immer wieder ins Gedächtnis, dass er ebenso wie sie dem tyrannischen Regime Ceauceşcus entronnen war und in Amerika eine Zuflucht gefunden hatte.

Innerhalb weniger Tage nach ihrem Eintritt in die Bank unterzog Fenston Annas Fachwissen einer Prüfung. Die meisten Fragen, die er ihr bei ihrem ersten Mittagessen stellte, betrafen Annas Kenntnisse hinsichtlich der großen Sammlungen, die sich in zweiter oder dritter Generation immer noch in Familienbesitz befanden. Nach sechs Jahren bei Sotheby's kam kaum eine bedeutende impressionistische Arbeit unter den Hammer, die nicht durch Annas Hände gelaufen oder zumindest von ihr begutachtet und dann ihrer Datenbank hinzugefügt worden war.

Eine der Lektionen, die Anna schon kurz nach ihrer Einstellung bei Sotheby's gelernt hatte, war, dass es sich bei altem Geld eher um den Verkäufer und bei neuem Geld eher um den Käufer handelte, und so war sie ursprünglich auch in Kontakt mit Lady Victoria Wentworth gekommen, der ältesten Tochter des siebten Earl of Wentworth – altes, altes Geld – und zwar im Auftrag von Bryce Fenston – *nouveau, nouveau riche.*

Anna staunte über Fenstons Besessenheit in Hinblick auf die Sammlungen anderer Leute, bis sie herausfand, dass es seine Firmenpolitik war, Kunstwerke als Sicherheit für die Vergabe riesiger Kredite zu nehmen. Nur wenige Banken waren bereit, »Kunst« als Sicherheit in Betracht zu ziehen, gleichgültig in welcher Form. Grundbesitz, Wertpapiere, Häuser, sogar Schmuck, aber nur selten Kunst. Banker verstanden den Markt oft nicht und zögerten, den Kunstbesitz ihrer Kunden einzuziehen, nicht zuletzt deshalb, weil das Lagern der Kunstwerke, ihre Versicherung und schließlich der Verkauf häufig nicht nur zeitaufwendig waren, sondern auch unpraktisch. Fenston Finance bildete die große Ausnahme. Anna brauchte nicht lange, um den Grund dafür herauszufinden. Fenston liebte die Kunst nicht wirklich und kannte sich nicht einmal besonders gut aus. Aber es dauerte lange, bis Anna seine wahren Absichten durchschaute.

Einer der ersten Aufträge führte Anna nach England. Sie sollte den Wert des Besitzes von Lady Victoria Wentworth schätzen, einer potenziellen Kundin, die bei Fenston Finance ein beträchtliches Darlehen beantragt hatte. Die Wentworth-Sammlung erwies sich als typisch englisch. Der zweite Earl, ein exzentrischer Aristokrat mit viel Geld, beachtlichem Geschmack und einem guten Auge, hatte sie aufgebaut und war von späteren Generationen als begabter Amateur eingestuft worden. Von seinen Landsleuten hatte er Romney, West, Constable, Stubbs und Morland erworben, außerdem einen herrlichen Turner: *Sonnenuntergang in Plymouth*.

Der dritte Earl zeigte keinerlei Interesse an künstlerischen Dingen, darum setzte die Sammlung Staub an, bis der vierte Earl den Besitz erbte. Und der besaß den scharfen Kennerblick seines Großvaters.

Jamie Wentworth verbrachte fast ein Jahr fern seiner Heimat im Exil, währenddessen er sich dem unterzog, was man seinerzeit die »Große Bildungsreise« nannte. Er besuchte Paris, Amsterdam, Rom, Florenz, Venedig und Sankt Petersburg, dann kehrte er mit einem Raphael, einem Tintoretto, einem Tizian, einem Rubens, einem Holbein und einem van Dyck nach Wentworth Hall zurück – ganz zu schweigen von seiner italienischen Ehefrau. Charles, der fünfte Earl, war ebenfalls Sammler: nicht von Gemälden, sondern von Mätressen. Nach einem intensiven Wochenende in Paris – hauptsächlich auf der Rennbahn von Longchamp und später in einem Schlafzimmer im Crillon – überzeugte ihn seine damalige Gespielin, ihrem Arzt ein Gemälde von einem unbekannten Künstler abzukaufen. Charlie Wentworth kehrte nach England zurück, nachdem er die Geliebte abgelegt hatte, aber das Gemälde war ihm geblieben. Er verbannte es in ein Gästezimmer, obwohl mittlerweile viele Kunstliebhaber das *Selbstporträt mit abgeschnittenem Ohr* zu van Goghs besten Arbeiten zählten.

Anna hatte Fenston bereits gewarnt, vorsichtig zu sein, wenn es darum ging, einen van Gogh zu erstehen, denn die Zuschreibungen waren häufig dubioser als Wall Street Banker – ein Vergleich, den Fenston so gar nicht schätzte. Sie erklärte ihm, dass in privaten Sammlungen mehrere Fälschungen hingen, selbst in ein oder zwei großen Museen, einschließlich dem Nationalmuseum von Oslo. Aber nachdem Anna die Papiere geprüft hatte, die zum Selbstporträt von Vincent van Gogh gehörten und unter denen sich ein Brief von Dr. Gachet befand, in dem er Charles Wentworth namentlich nannte, dazu eine Quittung über 800 Francs aus dem Originalverkauf und ein Echtheitszertifikat, ausgestellt von Madame Telleband vom Van Gogh Museum in Amsterdam, war sie sich sicher genug, um dem Vorsitzenden zu bestätigen, dass dieses herrliche Porträt tatsächlich aus der Hand des Meisters stammte.

Für Van-Gogh-Süchtige stellte das *Selbstporträt mit abgeschnittenem Ohr* den ultimativen Kick dar. Obwohl der Meister in seinem Leben 35 Selbstporträts gemalt hatte, versuchte er sich nur noch zwei Mal daran, nachdem er sich nach einem Streit mit seinem Freund Paul Gauguin das linke Ohr abgetrennt hatte.

Was gerade dieses Werk für alle ernsthaften Sammler so heraushob, war der Umstand, dass das andere in einem Nationalmuseum hing. Anna machte sich immer größere Sorgen, wie weit Fenston zu gehen bereit war, um dieses zweite Selbstporträt in seinen Besitz zu bringen.

Anna verbrachte zehn angenehme Tage in Wentworth Hall, wo sie die Sammlung der Familie katalogisierte und schätzte.

Als sie nach New York zurückkehrte, erklärte Anna dem Vorstand – der in erster Linie aus Fenstons Busenfreunden bestand beziehungsweise aus Politikern, die nur allzu freudig milde Gaben annahmen –, dass der Wert des Darlehens in Höhe von 40 Millionen Dollar mehr als abgedeckt wäre, falls jemals ein Verkauf nötig werden sollte.

Obwohl Anna sich nicht dafür interessierte, warum Lady Wentworth eine derart hohe Summe benötigte, hörte sie Victoria während ihres Aufenthaltes in Wentworth Hall häufig von ihrer Trauer über den »vorzeitigen Tod unseres lieben Papas« sprechen, von der Pensionierung ihres altvertrauten Vermögensverwalters und der schreienden Ungerechtigkeit von vierzig Prozent Erbschaftssteuer. »Wenn nur Arabella einige Augenblicke früher zur Welt gekommen wäre …«, lautete eines der Lieblings-Mantras von Victoria.

Anna erinnerte sich später an jedes Gemälde und jede Skulptur in Victorias Sammlung, ohne in ihren Papieren nachsehen zu müssen. Die besondere Gabe, die sie von ihren Kommilitonen an der Penn und ihren Kollegen bei Sotheby's abhob, war ihr fotografisches Gedächtnis. Sobald Anna ein Gemälde gesehen hatte, vergaß sie weder das Bild noch seine Herkunft oder den Ort seiner Hängung. Jeden Sonntag stellte sie ihr Talent auf die Probe, indem sie eine neue Galerie besuchte, einen anderen Raum im Met oder einfach den neuesten Katalog studierte. Sobald sie in ihre Wohnung zurückkehrte, schrieb sie den Namen jedes Gemäldes auf, das sie gesehen hatte, bevor sie es in den diversen Katalogen verifizierte. Seit Anna die Universität verlassen hatte, waren der Louvre, der Prado und die Uffizien ihrem Gedächtnisspeicher hinzugefügt worden, ebenso die Nationalgalerie in Washington sowie das Phillips Museum und das

Getty Museum. 37 private Sammlungen und zahllose Kataloge waren ebenfalls in der Datenbank ihres Gehirns gespeichert. Ein Schatz, für den Fenston nur zu gern mehr als das Übliche zahlte.

Annas Aufgaben reichten nicht weiter, als die Sammlungen potenzieller Bankkunden zu schätzen und anschließend dem Vorstand einen schriftlichen Bericht einzureichen. Sie wurde niemals in Vertragsverhandlungen einbezogen. Das oblag ausschließlich dem hauseigenen Anwalt der Bank, Karl Leapman. Allerdings hatte Victoria einmal erwähnt, dass die Bank ihr den astronomischen Zinssatz von sechzehn Prozent berechnete, und Anna merkte schnell, dass die Kombination aus Schulden, Naivität und einem Mangel an finanziellem Fachwissen der Dünger war, auf dem Fenston Finance gedieh. Die Bank zehrte von der Unfähigkeit ihrer Kunden, ihre Schulden zu bezahlen.

Anna machte größere Schritte, als sie am Carousel-Gebäude vorbeikam, und sah auf die Uhr – zwölf Sekunden hinter der Bestzeit. Sie runzelte die Stirn. Wenigstens hatte niemand sie überholt. Ihre Gedanken kehrten zu der Wentworth-Sammlung zurück und zu der Empfehlung, die sie an diesem Morgen Fenston gegenüber aussprechen würde. Anna hatte beschlossen, ihre Stelle zu kündigen, falls der Vorsitzende ihrem Rat nicht folgen würde – trotz des Umstandes, dass sie weniger als ein Jahr für die Firma gearbeitet hatte, und trotz des schmerzvollen Wissens, dass sie immer noch nicht hoffen durfte, von Christie's eingestellt zu werden.

In den letzten zwölf Monaten hatte sie gelernt, mit Fenstons Eitelkeit zu leben und sogar die gelegentlichen Wutausbrüche zu tolerieren, wenn es einmal nicht nach seinem Kopf ging, aber sie konnte es unmöglich gutheißen, dass er eine Kundin in die Irre führte, besonders nicht eine so naive wie Victoria Wentworth.

Fenston Finance nach so kurzer Zeit zu verlassen, mochte sich auf ihrem Lebenslauf nicht besonders gut ausnehmen, aber eine laufende Untersuchung wegen Betrugs würde weitaus schlimmer aussehen.

5

»WANN ERFAHREN WIR, ob sie tot ist?«, fragte Leapman und nippte an seinem Kaffee.

»Ich erwarte noch heute Morgen die Bestätigung«, erwiderte Fenston.

»Gut, denn ich muss mich mit ihrem Anwalt in Verbindung setzen, um ihn daran zu erinnern …«, er schwieg kurz, »… dass im Falle verdächtiger Umstände, die zum Tod führten …«, er schwieg erneut, »… Erfüllungsort und Gerichtsstand für den Vertrag New York ist.«

»Seltsam, dass keiner von denen jemals diesen Passus des Vertrages beanstandet hat.«

»Warum sollten sie?«, entgegnete Leapman. »Schließlich konnten sie ja nicht wissen, dass sie sterben würden.«

»Gibt es Grund zu der Annahme, dass die Polizei uns damit in Verbindung bringen wird?«

»Nein«, erwiderte Leapman. »Sie haben sich nie mit Victoria Wentworth getroffen, Sie haben den Originalvertrag nicht unterschrieben, Sie haben nicht einmal das Gemälde gesehen.«

»Das hat niemand, abgesehen von der Familie Wentworth und Anna Petrescu«, rief ihm Fenston in Erinnerung. »Ich muss aber wissen, wie viel Zeit verstreichen sollte, bevor ich ohne Bedenken …«

»Schwer zu sagen, aber es kann Jahre dauern, bis die Polizei zugibt, dass sie keinen Verdächtigen hat. Vor allem in einem derart hochkarätigen Fall.«

»Zwei Jahre reichen völlig aus«, erklärte Fenston. »Bis dahin sind die Zinsen für das Darlehen so weit aufgelaufen, dass ich den van Gogh behalten und den Rest der Sammlung verkaufen kann, ohne Einbußen an meiner ursprünglichen Investition.«

»Dann ist es ja gut, dass ich den Bericht der Petrescu gerade noch rechtzeitig gelesen habe«, meinte Leapman. »Weitere 48 Stunden und wir hätten den van Gogh verloren.«

»Stimmt«, sagte Fenston. »Aber jetzt müssen wir uns einen Weg überlegen, wie wir die Petrescu loswerden können.«

Leapman lächelte schmallippig. »Das ist nicht weiter schwer. Wir bedienen uns einer ihrer Schwächen.«

»Als da wäre?«, fragte Fenston.

»Ihre Ehrlichkeit.«

Arabella saß allein im Salon, unfähig, die Geschehnisse um sich herum aufzunehmen. Eine Tasse Earl Grey auf dem Tisch neben ihr war bereits erkaltet, doch sie bemerkte es nicht. Das lauteste Geräusch im Zimmer war das Ticken der Uhr auf dem Kaminsims. Für Arabella war die Zeit stehen geblieben.

Mehrere Streifenwagen und ein Krankenwagen parkten draußen auf dem Kies. Uniformierte gingen ihren Geschäften nach, kamen und gingen, ohne sie zu belästigen.

Plötzlich klopfte es leise an die Tür. Arabella sah auf und entdeckte einen alten Freund auf der Schwelle. Als der Chief Superintendent den Raum betrat, nahm er die Mütze ab, die auf seinem silbergrauen Schopf thronte. Stephen Renton sprach sein Beileid aus, das von Herzen kam; er hatte Victoria viele Jahre gekannt. Arabella erhob sich vom Sofa, mit aschfahlem Gesicht, die Augen rot vom Weinen. Der groß gewachsene Mann beugte sich vor und küsste sie sanft auf beide Wangen, dann wartete er, bis sie sich wieder gesetzt hatte, bevor er sich in dem Ledersessel ihr gegenüber niederließ.

Anfangs sprach keiner von ihnen, dann setzte sich Arabella abrupt auf und verlangte zu wissen: »Wer kann so etwas Schreckliches getan haben? Wer kann einem so unschuldigen Geschöpf wie Victoria so etwas angetan haben?«

»Auf diese Frage scheint es keine einfache oder logische Antwort zu geben«, antwortete der Chief Superintendent. »Und es hilft auch nicht, dass mehrere Stunden vergangen sind, bis ihre Leiche gefunden wurde. Dadurch hatte der Täter genug Zeit, um sich aus dem Staub zu machen.« Er hielt inne. »Fühlen Sie sich schon in der Lage, ein paar Fragen zu beantworten, meine Liebe?«

Arabella nickte.

»Üblicherweise würde meine erste Frage bei einer Mordermittlung lauten, ob Ihre Schwester Feinde hatte, aber da ich Victoria kannte, scheint mir das unmöglich. Ich muss Sie allerdings fragen, ob Sie von irgendwelchen Problemen wussten, denen sich Victoria gegenübersah, denn …«, er zögerte, »… schon seit einiger Zeit gibt es im Dorf Gerüchte, dass sich Ihre Schwester nach dem Tod Ihres Vaters mit beträchtlichen Schulden konfrontiert sah.«

»Ich weiß es nicht, um ehrlich zu sein«, gestand Arabella. »Nachdem ich Angus geheiratet hatte, kamen wir nur für zwei Wochen im Sommer und alle zwei Jahre zu Weihnachten von Schottland herunter. Erst als mein Ehemann starb, kehrte ich nach Surrey zurück.« Der Chief Superintendent nickte, wollte sie aber nicht unterbrechen. »Da habe ich dieselben Gerüchte gehört. Der Dorfklatsch verbreitete sogar, dass einige Möbel in meinem Laden vom Anwesen stammen würden, damit Victoria das Personal bezahlen konnte.«

»Diese Gerüchte hatten keinen wahren Kern?«, erkundigte sich Stephen Renton.

»Überhaupt keinen«, erwiderte Arabella. »Als Angus starb und ich unsere Farm in Pertshire verkaufte, hatte ich genug Geld, um nach Wentworth zurückzukehren, meinen kleinen Laden zu eröffnen und ein Hobby, das ich schon mein Leben lang gepflegt hatte, zu einem lukrativen Geschäft zu machen. Ich habe jedoch meine Schwester mehrmals gefragt, ob die Gerüchte um Vaters pekuniäre Lage der Wahrheit entsprachen. Victoria leugnete, dass es Probleme gab, und behauptete stets, sie habe alles unter Kontrolle. Aber natürlich hatte sie Vater angebetet; in ihren Augen konnte er einfach nichts falsch machen.«

»Können Sie sich irgendeinen Grund denken, warum …«

Arabella erhob sich vom Sofa und ging wortlos zum Schreibtisch auf der anderen Seite des Raumes. Sie nahm den blutverschmierten Brief, den sie auf dem Schreibtisch ihrer Schwester gefunden hatte, kam zurück und reichte ihn dem Chief Superintendent.

Renton las das unvollendete Schreiben zwei Mal, bevor er fragte:

»Haben Sie irgendeine Ahnung, was Victoria dann mit ›dass sich eine Lösung eröffnet hat‹ gemeint haben könnte?«

»Nein«, räumte Arabella ein, »aber es wäre möglich, dass ich diese Frage beantworten kann, sobald ich mich mit Arnold Simpson unterhalten habe.«

»Das erfüllt mich nicht mit Zuversicht«, meinte Stephen Renton. Arabella registrierte seinen Kommentar, erwiderte aber nichts darauf. Sie wusste, dass der natürliche Instinkt des Chief Superintendent ihn veranlasste, allen Anwälten zu misstrauen, die ihre Überzeugung, sie seien jedem Polizisten haushoch überlegen, nicht zu verbergen vermochten.

Der Chief Superintendent erhob sich aus dem Sessel, ging zu Arabella und setzte sich neben sie. Er nahm ihre Hand. »Rufen Sie mich an, wann immer Sie wollen«, bot er einfühlsam an. »Und versuchen Sie, nicht allzu viele Geheimnisse vor mir zu verbergen, Arabella, denn ich muss alles wissen – und ich meine wirklich alles –, wenn wir denjenigen finden wollen, der Ihre Schwester ermordet hat.«

Arabella erwiderte nichts.

»Verdammt«, murmelte Anna, als ein sportlicher, dunkelhaariger Mann lässig an ihr vorbeijoggte, wie er es in den letzten Wochen schon mehrmals getan hatte. Er sah sich nicht um – das taten ernsthafte Läufer nie. Anna wusste, dass es sinnlos war, mit ihm mithalten zu wollen, da ihre Beine schon nach 100 Metern den Dienst versagen würden. Anna hatte einmal aus den Augenwinkeln einen Blick auf den geheimnisvollen Mann geworfen, aber dann war er schon an ihr vorbeigerauscht und sie hatte nur noch den Rücken seines smaragdgrünen T-Shirts gesehen, während er zu den Strawberry Fields gelaufen war. Anna versuchte, ihn zu vergessen und sich wieder auf ihren Termin mit Fenston zu konzentrieren.

Eine Kopie ihres Berichts hatte Anna bereits an das Büro des Vorsitzenden geschickt und darin empfohlen, dass die Bank das Selbstporträt so schnell wie möglich verkaufen sollte. Sie kannte einen Sammler in Tokio, der von van Gogh besessen war und immer noch über genügend Yen verfügte, um das auch unter Beweis zu stellen. Und bei diesem besonderen Gemälde gab es eine weitere Schwäche, die sie ausnützen konnten und auf die sie in ihrem Bericht hingewiesen hatte. Van Gogh hatte die japanische Kunst immer bewundert, darum hatte er bei seinem Selbstporträt auf die Wand hinter sich eine Abbildung von *Geisha in Landschaft* eingefügt, was nach Annas Meinung das Gemälde für Takashi Nakamura noch unwiderstehlicher machen würde.

Nakamura war der Vorstandsvorsitzende des größten Stahlkonzerns in Japan, doch in den letzten Jahren hatte er mehr und mehr Zeit darauf verwendet, seine Kunstsammlung aufzubauen, die, wie er hatte verlautbaren lassen, Teil einer Stiftung werden sollte, welche nach seinem Tod an den Staat gehen würde. Anna hielt es außerdem für einen Vorteil, dass Nakamura eine höchst verschwiegene Persönlichkeit besaß und er die Feinheiten seiner Privatsammlung mit typisch japanischer Unergründlichkeit für sich behielt. Ein solcher Verkauf würde Victoria Wentworth erlauben, das Gesicht zu wahren – etwas, das die Japaner nur zu gut verstanden. Anna hatte für Nakamura einmal einen Degas erworben, *Tanzstunde bei Madame Minette*. Der Verkäufer hatte das Gemälde privat veräußern wollen, eine Dienstleistung, die große Auktionshäuser all jenen anboten, die den neugierigen Augen der Journaille bei den Versteigerungen entgehen wollten. Anna war zuversichtlich, dass Nakamura mindestens 60 Millionen Dollar für dieses seltene holländische Meisterwerk bieten würde. Wenn Fenston also ihren Vorschlag annahm – und warum sollte er nicht? –, wären alle Parteien mit dem Ergebnis zufrieden.

Als Anna an der Tavern on the Green vorbeikam, sah sie erneut auf ihre Uhr. Sie musste an Tempo zulegen, wenn sie immer noch in unter zwölf Minuten wieder am Artisans Gate sein wollte. Als sie den Hügel hinuntersprintete, dachte sie über die Tatsache nach, dass ihre persönlichen Gefühle für einen Kunden ihr Urteilsvermögen eigentlich nicht trüben sollten, aber tatsächlich brauchte Victoria Wentworth alle Hilfe, die sie kriegen konnte. Als Anna durch das Artisans Gate kam, drückte sie den Knopf auf ihrer Stoppuhr: zwölf Minuten und vier Sekunden. *Verdammt*!

Anna joggte langsam in Richtung ihrer Wohnung. Sie bemerkte nicht, dass sie dabei von dem Mann in dem smaragdgrünen T-Shirt aufmerksam beobachtet wurde.

6

Jack Delaney war sich immer noch nicht sicher, ob Anna Petrescu eine Kriminelle war.

Der FBI-Agent beobachtete, wie sie auf dem Rückweg zum Thornton House in der Menge verschwand. Sobald sie außer Sicht war, joggte er über Sheep Meadow auf den See zu. Er dachte über die Frau nach, die er in den vergangenen sechs Wochen observiert hatte. Eine Ermittlung, die von dem Umstand behindert worden war, dass Anna nicht herausfinden sollte, dass sie auch ihren Chef unter Beobachtung hatten, bei dem es sich ohne jeden Zweifel um einen Kriminellen handelte.

Es war nun fast ein Jahr her, seit Richard W. Macy, Jacks vorgesetzter Special Agent, ihn in sein Büro gerufen und ihm für einen Sonderauftrag ein Team aus acht Agenten unterstellt hatte. Jack sollte drei heimtückische Morde auf drei unterschiedlichen Kontinenten untersuchen, die nur zwei Dinge gemeinsam hatten: Jedem der Opfer war die Kehle durchtrennt worden und das zu einer Zeit, als sie jeweils gewaltige Kredite bei *Fenston Finance* abzuzahlen hatten. Jack war sicher, dass es sich um die Arbeiten eines Profikillers handelte.

Auf dem Weg zu seinem kleinen Apartment nahm Jack an der West Side die Abkürzung durch den Shakespeare Garden. Er hatte seinen Bericht über Fenstons neueste Rekrutin so gut wie fertig, obwohl er sich immer noch nicht sicher war, ob es sich bei ihr um eine willige Komplizin oder um ein naives Unschuldslamm handelte. Jack hatte mit Annas Herkunft begonnen und festgestellt, dass ihr Onkel, George Petrescu, 1972 aus Rumänien ausgewandert war und sich in Danville, Illinois, niedergelassen hatte. Wenige Wochen, nachdem sich Ceauceşcu selbst zum Präsidenten hatte ausrufen lassen, schrieb George seinem Bruder und flehte ihn an, zu ihm nach Amerika zu kommen. Als Ceauceşcu Rumänien zur sozialistischen Republik erklärte und seine Ehefrau Elena zu seiner Stellvertreterin ernannte, schrieb George seinem Bruder erneut und wiederholte seine Einladung, die auch für seine kleine Nichte Anna galt. Obwohl Annas Eltern sich weigerten, ihre Heimat zu verlassen, erlaubten sie ihrer siebzehnjährigen Tochter im Jahr 1987, sich aus Bukarest herausschmuggeln zu lassen und sich nach Amerika einzuschiffen, wo sie bei ihrem Onkel leben sollte. Sie musste nur versprechen, sofort zurückzukehren, sobald Ceauceşcu entmachtet würde. Anna kehrte niemals zurück. Regelmäßig schrieb sie nach Hause, flehte ihre Mutter an, zu ihr nach Amerika zu kommen, erhielt aber keine Antwort. Zwei Jahre später traf schließlich doch ein Brief ein und sie erfuhr, dass ihr Vater bei dem Versuch, den Diktator zu stürzen, in einem Grenzgefecht getötet worden war. Ihre Mutter jedoch würde ihr Geburtsland niemals verlassen. Ihre letzte Ausrede lautete: »Wer soll sich sonst um das Grab deines Vaters kümmern?«

All das konnte Jacks Team einem Aufsatz entnehmen, den Anna für ihre Highschool-Zeitung verfasst hatte. Einer ihrer Klassenkameraden hatte über das sanfte Mädchen mit den langen blonden Zöpfen und den blauen Augen geschrieben, das aus einem Ort namens Bukarest stammte und bei ihrer Ankunft so wenig Englisch sprach, dass sie bei der morgendlichen Schulversammlung nicht einmal den Treueschwur auf die amerikanische Flagge zitieren konnte. Am Ende ihres ersten Jahres war Anna die Herausgeberin der Schülerzeitung, aus der Jack so viele Informationen gewinnen konnte.

An der Highschool gewann Anna ein Stipendium für die Williams University in Massachusetts, wo sie Kunstgeschichte studierte. Die örtliche Tageszeitung vermeldete, dass sie das universitäre Wettrennen gegen Cornell in einer Zeit von vier Minuten und 48 Sekunden gewonnen hatte. Jack verfolgte Annas weiteren Lebensweg zur University of Pennsylvania, an der sie promovierte und für ihre Doktorarbeit die Fauve-Bewegung untersuchte. Jack musste den Begriff im Lexikon nachschlagen. Er bezog sich auf eine Gruppe von Künstlern, angeführt von Matisse, Derain und Vlaminck, die sich von dem Einfluss der Impressionisten befreien und sich der abstrakten Kunst zuwenden wollten. Er erfuhr auch, dass der junge Picasso Spanien verlassen hatte, um sich dieser Gruppe in Paris anzuschließen, wo er die Öffentlichkeit mit Gemälden wie *Paris Match* schockierte, das Kunstkritiker zur Beruhigung ihrer Leserschaft mit den Worten »nicht von dauerhafter Bedeutung: Die Vernunft wird zurückkehren« beschrieben. Daraufhin wollte Jack mehr über Vuillard, Luce und Camois lesen – Künstler, von denen er bis dahin noch nie gehört hatte. Aber das musste warten, bis er nach Dienstschluss Zeit dafür fand, außer er könnte dadurch Beweise erlangen, um Fenston festzunageln.

Nach ihrem Studium an der University of Pennsylvania ging Dr. Petrescu als Trainee zu Sotheby's. Ab da wurden Jacks Informationen vage, da er seinen Agenten nur beschränkten Kontakt mit ihren ehemaligen Kollegen und Kolleginnen erlauben konnte. Er erfuhr jedoch von ihrem fotografischen Gedächtnis, ihrer konsequenten Gelehrsamkeit und der Tatsache, dass alle sie mochten, vom Portier bis zum Vorsitzenden. Doch niemand wollte offen darüber sprechen, was »in gegenseitigem Einvernehmen« bedeutete, obwohl er herausfand, dass sie bei Sotheby's unter dem gegenwärtigen Management nicht wieder willkommen sein würde. Jack konnte sich nicht vorstellen, warum sie trotz ihrer Probleme jemals ernsthaft darüber nachgedacht hatte, zu Fenston Finance zu gehen. Dieser Teil seiner Untersuchung beruhte ausschließlich auf Spekulationen, da er es nicht riskieren konnte, jemanden von der Bank zu fragen, obwohl offensichtlich war, dass Tina Forster, die Sekretärin des Vorsitzenden, sich eng mit Anna angefreundet hatte.

In der kurzen Zeitspanne, die Anna für Fenston Finance arbeitete, hatte sie mehrere Neukunden der Bank aufgesucht, die vor Kurzem umfangreiche Kredite aufgenommen hatten und die allesamt bedeutende Kunstsammlungen besaßen. Jack fürchtete, dass es nur eine Frage der Zeit war, bis einer von ihnen dasselbe Schicksal erleiden würde wie Fenstons frühere drei Opfer.

Während Jack zur West 86th Street joggte, gingen ihm drei Fragen durch den Kopf, die immer noch auf eine Antwort warteten: Erstens, wie lange hatte Fenston Petrescu schon gekannt, bevor sie zur Bank kam? Zweitens, hatten sie oder ihre Familien bereits in Rumänien Kontakt? Und drittens, war Anna Petrescu die Auftragsmörderin?

Ohne darauf zu warten, dass Leapman seinen Kaffee ausgetrunken hatte, kritzelte Fenston seine Unterschrift auf die Frühstücksrechnung, stand auf und marschierte aus dem Restaurant. Er trat in den Aufzug und wartete, dass Leapman den Knopf zum 83. Stockwerk drückte. Eine Gruppe Japaner in dunkelblauen Anzügen und schlichten Seidenkrawatten stieg mit ein. Sie hatten ebenfalls im Windows on the World gefrühstückt. Fenston sprach in Aufzugskabinen niemals über geschäftliche Angelegenheiten; ihm war sehr wohl bewusst, dass mehrere Konkurrenten in den Stockwerken über und unter ihm residierten.

Als sich die Aufzugstüren im 83. Stock öffneten, folgte Leapman seinem Herrn und Meister aus der Kabine, entfernte sich jedoch dann zur anderen Seite und begab sich direkt zu Petrescus Büro. Er öffnete ihre Tür ohne anzuklopfen und stieß auf Annas Assistentin Rebecca. Sie bereitete gerade die Akten vor, die Anna für ihr Treffen mit dem Vorsitzenden benötigen würde. Leapman bellte eine Reihe von Anweisungen, die keine Fragen zuließen. Rebecca legte sofort die Akten auf Annas Schreibtisch ab und machte sich auf die Suche nach einem großen Pappkarton.

Leapman kehrte in den Flur zurück und marschierte in das Büro des Vorsitzenden, um die Taktik für den Showdown mit Anna durchzugehen. Obwohl sie dieselbe Prozedur in den vergangenen acht Jahren bereits drei Mal durchgezogen hatten, warnte Leapman den Vorsitzenden, dass es dieses Mal anders laufen könnte.

»Wie meinen Sie das?«, fragte Fenston.

»Ich denke nicht, dass die Petrescu einfach kampflos gehen wird«, erklärte Leapman.

»Ich kann es kaum erwarten.« Fenston rieb sich die Hände.

»Herr Vorsitzender, unter den gegebenen Umständen wäre es vielleicht vernünftiger, wenn ich …«

Ein Klopfen an der Tür unterbrach ihr Gespräch. Fenston

sah Barry Steadman, den Sicherheitschef der Bank, in der Tür stehen.

»Tut mir leid, Sie zu stören, Herr Vorsitzender, aber da ist ein FedEx-Kurier, der behauptet, ein Päckchen für Sie zu haben, für das niemand anderes zeichnen darf.«

Fenston winkte den Kurier herein und setzte in dem kleinen, länglichen Gerät wortlos seine Unterschrift neben seinen Namen. Leapman sah zu, doch keiner von ihnen sprach, solange der Kurier nicht gegangen war und Barry die Tür hinter sich geschlossen hatte.

»Ist es das, was ich glaube?«, fragte Leapman leise.

»Das werden wir gleich feststellen.« Fenston riss das Päckchen auf und leerte den Inhalt auf den Schreibtisch.

Sie starrten beide auf das linke Ohr von Victoria Wentworth.

»Sorgen Sie dafür, dass die Krantz die andere halbe Million erhält«, ordnete Fenston an. Leapman nickte. »Wie passend«, meinte Fenston und betrachtete den wertvollen Diamantohrring.

Anna war kurz nach sieben mit dem Packen fertig. Sie stellte ihren Koffer in den Flur, um ihn nach der Arbeit auf dem Weg zum Flughafen gleich mitnehmen zu können. Ihr Flug nach London ging um 17 Uhr 40 und sollte am folgenden Tag kurz vor Sonnenaufgang in Heathrow eintreffen. Anna zog den Nachtflug vor, bei dem sie schlafen konnte und immer noch genug Zeit hatte, um sich herzurichten, bevor sie sich zum Mittagessen mit Victoria in Wentworth Hall traf. Sie hoffte nur, dass Victoria ihren Bericht gelesen hatte und einsah, dass ein Verkauf des van Gogh eine simple Lösung für all ihre Probleme darstellte.

Anna verließ ihr Apartmentgebäude kurz nach 7 Uhr 20 zum zweiten Mal an diesem Morgen. Sie rief sich ein Taxi – eine Extravaganz, aber gerechtfertigt, da sie für den Vorsitzenden so gut wie möglich aussehen wollte. Sie setzte sich in den Fond und prüfte im Schminkspiegel ihr Aussehen. Ihr vor Kurzem erstandenes Anand-Jon-Kostüm und die weiße Seidenbluse verdrehten sicher einigen die Köpfe. Obwohl manch einer über ihre schwarzen Turnschuhe staunen würde.

Das Taxi bog auf den FDR-Drive und legte an Geschwindigkeit zu. Anna holte ihr Handy hervor. Es gab drei Nachrichten, um die sie sich aber erst nach dem Treffen kümmern würde: eine von ihrer Sekretärin Rebecca, die dringend mit ihr sprechen wollte, was Anna überraschte, da sie einander doch in wenigen Minuten sehen würden; eine Bestätigung ihres Fluges durch British Airways und eine Einladung zum Abendessen von Robert Brooks, dem neuen Vorsitzenden von Bonhams.

Zwanzig Minuten später hielt ihr Taxi vor dem Eingang zum Nordturm. Anna bezahlte den Fahrer und sprang hinaus, um sich einem Meer von Arbeitsbienen anzuschließen, die zum Eingang und durch die Drehkreuze eilten. Sie nahm ebenfalls den Expressaufzug und weniger als eine Minute später trat sie auf den dunkelgrünen Teppich des Managementstockwerks. Anna hatte im Aufzug einmal mitgehört, dass jedes Stockwerk eine Fläche von 4000 Quadratmetern einnahm und ungefähr 50 000 Menschen in dem Gebäude arbeiteten, das niemals geschlossen war.

Anna begab sich direkt in ihr Büro und war überrascht, dass Rebecca dort nicht auf sie wartete, vor allem da Rebecca wusste, wie wichtig der Acht-Uhr-Termin war. Aber zu ihrer Erleichterung sah Anna, dass alle wichtigen Akten sauber auf ihrem

Schreibtisch aufgehäuft lagen. Sie prüfte noch einmal, ob auch die Reihenfolge stimmte, die sie vorgegeben hatte. Anna hatte immer noch ein paar Minuten übrig, darum nahm sie sich noch einmal die Wentworth-Akte vor und las ihren Bericht durch. »Der Wert des Wentworth-Besitzes verteilt sich auf mehrere Kategorien. Als Erstes sollten wir in Erwägung ziehen …«

Tina Forster stand erst nach sieben Uhr auf. Ihr Termin beim Zahnarzt war für 8 Uhr 30 angesetzt und Fenston hatte deutlich gemacht, dass sie an diesem Morgen nicht pünktlich sein musste. Für gewöhnlich bedeutete das, dass er einen Termin außerhalb der Stadt wahrnahm oder jemanden feuern wollte. Bei Letzterem wollte er sie nicht im Büro haben, sie hätte sonst nur Mitgefühl mit dem Betroffenen gezeigt, der soeben seinen Job verloren hatte. Tina wusste, dass es sich dabei nicht um Leapman handeln konnte, da Fenston niemals ohne den Mann überleben würde. Und obwohl es ihr gefallen hätte, wenn es Barry Steadman treffen würde, konnte sie davon nur träumen, denn er ließ niemals eine Gelegenheit aus, dem Vorsitzenden um den Bart zu gehen, und Fenston sog Schmeicheleien auf wie ein Naturschwamm, der auf die nächste Welle wartete.

Tina räkelte sich in ihrem Badewasser – ein Luxus, den sie sich normalerweise nur am Wochenende gönnte – und fragte sich, wann sie wohl gefeuert werden würde. Sie war seit über einem Jahr Fenstons persönliche Assistentin und obwohl sie den Mann und alles, wofür er stand, verachtete, hatte sie dennoch versucht, sich unentbehrlich zu machen. Tina wusste, dass sie erst kündigen konnte, wenn …

In ihrem Schlafzimmer klingelte das Telefon, aber sie machte sich nicht die Mühe, den Anruf entgegenzunehmen. Sie ging davon aus, dass es Fenston war, der wissen wollte, wo er eine bestimmte Akte, eine Telefonnummer oder sogar seinen Terminkalender finden konnte. »Vor Ihnen auf dem Schreibtisch«, lautete für gewöhnlich die Antwort. Tina fragte sich einen Augenblick lang, ob es Anna sein könnte, die einzige echte Freundin, die sie gefunden hatte, seit sie von der Westküste hierher gezogen war. Unwahrscheinlich, schloss sie, da Anna ihren Bericht um acht Uhr präsentieren musste und wahrscheinlich in diesem Augenblick zum zwanzigsten Mal die Einzelheiten durchging.

Tina lächelte, als sie aus der Wanne stieg und ein Badetuch um ihren Körper wickelte. Sie schlenderte durch den Flur in ihr Schlafzimmer. Wann immer ein Gast eine Nacht in ihrem winzigen Apartment verbrachte, musste er entweder das Bett mit ihr teilen oder auf dem Sofa schlafen. Es gab keine Alternative, da sie nur ein Schlafzimmer besaß. Aber in letzter Zeit hatte sie nicht viele Übernachtungsgäste gehabt und das lag nicht an mangelnden Angeboten. Doch nach dem, was sie mit Fenston durchgemacht hatte, traute Tina niemandem mehr. Vor kurzem hatte sie sich Anna anvertrauen wollen, doch dieses eine Geheimnis durfte sie nicht mit ihr teilen.

Tina zog die Vorhänge auf. Es war zwar September, aber der wolkenlose, strahlende Morgen überzeugte sie davon, ein Sommerkleid zu wählen. Vielleicht würde es sie sogar entspannen, wenn sie zum Bohrer des Zahnarztes aufschaute.

Nachdem sie sich angezogen und ihr Spiegelbild geprüft hatte, ging Tina in die Küche und machte sich eine Tasse Kaffee. Sie durfte nicht frühstücken, nicht einmal Toast – auf Anweisung der grässlichen Zahnarzthelferin –, also schaltete Tina das Fernsehgerät ein, um sich das Morgenmagazin anzusehen. Es gab nichts Neues. Einem Selbstmordbomber auf der Westbank folgte eine 160-Kilo-Frau, die McDonalds verklagte, weil die Fastfoodkette ihr Sexualleben ruiniert hatte. Tina wollte *Good Morning America* gerade abschalten, als der Quarterback der 49ers auf dem Bildschirm auftauchte.

Sein Anblick ließ Tina an ihren Vater denken.

7

JACK DELANEY traf an diesem Morgen kurz nach sieben Uhr in seinem Büro in der Federal Plaza 26 ein. Er fühlte sich deprimiert, als er auf die zahllosen Akten sah, die seinen Schreibtisch zumüllten. Jede einzelne betraf die Ermittlungen über Bryce Fenston. Nach einem Jahr an diesem Fall konnte er seinem Chef immer noch nicht genügend Beweise vorlegen, damit dieser durch einen Richter einen Haftbefehl erwirken konnte.

Jack öffnete Fenstons persönliche Akte in der vagen Hoffnung, er könnte über einen winzigen Hinweis stolpern, eine persönliche Eigenart oder einfach nur einen Fehler, der Fenston endlich mit den drei heimtückischen Morden von Marseille, Los Angeles und Rio de Janeiro in Verbindung brachte.

1984 hatte sich der 32-jährige Nicu Munteanu in der amerikanischen Botschaft in Bukarest eingefunden und behauptet, er könne zwei Spione identifizieren, die im Herzen von Washington arbeiteten – eine Information, die er im Austausch für einen amerikanischen Pass preisgeben wollte. Die Botschaft hatte es Woche für Woche mit einem Dutzend solcher Behauptungen zu tun, aber in Munteanus Fall erwies sich die Information als korrekt. Innerhalb eines Monats saßen zwei hochrangige Beamte im Flugzeug nach Moskau und Munteanu erhielt einen amerikanischen Pass.

Nicu Munteanu landete am 17. Februar 1985 in New York. Jack hatte nur wenig Geheimdienstmaterial über Munteanus Aktivitäten im folgenden Jahr finden können, aber plötzlich besaß der Mann genug Geld, um Fenston Finance zu übernehmen, eine kleine, kränkelnde Bank in Manhattan. Nicu Munteanu änderte seinen Namen in Bryce Fenston – was an sich noch kein Verbrechen war –, aber niemand fand je heraus, wer ihm das Geld gegeben hatte, trotz der Tatsache, dass die Bank in den nächsten Jahren große Einlagen von nicht notierten Firmen aus ganz Osteuropa akzeptierte. Im Jahr 1989 trocknete der Cashflow plötzlich aus. Im selben Jahr flohen Ceauceşcu und seine Frau Elena nach einem Aufstand aus Bukarest. Innerhalb weniger Tage wurden sie gefasst, im Schnellverfahren verurteilt und hingerichtet.

Jack sah aus seinem Fenster über Manhattan und erinnerte sich an die FBI-Maxime: Niemals an Zufall glauben, aber Zufälle auch niemals ausschließen.

Nach Ceauceşcus Tod schien die Bank ein paar magere Jahre durchzumachen, bis Fenston auf Karl Leapman traf, einen von der Anwaltskammer ausgeschlossenen Anwalt, der eine Haftstrafe wegen Betrugs abgesessen hatte. Nicht lange, da erlebte die Bank einen neuen Aufschwung.

Jack betrachtete mehrere Fotos von Bryce Fenston, der regelmäßig in den Klatschspalten der Zeitungen auftauchte, immer mit den schicksten Frauen von New York am Arm. Stets beschrieb man ihn als brillanten Banker, als einen führenden Finanzier, sogar als großzügigen Wohltäter, und wann immer sein Name genannt wurde, nahm man meist auch Bezug auf seine grandiose Kunstsammlung. Jack schob die Fotos zur Seite. Er mochte sich nicht mit einem Mann abfinden, der einen Ohrring trug, und war noch erstaunter, warum jemand, der bei seinem Eintreffen in Amerika volles Haar gehabt hatte, sich freiwillig kahl rasierte. Vor wem versteckte er sich?

Jack schloss die Munteanu/Fenston-Akte und wandte seine Aufmerksamkeit Pierre de Rochelle zu, dem ersten Opfer. Rochelle beantragte 70 Millionen Francs, um sich in ein Weingut einzukaufen. Seine einzige Erfahrung mit der Weinindustrie schien darin zu bestehen, dass er regelmäßig Weinflaschen leerte. Selbst eine oberflächliche Überprüfung hätte gezeigt, dass sein Investmentplan nicht der Maxime »gesund« entsprach, wie sie die Banken verstanden. Doch Fenstons Aufmerksamkeit wurde geweckt, als er herausfand, dass der junge Mann vor Kurzem ein Schloss in der Dordogne geerbt hatte, an dessen Wänden herrliche Impressionisten hingen, einschließlich einem Renoir, zwei Pissaros und einem *Argenteuil*-Gemälde von Monet.

Vier fruchtlose Jahre lang warf das Weingut keinerlei Profit ab und in dieser Zeit opferte das Schloss seine Schätze, bis nur noch Umrisse blieben, wo einst die Gemälde hingen. Als Fenston auch das letzte Bild nach New York geschifft und seiner eigenen Sammlung einverleibt hatte, hatte sich Pierres ursprünglicher Kredit zusammen mit den Zinsen mehr als verdoppelt. Schließlich wurde sein Schloss auf dem Markt feilgeboten und Pierre zog in eine kleine Wohnung in Marseille, wo er sich Nacht für Nacht besinnungslos trank. Bis eine kluge, junge Frau, frisch von der juristischen Fakultät, Pierre in einem seiner nüchternen Momente unmissverständlich klar machte, dass Fenston Finance nicht nur seine Schulden tilgen konnte, wenn man Pierres Renoir, seinen Monet und seine beiden Pissaros verkaufte, sondern er auch das Schloss wieder vom Markt nehmen und den Rest seiner Sammlung zurückfordern konnte. Dieser Vorschlag passte allerdings nicht in Fenstons langfristige Pläne.

Eine Woche später fand man die alkoholgeschwängerte Leiche von Pierre de Rochelle zusammengerollt in einer Gasse von Marseille. Mit durchtrennter Kehle.

Vier Jahre später schloss die Polizei von Marseille den Fall, mit dem Vermerk *Non Resolu* quer über der Akte.

Als der Nachlass schließlich abgewickelt war, hatte Fenston alle Gemälde verkauft, mit Ausnahme des Renoir, des Monet und der beiden Pissaros, und nachdem die aufgelaufenen Zinsen, die Bankgebühren und die Anwaltshonorare abgezogen worden waren, erbte Pierres jüngerer Bruder Simon de Rochelle gerade einmal die Wohnung in Marseille.

Jack erhob sich vom Schreibtisch, streckte seine verkrampften Glieder und gähnte erschöpft, bevor er sich der Akte von Chris Adams Junior zuwandte. Auch wenn er die Fallgeschichte von Adams beinahe auswendig kannte. Chris Adams Senior hatte eine enorm erfolgreiche Kunstgalerie in der Melrose Avenue in Los Angeles geführt. Er hatte sich auf die Amerikanische Schule spezialisiert, die von Hollywoods Glitterati so sehr bewundert wurde. Sein vorzeitiger Tod bei einem Autounfall brachte seinen Sohn Chris Junior in den Besitz einer Sammlung aus Rothkos, Pollocks, Jasper Johnses, Rauschenbergs und mehrerer Acrylbilder von Warhol, einschließlich einer *Black Marilyn*.

Ein alter Schulfreund riet Chris, er könne sein Vermögen verdoppeln, wenn er in die dot.com-Revolution investierte. Chris Junior wies darauf hin, dass er kein Bargeld besaß, nur die Galerie, die Gemälde und die *Christina*, die alte Yacht seines Vaters – und selbst die gehörte zur Hälfte seiner jüngeren Schwester. Fenston Finance sprang ein und lieh ihm zwölf Millionen Dollar zu den üblichen Konditionen. Doch wie so viele Revolutionen forderte auch die dot.com-Revolution zahlreiche Leichen auf ihrem Schlachtfeld, darunter Chris Junior. Fenston Finance ließ den Schuldenberg anwachsen, ohne seinen Kunden jemals damit zu belästigen. Bis Chris Junior in der *Los Angeles Times* las, dass Warhols *Shot Red Marilyn* für über vier Millionen Dollar verkauft worden war. Sofort setzte er sich mit Christie's in Los Angeles in Verbindung, wo man ihm versicherte, dass er für seine Rothkos, Pollocks und Japser Johnses mit ähnlich guten Preisen rechnen durfte. Drei Monate später eilte Leapman in das Büro des Vorsitzenden, den neuesten Katalog von Christie's in der Hand. Mit gelben Post-it-Zetteln hatte er verschiedene Posten markiert, die unter den Hammer kommen sollten. Fenston tätigte einen Anruf, dann buchte er den nächsten Flug nach Rom.

Drei Tage später entdeckte man Chris Junior auf der Toilette einer Schwulenbar. Mit durchschnittener Kehle.

Fenston war zu der Zeit immer noch auf Urlaub in Rom und Jack besaß Kopien seiner Hotelrechnung, seiner Flugzeugtickets und sogar seiner Kreditkartenabrechnungen in mehreren Geschäften und Restaurants.

Die Gemälde wurden sofort aus der Christie's-Versteigerung zurückgezogen, während die Polizei von Los Angeles ihre Ermittlungen aufnahm. Nach 18 Monaten ohne Beweise, aber mit vielen Sackgassen, wanderte die Akte zu den anderen offenen Fällen des LAPD im Keller. Der Schwester von Chris blieb nach all dem nur ein Modell der *Christina*, der von ihrem Vater heiß geliebten Yacht.

Jack warf die Akte von Chris Junior zur Seite und starrte auf den Namen Maria Vasconcellos, einer brasilianischen Witwe, die ein Haus und einen Garten voller Skulpturen geerbt hatte – und nicht gerade die Gartencenter-Variante. Moore, Giacometti, Remington, Botero und Calder gehörten zum Vermächtnis des Ehemannes von Señora Vasconcello. Unglücklicherweise verliebte sie sich in einen Gigolo und als dieser vorschlug …

Das Telefon auf Jacks Schreibtisch klingelte.

»Unsere Londoner Botschaft auf Leitung zwei«, meldete seine Sekretärin.

»Danke, Sally.« Jack wusste, es konnte sich nur um Tom Crasanti handeln, der beim FBI am selben Tag angeheuert hatte wie er.

»Hi, Tom, wie geht's?«, fragte er, noch bevor er eine Stimme hörte.

»In guter Verfassung«, antwortete Tom. »Ich jogge immer noch jeden Tag, auch wenn ich nicht so fit bin wie du.«

»Und was macht mein Patensohn?«

»Er lernt gerade, wie man Cricket spielt.«

»Dieser Verräter. Hast du auch *gute* Neuigkeiten?«

»Nein«, sagte Tom. »Aus diesem Grund rufe ich auch an. Du wirst eine weitere Akte anlegen müssen.«

Jack spürte, wie ein kaltes Schaudern durch seinen Körper lief.

»Wer ist es dieses Mal?«, fragte er leise.

»Der Name der Lady – und sie war eine echte Lady – lautet Victoria Wentworth.«

»Wie ist sie gestorben?«

»Genau wie die anderen drei: Man hat ihr die Kehle durchtrennt, höchstwahrscheinlich mit einem Küchenmesser.«

»Und worauf hat es Fenston dieses Mal abgesehen?«

»Auf ein Selbstporträt von Vincent van Gogh.«

»Wert?«

»60, vielleicht 70 Millionen Dollar.«

»Ich nehme das nächste Flugzeug nach London.«

8

Um 7 Uhr 56 schloss Anna die Akte Wentworth und beugte sich vor, um die unterste Schublade ihres Schreibtischs aufzuziehen. Sie schlüpfte aus ihren Turnschuhen und ersetzte sie durch hochhackige schwarze Pumps. Dann stand sie auf, nahm den Aktenstapel zur Hand und sah in den Spiegel – jedes einzelne Haar saß an Ort und Stelle.

Anna verließ ihr Büro und ging den Flur entlang zum großen Eckbüro. Zwei oder drei Kollegen grüßten sie mit »Guten Morgen, Anna«, was sie mit einem Lächeln erwiderte. Ein leises Klopfen an der Tür des Vorsitzenden – sie wusste, Fenston würde bereits an seinem Schreibtisch sitzen. Käme sie auch nur eine Minute zu spät, würde er vorwurfsvoll auf seine Armbanduhr schauen. Anna wartete darauf, hereingerufen zu werden, und war überrascht, als die Tür sofort geöffnet wurde und sie Karl Leapman von Angesicht zu Angesicht gegenüberstand. Er trug einen fast identischen Anzug wie Fenston, wenn auch nicht von derselben erlesenen Qualität.

»Guten Morgen, Karl«, begrüßte sie ihn gut gelaunt, erhielt jedoch keine Antwort.

Der Vorsitzende sah von seinem Schreibtisch auf und winkte Anna zum Besucherstuhl. Er hieß sie ebenfalls nicht willkommen, aber das tat er ohnehin nur selten. Leapman ließ sich zur

Rechten des Vorsitzenden nieder, etwas nach hinten versetzt, wie ein Kardinal, der dem Papst bei einer Audienz zur Hand geht. Die Rollen waren eindeutig festgelegt. Anna erwartete, dass Tina jeden Augenblick mit einer Tasse schwarzem Kaffee auftauchen würde, aber die Tür zum Sekretariat blieb geschlossen.

Anna blickte zu Monets Darstellung von *Argenteuil* hinauf. Das Gemälde hing an der Wand hinter dem Schreibtisch des Vorsitzenden. Obwohl Monet diese friedliche Uferszene bei mehreren Gelegenheiten gemalt hatte, war dieses Ölbild eines der schönsten Exemplare. Anna hatte Fenston einmal gefragt, wo er das Gemälde erstanden hatte, aber er hatte ausweichend geantwortet. Es war sicher lange vor ihrem Eintritt in die Bank gewesen.

Anna sah zu Leapman hinüber, dessen scharfer, hungriger Blick sie an Cassius erinnerte. Ungeachtet der Tageszeit sah er immer so aus, als ob er dringend eine Rasur benötigte. Sie richtete ihre Aufmerksamkeit wieder auf Fenston, der sicher kein Brutus war. Sie rutschte unbehaglich auf ihrem Stuhl in dem Versuch, angesichts des Schweigens nicht allzu verwirrt zu wirken. Plötzlich wurde die Stille, auf ein Nicken von Fenston hin, unterbrochen.

»Dr. Petrescu, dem Vorsitzenden wurde eine beunruhigende Information zugetragen«, fing Leapman an. »Es hat den Anschein, dass Sie einer Kundin private und vertrauliche Dokumente der Bank zukommen ließen, bevor der Vorsitzende die Gelegenheit hatte, die Folgen dieses Vorgehens abzuschätzen.«

Einen Augenblick lang war Anna vor Überraschung wie gelähmt, doch sie erholte sich rasch und beschloss, im selben Ton zu antworten. »Mr. Leapman, wenn Sie damit auf meinen Bericht anspielen, der sich auf das Wentworth-Darlehen bezieht, haben Sie recht. Ich ließ Lady Victoria Wentworth eine Kopie zukommen.«

»Der Vorsitzende hatte nicht genügend Zeit, um diesen Bericht zu lesen und ein wohl überlegtes Urteil zu fällen, bevor Sie ihn der Kundin weitergeleitet haben.« Leapman sah auf seine Notizen.

»Das ist nicht der Fall, Mr. Leapman. Sowohl Sie als auch der Vorsitzende haben am ersten September Kopien meines Berichts erhalten mit der Empfehlung, dass man Lady Victoria vor dem Fälligkeitstermin der nächsten Quartalszahlung entsprechend beraten sollte.«

»Ich habe diesen Bericht nie erhalten«, erklärte Fenston barsch.

»Der Vorsitzende hat den Erhalt sogar bestätigt«, sagte Anna, die immer noch Leapman ansah. »Sein Büro hat mir das Formblatt zurückgesandt, das ich dem Bericht angeheftet hatte.«

»Ich habe diesen Bericht nie zu Gesicht bekommen«, wiederholte Fenston.

»Der Vorsitzende hat das Formblatt mit seinen Initialen abgezeichnet.« Anna öffnete ihre Akte, zog das betreffende Formblatt heraus und legte es Fenston vor. Er ignorierte es.

»Sie hätten wenigstens auf meine Meinung warten können«, monierte Fenston, »bevor Sie zugelassen haben, dass die Kopie eines Berichts von so sensibler Natur dieses Büro verlässt.«

Anna war immer noch nicht klar, warum es die beiden auf einen Kampf abgesehen hatten. Sie spielten nicht einmal guter Bulle, böser Bulle.

»Ich habe eine Woche lang gewartet, Herr Vorsitzender«, entgegnete sie. »In dieser Zeit haben Sie keinen Kommentar zu meinen Empfehlungen abgegeben, trotz des Umstandes, dass ich morgen Nachmittag einen Termin bei Lady Victoria in England habe.« Bevor der Vorsitzende etwas erwidern konnte, fuhr Anna fort: »Ich habe Ihnen zwei Tage später ein Erinnerungsmemo zukommen lassen.« Sie schlug erneut Ihre Akte auf und legte ein zweites Blatt Papier auf den Schreibtisch des Vorsitzenden. Er ignorierte auch dieses Schreiben.

»Ich hatte Ihren Bericht nicht gelesen«, wiederholte Fenston, offenbar unfähig, von seinem Drehbuch abzuweichen.

Ruhig blciben, Mädel, ruhig bleiben, hörte Anna ihren Vater förmlich in ihr Ohr flüstern. Sie holte tief Luft, bevor sie fortfuhr.

»In meinem Bericht steht nicht mehr und nicht weniger, als dass ich den Vorstand, dem ich selbst angehöre, darüber informiere, dass ein Verkauf des van Gogh, sei es privat oder durch eines der anerkannten Auktionshäuser, eine Summe einbringen würde, die das ursprüngliche Darlehen der Bank plus Zinsen mehr als abdeckt.«

»Möglicherweise liegt es aber nicht in meiner Absicht, den van Gogh zu verkaufen«, erklärte Fenston, der jetzt doch deutlich von seinem Drehbuch abwich.

»Sie haben keine Wahl, Herr Vorsitzender, falls dies der Wunsch der Kundin sein sollte.«

»Möglicherweise ist mir eine bessere Lösung für das Wentworth-Problem eingefallen.«

»Wenn das der Fall ist, Herr Vorsitzender«, erklärte Anna mit ruhiger Stimme, »dann bin ich überrascht, dass Sie sich nicht mit der Leiterin der betroffenen Abteilung in Verbindung gesetzt haben, damit wir zumindest über unsere unterschiedlichen Meinungen hätten diskutieren können, bevor ich heute Abend nach England abreise.«

»Dieser Kommentar ist impertinent.« Fenston hob seine Stimme.

»Ich bin niemandem Rechenschaft schuldig.«

»Herr Vorsitzender, ich halte es keineswegs für impertinent, wenn ich dem Gesetz folge«, führte Anna gelassen aus. »Die Bank ist gesetzlich verpflichtet, ihre Kunden auf alternative Empfehlungen hinzuweisen. Ich bin sicher, Sie wissen, dass entsprechend dem neuen Bankengesetz, das vom Finanzamt vorgeschlagen und jüngst vom Kongress verabschiedet wurde ...«

»Und Sie wissen sicher, dass Sie sich in erster Linie mir gegenüber zu verantworten haben.«

»Nicht, wenn ich glaube, dass ein Angestellter der Bank versucht, das Gesetz zu brechen«, konterte Anna, »denn da spiele ich nicht mit.«

»Wollen Sie mich dazu bringen, Sie zu feuern?«, brüllte Fenston.

»Nein, aber ich habe das Gefühl, Sie wollen mich dazu bringen, mein Amt niederzulegen«, meinte Anna ruhig.

»Wie auch immer«, sagte Fenston, drehte sich auf seinem Stuhl zum Fenster und starrte hinaus, »es liegt auf der Hand, dass Sie in dieser Bank keinen Platz mehr haben, da Sie einfach nicht teamfähig sind – dahingehend wurde ich bereits gewarnt, als man Sie bei Sotheby's gefeuert hat.«

Bloß nicht in die Luft gehen, dachte Anna. Sie schürzte die Lippen und betrachtete Fenstons Profil. Gerade wollte sie ihm antworten, als ihr auffiel, dass etwas an ihm anders war als sonst. Sie entdeckte den neuen Ohrring und hätte beinahe laut aufgelacht, doch da drehte sich Fenston zu ihr um und funkelte sie wütend an. Anna ließ sich nicht provozieren.

»Herr Vorsitzender, ich nehme an, dieses Gespräch wird

aufgezeichnet, darum möchte ich eines absolut klarstellen: Sie scheinen nicht viel vom Bankengesetz zu verstehen und Sie wissen ganz sicher nichts über die Arbeitsgesetze. Eine Kollegin zu verleiten, einer naiven Frau ihr Erbe abzuschwindeln, ist ein Verbrechen, was Mr. Leapman mit seiner langen Erfahrung auf beiden Seiten des Gesetzes Ihnen zweifellos gern erläutern wird.«

»Raus hier, bevor ich Sie hinauswerfe«, schrie Fenston, sprang von seinem Stuhl auf und ragte hoch vor Anna auf. Sie erhob sich langsam, kehrte Fenston den Rücken und ging zur Tür.

»Räumen Sie sofort Ihren Schreibtisch. Ich will, dass Sie in zehn Minuten verschwunden sind. Wenn Sie sich danach noch im Gebäude befinden, lasse ich Sie von Sicherheitskräften hinausbegleiten.«

Anna hörte Fenstons letzte Bemerkung nicht mehr, da sie bereits leise die Tür hinter sich geschlossen hatte.

Der Erste, den Anna im Flur sah, war Barry, der eindeutig vorab informiert worden war. Die ganze Episode erweckte immer mehr den Anschein, als sei sie lange vor Annas Eintreffen im Gebäude bereits choreographiert worden.

Anna ging mit so viel Würde, wie sie aufbringen konnte, den Flur entlang, obwohl Barry mit ihr Schritt hielt und sie gelegentlich am Ellbogen streifte. Sie kam an einem Aufzug vorbei, der für jemand offen gehalten wurde, und sie fragte sich, für wen. Sicher nicht für sie.

Keine fünfzehn Minuten, nachdem Anna ihr Büro verlassen hatte, war sie wieder zurück. Dieses Mal wartete Rebecca auf sie. Sie stand hinter ihrem Schreibtisch und hielt einen großen braunen Pappkarton im Arm. Anna ging zu ihrem Schreibtisch und wollte gerade ihren Computer einschalten, als eine Stimme hinter ihr rief: »Fassen Sie nichts an. Ihre persönliche Habe wurde bereits gepackt. Wir gehen jetzt.« Anna drehte sich um und sah Barry, der auf der Schwelle stand.

»Es tut mir so leid«, meinte Rebecca. »Ich wollte Sie noch warnen, aber …«

»Sprechen Sie nicht mit ihr«, bellte Barry. »Geben Sie ihr nur den Karton. Sie geht jetzt.« Barry legte die Hand auf den Griff seines Schlagstocks. Anna fragte sich, ob ihm bewusst war, wie lächerlich er aussah. Sie drehte sich zu Rebecca und lächelte.

»Es ist nicht Ihre Schuld«, sagte sie, als ihre Sekretärin ihr den Karton reichte.

Anna stellte den Karton auf den Schreibtisch, setzte sich und zog die unterste Schublade auf.

»Sie dürfen nichts mitnehmen, was der Bank gehört«, warnte Barry.

»Ich bin sicher, Mr. Fenston möchte, dass ich meine Turnschuhe mitnehme«, sagte Anna, zog ihre Pumps aus und legte sie in den Karton. Dann zog sie ihre Turnschuhe an, nahm den Karton und trat in den Flur hinaus. Jeder Versuch, würdevoll zu bleiben, war von nun an zum Scheitern verurteilt. Alle Mitarbeiter wussten, dass laute Stimmen im Büro des Vorsitzenden, gefolgt von Barry, der einen aus dem Gebäude geleitete, nur eines bedeuten konnten: Man würde demnächst Arbeitslosengeld beziehen. Dieses Mal verschwanden die Vorübergehenden rasch in ihren Büros und machten keinen Versuch, ein Gespräch mit Anna anzufangen.

Der Sicherheitschef begleitete sie zu einem Büro am Ende des Korridors, das Anna noch nie zuvor betreten hatte. Als sie hineinging, baute sich Barry vor der Tür auf. Es war klar, dass man auch hier vorab informiert worden war, denn Anna traf auf einen Angestellten, der ihr aus Angst, seinen Job zu verlieren, nicht einmal ein Guten Morgen entbot. Er drehte ein Blatt Papier zu ihr, auf dem fett gedruckt 9.116,00 $ stand. Annas Monatsgehalt. Sie bestätigte den Erhalt mit ihrer Unterschrift.

»Das Geld wird im Laufe des heutigen Tages auf Ihr Konto überwiesen«, sagte der Angestellte, ohne den Blick zu heben.

Anna drehte sich um und stellte fest, dass sich ihr Wachhund immer noch auf dem Korridor herumtrieb. Als sie die Buchhaltung verließ, begleitete Barry sie auf dem langen Weg zurück durch einen menschenleeren Flur. Sie kamen zum Aufzug und Barry drückte den halbmondförmigen Abwärtsknopf, während sich Anna an ihren Karton klammerte.

Sie warteten beide darauf, dass sich die Aufzugtüren öffneten, als American Airlines Flug 11 aus Boston in den 24. Stock des Nordturms krachte.

9

Ruth Parish sah mit Erleichterung auf dem Monitor über ihrem Schreibtisch, dass der United Airlines Flug um 13 Uhr 40 endlich den JFK-Flughafen in Richtung London verlassen hatte, wenn auch mit vierzig Minuten Verspätung.

Ruth und ihr Lebensgefährte Sam hatten die Art Locations vor fast einem Jahrzehnt gegründet und als er Ruth wegen einer jüngeren Frau verließ, bekam Ruth die Firma – der weitaus bessere Teil. Ruth war mit ihrem Job verheiratet, trotz der langen Arbeitszeiten, der anspruchsvollen Kunden und all der Flugzeuge, Züge und Transportlaster, die niemals pünktlich waren. Großartige und nicht ganz so großartige Kunstwerke von einer Ecke des Globus in eine andere zu transportieren, erlaubte es ihr, ihr natürliches Organisationstalent mit ihrer Liebe zu schönen Objekten zu verbinden – auch wenn sie diese Objekte manchmal nur einen flüchtigen Augenblick lang zu sehen bekam.

Ruth reiste um die ganze Welt und erhielt Aufträge von Regierungen, die Nationalausstellungen planten, hatte es aber auch mit Galeriebesitzern, Kunsthändlern und mehreren privaten Sammlern zu tun, die häufig nichts anderes wollten, als ihr Lieblingsgemälde von einem Wohnsitz zum anderen bringen zu lassen. Im Laufe der Jahre waren viele ihrer Kunden zu persönlichen Freunden geworden. Nicht jedoch Bryce Fenston. Ruth war schon vor langer Zeit zu dem Schluss gekommen, dass die Wörter bitte und danke nicht zum Wortschatz dieses Mannes gehörten, und sie stand eindeutig nicht auf seiner Weihnachtskartenliste. Fenstons jüngste Anweisung bestand darin, einen van Gogh von Wentworth Hall ohne Verzögerung zu seinem Büro in New York zu verschiffen.

Es hatte sich nicht als schwierig erwiesen, eine Exportlizenz für das Meisterwerk zu erhalten, da nur wenige Institutionen oder Museen die 100 Millionen Dollar aufbringen konnten, die nötig gewesen wären, um das Gemälde daran zu hindern, das Land zu verlassen. Vor allem, nachdem kürzlich nicht einmal die Nationalgalerie von Schottland die siebeneinhalb Millionen Pfund zusammengebracht hatte, um dafür zu sorgen, dass Michelangelos *Studie einer trauernden Frau* auf britischem Boden blieb und nicht einer Privatsammlung in den Vereinigten Staaten einverleibt wurde.

Als ein Mr. Andrews, Butler in Wentworth Hall, am Vortag angerufen und erklärt hatte, das Bild sei am Morgen zur Abholung bereit, hatte Ruth einen ihrer Hochsicherheitshydrauliklaster für acht Uhr zum Schloss bestellt. Ruth tigerte die Rollbahn auf und ab, lange bevor der Truck kurz nach zehn zu ihrem Büro zurückkehrte.

Sobald das Gemälde entladen war, überwachte Ruth jeden Aspekt der Verpackung und des sicheren Versands nach New York, eine Aufgabe, die sie normalerweise einem ihrer Geschäftsführer überlassen hätte. Sie stand neben dem dienstältesten Packer, als er das Gemälde in säurefreies Pergaminpapier wickelte und es dann in die mit Schaumstoff ausgekleidete, maßgefertigte Kiste legte, an der er die ganze Nacht über gearbeitet hatte. Die Sicherheitsriegel wurden eingerastet – von nun an konnte sie niemand ohne ausgefeiltes Spezialwerkzeug öffnen. Spezielle Indikatoren wurden außen an der Kiste angebracht, die rot aufleuchteten, wenn die Kiste während der Reise unsachgemäß behandelt wurde. Der Packer schrieb »Zerbrechlich« auf beide Seiten der Kiste und die Zahl 47 in alle vier Ecken. Der Zollbeamte hob die Augenbrauen, als er die Lieferpapiere durchging, aber da eine Exportlizenz ausgestellt worden war, kehrten die Augenbrauen wieder in ihre natürliche Position zurück.

Ruth fuhr zu der wartenden Boeing 747 und sah zu, wie das Gemälde in dem riesigen Frachtraum verschwand. Sie kehrte erst in ihr Büro zurück, nachdem die schwere Frachttür verschlossen worden war. Ruth sah auf ihre Uhr und lächelte. Das Flugzeug hob um 13 Uhr 40 ab.

Nun musste sie Fenston Finance anrufen, um Bescheid zu geben, dass der van Gogh auf dem Weg war. Sie wählte Annas Nummer in New York und wartete darauf, dass sie den Hörer abnahm.

10

Es gab eine laute Explosion, dann schwankte das Gebäude von einer Seite zur anderen.

Anna wurde quer durch den Flur geschleudert und landete auf dem Rücken. Es fühlte sich an, als ob ein Schwergewichtsboxer sie auf die Bretter geschickt hätte. Die Aufzugtüren öffneten sich und sie sah, wie ein Feuerball aus Flugzeugbenzin auf der Suche nach Sauerstoff durch den Schacht raste. Die heiße Druckwelle schlug ihr ins Gesicht, als ob jemand die Tür eines Ofens aufgerissen hätte. Anna lag benommen auf dem Boden.

Ihr erster Gedanke lautete, das Gebäude müsse vom Blitz getroffen worden sein, aber diesen Gedanken verwarf sie wieder, da der Himmel wolkenlos war. Eine unheimliche Stille setzte ein und Anna fragte sich, ob sie taub geworden war, aber bald wurde die Stille durch laute »Oh mein Gott!«-Schreie abgelöst, als riesige, gezackte Glasscherben, verdrehtes Metall und Büromöbel an dem Fenster neben ihr vorbeiflogen.

Wieder eine Bombe, lautete Annas zweiter Gedanke. Jeder, der sich 1993 im Gebäude befunden hatte, erzählte immer wieder, was an jenem bitterkalten Februarnachmittag geschehen war. Einige der Erzählungen waren von zweifelhafter Glaubwürdigkeit, andere reine Erfindung, aber an den Fakten war nicht zu rütteln. Ein Laster voll mit Sprengstoff war in den Keller des

Gebäudes gesteuert worden. Als er explodierte, starben sechs Menschen und über 1000 wurden verletzt. Fünf Kellergeschosse wurden völlig zerstört und die Rettungsdienste brauchten Stunden, um das Gebäude zu evakuieren. Seit damals musste jeder, der im World Trade Center arbeitete, regelmäßig an Feueralarmübungen teilnehmen. Anna versuchte sich zu erinnern, was sie in einem solchen Notfall tun sollte.

Ihr fielen die klaren Anweisungen ein, die in roten Lettern über den Türen zu den Treppenhäusern in jedem Stockwerk standen:

»Im Notfall nicht an den Schreibtisch zurückkehren und nicht den Aufzug benutzen. Fliehen Sie über die nächst gelegene Treppe.« Aber zuerst musste sie herausfinden, ob sie überhaupt aufstehen konnte. Ihr war bewusst, dass die Decke über ihr eingestürzt war und das Gebäude immer noch schwankte. Versuchsweise richtete sie sich auf und obwohl sie an mehreren Körperstellen blaue Flecke und Schürfwunden hatte, schien nichts gebrochen zu sein.

Anna ließ die Reste des Kartoninhalts liegen und kämpfte sich langsam zum Treppenhaus C in der Mitte des Gebäudes vor. Einige ihrer Kollegen erholten sich ebenfalls vom ersten Schock und ein oder zwei kehrten sogar an ihre Schreibtische zurück, um persönliche Gegenstände zu holen.

Als Anna durch den Flur schritt, wurde sie mit Fragen bombardiert, auf die sie keine Antworten wusste.

»Was sollen wir jetzt tun?«, fragte eine Sekretärin.

»Sollen wir nach oben oder nach unten?«, erkundigte sich eine Putzfrau.

»Sollen wir warten, bis wir gerettet werden?«, wollte ein Aktienhändler wissen.

Das waren eigentlich Fragen für den Sicherheitschef, aber Barry war nirgends zu sehen.

Sobald Anna die Treppe erreicht hatte, schloss sie sich einer Gruppe verwirrter Menschen an – einige stumm, andere weinend –, von denen niemand die leiseste Ahnung zu haben schien, was die Explosion verursacht hatte oder warum das Gebäude immer noch schwankte. Obwohl mehrere Lichter im Treppenhaus wie Kerzen ausgeblasen worden waren, leuchteten die Streifen an jeder Treppenstufe hell zu Anna auf.

Einige ihrer Begleiter versuchten, mit dem Handy die Außenwelt zu erreichen, aber nur wenige hatten damit Erfolg. Eine Frau, die durchgekommen war, redete mit ihrem Freund. Sie erzählte ihm, dass ihr Chef ihr erlaubt hatte, nach Hause zu gehen und sich den Rest des Tages frei zu nehmen. Ein anderer berichtete den Umstehenden, was seine Frau ihm am Telefon mitteilte: »Ein Flugzeug ist in den Nordturm geflogen«, verkündete er.

»Aber wo? Wo?«, riefen mehrere Stimmen gleichzeitig. Er stellte seiner Frau dieselbe Frage. »Über uns. Irgendwo in einem der 90er-Stockwerke«, leitete er ihre Antwort weiter.

»Und was sollen wir jetzt tun?«, fragte der Chefbuchhalter, der sich nicht von der obersten Treppenstufe rührte. Der jüngere Mann wiederholte die Frage für seine Frau und wartete auf ihre Antwort.

»Der Bürgermeister rät jedem, das Gebäude so schnell wie möglich zu verlassen.«

Als sie diese Nachricht hörten, machten sich alle Leute im Treppenhaus an den Abstieg zum 82. Stock. Anna sah durch das Glasfenster zurück. Zu ihrer Überraschung entdeckte sie sehr viele Menschen, die an ihren Schreibtischen verharrten, als ob sie sich in einem Theater befanden, nachdem der Vorhang gefallen war, und noch warten wollten, bis sich die Menge zerstreut hatte.

Anna hielt sich an den Rat des Bürgermeisters. Sie zählte die Stufen auf ihrem Abstieg – 18 von Stock zu Stock, was nach kurzem Nachrechnen bedeutete, dass sie noch mindestens 1500 Stufen zurücklegen musste, bevor sie die Lobby erreichte. Die Treppe wurde immer voller. Dutzende von Menschen schwärmten aus ihren Büros und schlossen sich ihnen an, es war wie in der U-Bahn während der Rushhour. Anna war überrascht, wie ruhig sich der Abstieg vollzog.

Die Treppe teilte sich rasch in zwei Spuren auf; die Innenseite war für die langsameren Modelle, während die neueren auf der äußeren Spur überholten. Aber wie auf jeder Autobahn hielten sich nicht alle an die Regeln, darum kam es regelmäßig zu einem kompletten Stopp, bevor der Abstieg weiterging. An jedem neuen Treppenabsatz stießen ein paar Leute zusammen, während andere weiterdrängten.

Anna kam an einem alten Mann vorbei, der einen schwarzen Filzhut trug. Sie erinnerte sich, ihn im vergangenen Jahr mehrmals gesehen zu haben. Immer hatte er denselben Hut getragen. Sie lächelte ihm zu und er lüpfte seinen Hut.

Anna kämpfte sich weiter voran. Manchmal konnte sie ein Stockwerk innerhalb weniger Sekunden zurücklegen, doch meistens wurde sie von jenen aufgehalten, die nach nur wenigen Stockwerken schon erschöpft waren. Die äußere Spur wurde immer voller und das machte es ihr unmöglich, die Geschwindigkeit zu erhöhen.

Die erste klare Anweisung bekam Anna zu hören, als sie den 68. Stock erreichte.

»Halten Sie sich rechts und bleiben Sie in Bewegung«, befahl eine autoritäre Stimme irgendwo unterhalb von ihr. Obwohl die Anweisung mit jeder Stufe lauter wurde, dauerte es noch mehrere Stockwerke, bis sie den ersten Feuerwehrmann entdeckte, der langsam auf sie zukam. Er trug einen ausgebeulten, feuerfesten Anzug und schwitzte heftig unter seinem schwarzen Helm mit der Nummer 28. Anna konnte sich nur staunend fragen, in welchem körperlichen Zustand er wohl nach weiteren 30 Stockwerken sein würde. Außerdem schien er enorm viel Gepäck mit sich zu schleppen: Zusammengerollte Seile über einer Schulter und zwei Sauerstoffgeräte auf dem Rücken – wie ein Bergsteiger, der den Everest erklimmen will. Ein weiterer Feuerwehrmann war dicht hinter ihm, mit einem langen Schlauch und einer großen Flasche Trinkwasser. Er schwitzte so sehr, dass er den Helm abnahm und sich etwas Wasser über den Kopf schüttete.

Die Menschen, die ihre Büros verließen und sich Anna auf dem Weg nach unten anschlossen, blieben überwiegend stumm, bis ein alter Mann vor ihr stolperte und auf eine Frau stürzte. Die Frau riss sich das Bein an der scharfen Kante der Treppenstufe auf und schrie den alten Mann daraufhin an.

»Gehen Sie weiter«, rief eine Stimme hinter ihr. »Ich habe diesen Abstieg nach dem Attentat von 1993 gemacht und ich kann Ihnen versichern, Lady, das ist noch gar nichts.«

Anna beugte sich vor, um dem alten Mann aufzuhelfen, was ihr eigenes Fortkommen behinderte, während andere in der Zwischenzeit an ihr vorbeikletterten.

An jedem neuen Treppenabsatz starrte Anna durch die dicken Fenster und staunte, dass immer noch einige Angestellte an ihren Schreibtischen verharrten. Sie hörte auch Gesprächsfetzen durch die geöffneten Türen. Ein Broker im 62. Stock versuchte, einen Deal abzuschließen, bevor um neun Uhr die

Märkte öffneten. Ein anderer starrte zu ihr hinaus, als ob die Fenster ein Fernsehbildschirm waren und er ein Footballspiel kommentierte; über Telefon gab er einem Freund im Südturm einen Zustandsbericht durch.

Immer mehr Feuerwehrleute kamen ihr jetzt entgegen und verwandelten das Treppenhaus in eine Autobahn mit Gegenverkehr. Ihr ständiger Ruf lautete: »Halten Sie sich rechts, gehen Sie weiter.« Anna blieb in Bewegung, wobei ihre Geschwindigkeit oft vom langsamsten Mitstreiter bestimmt wurde. Obwohl das Gebäude nicht länger schwankte, konnte man die Anspannung und die Furcht immer noch in den Gesichtern lesen. Niemand wusste, was über ihnen geschehen war, und keiner ahnte, was sie unten erwartete. Anna fühlte sich schuldig, als sie eine alte Frau überholte, die von zwei jungen Männern in einem großen Ledersessel nach unten getragen wurde. Ihre Beine waren geschwollen, ihr Atem ging unregelmäßig.

Immer weiter stieg Anna nach unten, Stockwerk um Stockwerk, bis sie in den 50er-Stockwerken langsam ihre Erschöpfung spürte.

Sie musste an Rebecca und Tina denken und betete, dass beide in Sicherheit waren. Sie fragte sich auch, ob Fenston und Leapman noch im Büro des Vorsitzenden saßen, in der festen Überzeugung, dass jede Gefahr an ihnen abprallen würde.

Anna war allmählich zuversichtlich, dass sie sich nun in Sicherheit befand und irgendwann aus diesem Albtraum erwachen würde. Sie lächelte sogar über den New Yorker Humor, den sie um sich herum spürte, bis sie eine Stimme hinter sich aufschreien hörte.

»Ein zweites Flugzeug ist in den Südturm gekracht!«

11

JACK WAR über seine erste Reaktion entsetzt. Er hatte etwas gehört, das wie eine Bombenexplosion auf der anderen Straßenseite klang. Sally war hereingelaufen und hatte ihm erzählt, dass ein Flugzeug in den Nordturm des World Trade Centers geflogen war.

»Wir wollen hoffen, dass es Fenstons Büro erwischt hat«, hatte er gesagt.

Sein zweiter Gedanke war etwas professioneller. Er brachte ihn zum Ausdruck, als er sich zusammen mit dem Rest der leitenden Agenten des Kommandozentrums bei Dick Macy einfand, dem Supervising Special Agent. Während andere Agenten am Telefon hingen und versuchten, hinter dem, was in weniger als einer Meile Entfernung geschah, einen Sinn zu finden, erklärte Jack dem SSA, dass es sich seiner Meinung nach zweifellos um einen von langer Hand geplanten Terrorakt handelte. Als um 9 Uhr 03 ein weiteres Flugzeug in den Südturm krachte, meinte Macy nur: »Na schön, aber von welcher Terrorgruppe?«

Jacks dritte Reaktion trat zeitverzögert ein und traf ihn völlig überraschend. Er hoffte, dass Anna Petrescu die Flucht gelungen war, aber als der Südturm 56 Minuten später in sich zusammenfiel, nahm er an, dass auch der Nordturm in Kürze einstürzen würde.

Er kehrte an seinen Schreibtisch zurück und schaltete den

Computer ein. Aus ihrer Außenstelle in Massachusetts gingen erste Berichte ein, wonach die beiden Flugzeuge in Boston gestartet waren und sich zwei weitere Maschinen noch in der Luft befanden. Anrufe von Passagieren dieser Flugzeuge, die vom selben Flughafen gestartet waren, ließen vermuten, dass ihre Maschinen ebenfalls von Terroristen kontrolliert wurden. Eines der Flugzeuge flog nach Washington.

Präsident George W. Bush besuchte gerade eine Schule in Florida, als das erste Flugzeug einschlug. Er wurde rasch zur Barksdale Air Force Basis in Louisiana gebracht. Vizepräsident Dick Cheney hielt sich in Washington auf. Er hatte bereits die Anweisung erteilt, die beiden anderen Flugzeuge abzuschießen. Die Anweisung wurde nicht ausgeführt. Cheney wollte darüber hinaus wissen, welche Terrororganisation dafür verantwortlich zeichnete, da der Präsident noch an diesem Abend eine Rede an die Nation halten wollte und Antworten verlangte. Jack blieb an seinem Schreibtisch, nahm Anrufe von seinen Agenten im Außendienst entgegen und erstattete Macy regelmäßig Bericht. Joe Corrigan, einer von Jacks Agenten, meldete, dass Fenston und Leapman gesehen worden waren, wie sie ein Gebäude in der Wall Street betreten hatten, kurz bevor das erste Flugzeug in den Nordturm krachte. Jack starrte auf die vielen Akten, die auf seinem Schreibtisch lagen.

»Was ist mit Anna Petrescu?«, erkundigte er sich.

»Keine Ahnung«, erwiderte Joe. »Ich kann Ihnen nur sagen, dass sie um 7 Uhr 46 das Gebäude betreten hat. Seitdem wurde sie nicht mehr gesehen.«

Jack schaute zum Fernsehbildschirm auf. Ein drittes Flugzeug war auf das Pentagon gestürzt. *Das Weiße Haus ist als Nächstes dran*, war sein einziger Gedanke.

»Ein zweites Flugzeug ist in den Südturm gekracht«, wiederholte eine Dame auf den Stufen über Anna. Anna weigerte sich zu glauben, dass ein solcher Unfall zwei Mal am selben Tag möglich sein sollte.

»Das ist kein Unfall«, rief eine andere Stimme von hinten, als ob der Sprecher ihre Gedanken lesen konnte. »Das einzige Mal, dass je ein Flugzeug in ein Gebäude in New York geflogen ist, war 1945. Es ist im 79. Stock des Empire State Building eingeschlagen. Aber das war an einem nebligen Tag und damals verfügten sie nicht über die ausgefeilten Radarsysteme, die sie heute haben. Und man darf nicht vergessen, dass der Luftraum über der Stadt eine Flugverbotszone ist, darum muss das geplant gewesen sein. Ich wette, wir sind nicht die Einzigen, die Probleme haben.«

Innerhalb weniger Minuten warfen die Leute mit Verschwörungstheorien, Terrorangriffsberichten und Geschichten von bizarren Unfallserien um sich, obwohl sie keine Ahnung hatten, wovon sie eigentlich sprachen. Wenn sie sich schneller hätten vorwärts bewegen können, hätte es eine panische Massenflucht gegeben. Anna merkte schnell, dass manche im Treppenhaus ihre schlimmsten Ängste dadurch kaschierten, dass sie alle gleichzeitig redeten.

»Rechts gehen, in Bewegung bleiben«, lautete die unablässige Ermahnung von Uniformträgern, die mühsam an ihnen vorbei die Treppe erklommen. Einige der Wandervögel auf dem Weg nach unten ermüdeten allmählich und ließen zu, dass Anna sie überholte. Sie war dankbar für die vielen Stunden, die sie durch den Central Park gejoggt war, und für die vielen Adrenalinstöße, die sie in Bewegung hielten.

Irgendwo in den unteren 40ern roch Anna das erste Mal Rauch und sie konnte hören, wie in den Stockwerken unter ihr laut gehustet wurde. Als sie den nächsten Treppenabsatz erreichte, wurde der Rauch dichter und füllte rasch ihre Lungen. Sie schützte ihre Augen und musste unkontrollierbar husten. Anna hatte einmal gelesen, neunzig Prozent aller Todesfälle bei einem Feuer seien die Folge von Rauchinhalation. Ihre Ängste wurden noch verstärkt, als die Leute vor ihr immer langsamer wurden und schließlich stehen blieben. Das Husten hatte sich in eine Epidemie verwandelt. Waren sie nun alle gefangen, ohne einen Fluchtweg nach oben oder unten?

»In Bewegung bleiben!«, ertönte die Anweisung eines Feuerwehrmannes, der auf sie zukam. »Ein paar Stockwerke lang wird es schlimmer, aber dann haben Sie es hinter sich«, versicherte er jenen, die immer noch zögerten. Anna starrte in das Gesicht des Mannes, der mit so viel Autorität Anweisungen erteilte. Sie gehorchte ihm, voller Zuversicht, dass sie das Schlimmste schon hinter sich hatte. Sie hielt die Augen bedeckt und hustete noch drei Stockwerke lang, aber der Feuerwehrmann sollte recht behalten, denn der Rauch löste sich allmählich auf. Anna beschloss, nur noch auf die Profis zu hören, die die Treppe hochkamen, und die Meinung der Laien, die die Treppe hinunterstiegen, außer Acht zu lassen.

Eine Welle der Erleichterung lief durch all jene hindurch, die dem Rauch entkommen waren, und sie versuchten sofort, den Abstieg wieder zu beschleunigen. Aber schon allein ihre große Anzahl verhinderte ein rasches Fortkommen in dieser Einbahnstraße. Anna bemühte sich, ruhig zu bleiben, als sie hinter einem Blinden landete, der von seinem Blindenhund die Treppe hinuntergeleitet wurde.

»Keine Angst vor dem Rauch, Rosie«, sagte der Mann. Der Hund wedelte mit dem Schwanz.

Immer weiter und weiter hinunter, das Tempo diktiert von dem Menschen vor einem. Als Anna schließlich an der verlassenen Cafeteria im 39. Stock vorübereilte, kamen ihr nicht mehr nur Feuerwehrmänner entgegen, sondern auch Port Authority Beamte und Polizisten von der Emergency Service Unit – die beliebtesten aller New Yorker Cops, da sie nur für Notfallsicherheit und Lebensrettung zuständig waren – keine Strafzettel für falsches Parken, keine Verhaftungen. Anna fühlte sich schuldig, als sie an Menschen vorbeikam, die bereit waren, nach oben zu gehen, während sie immer weiter in die Gegenrichtung eilte.

Als Anna das 34. Stockwerk erreichte, hielten mehrere erschöpfte Bummelanten an, um eine Pause einzulegen, einige davon tauschten sogar Anekdoten aus, während andere sich immer noch weigerten, ihr Büro zu verlassen, weil sie nicht glauben konnten, dass ein Problem im 94. Stock irgendwelche Auswirkungen auf sie haben könnte. Anna sah sich um, hoffte verzweifelt, ein vertrautes Gesicht zu erkennen, vielleicht Rebecca oder Tina, sogar Barry, aber sie hätte sich genauso gut in einem fremden Land befinden können.

»Wir haben eine Stufe drei da oben, möglicherweise eine Stufe vier«, sagte ein Einsatzleiter in sein Funkgerät. »Ich lasse jedes Stockwerk räumen.«

Anna sah zu, wie der Einsatzleiter systematisch jedes Büro evakuierte. Er würde eine Weile brauchen, denn jedes Stockwerk besaß die Größe eines Fußballfeldes.

Im 21. Stock weigerte sich ein Mann standhaft, seinen Schreibtisch zu verlassen; er hatte soeben einen Devisendeal über eine Milliarde Dollar abgeschlossen und wartete noch auf die Bestätigung der Transaktion.

»RAUS!«, brüllte der Einsatzleiter, aber der schick gekleidete

Mann ignorierte den Befehl und tippte weiter auf seine Tastatur ein. »Ich sagte RAUS«, wiederholte der leitende Feuerwehrmann, während zwei seiner jüngeren Kollegen den Mann aus seinem Stuhl hoben und ihn auf der Treppe absetzten. Widerwillig schloss sich der bestätigungslose Broker dem Exodus an.

Als Anna den 20. Stock erreichte, stellte sich ihr ein neues Problem. Sie musste durch Wasser waten, das nun aus der Sprinkleranlage auf sie herabprasselte und in jedem Stock aus den Rohren leckte. Vorsichtig trat sie über einige Scherben und brennenden Schutt, der verstreut im Treppenhaus lag und den Strom an Menschen verlangsamte. Sie fühlte sich wie ein Footballfan, der versucht, ein überfülltes Stadion zu verlassen, in dem es nur ein einziges Drehkreuz gibt. Als sie schließlich in die 10er-Stockwerke kam, beschleunigte sich ihr Fortkommen rapide. Die Stockwerke unter ihr waren bereits geräumt worden und immer weniger Büroangestellte schlossen sich ihnen im Treppenhaus an.

Im zehnten Stock starrte Anna durch eine offene Tür in ein verlassenes Büro. Die Computerbildschirme flackerten noch und die Stühle waren beiseite geschoben, als ob ihre Besitzer nur kurz auf die Toilette gegangen wären und jeden Augenblick zurückkommen könnten. Plastikbecher mit kaltem Kaffee und halb ausgetrunkene Cola-Dosen standen an beinahe jedem Arbeitsplatz. Überall lagen Papiere verstreut, sogar auf dem Boden, während die Familienfotos in den Silberrahmen an Ort und Stelle verharrten. Jemand, der dicht hinter Anna ging, stieß mit ihr zusammen, darum ging sie rasch weiter.

Als Anna in den siebten Stock kam, hielten sie nicht mehr ihre Mitflüchtlinge, sondern das Wasser und das Treibgut auf. Zögerlich bahnte sie sich ihren Weg durch den Schutt, als sie zum ersten Mal die Stimme hörte. Anfangs war sie schwach, dann wurde sie etwas lauter. Irgendwo unter ihr ertönte ein Megaphon und drängte sie weiter. »In Bewegung bleiben, nicht zurückschauen. Benutzen Sie nicht Ihre Handys – das hält die Menschen hinter Ihnen nur auf.«

Drei weitere Stockwerke mussten überwunden werden, bevor sich Anna in der Lobby wiederfand, durch kniehohes Wasser watend, vorbei an dem Expressaufzug, der sie nur zwei Stunden zuvor in ihr Büro gebracht hatte. Plötzlich schalteten sich noch weitere Sprinkler an der Decke ein, aber Anna war bereits bis auf die Haut durchnässt.

Die durch die Megaphone gebellten Anweisungen wurden immer lauter, die Forderungen immer schneidender. »Weitergehen, verlassen Sie das Gebäude, gehen Sie so weit weg, wie Sie nur können!« Das ist gar nicht so leicht, hätte Anna am liebsten erwidert. Als sie an die Drehkreuze kam, die sie am Morgen durchquert hatte, stellte sie fest, dass sie schief und verdreht waren. Sie mussten von einer Welle an Feuerwehrmännern zur Seite geschoben worden sein, als diese ihr schweres Gerät ins Gebäude trugen.

Anna fühlte sich desorientiert und war sich nicht sicher, was sie als Nächstes tun sollte: darauf warten, dass sich ihre Kollegen sammelten? Sie blieb stehen, aber nur einen Augenblick, bevor sie eine weitere eindringliche Anweisung hörte, die direkt an sie gerichtet schien. »Weitergehen, Lady, benutzen Sie nicht Ihr Handy, schauen Sie nicht nach hinten!«

»Wo sollen wir denn hin?«, rief jemand.

»Die Rolltreppe hinunter, durch das Einkaufszentrum und dann so weit vom Gebäude weg wie möglich.«

Anna schloss sich der Herde müder Urmenschen an, die

auf eine überfüllte Rolltreppe traten. Sie ließ sich zur Halle hinuntertragen, bevor sie über eine weitere Rolltreppe zu der offenen Promenade hochfuhr, wo sie so oft mit Tina und Rebecca im Freien zu Mittag gegessen und dabei ein Open-Air-Konzert genossen hatte. Jetzt schien sie nicht im Freien zu sein und es erklang auch keine beruhigende Violine – nur eine weitere Stimme, die bellte: »Nicht zurückschauen, nicht zurückschauen!« Ein Befehl, dem Anna nicht gehorchte, und dann wurde sie nicht nur langsamer, sondern sank schließlich auf die Knie und begann zu würgen. Ungläubig sah sie zu, wie zuerst eine Person, dann eine weitere, die oberhalb des 90. Stockwerkes gefangen sein mussten, aus ihren Bürofenstern in den sicheren Tod sprangen, anstatt auf die langsame Qual des Verbrennens zu warten.

»Aufstehen, Lady, weitergehen!«

Anna rappelte sich auf und stolperte weiter. Plötzlich wurde sie sich bewusst, dass keiner der Polizisten, die die Evakuierung leiteten, mit den Fliehenden Augenkontakt herstellte oder auch nur versuchte, einzelne Fragen zu beantworten.

Als Anna am Borders Buchladen vorbeikam, fiel ihr Blick in der Schaufensterauslage auf einen ehemaligen Nr.-1-Besteller: *Der Todesflieger*.

»Weitergehen, Lady«! wiederholte eine Stimme, noch lauter.

»Wohin?«, fragte sie verzweifelt.

»Egal wohin, einfach weitergehen.«

»In welche Richtung?«

»Ist mir egal, einfach nur soweit weg wie möglich vom Turm!«

Anna spuckte das letzte Erbrochene aus, während sie sich immer weiter vom Gebäude entfernte.

Als sie den Eingang zur Plaza erreichte, kam sie an Löschfahrzeugen und Krankenwagen vorbei. Man kümmerte sich um die Verletzten, die noch gehen konnten, und um jene, die einfach keinen weiteren Schritt mehr zustande brachten. Als sie schließlich auf die Straße kam, sah Anna nach oben und entdeckte ein Schild mit einem Pfeil, der in schwarzen Ruß gehüllt war. Sie konnte gerade noch die Worte »City Hall« ausmachen. Zum ersten Mal fing Anna an zu joggen. Aus dem Joggen wurde ein Rennen und sie überholte einige, die lange vor ihr aus den unteren Stockwerken geflohen waren. Plötzlich vernahm sie hinter sich ein unvertrautes Geräusch. Es klang wie ein Donnern, das sekündlich lauter zu werden schien. Sie wollte sich nicht umdrehen, aber sie tat es dennoch.

Wie gelähmt stand Anna da und sah zu, wie der Südturm vor ihren Augen in sich zusammenbrach, als sei er nur aus Bambus erbaut. Innerhalb weniger Sekunden krachten die Überreste des Gebäudes zu Boden. Sie wirbelten eine Wolke aus Staub und Schutt auf, die sich pilzartig in den Himmel erhob und einen undurchdringlichen Berg aus Flammen und Rauch entstehen ließ, der einen Augenblick lang verharrte und dann unterschiedslos durch die überfüllten Straßen rollte und jeden und alles einschloss, was ihm in den Weg kam.

Anna rannte, wie sie noch nie zuvor gerannt war, aber sie wusste, dass es hoffnungslos war. Sie zweifelte nicht daran, dass sie nun sterben musste. Sie hoffte nur, dass es schnell gehen würde.

Aus der Sicherheit eines Büros in der Wall Street sah Fenston zum World Trade Center hinüber.

Ungläubig musste er mitanschauen, wie ein zweites Flugzeug direkt in den Südturm krachte.

Während die meisten New Yorker sich Sorgen machten, wie sie in dieser tragischen Zeit ihren Freunden, Verwandten und Kollegen helfen könnten, und andere sich sorgten, was das für Amerika bedeuten mochte, hegte Fenston nur einen einzigen Gedanken. Er und Leapman waren nur wenige Augenblicke, bevor das erste Flugzeug in den Nordturm flog, in der Wall Street eingetroffen, um einen potenziellen Klienten zu treffen. Fenston hatte seinen Termin sausen lassen und die nächste Stunde an einem öffentlichen Telefon im Flur verbracht, um irgendjemanden, wen auch immer, in seinem Büro zu erreichen, aber niemand hatte auf seine Anrufe geantwortet. Andere hätten das Telefon ebenfalls gern benutzt, aber Fenston rührte sich nicht von der Stelle. Leapman versuchte dasselbe auf seinem Handy.

Als Fenston eine zweite vulkanische Eruption hörte, ließ er den Hörer fallen und rannte zum Fenster. Leapman eilte rasch herbei und die beiden standen schweigend da, während sie zusahen, wie der Südturm in sich zusammenfiel.

»Es kann nicht lange dauern, dann folgt der Nordturm nach«, prophezeite Fenston.

»Dann dürfen wir wohl davon ausgehen, dass die Petrescu nicht überleben wird«, meinte Leapman sachlich.

»Die Petrescu ist mir egal«, erklärte Fenston. »Wenn der Nordturm einstürzt, verliere ich den Monet und der ist nicht versichert.«

12

Anna rannte um ihr Leben. Sie wurde sich zunehmend bewusst, dass mit jedem Schritt, den sie machte, alles um sie herum stiller wurde. Ein Schrei nach dem anderen erstarb und sie wusste, sie würde die Nächste sein. Hinter ihr schien sich plötzlich niemand mehr zu befinden und zum ersten Mal in ihrem Leben wünschte sie sich, dass jemand sie überholte, damit sie sich nicht länger wie der letzte Mensch auf Erden fühlte. Jetzt verstand sie, wie es sich anfühlen musste, wenn man von einer Lawine verfolgt wird, zehn Mal schneller, als es ein Mensch jemals sein konnte. Und diese Lawine war schwarz.

Anna holte tief Luft, während sie ihren Körper zwang, Geschwindigkeiten zu erreichen, die sie nie zuvor geschafft hatte. Sie hob ihre weiße Seidenbluse an – die jetzt schwarz, verrußt und zerknittert war – und hielt sie sich vor den Mund, nur wenige Augenblicke, bevor sie von einer gnadenlosen, alles verschlingenden grauen Wolke eingehüllt wurde.

Eine zischende Druckwelle warf Anna nach vorn und zu Boden, aber sie versuchte verzweifelt, trotzdem weiter zu fliehen. Sie hatte nur wenige Meter hinter sich gebracht, als sie unkontrolliert zu husten begann. Sie kämpfte sich einen weiteren Meter voran, dann noch einen, bis ihr Kopf plötzlich gegen etwas Hartes prallte. Anna legte die Hand auf die Mauer und versuchte, sich entlangzutasten. Aber ging sie nun von der grauen Wolke weg oder wieder mitten hinein? Asche, Schmutz, Staub verklebten ihren Mund, ihre Augen, Ohren, Nase und ihr Haar und überzogen ihre Haut. Es fühlte sich an, als ob sie lebendig verbrannt würde. Anna musste an die Menschen denken, die sie hatte springen sehen, weil sie glaubten, es sei die leichtere Art zu sterben. Jetzt verstand sie deren Gefühle, aber sie hatte kein Gebäude, von dem sie springen konnte. Sie konnte sich nur fragen, wie lange es noch dauern mochte, bevor sie erstickte. Sie machte einen letzten Schritt, kniete dann nieder und fing an zu beten.

Vater unser… Anna fühlte sich friedlich. Gerade wollte sie die Augen schließen und sich einem tiefen Schlaf hingeben, als sie aus dem Nichts das Blaulicht eines Streifenwagens aufleuchten sah. *Der du bist im Himmel …* Sie strengte sich ein letztes Mal an, wieder auf die Beine zu kommen und auf das Blaulicht zuzustolpern. *Geheiligt werde dein Name …* aber der Wagen fuhr vorbei, hörte ihren klagenden Hilfeschrei nicht. *Dein Reich komme …* Anna fiel erneut zu Boden und riss sich dabei das Knie an einer Bordsteinkante auf. *Dein Wille geschehe …* aber sie spürte nichts. *Wie im Himmel so auf Erden.* Sie klammerte sich mit der Rechten an den Bordstein und brachte es irgendwie fertig, noch ein paar Zentimeter weiterzukriechen. Sie wollte gerade aufhören zu atmen, als sie meinte, etwas Warmes zu berühren. »Hilfe«, murmelte sie schwach, keine Reaktion erwartend.

»Geben Sie mir Ihre Hand«, kam sofort die Antwort. Sein Griff war fest. »Versuchen Sie aufzustehen.«

Mit seiner Hilfe hievte Anna sich irgendwie hoch. »Können Sie das Dreieck aus Licht da drüben sehen?«, fragte die

Stimme, aber sie konnte nicht einmal sehen, in welche Richtung er deutete. Anna drehte sich und starrte in 360 Grad schwarze Nacht. Plötzlich stieß sie einen unterdrückten Freudenschrei aus. Sie hatte einen Strahl aus Sonnenlicht entdeckt, der versuchte, durch den schweren Mantel aus Düsternis zu brechen. Sie nahm die Hand des Fremden und gemeinsam gingen sie zentimeterweise auf das Licht zu, das mit jedem Schritt heller wurde, bis sie schließlich aus der Hölle traten und wieder in New York waren.

Anna wandte sich der ascheverklebten Gestalt zu, die ihr Leben gerettet hatte. Seine Uniform war dermaßen mit Schmutz und Staub bedeckt, dass sie ihn nicht als Cop erkannt hätte, wenn er nicht die vertraute, spitze Mütze und eine Marke getragen hätte. Er lächelte und Risse sprangen in seinem Gesicht auf, als ob er eine dicke Schicht Make-up tragen würde. »Gehen Sie weiter auf das Licht zu«, sagte er und war schon wieder in dem düsteren Nebel verschwunden, bevor sie ihm danken konnte. *Amen.*

Fenston versuchte, sein Büro zu kontakten, bis er sah, wie der Nordturm in sich zusammenbrach. Er legte den Hörer auf, eilte den unvertrauten Flur entlang und fand Leapman, wie er VERKAUFT auf ein Zu-vermieten-Schild schrieb, das an der Tür eines leeren Büros befestigt war.

»Morgen werden zehntausende Menschen auf dieses Büro scharf sein«, erklärte Leapman. »Jetzt haben wir wenigstens *ein* Problem gelöst.«

»Sie können vielleicht ein Büro ersetzen, aber meinen Monet können Sie nicht ersetzen«, erwiderte Fenston undankbar. Er schwieg.

»Und wenn ich diesen van Gogh nicht kriege …«

Leapman sah auf seine Armbanduhr. »Der sollte momentan mitten über dem Atlantik sein.«

»Wollen wir es hoffen, denn wir haben jetzt keinerlei Unterlagen mehr, um zu beweisen, dass das Gemälde uns gehört.« Fenston sah aus dem Fenster und starrte auf die graue Wolke, die dort, wo sich einst die Zwillingstürme stolz erhoben hatten, über dem Boden waberte.

Anna schloss sich einer Gruppe Mitkämpfender an, die aus der Düsterkeit auftauchten. Ihre Gefährten sahen aus, als ob sie bereits einen Marathon hinter sich hatten, jedoch noch nicht an der Ziellinie angekommen waren. Da sie aus tiefer Dunkelheit heraustrat, konnte Anna es nicht ertragen, zur strahlenden Sonne aufzuschauen; selbst die staubbedeckten Lider zu öffnen, erforderte Anstrengung. Sie stolperte immer weiter, Zentimeter um Zentimeter, Meter um Meter, hustete mit jedem Schritt Dreck und Staub aus und fragte sich, wie viel dieser schwarzen Schlacke noch in ihrem Körper sein mochte. Nach einigen weiteren Schritten fiel sie auf die Knie, überzeugt davon, dass die graue Wolke sie jetzt nicht mehr einholen konnte. Sie hustete, spuckte. Als Anna aufsah, entdeckte sie eine Gruppe entsetzter Zuschauer, die sie anstarrten, als wäre sie soeben von einem anderen Planeten gelandet.

»Waren Sie in einem der Türme?«, fragte einer der Umstehenden. Sie hatte nicht die Kraft zu antworten und beschloss, sich so weit wie möglich von den glotzenden Blicken dieser Menschen zu entfernen. Anna hatte erst ein paar Schritte gemacht, als sie auf einen japanischen Touristen stieß, der sich vor ihr verbeugte und versuchte, ein Foto von ihr zu schießen.

Wütend winkte sie ihn beiseite. Sofort verneigte er sich noch tiefer und entschuldigte sich.

Als Anna an die nächste Kreuzung kam, brach sie auf dem Bürgersteig zusammen und starrte zu dem Straßenschild auf – sie befand sich an der Ecke Franklin und Church. Ich bin nur wenige Häuserblocks von Tinas Wohnung entfernt, war ihr erster Gedanke. Aber da Tina immer noch irgendwo hinter ihr war, wie hätte sie da überleben können? Ein Bus blieb neben Anna stehen. Obwohl er schon so voll war wie eine Trambahn in San Francisco während der Rushhour, traten die Leute zurück, damit sie einsteigen konnte. Der Bus hielt an der Ecke jedes Häuserblocks und ließ einige einsteigen, während andere ausstiegen – ohne dass irgendjemand das Fahrgeld zahlen musste. Es schien, als ob alle New Yorker vereint waren in dem Wunsch, irgendeine Rolle in diesem Drama zu spielen.

»Oh mein Gott«, flüsterte Anna, als sie im Bus saß. Sie vergrub den Kopf in den Händen. Zum ersten Mal dachte sie an die Feuerwehrmänner, die ihr auf der Treppe entgegen gekommen waren, und an Tina und Rebecca, die tot sein mussten. Erst, wenn man jemanden persönlich kennt, wird aus einer Tragödie mehr als nur ein Bericht in den Nachrichten.

Als der Bus in Greenwich Village nahe dem Washington Square Park hielt, fiel Anna beinahe heraus. Sie stolperte auf den Bürgersteig und hustete mehrmals grauen Staub aus. Eine Frau setzte sich auf die Bordsteinkante neben sie und bot ihr eine Flasche Wasser an. Anna füllte ihren Mund einige Male, bevor sie Klumpen an schwarzer Flüssigkeit ausspuckte. Sie leerte die Flasche, ohne einen Tropfen zu schlucken. Die Frau zeigte auf ein kleines Hotel, wo die Flüchtlinge in einem steten Strom ein und aus gingen. Sie beugte sich zu Anna und nahm sie am

Arm, dann führte sie sie sanft zu der Damentoilette im Erdgeschoss des Hotels. Der Raum war voller Männer und Frauen, denen ihre Geschlechtszugehörigkeit egal war. Anna sah sich im Spiegel an und begriff, warum die Passanten sie so neugierig angestarrt hatten. Es war, als ob jemand eimerweise graue Asche über sie ausgekippt hätte. Sie hielt die Hände unter das fließende Wasser, bis nur noch ihre Nägel schwarz waren. Dann versuchte sie, eine Schicht des festgebackenen Staubs von ihrem Gesicht zu waschen – ein beinahe hoffnungsloses Unterfangen. Sie drehte sich um, wollte sich bei der Fremden bedanken, aber wie der Cop war sie bereits verschwunden, um jemand anderem zu helfen.

Anna humpelte auf die Straße zurück, die Kehle ausgedörrt, die Knie aufgerissen, die schmerzenden Füße voller Blasen. Während sie langsam zum Waverly Place stolperte, versuchte sie, sich an die Hausnummer von Tinas Apartmentgebäude zu erinnern. Sie kam an einem menschenleeren Waverly Diner vorbei, bevor sie vor der Hausnummer 273 stehen blieb. Anna klammerte sich an das vertraute gusseiserne Treppengeländer wie an einen Rettungsring und zog sich schwer die Stufen zur Eingangstür hoch. Mit dem Finger fuhr sie über die aufgelisteten Namen neben den Klingelknöpfen: Amato, Kravits, Gambino, O'Rourke, Forster... Forster, Forster, wiederholte sie freudig, bevor sie auf den kleinen Klingelknopf drückte. Aber wie sollte Tina öffnen, wo sie doch tot sein musste, war Annas einziger Gedanke. Sie ließ den Finger auf der Klingel, als ob das Tina ins Leben zurückbringen könnte, was es nicht tat. Schließlich gab sie auf und drehte sich um. Tränen strömten über ihr staubbedecktes Gesicht, als aus dem Nichts eine wütende Stimme zu wissen verlangte: »Wer ist denn da?«

Anna brach auf der obersten Stufe zusammen.

»Gott sei Dank!«, rief sie, »du lebst, du lebst.«

»Aber *du* kannst nicht am Leben sein«, meinte die Stimme ungläubig.

»Mach die Tür auf«, flehte Anna, »dann siehst du es selbst.«

Das Surren des Türöffners war für Anna das schönste Geräusch an diesem Tag.

13

»Du bist am Leben«, wiederholte Tina, als sie die Wohnungstür aufriss und ihre Freundin überschwänglich in die Arme nahm. Anna mochte einem Straßenjungen ähneln, der gerade einem viktorianischen Kamin entstiegen war, aber das hielt Tina nicht davon ab, sich an sie zu klammern.

»Ich musste daran denken, wie du mich immer zum Lachen gebracht hast, und ich habe mich gerade gefragt, ob ich jemals wieder würde lachen können, und da hat es an der Tür geklingelt.«

»Und ich war überzeugt, dass du den Einsturz nicht überleben konntest, selbst wenn du dich irgendwie aus dem Gebäude hättest befreien können.«

»Wenn ich eine Flasche Champagner hätte, würde ich sie jetzt öffnen, damit wir feiern können.« Tina ließ ihre Freundin endlich los.

»Ich gebe mich auch mit einer Tasse Kaffee zufrieden. Und mit noch einer Tasse Kaffee. Gefolgt von einem Bad.«

»Kaffee habe ich da.« Tina nahm Anna an der Hand und führte sie zu der kleinen Küche am Ende des Flurs. Anna hinterließ graue Fußabdrücke auf dem Teppich.

Sie setzte sich an einen kleinen, runden Holztisch und hielt die Hände im Schoß, während der Fernseher ohne Ton Hintergrundbilder lieferte. Sie versuchte, reglos zu sitzen, war sich bewusst, dass alles, was sie anfasste, sofort mit Asche und Staub verschmiert sein würde. Tina schien das nicht zu bemerken.

»Ich weiß, das klingt jetzt vielleicht ein wenig seltsam«, sagte Anna, »aber ich habe keine Ahnung, was eigentlich los ist.«

Tina drehte den Ton auf.

»Wenn du dir das fünfzehnMinuten anhörst, weißt du Bescheid.« Tina füllte die Kaffeekanne.

Anna sah endlose Wiederholungen von einem Flugzeug, das in den Südturm krachte, von Menschen, die sich aus den oberen Stockwerken in den sicheren Tod warfen, und vom Einsturz erst des Süd- und dann des Nordturms.

»Und ein weiteres Flugzeug ist ins Pentagon gestürzt?«, fragte sie.

»Wie viele Flugzeuge sind noch da draußen?«

»Es gab noch ein viertes.« Tina stellte zwei Becher auf den Tisch.

»Aber niemand weiß genau, wohin es geflogen ist.«

»Möglicherweise zum Weißen Haus«, mutmaßte Anna und sah auf dem Bildschirm, wie Präsident Bush von der Barksdale Air Force Basis in Louisiana zur Nation sprach: »Damit wir uns nicht falsch verstehen, die Vereinigten Staaten werden diejenigen, die für diese feigen Taten verantwortlich sind, jagen und bestrafen.«

Die Bilder des zweiten Flugzeugs, das in den Südturm flog, flackerten wieder auf.

»Oh mein Gott«, meinte Anna. »Ich habe noch gar nicht an die unschuldigen Passagiere an Bord dieser Flugzeuge gedacht. Wer ist für all das verantwortlich?«, fragte sie, während Tina ihre Tasse mit schwarzem Kaffee auffüllte.

»Das Außenministerium hält sich noch ziemlich bedeckt«, antwortete Tina. »Und die üblichen Verdächtigen – Russland, Nordkorea, Iran und Irak – haben alle sofort ›Ich war's nicht‹ gerufen und gelobt, alles zu tun, um die Verantwortlichen aufzuspüren.«

»Aber was sagen die Nachrichtensprecher? Die müssen doch nicht vorsichtig sein.«

»CNN zeigt mit dem Finger auf Afghanistan und insbesondere auf eine Terrorgruppe namens Al Kaida – ich glaube, so spricht man das aus, aber ich bin mir nicht sicher, weil ich noch nie von denen gehört habe.« Tina setzte sich Anna gegenüber.

»Ich glaube, es handelt sich um einen Haufen religiöser Fanatiker. Aber ich dachte immer, die interessieren sich nur dafür, die Macht in Saudi Arabien zu ergreifen, um das Öl in die Finger zu kriegen.« Anna sah zum Fernsehgerät auf und lauschte dem Kommentator, der versuchte, sich vorzustellen, wie es im Nordturm gewesen sein musste, als das erste Flugzeug hineinflog. *Woher willst du das wissen*, hätte Anna ihn am liebsten gefragt. Hundert Minuten auf wenige Sekunden verkürzt und dann immer und immer wiederholt, wie ein vertrauter Werbespot. Als der Südturm einstürzte und die Rauchwolke sich in den Himmel bauschte, fing Anna laut an zu husten und verteilte einen Ascheschauer auf ihre Umgebung.

»Alles in Ordnung?« Tina sprang von ihrem Stuhl auf.

»Ja, es geht mir gut.« Anna trank ihren Kaffee aus. »Würde es dir etwas ausmachen, wenn ich den Fernseher ausschalte? Ich glaube, ich halte es nicht aus, wenn ich ständig daran erinnert werde, dass ich dort gewesen bin.«

»Natürlich nicht.« Tina griff nach der Fernbedienung und

drückte auf den entsprechenden Knopf. Die Bilder schmolzen vom Schirm.

»Ich muss ständig an all unsere Freunde denken, die im Gebäude waren«, sagte Anna, während Tina ihren Becher erneut mit Kaffee füllte. »Ich frage mich, ob Rebecca …«

»Ich habe nichts von ihr gehört«, sagte Tina. »Barry ist der Einzige, der sich bislang gemeldet hat.«

»Klar, das glaube ich sofort, dass Barry der Erste war, der es die Treppe hinunter nach draußen geschafft hat. Er ist einfach über alle hinweggetrampelt, die sich ihm in den Weg stellten. Aber wen hat Barry angerufen?«, fragte Anna.

»Fenston. Auf dem Handy.«

»Fenston?«, rief Anna. »Wie hat er es fertiggebracht zu fliehen, wo das erste Flugzeug doch nur wenige Minuten, nachdem ich sein Büro verlassen habe, in das Gebäude gekracht ist?«

»Da war er schon in der Wall Street – er hatte einen Termin mit einem potenziellen Kunden, dessen einziger Vermögenswert ein Gauguin ist. Da hätte er sich nie und nimmer verspätet.«

»Und Leapman?« Anna nahm noch einen Schluck Kaffee.

»Immer einen Schritt hinter ihm, wie gewöhnlich«, sagte Tina.

»Darum also wurden die Aufzugtüren offen gehalten.«

»Die Aufzugtüren?«, wiederholte Tina.

»Unwichtig«, sagte Anna. »Aber warum warst du heute Morgen nicht bei der Arbeit?«

»Ich hatte einen Termin beim Zahnarzt«, erklärte Tina. »Das stand schon seit Wochen in meinem Kalender.« Sie schwieg und sah über den Tisch. »Seit dem Augenblick, als ich die Nachrichten hörte, habe ich ununterbrochen versucht, dich anzurufen. Wo bist du gewesen?«

»Ich wurde aus dem Gebäude eskortiert«, erwiderte Anna.

»Von einem Feuerwehrmann?«, fragte Tina.

»Nein«, sagte Anna. »Von diesem Affen, Barry.«

»Warum das denn?«, fragte Tina.

»Weil Fenston mich soeben gefeuert hatte«, erwiderte Anna.

»Er hat dich gefeuert?«, wiederholte Tina ungläubig. »Warum sollte er ausgerechnet dich feuern?«

»Weil ich in meinem Bericht an den Vorstand empfohlen habe, dass Victoria Wentworth ihren van Gogh verkaufen sollte. Dadurch könnte sie nicht nur ihr Konto bei der Bank ausgleichen, sondern auch den Rest des Anwesens behalten.«

»Aber der van Gogh war der einzige Grund, warum Fenston dem Deal überhaupt jemals zugestimmt hat«, sagte Tina. »Ich dachte, das wüsstest du. Er ist seit Jahren hinter einem van Gogh her. Das Letzte, was er will, ist ein Verkauf des Gemäldes, damit Victoria vom Haken kommt. Allerdings ist das kaum ein Grund, dich zu feuern. Welche Entschuldigung …«

»Ich habe eine Kopie meiner Empfehlung auch an die Kundin geschickt, was meiner Meinung nach dem Berufsethos von Bankern entspricht.«

»Ich glaube nicht, dass das Berufsethos von Bankern Fenston des Nachts wach hält. Aber das erklärt immer noch nicht, warum er dich so schnell loswerden wollte.«

»Weil ich drauf und dran war, nach England zu fliegen und Victoria Wentworth mitzuteilen, dass ich sogar schon einen potenziellen Käufer an der Hand habe. Einen bekannten japanischen Sammler, Takashi Nakamura. Ich bin sicher, wir hätten den Deal mit ihm rasch über die Bühne bringen können, wenn wir beim Verkaufspreis einigermaßen vernünftig geblieben wären.«

»Du hast dir mit Nakamura den falschen Mann ausgesucht«, erklärte Tina. »Für welchen Verkaufspreis auch immer, er ist der Letzte auf Erden, mit dem Fenston Geschäfte machen würde. Sie sind beide seit Jahren hinter einem van Gogh her und gehören regelmäßig zu den letzten Bietern bei großen Impressionisten.«

»Warum hat er mir das nicht gesagt?«, wollte Anna wissen.

»Weil es ihm nicht immer in den Kram passt, einen wissen zu lassen, was er vorhat«, erklärte Tina.

»Aber wir gehören doch beide zum selben Team.«

»Du bist sowas von naiv, Anna. Hast du noch nicht gemerkt, dass Fenstons Team nur aus einer einzigen Person besteht?«

»Aber er kann Victoria nur dazu bringen, ihm den van Gogh zu übergeben, wenn er …«

»Da wäre ich mir nicht so sicher«, meinte Tina.

»Warum nicht?«

»Fenston hat gestern mit Ruth Parish telefoniert und sie angewiesen, das Gemälde sofort abzuholen. Ich hab gehört, wie er das Wort ›sofort‹ mehrmals wiederholt hat.«

»Bevor Victoria die Chance hatte, meinen Empfehlungen entsprechend zu handeln.«

»Das würde auch erklären, warum er dich feuern musste, bevor du ins Flugzeug steigen und somit seine Pläne durchkreuzen konntest«, fügte Tina hinzu. »Du bist übrigens nicht die Erste, die ihren Hut nehmen muss.«

»Wie meinst du das?«, fragte Anna.

»Sobald jemand herausfindet, worauf Fenston es abgesehen hat, ist er weg vom Fenster.«

»Warum hat er *dich* dann noch nicht gefeuert?«

»Weil ich keine Empfehlungen ausspreche, die ihm nicht passen«, erwiderte Tina. »Darum hält er mich nicht für eine Bedrohung.« Sie hielt kurz inne. »Na ja, momentan noch nicht.«

Anna trommelte wütend auf die Tischplatte und wirbelte dabei eine kleine Staubwolke auf. »Ich bin ja sowas von dämlich. Ich hätte es wissen müssen. Jetzt kann ich nichts mehr daran ändern.«

»Da wäre ich mir nicht so sicher«, entgegnete Tina. »Wir wissen noch nicht mit Sicherheit, ob Ruth Parish das Gemälde bereits von Wentworth Hall hat abholen lassen. Wenn nicht, hast du noch genug Zeit, um Victoria anzurufen und ihr zu raten, das Bild nicht aus der Hand zu geben, bevor du nicht mit Mr. Nakamura gesprochen hast – auf diese Weise kann sie ihre Schulden bei Fenston abzahlen und er kann nichts dagegen unternehmen.« Tinas Handyklingelton spielte: *California Here I Come*. Sie sah auf die Anrufer-ID: CHEF stand da zu lesen. Tina legte den Finger an die Lippen.

»Es ist Fenston«, warnte sie. »Wahrscheinlich will er in Erfahrung bringen, ob du mit mir Kontakt aufgenommen hast.« Sie klappte das Handy auf.

»Ist Ihnen klar, wen wir in dem Schutt verloren haben?«, fragte Fenston, bevor Tina etwas sagen konnte.

»Anna?«

»Nein«, bellte Fenston. »Die Petrescu ist tot.«

»Tot?«, wiederholte Tina und starrte quer über den Tisch auf ihre Freundin. »Aber…«

»Ja. Als sich Barry gemeldet hat, hat er bestätigt, dass er sie zuletzt auf dem Boden liegend gesehen hat, darum kann sie unmöglich überlebt haben.«

»Sie werden feststellen …«

»Vergessen Sie die Petrescu«, erklärte Fenston. »Ich hatte bereits geplant, sie zu ersetzen. Was ich nicht ersetzen kann, ist mein Monet.« Tina verstummte geschockt und wollte ihm gerade erklären, wie sehr er sich irrte, als ihr plötzlich klar wurde, dass sie die Taktlosigkeit von Fenston zu Annas Vorteil verwenden konnte.

»Heißt das, dass wir auch den van Gogh verloren haben?«

»Nein«, erklärte Fenston. »Ruth Parish hat bereits bestätigt, dass das Gemälde London verlassen hat. Es soll noch heute Abend auf dem JFK ankommen. Leapman holt es dann ab.«

Tina sank auf ihrem Stuhl zusammen.

»Vergessen Sie nicht, sich morgen früh um sechs einzufinden.«

»Sechs Uhr früh?«

»Ja«, erklärte Fenston. »Beschweren Sie sich nicht. Schließlich haben Sie heute den ganzen Tag frei.«

»Und wo soll ich mich einfinden?«, fragte Tina, die sich nicht die Mühe machte, mit ihm zu streiten.

»Ich habe Büroräume im 32. Stock des Trump Gebäudes in der Wall Street Nummer 40 angemietet. Wenigstens für uns läuft also alles wie immer.« Er legte auf.

»Fenston glaubt, dass du tot bist«, sagte Tina. »Aber er regt sich mehr darüber auf, dass er seinen Monet verloren hat«, fügte sie hinzu, während sie ihr Handy zuklappte.

»Er wird bald genug herausfinden, dass ich nicht tot bin«, meinte Anna.

»Nur, wenn du es willst«, erwiderte Tina. »Hat dich jemand gesehen, seit du den Turm verlassen hast?«

»Nur in dieser Verfassung«, meinte Anna.

»Dann wollen wir es auch dabei belassen, solange wir uns überlegen, was wir als Nächstes tun. Fenston sagt, der van Gogh ist bereits auf dem Weg nach New York und Leapman holt ihn gleich nach der Landung ab.«

»Was bleibt uns da noch zu tun?«

»Ich könnte versuchen, Leapman irgendwie aufzuhalten, während du dir das Gemälde krallst.«

»Aber was soll ich damit anfangen?«, fragte Anna. »Fenston wird mich ganz sicher suchen.«

»Du kannst das erste Flugzeug nach London nehmen und das Bild nach Wentworth Hall zurückbringen.«

»Das kann ich ohne die Erlaubnis von Victoria nicht tun«, sagte Anna.

»Großer Gott, Anna, wann wirst du endlich erwachsen? Du musst aufhören, wie eine Musterschülerin zu denken, und dir klarmachen, was Fenston tun würde, wenn er an deiner Stelle wäre.«

»Er würde herausfinden, um wie viel Uhr das Flugzeug landet«, sagte Anna. »Also muss ich als Erstes …«

»Als Erstes musst du duschen, während ich herausfinde, wann das Flugzeug landet und was Leapman plant.« Tina stand auf. »Denn eines ist sicher: So, wie du derzeit aussiehst, wird man dich nicht auf das Flughafengelände lassen.«

Anna leerte ihre Kaffeetasse und folgte Tina in den Flur. Tina öffnete die Tür zum Badezimmer und musterte ihre Freundin. »Ich sehe dich dann …«, sie zögerte, »… in einer Stunde.«

Zum ersten Mal an diesem Tag musste Anna lachen.

Langsam schälte sich Anna aus ihren Kleidern, sah in den Spiegel und erblickte einen Menschen, der ihr vollkommen fremd war. Sie entfernte die Silberkette von ihrem Hals und legte sie neben die Badewanne, direkt neben das Modell einer Yacht.

Schließlich nahm sie ihre Uhr ab, die um 8 Uhr 46 stehen geblieben war. Einige Sekunden später und Anna hätte sich im Aufzug befunden.

Als Anna unter die Dusche trat, dachte sie über Tinas tollkühnen Plan nach. Sie drehte beide Wasserhähne auf und ließ das Wasser einige Zeit auf sich prasseln, bevor sie auch nur daran dachte, sich einzuseifen. Sie sah zu, wie das Wasser erst schwarz, dann grau abfloss, aber so fest sie auch schrubbte, das Wasser blieb grau. Anna schrubbte weiter, bis ihre Haut rot und wund war, dann wandte sie ihre Aufmerksamkeit einer Flasche Shampoo zu. Erst nachdem sie sich drei Mal die Haare gewaschen hatte, trat sie aus der Dusche, aber es würde noch Tage dauern, bevor man wieder sah, dass sie naturblond war.

Sie dachte daran, wie viele Freunde und Kollegen sie verloren haben musste, und ihr wurde klar, wie viel Glück sie hatte, noch am Leben zu sein. Aber das Trauern musste warten, wenn sie Victoria vor einem noch langsameren Tod bewahren wollte.

Annas Gedanken wurden von Tina unterbrochen, die an die Tür klopfte. Dann trat sie ein und setzte sich auf den Wannenrand.

»Eindeutig eine Verbesserung«, meinte sie lächelnd, während sie Annas frisch geschrubbten Körper betrachtete.

»Ich habe über deine Idee nachgedacht«, sagte Anna, »und wenn ich …«

»Der Plan wurde geändert«, unterbrach Tina. »Eben hat die Flugsicherheitsbehörde verkündet, dass alle inneramerikanischen Flugzeuge bis auf weiteres am Boden bleiben müssen und dass keine Auslandsflugzeuge landen dürfen. Der van Gogh befindet sich also wieder auf dem Rückweg nach Heathrow.«

»Dann muss ich Victoria umgehend anrufen«, erwiderte Anna.

»Ich muss ihr sagen, sie soll Ruth Parish anweisen, das Gemälde nach Wentworth Hall zurückzubringen.«

»Einverstanden«, erklärte Tina. »Aber mir wurde soeben bewusst, dass Fenston etwas viel Wertvolleres verloren hat als nur den Monet.«

»Was könnte für ihn wertvoller sein als der Monet?«, fragte Anna.

»Sein Vertrag mit Victoria und all die anderen Unterlagen, die beweisen, dass ihm der van Gogh gehört – ebenso wie der Rest des Wentworth-Anwesens, falls sie ihre Schulden nicht begleicht.«

»Aber hast du denn keine Kopien?«, fragte Anna.

Tina zögerte. »Doch«, sagte sie, »in einem Safe in Fenstons Büro.«

»Vergiss nicht, dass auch Victoria alle relevanten Papiere besitzt.« Tina schwieg erneut. »Nicht, wenn sie bereit ist, sie zu vernichten.«

»Damit würde sich Victoria niemals einverstanden erklären«, sagte Anna.

»Warum rufst du sie nicht an und findest es heraus? Wenn sie sich dazu in der Lage sieht, hast du mehr als genug Zeit, um den van Gogh zu verkaufen und die Schulden bei Fenston zu begleichen, bevor er etwas dagegen unternehmen kann.«

»Es gibt nur ein Problem.«

»Und das wäre?«

»Ich habe ihre Telefonnummer nicht. Ihre Akte befindet sich in meinem Büro und ich habe alles verloren, einschließlich Handy, Palm Pilot, sogar meine Geldbörse.«

»Ich bin sicher, die internationale Auskunft kann dieses Problem lösen«, schlug Tina vor. »Warum trocknest du dich nicht ab und ziehst einen Morgenmantel an? Die Sache mit den Kleidern klären wir später.«

»Danke.« Anna drückte ihre Hand.

»Du wirst mir nicht mehr danken wollen, wenn du herausfindest, was es zu Mittag gibt. Ich habe keinen Gast erwartet, darum musst du mit chinesischen Resten vorliebnehmen.«

»Klingt toll.« Anna stieg aus der Wanne, nahm sich ein Handtuch und wickelte es eng um ihren Körper.

»Ich sehe dich dann gleich«, sagte Tina. »Bis dahin sollte die Mikrowelle mein Gourmetmahl fertiggestellt haben.« Sie drehte sich um und wollte gehen.

»Tina, darf ich dich etwas fragen?«

»Alles.«

»Warum arbeitest du noch für Fenston, wo du den Mann doch offenbar ebenso verachtest wie ich?«

Tina zögerte. »Verachtung trifft es ganz und gar nicht«, erwiderte sie schließlich. Dann schloss sie leise die Tür hinter sich.

14

Ruth Parish drückte die Taste für Ferngespräche.

»Hallo, Ruth«, meldete sich eine vertraute Stimme, die eine unvertraute Botschaft zu übermitteln hatte. »Ich bin's, Ken Lane von United. Ich wollte Sie nur wissen lassen, dass unser Flug 107 nach New York zur Umkehr angewiesen wurde und wir davon ausgehen, dass er in etwa einer Stunde wieder in Heathrow landet.«

»Warum das denn?«, fragte Ruth.

»Die Einzelheiten sind derzeit noch unklar«, räumte Ken ein. »Aber vom JFK kommen Berichte, die darauf schließen lassen, dass es einen Terroranschlag auf die Zwillingstürme gab. Alle US-Flughäfen wurden angewiesen, bis auf weiteres keine Flugzeuge mehr starten oder landen zu lassen.«

»Wann ist das passiert?«

»Gegen 13 Uhr 30 unserer Zeit. Sie müssen beim Mittagessen gewesen sein. Alle Nachrichtensender berichten darüber. Es wird überall gezeigt.«

Ruth nahm die Fernbedienung von ihrem Schreibtisch und zeigte damit auf den Fernsehbildschirm.

»Wollen Sie den van Gogh lagern?«, erkundigte sich Ken. »Oder bringen Sie ihn nach Wentworth Hall zurück?«

»Er geht ganz bestimmt nicht nach Wentworth zurück«,

erklärte Ruth. »Ich werde das Gemälde über Nacht in einer unserer zollfreien Hallen lagern und es in der ersten verfügbaren Maschine nach New York unterbringen, sobald der JFK-Flughafen die Einschränkungen aufhebt.« Ruth hielt inne. »Könnten Sie ungefähr dreißig Minuten, bevor Ihr Flugzeug landet, die Ankunftszeit durchgeben, damit ich einen meiner Laster bereitstellen kann?«

»Wird gemacht«, versprach Ken.

Ruth legte den Hörer auf und sah zum Fernsehbildschirm hoch. Sie tippte die Zahl 501 in ihre Fernbedienung ein. Das erste Bild, das sie sah, zeigte ein Flugzeug, das in den Südturm flog.

Jetzt verstand sie, warum Anna auf ihren Anruf nicht geantwortet hatte.

Während Anna sich abtrocknete, spekulierte sie darüber, welchen Grund Tina haben könnte, weiter für Fenston zu arbeiten. Sie merkte, wie sie unwillkürlich den Kopf schütteln musste. Schließlich war Tina befähigt genug, um einen weitaus besseren Job zu ergattern.

Anna zog den Bademantel ihrer Freundin über, schlüpfte in deren Hausschuhe und legte die Silberkette mit dem Schlüssel wieder an, ebenso wie ihre stehen gebliebene Uhr. Sie betrachtete sich im Spiegel; die äußere Fassade hatte sich beträchtlich verbessert, aber Anna fühlte sich immer noch unbehaglich, wenn sie darüber nachdachte, was sie nur wenige Stunden zuvor durchgemacht hatte. Sie fragte sich, wie viele Tage, Monate, Jahre diese Erfahrung als wiederkehrender Albtraum auftauchen würde.

Anna öffnete die Badezimmertür und schlängelte sich durch

den Flur, wobei sie die Aschefußabdrücke umging, die sie auf dem Teppich hinterlassen hatte. Als sie in die Küche trat, hörte Tina auf, den Tisch zu decken, und reichte ihr das Handy.

»Zeit, Victoria anzurufen und sie vorzuwarnen, was du im Sinn hast.«

»Was habe ich denn im Sinn?«, wollte Anna wissen.

»Als Erstes fragst du sie, ob sie weiß, wo sich der van Gogh befindet.«

»Hinter Schloss und Riegel in einer zollfreien Halle in Heathrow, würde ich vermuten, aber es gibt nur eine Möglichkeit, das herauszufinden.« Anna wählte die 00.

»Internationale Auskunft.«

»Ich benötige eine Rufnummer in England«, sagte Anna.

»Geschäftlich oder privat?«

»Privat.«

»Name?«

»Wentworth, Victoria.«

»Adresse?«

»Wentworth Hall, Wentworth, Surrey.«

Es herrschte lange Stille, bevor man Anna mitteilte: »Es tut mir leid, aber die Nummer wurde aus dem Verzeichnis genommen.«

»Was soll das heißen?«, fragte Anna.

»Ich darf die Nummer nicht herausgeben.«

»Es handelt sich aber um einen Notfall«, insistierte Anna.

»Es tut mir wirklich leid, aber ich darf die Nummer trotzdem nicht herausgeben.«

»Ich bin eine enge Freundin.«

»Und wenn Sie die Königin von England wären, ich wiederhole, ich bin nicht befugt, diese Nummer herauszugeben.« Die Leitung erstarb. Anna runzelte die Stirn.

»Wie sieht Plan B aus?«, hakte Tina nach.

»Ich habe keine andere Wahl, als selbst irgendwie nach England zu kommen und zu versuchen, mich mit Victoria zu treffen, damit ich sie vor Fenstons Machenschaften warnen kann.«

»Gut. Dann müssen wir als Nächstes entscheiden, welche Grenze du am besten überschreitest.«

»Was für eine Chance habe ich denn, überhaupt eine Grenze zu überschreiten, wenn ich nicht einmal zu meiner Wohnung zurückkomme, um meine Sachen zu holen – außer ich will, dass die ganze Welt erfährt, wie gesund und munter ich bin?«

»Mich hält nichts davon ab, in deine Wohnung zu gehen«, hielt Tina dagegen. »Sag mir, was du brauchst, dann packe ich eine Reisetasche und …«

»Es gibt nichts mehr zu packen«, fiel ihr Anna ins Wort. »Alles, was ich brauche, steht schon im Flur bereit. Ich wollte doch heute Abend ohnehin nach London fliegen.«

»Dann brauche ich nur den Schlüssel zu deiner Wohnung«, meinte Tina.

Anna öffnete die Kette um ihren Hals und reichte ihr den Schlüssel.

»Wie komme ich am Türsteher vorbei?«, erkundigte sich Tina. »Er wird wissen wollen, wen ich besuchen komme.«

»Das ist kein Problem«, erwiderte Anna. »Sein Name ist Sam. Sag ihm, du willst David Sullivan besuchen, dann wird er lächeln und dir den Aufzug holen.«

»Wer ist David Sullivan?«, fragte Tina.

»Er hat eine Wohnung im vierten Stock und trifft sich selten mehr als ein Mal mit ein und derselben Frau. Er zahlt Sam jede Woche ein paar Dollar, um dafür zu sorgen, dass keine je erfährt, dass sie nicht die einzige Frau in Davids Leben ist.«

»Das löst aber noch nicht das Bargeldproblem«, wandte Tina ein.

»Vergiss nicht, du hast deine Geldbörse und die Kreditkarten bei dem Einsturz verloren, und ich hab nur noch 70 Dollar.«

»Ich habe gestern 3000 Dollar von meinem Konto abgehoben«, sagte Anna. »Wann immer man ein wertvolles Gemälde transportiert, darf man nicht Gefahr laufen, dass es Verzögerungen gibt, darum muss man darauf vorbereitet sein, unterwegs auch mal einem Gepäckträger etwas in die Hand drücken zu können. Außerdem habe ich noch 500 in der Nachttischschublade neben meinem Bett.«

»Und du brauchst meine Uhr«, sagte Tina. Anna nahm ihre Uhr ab und tauschte mit Tina.

Tina betrachtete Annas Uhr genauer. »Du wirst niemals vergessen, wie spät es war, als das Flugzeug in das Gebäude krachte«, sagte sie. Da piepste die Mikrowelle.

»Das könnte ungenießbar sein«, warnte Tina, als sie die Reste des Hühnchen Chow Mein mit gebratenem Reis servierte. Beim Essen überlegten sich die beiden mögliche Alternativen, um aus der Stadt zu kommen, und welche Grenze wohl sicherer wäre.

Als sie auch den letzten Bissen der Reste zusammen mit einer weiteren Kanne Kaffee verputzt hatten, waren sie alle möglichen Wege aus Manhattan heraus durchgegangen. Anna war sich immer noch nicht sicher, ob sie nach Norden oder Süden sollte. Tina stellte die Teller in die Spüle und sagte: »Warum entscheidest du nicht, welche Richtung deiner Meinung nach die schnellste ist, während ich versuche, in deine Wohnung und wieder herauszukommen, ohne dass Sam misstrauisch wird?«

Anna umarmte ihre Freundin erneut. »Sei vorsichtig«, sagte sie, »da draußen ist die Hölle los.«

Tina stand auf der obersten Stufe ihres Wohnhauses und wartete einige Augenblicke. Etwas stimmte nicht. Und dann dämmerte es ihr. New York hatte sich urplötzlich verändert.

Die Straßen waren nicht länger angefüllt mit diesen umtriebigen Keine-Zeit-für-einen-Plausch Menschen, die die energiegeladenste Masse auf Erden darstellten. Es fühlte sich für Tina wie ein Sonntag an. Aber auch wieder nicht wie ein Sonntag. Die Menschen standen reglos und blickten in die Richtung des World Trade Centers. Das einzige Hintergrundgeräusch bildete der Lärm der unablässig heulenden Sirenen, die die Einheimischen ständig daran erinnerten – wenn sie diese Erinnerung überhaupt benötigten –, dass das, was sie in den Fernsehgeräten zu Hause, in Clubs, Bars, sogar in Schaufensterauslagen sahen, nur wenige Häuserblocks entfernt tatsächlich stattfand.

Tina eilte auf der Suche nach einem Taxi die Straße entlang, aber die vertrauten gelben Autos waren von roten, weißen und blauen Löschfahrzeugen, Krankenwagen und Streifenwagen ersetzt worden, die alle in eine Richtung fuhren. Kleine Gruppen von Bürgern sammelten sich an Straßenecken, um den drei Hilfsdiensten zu applaudieren, wenn sie vorbeifuhren, als ob es junge Rekruten wären, die ihr Heimatland verließen, um einen fremden Feind zu bekämpfen. Man musste dafür nicht länger ins Ausland reisen, dachte Tina.

Tina ging immer weiter, Häuserblock um Häuserblock. Die Skyline von New York dominierten nicht länger die stolzen, funkelnden Wolkenkratzer, denn nun wurden sie von einem dichten, grauen Nebel überschattet, der wie ein unwillkommener Besucher über der Stadt hing. Gelegentlich gab es Risse in dieser gottlosen Wolke und da entdeckte Tina zum ersten Mal die Metallzacken, die aus dem Boden ragten – das war alles, was von den größten Gebäuden der Welt noch übrig war. Der Zahnarzt hatte ihr das Leben gerettet.

Tina ging an den leeren Geschäften und Restaurants einer Stadt vorbei, die niemals schlief. New York würde sich erholen, aber es würde nie wieder so sein wie früher. Terroristen waren einmal Menschen, die in weit entfernten Ländern lebten: im Nahen Osten, Palästina, Israel, sogar Spanien, Deutschland und Nordirland. Sie sah wieder zu der Wolke. Jetzt hatten sie in Manhattan Fuß gefasst und ihre Visitenkarte hinterlassen.

Erneut winkte Tina, als ein Taxi vorüberfuhr. Sie hatte wenig Hoffnung. Doch mit quietschenden Reifen blieb der Wagen stehen.

15

Anna schlenderte in die Küche zurück und fing an abzuspülen. Sie beschäftigte sich einfach in der Hoffnung, dass ihr Verstand nicht ständig zu jenen Gesichtern zurückkehrte, die die Treppe hochkamen, Gesichter, von denen sie fürchtete, sie würden für den Rest ihres Lebens in ihrer Erinnerung eingebrannt sein. Sie hatte die Schattenseite ihrer ungewöhnlichen Gabe entdeckt.

Sie versuchte, stattdessen an Victoria Wentworth zu denken und wie sie Fenston davon abhalten konnte, das Leben eines anderen Menschen zu ruinieren. Würde Victoria Anna glauben, wenn sie ihr versicherte, dass sie nicht von Anfang an von Fenstons Absicht gewusst hatte, den van Gogh zu stehlen und sie auszubluten? Warum sollte sie auch, wo Anna doch dem Vorstand angehört hatte und sich selbst so leicht hatte täuschen lassen?

Anna verließ die Küche auf der Suche nach einer Straßenkarte. Sie fand zwei auf einem Buchregal über Tinas Schreibtisch: Eine Ausgabe von *Streetwise Manhattan* und den *Columbia Gazetteer of North America*, der gegen einen neuen Bestseller über John Adams gelehnt war, zweiter Präsident der Vereinigten Staaten. Anna blieb kurz stehen, um das Rothko-Poster an der Wand gegenüber dem Buchregal zu bewundern – nicht ihre Ära, aber sie wusste, er musste zu Tinas Lieblingskünstlern gehören, denn in ihrem Büro hatte Tina noch einen. Jetzt nicht mehr, dachte Anna plötzlich, und ihr Verstand klinkte sich wieder in die Gegenwart ein. Sie kehrte in die Küche zurück und legte die Straßenkarte von New York auf den Tisch.

Sobald sie sich für einen Weg aus Manhattan heraus entschieden hatte, faltete Anna die Karte zusammen und wandte ihre Aufmerksamkeit dem Buch zu. Sie hoffte, es würde ihr bei der Entscheidung helfen, welche Grenze sie überqueren sollte.

Anna schlug Mexiko und Kanada im Index nach und machte dann ausführliche Notizen, als ob sie einen Bericht zur Vorlage vor dem Vorstand vorbereitete. Für gewöhnlich präsentierte sie zwei Alternativen, aber am Ende schloss sie ihre Berichte immer mit einer festen Empfehlung ab. Als sie das dicke blaue Buch schließlich zusammenklappte, zweifelte Anna nicht daran, in welche Richtung sie fahren musste, wenn sie hoffte, England noch rechtzeitig zu erreichen.

Tina verbrachte die Taxifahrt zum Thornton House mit der Überlegung, wie sie in Annas Wohnung kommen und diese mit ihrem Gepäck wieder verlassen sollte, ohne das Misstrauen des Türstehers zu wecken. Als das Taxi vor dem Gebäude hielt, fuhr Tina mit der Hand zur Jackentasche. Sie trug aber keine Jacke. Tina lief rot an. Sie hatte ihre Wohnung ohne Geld verlassen. Tina starrte durch die Plastiktrennscheibe auf die Ausweiskarte des Fahrers: Abdul Affridi – bunte Glasperlen baumelten am Rückspiegel. Er sah nach hinten, lächelte jedoch nicht. An diesem Tag lächelte niemand.

»Ich bin ohne Geld aus dem Haus«, platzte Tina heraus und wartete auf die Lawine an Kraftausdrücken.

»Kein Problem«, murmelte der Fahrer, sprang aus dem Taxi und öffnete ihr die Wagentür. In New York hatte sich alles geändert.

Tina dankte ihm und ging nervös auf den Eingang zu. Ihren Text hatte sie gut vorbereitet. Das Drehbuch änderte sich in dem Augenblick, als sie Sam hinter der Theke sitzen sah, den Kopf in den Händen vergraben, schluchzend. Vor ihm auf der Theke lag ein Foto von Anna, wie sie an einem Marathon teilnahm. »Sie ist nicht nach Hause gekommen«, sagte er. »All meine anderen, die im World Trade Center arbeiteten, sind schon vor Stunden heimgekommen.«

Tina legte die Arme um den alten Mann. Noch ein Opfer. Wie sehr wünschte sie, ihm sagen zu können, dass Anna am Leben war und dass es ihr gut ging. Aber nicht heute.

Kurz nach acht legte Anna eine Pause ein und zappte sich durch die Fernsehsender. Es gab nur eine einzige Meldung. Anna stellte fest, dass sie die endlosen Berichterstattungen nicht anschauen konnte, ohne nicht auch ständig an ihre eigene kleine Rolle in diesem tragischen Zweiakter erinnert zu werden. Sie wollte gerade das Fernsehgerät ausschalten, als bekannt gegeben wurde, dass Präsident Bush eine Rede an die Nation halten wollte. »Guten Abend. Heute wurden unsere Mitbürger…« Anna lauschte aufmerksam und nickte, als der Präsident fortfuhr: »Die Opfer befanden sich in Flugzeugen oder in ihren Büroräumen; es waren Sekretärinnen, Geschäftsleute …« Wieder musste Anna an Rebecca denken. »Keiner von uns wird diesen Tag jemals vergessen …«, schloss der Präsident und Anna stimmte ihm von ganzem Herzen zu. Sie schaltete das Fernsehgerät aus, als der Südturm erneut einstürzte – wie der Höhepunkt eines Katastrophenfilms.

Anna lehnte sich zurück und starrte auf die Karte auf dem Küchentisch. Sie prüfte zum zweiten Mal – oder war es das dritte Mal? – ihre Strecke aus New York heraus. Sie machte sich gerade detaillierte Notizen von allem, was getan werden musste, bevor sie am nächsten Morgen aufbrach, als die Wohnungstür aufgerissen wurde und Tina hereinstolperte – einen Laptop über der Schulter, einen sperrigen Koffer hinter sich herziehend. Anna rannte in den Flur, um sie zu begrüßen. Tina wirkte erschöpft.

»Tut mir leid, dass es so lange gedauert hat, Liebes«, sagte sie, während sie das Gepäck im Flur abwarf und über den frisch gesaugten Teppich zur Küche ging. »In meine Richtung fuhren nicht viele Busse«, fügte sie hinzu, »vor allem nicht, wenn man sein Geld vergessen hat.« Sie ließ sich schwer auf einen Küchenstuhl fallen. »Ich fürchte, ich musste mir etwas von deinen 500 Dollar leihen, sonst wäre ich nicht vor Mitternacht heimgekommen.«

Anna lachte. »Jetzt bin ich dran, dir einen Kaffee zu machen«, schlug sie vor.

»Ich wurde nur ein einziges Mal aufgehalten«, erzählte Tina weiter, »von einem sehr freundlichen Polizisten, der dein Gepäck durchsuchte und akzeptierte, dass man mich vom Flughafen zurückgeschickt hatte, nachdem ich keinen Flieger besteigen konnte. Ich konnte sogar dein Ticket vorzeigen.«

»Irgendwelche Probleme in der Wohnung?«, fragte Anna, als sie die Kaffeekanne zum dritten Mal füllte.

»Ich musste nur Sam trösten, der dich offenbar anbetet. Er sah aus, als ob er schon seit Stunden geheult hatte. Ich musste nicht einmal David Sullivan erwähnen, weil Sam nichts anderes tun wollte, als über dich zu reden. Es schien ihm egal zu sein, wohin ich gehe, und dann war ich auch schon im Aufzug.« Tina sah sich in der Küche um. Sie hatte die Küche seit ihrem Einzug nicht mehr so sauber erlebt. »Hast du einen Plan gemacht?«, fragte sie und sah auf die Straßenkarte, die auf dem Küchentisch lag.

»Ja«, meinte Anna. »Sieht so aus, als ob meine Chancen am besten stehen, wenn ich die Fähre nach New Jersey nehme und mir dann ein Auto miete, denn laut den neuesten Nachrichten sind alle Tunnel und Brücken geschlossen. Bis zur kanadischen Grenze sind es zwar über 400 Meilen, aber ich sehe keinen Grund, warum ich es nicht bis morgen Nacht zum Flughafen von Toronto schaffen sollte. Dann könnte ich schon am Morgen darauf in London sein.«

»Weißt du, wann morgens die erste Fähre geht?«, wollte Tina wissen.

»Theoretisch gehen die Fähren ununterbrochen«, sagte Anna. »Aber praktisch alle fünfzehn Minuten ab fünf Uhr früh. Doch wer weiß, ob sie morgen überhaupt gehen, geschweige denn laut Fahrplan.«

»Wie auch immer«, meinte Tina, »ich schlage vor, dass du zeitig zu Bett gehst und versuchst, etwas Schlaf aufzuholen. Ich stelle den Wecker auf 4 Uhr 30.«

»Auf vier«, bat Anna. »Wenn die Fähre um fünf Uhr ablegt, will ich die Erste in der Schlange sein. Ich vermute, New York zu verlassen, könnte sich als schwierigster Teil der Reise erweisen.«

»Dann nimmst du besser das Schlafzimmer.« Tina lächelte. »Ich schlafe auf der Couch.«

»Kommt gar nicht infrage.« Anna goss ihrer Freundin einen Becher frischen Kaffee ein. »Du hast schon mehr als genug für mich getan.«

»Nicht annähernd genug«, wehrte Tina ab.

»Wenn Fenston jemals herausfindet, was du getan hast«, entgegnete Anna ruhig, »kündigt er dir fristlos.«

»Das wäre das Geringste meiner Probleme«, erwiderte Tina.

Jack musste unfreiwillig gähnen. Es war ein langer Tag gewesen – und er hatte das Gefühl, dass es eine noch längere Nacht werden würde.

Niemand in seinem Team dachte daran, nach Hause zu gehen, und alle schienen – und klangen – allmählich erschöpft. Da klingelte das Telefon auf seinem Schreibtisch.

»Boss, ich dachte, ich sollte dich wissen lassen, dass Tina Forster, Fenstons Sekretärin, vor zwei Stunden im Thornton House aufgetaucht ist«, meldete Joe. »Vierzig Minuten später kam sie mit einem Koffer und einem Laptop wieder heraus und ist zu ihrer Wohnung zurückgegangen.«

Jack setzte sich kerzengerade auf. »Dann muss Anna Petrescu am Leben sein.«

»Obwohl sie uns das offensichtlich nicht wissen lassen will«, ergänzte Joe.

»Aber warum?«

»Vielleicht will sie, dass wir sie für vermisst halten, womöglich für tot«, schlug Joe vor.

»Wir nicht«, erwiderte Jack.

»Wer dann?«

»Fenston, würde ich wetten.«

»Warum?«

»Keine Ahnung«, meinte Jack, »aber ich habe die feste Absicht, das herauszufinden.«

»Und wie willst du das anstellen, Boss?«

»Indem ich ein Überwachungsteam auf Tina Forsters Wohnung ansetze, bis Anna Petrescu das Gebäude verlässt.«

»Wir wissen doch nicht einmal, ob sie dort ist«, wandte Joe ein.

»Sie ist dort.« Jack legte den Hörer auf.

12. September

16

Während der Nacht fand Anna nur wenige Minuten Schlaf. Sie dachte über ihre Zukunft nach und kam zu dem Schluss, dass sie genauso gut nach Danville zurückkehren und eine Galerie für lokale Künstler eröffnen könnte, solange potenzielle Arbeitgeber mit Fenston in Kontakt treten und seine Seite der Geschichte hören konnten. Allmählich gewann sie das Gefühl, dass ihre einzige Hoffnung zu überleben darin bestand, dass sie bewies, was Fenston wirklich plante, was sie nicht ohne Victorias volle Kooperation bewerkstelligen konnte, und dazu gehörte unter Umständen, alle relevanten Unterlagen zu zerstören, sogar ihren Bericht.

Beim Frühstück, bestehend aus schwarzem Kaffee und Bagels, ging Anna ihren Plan mit Tina durch. Sie einigten sich auf einige Grundregeln, die sie befolgen wollten, solange Anna unterwegs war. Anna hatte keine Kreditkarte und kein Handy mehr, darum würde sie Tina nur in ihrer Wohnung anrufen und immer aus einer öffentlichen Telefonzelle – und niemals zweimal aus derselben. Anna würde sich mit »Vincent« melden und keinen anderen Namen verwenden. Der Anruf sollte nie länger als eine Minute dauern.

Anna verließ die Wohnung um 4 Uhr 52, in Jeans, einem blauen T-Shirt, einer Leinenjacke und einer Baseballmütze. Sie war nicht sicher, was sie erwarten würde, als sie an diesem kühlen, dunklen Morgen auf den Bürgersteig trat. Nur wenige Menschen befanden sich auf den Straßen und die wenigen hielten die Köpfe gesenkt – ihre nach unten gerichteten Gesichter offenbarten eine Stadt in Trauer. Niemand schenkte Anna einen zweiten Blick, während sie zielgerichtet über den Bürgersteig ging, den Koffer hinter sich herziehend, die Laptoptasche über die Schulter gehängt. Egal, in welche Richtung sie auch sah, ein nebliger grauer Schleier hing immer noch über der Stadt. Die dichte Wolke hatte sich zwar aufgelöst, aber wie eine Krankheit hatte sie andere Teile des Körpers infiziert. Aus irgendeinem Grund hatte Anna beim Aufwachen angenommen, die Wolke sei verschwunden, doch wie ein unwillkommener Gast auf einer Party war sie wohl die Letzte, die gehen würde.

Anna kam an einer Schlange von Menschen vorbei, die bereits anstanden, um Blut zu spenden, weil sie hofften, man würde noch mehr Überlebende finden. Anna war eine Überlebende, aber sie wollte nicht gefunden werden.

Um sechs Uhr an diesem Morgen saß Fenston an dem Schreibtisch in seinem neuen Büro in der Wall Street. In London war es schließlich schon elf Uhr. Sein erster Anruf galt Ruth Parish.

»Wo ist mein van Gogh?«, verlangte er zu wissen, ohne sich die Mühe zu machen, seinen Namen zu nennen.

»Guten Morgen, Mr. Fenston«, sagte Ruth, erhielt aber keine Antwort. »Wie Ihnen zweifelsohne bekannt ist, musste das Flugzeug, in dem sich Ihr Gemälde befand, nach der gestrigen Tragödie umkehren.«

»Und wo ist mein van Gogh?«, wiederholte Fenston.

»Sicher gelagert in einer unserer Sicherheitsstahlkammern im

Zollbereich. Natürlich müssen wir die Zollfreigabe erneut beantragen und auch die Exportlizenzen erneuern. Aber es besteht kein Grund, das vor…«

»Tun Sie es heute«, befahl Fenston.

»Heute Morgen wollte ich eigentlich die vier Vermeers aus…«

»Scheiß auf Vermeer. Ihre wichtigste Aufgabe besteht darin, dafür zu sorgen, dass mein Gemälde versandbereit auf die Abholung wartet.«

»Aber der Papierkram könnte einige Tage in Anspruch nehmen«, entgegnete Ruth. »Ich bin sicher, Sie wissen, dass es jetzt einen Überhang gibt infolge …«

»Scheiß auf den Überhang«, erklärte Fenston. »In dem Augenblick, in dem die Flugsicherheitsbehörde die Beschränkungen aufhebt, schicke ich Karl Leapman los, um mein Gemälde einzusammeln.«

»Aber meine Leute arbeiten bereits rund um die Uhr in Extraschichten wegen der zusätzlichen Aufgaben aufgrund …«

»Ich sage das jetzt nur ein einziges Mal«, meinte Fenston. »Wenn das Gemälde zum Versand bereit ist, sobald mein Flugzeug in Heathrow landet, werde ich Ihr Honorar verdreifachen, ich wiederhole: verdreifachen.«

Fenston legte den Hörer auf. Er war sicher, dass sie sich nur an ein einziges Wort erinnern würde: »verdreifachen«. Er lag falsch. Ruth war verblüfft, dass er die Angriffe auf die Zwillingstürme nicht erwähnt hatte und auch mit keinem Wort auf Anna zu sprechen gekommen war. Hatte Anna überlebt und wenn ja, warum reiste *sie* nicht nach London, um das Gemälde abzuholen?

Tina hatte jedes Wort von Fenstons Unterredung mit Ruth

Parish auf der Leitung in ihrem Büro mitbekommen, ohne dass der Vorsitzende das bemerkt hatte, und wünschte sich, sie könnte mit Anna Kontakt aufnehmen und ihr diese Information rasch weitergeben – eine Entwicklung, an die keine von beiden gedacht hatte. Aber vielleicht rief Anna ja an diesem Abend an.

Tina legte den Telefonschalter um, ließ aber den kleinen Überwachungsbildschirm eingeschaltet, der sich an der Seite ihres Schreibtisches befand. Dank ihm konnte sie jeden beobachten, der Kontakt mit dem Vorsitzenden aufnahm; noch etwas, dessen sich Fenston nicht bewusst war, aber er hatte auch nicht danach gefragt. Fenston würde ihr Büro niemals betreten, solange er einen Knopf drücken konnte, der sie zu ihm rief. Und wenn Leapman ihr Zimmer betrat – ohne anzuklopfen, wie es seine Gewohnheit war –, schaltete sie den Bildschirm rasch aus.

Als Leapman die Büroräume im 32. Stock vorübergehend angemietet hatte, hatte er keinerlei Interesse am Büro der Sekretärin gezeigt. Seine einzige Sorge schien der Tatsache zu gelten, den Vorsitzenden auch ja im größten Raum unterzubringen, während er selbst ein Büro am anderen Ende des Flurs nahm. Tina hatte nichts von ihren technischen Extras erwähnt. Ihr war bewusst, dass es irgendwann jemand herausfinden würde, aber bis dahin hatte sie womöglich schon alle Informationen gesammelt, die sie brauchte, um dafür zu sorgen, dass Fenston weitaus Schlimmeres erleiden musste, als er ihr angetan hatte.

Nachdem Fenston Ruth Parish den Hörer förmlich vor die Nase geknallt hatte, drückte er den Knopf auf seinem Schreibtisch. Tina griff nach Notizblock und Bleistift und ging in das Büro des Vorsitzenden.

»Sie müssen als Erstes herausfinden, wie viele Leute ich noch habe«, fing Fenston an, noch bevor Tina die Tür hinter sich geschlossen hatte. »Stellen Sie sicher, dass alle erfahren, wo wir jetzt arbeiten, damit sie sich unverzüglich hier melden können.«

»Wie ich sah, war der Sicherheitschef einer der Ersten, die sich heute Morgen zur Arbeit eingefunden haben«, sagte Tina.

»Ja, stimmt«, erwiderte Fenston, »und er hat bereits bestätigt, dass er innerhalb weniger Minuten, nachdem das erste Flugzeug in den Nordturm geflogen ist, alle Angestellten angewiesen hat, das Gebäude zu verlassen.«

»Und hat selbst die Flüchtenden angeführt, wie man mir mitgeteilt hat«, meinte Tina mit beißendem Spott.

»Wer hat Ihnen das gesagt?«, bellte Fenston und sah auf.

Tina bedauerte ihre Worte sofort und drehte sich rasch zum Gehen um. »Ich lege Ihnen die Namensliste bis Mittag auf den Schreibtisch.«

Den Rest des Morgens verbrachte sie damit, die 43 Angestellten zu erreichen, die im Nordturm gearbeitet hatten. Bis zwölf Uhr hatte Tina 34 von ihnen abgehakt. Sie legte Fenston die provisorische Liste mit den neun Namen, die noch fehlten und als tot galten, auf den Schreibtisch, bevor er zum Mittagessen ging.

Anna Petrescu war der sechste Name auf dieser Liste.

Zu der Zeit, als Tina die Liste auf Fenstons Schreibtisch legte, hatte Anna es mit Taxi, Bus, zu Fuß und dann wieder mit dem Taxi zu Pier 11 geschafft. Dort stellte sie allerdings fest, dass eine lange Schlange von Menschen geduldig darauf wartete, an Bord einer Fähre nach New Jersey zu kommen. Sie stellte sich an, setzte eine Sonnenbrille auf und zog das Schild ihrer Baseballkappe tiefer, bis man ihre Augen kaum noch sehen konnte. Sie hielt die Arme verschränkt, den Kragen ihrer Jacke hochgestellt und den Kopf gesenkt, sodass nur ein höchst unsensibles Individuum auf den Gedanken gekommen wäre, eine Unterhaltung mit ihr anzufangen.

Die Polizei überprüfte die Identität jedes Einzelnen, der Manhattan verlassen wollte. Anna sah, wie ein dunkelhaariger, dunkelhäutiger junger Mann zur Seite genommen wurde. Der arme Mann wirkte wie betäubt, als ihn drei Polizisten umstellten. Einer feuerte Fragen auf ihn ab, die anderen beiden tasteten ihn ab.

Es dauerte fast eine Stunde, bis Anna den Kopf der Schlange erreichte. Sie nahm ihre Baseballkappe ab, um ihre langen blonden Haare und ihre helle Haut zu präsentieren.

»Warum wollen Sie nach New Jersey?«, erkundigte sich der Polizist, der ihren Ausweis prüfte.

»Eine Freundin von mir hat im Nordturm gearbeitet und sie wird immer noch vermisst.« Anna schwieg kurz. »Ich dachte, ich verbringe den Tag mit ihren Eltern.«

»Tut mir leid, Madam«, sagte der Polizist, »ich hoffe, man findet sie.«

»Danke.« Anna zog rasch ihren Koffer über die Gangway auf die Fähre. Es quälten sie solche Schuldgefühle, weil sie den Polizisten angelogen hatte, dass sie nicht zu ihm zurücksehen konnte. Sie lehnte sich über das Geländer und starrte auf die graue Wolke, die immer noch über dem Schutthaufen des World Trade Center und über mehreren Häuserblocks zu beiden Seiten schwebte. Anna fragte sich, wie viele Tage, Wochen oder gar Monate es dauern würde, bevor sich diese dichte Rauchdecke auflösen würde. Und was würde man mit diesem desolaten Ort anfangen, wie würde man die Toten ehren? Sie hob den Blick und starrte in den blauen Himmel über ihr. Etwas fehlte. Obwohl sie nur wenige Meilen von den Flughäfen JFK und La

Guardia entfernt waren, gab es keine Flugzeuge am Himmel, als ob sie alle, ohne Vorwarnung, in einen anderen Teil der Welt fortgezogen wären.

Der alte Schiffsmotor erwachte vibrierend zum Leben und die Fähre entfernte sich auf ihrer kurzen Reise über den Hudson nach New Jersey langsam vom Kai.

Die Turmuhr am Kai schlug ein Uhr. Der halbe Tag war schon vorbei.

»Die ersten Flugzeuge werden frühestens in zwei Tagen von JFK abheben«, berichtete Tina.

»Gilt das auch für Privatflugzeuge?«, fragte Fenston.

»Es gibt keine Ausnahmen«, versicherte ihm Tina.

»Die königliche Familie von Saudi Arabien darf morgen ausfliegen«, warf Leapman ein, der neben dem Vorsitzenden stand. »Aber anscheinend sind sie die Einzigen.«

»In der Zwischenzeit versuche ich, Sie auf die Prioritätenliste zu bekommen, wie die Presse es genannt hat«, sagte Tina, die beschlossen hatte, lieber nicht zu erwähnen, dass die Zollkontrolle seinen Wunsch, einen van Gogh von Heathrow abzuholen, nicht in die Kategorie Notfall einstufte.

»Haben wir irgendwelche Freunde auf dem JFK?«, erkundigte sich Fenston.

»Mehrere«, erwiderte Leapman. »Aber die scheinen alle plötzlich viele reiche Verwandte zu haben.«

»Andere Ideen?« Fenston sah zu ihnen beiden auf.

»Sie könnten die Grenze nach Mexiko oder Kanada überqueren«, schlug Tina vor. »Von dort können Sie einen Linienflug nehmen.« Sie wusste nur zu gut, dass er das nicht in Betracht ziehen würde.

Fenston schüttelte den Kopf und wandte sich an Leapman. »Versuchen Sie, einen unserer Freunde zu einem Verwandten zu machen – irgendjemand wird schon etwas wollen«, fügte er hinzu.

»Das ist immer so.«

17

»Ich nehme jedes Auto, das Sie haben«, sagte Anna.

»Ich habe aber im Moment keinen Wagen zur Verfügung«, erklärte der erschöpft aussehende junge Mann hinter der Theke der Happy Hire Company, auf dessen Plastikausweisschild der Name *Hank* prankte. »Und ich rechne auch nicht damit, dass vor morgen Vormittag ein Wagen zurückgegeben wird«, fügte er hinzu, womit er das Motto der Firma, das über der Theke angeschrieben stand, Lügen strafte: Niemand verlässt Happy Hire ohne ein Lächeln im Gesicht. Anna konnte ihre Enttäuschung nicht verbergen.

»Vermutlich wollen Sie keinen Lieferwagen mieten?«, schlug Hank vor. »Es ist nicht gerade das neueste Modell, aber wenn Sie so dringend …«

»Ich nehme ihn.« Anna war sich der langen Schlange an Kunden hinter ihr bewusst, die sie vermutlich allesamt telepathisch dazu bewegen wollten, Nein zu sagen. Hank legte ein Formblatt in dreifacher Ausfertigung auf die Theke und füllte die kleinen Kästchen aus. Anna schob ihm ihren Führerschein zu, den sie zusammen mit ihrem Pass eingepackt hatte. »Wie lange benötigen Sie das Fahrzeug?«, fragte Hank.

»Einen Tag, vielleicht zwei – ich gebe es am Flughafen Toronto zurück.«

Sobald Hank mit all den kleinen Kästchen fertig war, drehte er das Formblatt um, damit Anna unterschreiben konnte.

»Das macht dann 60 Dollar. Und ich brauche 200 Dollar Kaution.«

Anna runzelte die Stirn und reichte ihm 260 Dollar.

»Ich brauche außerdem Ihre Kreditkarte.«

Anna schob einen weiteren 100-Dollar-Schein über die Theke.

Das war das erste Mal, dass sie versuchte, jemanden zu bestechen.

Hank steckte das Geld ein. »Es ist der weiße Lieferwagen in Parkbucht 38«, sagte er zu ihr und reichte ihr einen Schlüssel.

Als Anna zu Parkbucht 38 kam, verstand sie, warum der kleine Zweisitzerlieferwagen das letzte Fahrzeug im Angebot war. Sie schloss die Ladetür auf und legte Koffer und Laptop in den Wagen. Dann ging sie nach vorn und kletterte auf den mit Plastik überzogenen Fahrersitz. Sie sah auf das Armaturenbrett. Der Meilenstand betrug 98 617 und der Tacho verkündete eine Höchstgeschwindigkeit von 90 Meilen, was sie bezweifelte. Der Lieferwagen stand zweifelsohne kurz vor dem Ende seines Mietwagendaseins. Die nächsten 400 Meilen könnten ihm den Rest geben. Sie fragte sich, ob das ganze Fahrzeug überhaupt 360 Dollar wert war.

Anna ließ den Motor an und fuhr rückwärts aus der Parkbucht. Sie sah im Seitenspiegel einen Mann, der rasch aus dem Weg sprang. Es dauerte weniger als eine Meile, bevor sie herausfand, dass dieser Wagen weder für Geschwindigkeit noch für Komfort gebaut war. Sie sah auf den Streckenplan, den sie auf den Beifahrersitz gelegt hatte, und hielt dann Ausschau nach Schildern zur Jersey Mautstelle und dem Del Water Gap. Obwohl Anna seit dem Frühstück nichts gegessen hatte, beschloss sie, dass sie erst einige Meilen fahren musste, bevor sie an Essen auch nur denken durfte.

»Du hattest recht, Boss«, sagte Joe. »Sie fährt nicht nach Danville.«

»Und wohin genau fährt sie nun?«

»Flughafen Toronto.«

»Mit dem Auto oder dem Zug?«, wollte Jack wissen.

»Lieferwagen«, erwiderte Joe.

Jack versuchte auszurechnen, wie lange die Fahrt dauern würde, und kam zu dem Schluss, das Anna Petrescu Toronto am späten Nachmittag des nächsten Tages erreichen musste.

»Ich habe bereits einen Sender an ihrer hinteren Stoßstange befestigt«, fügte Joe hinzu. »Wir können sie also Tag und Nacht verfolgen.«

»Sorge dafür, dass sie am Flughafen von einem Agenten in Empfang genommen wird.«

»Er hat seine Anweisungen schon erhalten«, bestätigte Joe. »Ich habe ihm gesagt, er soll mich wissen lassen, wohin sie fliegen will.«

»Sie wird nach London fliegen«, meinte Jack.

Bis drei Uhr an diesem Nachmittag hatte Tina vier weitere Namen von der Vermisstenliste streichen können. Drei von ihnen hatten ihre Stimme für die Aufstellung der Bürgermeisterkandidaten abgegeben, die vierte hatte ihren Pendlerzug verpasst.

Fenston studierte die Liste. Leapman legte den Finger auf den einzigen Namen, an dem Fenston interessiert war. Fenston nickte, während sein Blick darauf zu ruhen kam. Er lächelte.

»Das erspart uns, es selbst tun zu müssen«, lautete Leapmans einziger Kommentar.

»Wie sind die neuesten Nachrichten vom JFK?«, erkundigte sich Fenston.

»Morgen wird man einige Flüge genehmigen«, berichtete Leapman. »Diplomaten auf Besuch, medizinische Notfälle und einige wichtige Politiker, die vom Außenministerium auf Herz und Nieren geprüft wurden. Aber es ist mir gelungen, uns für den frühen Freitagvormittag einen Flug zu sichern.« Er schwieg kurz. »Jemand wollte ein neues Auto.«

»Was für ein Modell?«, fragte Fenston.

»Einen Ford Mustang«, antwortete Leapman.

»Ich hätte auch einem Cadillac zugestimmt.«

Um 15 Uhr 30 an diesem Nachmittag erreichte Anna die Vororte von Scranton, beschloss jedoch, noch weitere zwei Stunden zu fahren. Das Wetter war kühl und klar und der dreispurige Highway mit Autos übersät, die nach Norden fuhren. Fast alle überholten sie.

Anna entspannte sich ein wenig, sobald die Wolkenkratzer zu beiden Seiten der Straße von hohen Bäumen ersetzt wurden. Ein Großteil des Highways hatte eine Geschwindigkeitsbegrenzung von 55 Meilen pro Stunde, was ihrer Transportform entgegenkam. Dennoch musste sie sich fest in das Lenkrad krallen, um sicherzustellen, dass der Lieferwagen nicht unversehens auf die andere Spur geriet. Anna sah auf die winzige Uhr auf dem Armaturenbrett. Sie wollte versuchen, es bis sieben Uhr nach Buffalo zu schaffen. Dort konnte sie eventuell eine Pause einlegen.

Sie sah in den Rückspiegel und war sich plötzlich bewusst, wie sich ein Krimineller auf der Flucht fühlen musste. Man konnte keine Kreditkarte und kein Handy benutzen und beim Klang einer Sirene in der Ferne verdoppelte sich der Herzschlag. Ein Leben, bei dem man ständig vor Fremden auf der Hut war und sich alle paar Minuten über die Schulter schaute. Anna sehnte sich danach, wieder in New York zu sein, bei ihren Freunden, bei einem Job, den sie liebte. Ihr Vater hatte einmal gesagt … »Oh Gott«, rief Anna plötzlich laut aus. Ob ihre Mutter sie für tot hielt? Und was war mit Onkel George und dem Rest der Familie in Danville? Ob sie einen Anruf riskieren konnte? Verdammt, sie war nicht sehr gut darin, wie ein Krimineller zu denken.

Leapman marschierte unangekündigt in Tinas Büro. Rasch schaltete sie den Bildschirm an der Seite ihres Schreibtisches aus.

»War Anna Petrescu nicht mit Ihnen befreundet?«, fragte Leapman ohne weitere Erklärung.

»Ja, das ist sie.« Tina sah von ihrem Schreibtisch auf.

»Ist?«, wiederholte Leapman.

»War«, korrigierte sich Tina rasch.

»Haben Sie von ihr gehört?«

»Wenn ich von ihr gehört hätte, hätte ich sie doch von der Vermisstenliste gestrichen.«

»Hätten Sie das?«, fragte Leapman.

»Das hätte ich.« Tina sah ihm in die Augen. »Vielleicht könnten Sie mich wissen lassen, wenn sie sich mit Ihnen in Verbindung setzt?«, fügte sie hinzu.

Leapman runzelte die Stirn und verließ das Büro.

Anna bog von der Straße ab und fuhr auf den Vorplatz eines ziemlich unappetitlich aussehenden Diners. Zu ihrer Erleichterung standen nur zwei weitere Autos auf dem Parkplatz und als sie das Gebäude betrat, saßen nur drei Kunden an der Theke. Anna ließ sich in einer Nische mit dem Rücken zur Theke nieder, nahm ihre Baseballkappe ab und studierte die einseitige, schmierige Plastikspeisekarte. Sie bestellte eine Tomatensuppe und die Empfehlung des Küchenchefs: Grillhähnchen.

Zehn Dollar und dreißig Minuten später war sie wieder auf der Straße. Obwohl sie seit dem Frühstück nichts als Kaffee getrunken hatte, dauerte es nicht lange, bevor sie sich schläfrig fühlte. Sie hatte in etwas über acht Stunden mehr als 310 Meilen zurückgelegt, bevor sie etwas gegessen hatte, und nun musste sie sich anstrengen, die Augen offen zu halten.

»Müde? Machen Sie eine Pause« riet ein großes Schild am Rand des Highways, woraufhin sie gähnen musste. Vor ihr entdeckte sie einen riesigen Truck, der von der Straße auf einen Rastplatz bog. Anna sah auf die Uhr am Armaturenbrett – kurz nach 23 Uhr. Sie war seit beinahe neun Stunden im Auto unterwegs. Anna beschloss, nun zwei Stunden zu schlafen, bevor sie den Rest der Reise in Angriff nahm. Schließlich konnte sie sich immer noch im Flugzeug ausruhen.

Anna folgte dem mehrgelenkigen Truck auf den Rastplatz und fuhr dann zur entferntesten Ecke. Sie parkte hinter einem abgestellten Anhänger, sprang aus dem Lieferwagen und stellte sicher, dass alle Türen verschlossen waren, bevor sie in den Laderaum kletterte, erleichtert, dass kein anderes Fahrzeug in der Nähe stand. Anna versuchte, es sich gemütlich zu machen, mit dem Laptop als Kissen. Es hätte gar nicht unbequemer sein können, aber binnen weniger Minuten war sie eingeschlafen.

»Die Petrescu bereitet mir immer noch Sorgen«, meinte Leapman.

»Warum machen Sie sich wegen einer toten Frau Sorgen?«, fragte Fenston.

»Weil ich nicht davon überzeugt bin, dass sie tot ist.«

»Wie sollte sie überlebt haben?« Fenston sah aus dem Fenster auf die schwarze Wolke, die sich immer noch weigerte, ihren Schleier vom Gesicht des World Trade Centers zu lüften.

»Wir haben ja auch überlebt.«

»Wir haben das Gebäude ja auch rechtzeitig verlassen«, wandte Fenston ein.

»Möglicherweise hat sie das ebenfalls. Schließlich haben Sie ihr befohlen, das Bürogelände innerhalb von zehn Minuten zu verlassen.«

»Barry ist da anderer Ansicht.«

»Und Barry lebt auch«, rief ihm Leapman in Erinnerung.

»Selbst wenn die Petrescu entkommen sein sollte, kann sie nichts ausrichten«, meinte Fenston.

»Sie könnte vor mir in London eintreffen«, sagte Leapman.

»Das Gemälde befindet sich in Heathrow sicher in Verwahrung.«

»Aber alle Unterlagen, die beweisen, dass es Ihnen gehört, lagen in Ihrem Safe im Nordturm. Und wenn die Petrescu Überzeugungsarbeit leistet ...«

»Bei wem sollte sie denn Überzeugungsarbeit leisten? Victoria Wentworth ist tot. Und vergessen Sie nicht, dass die Petrescu als vermisst, wahrscheinlich tot gilt.«

»Das könnte sich für sie als ebenso günstig erweisen wie für uns.«

»Dann müssen wir es für sie eben weniger günstig machen.«

13. September

18

LAUTES, WIEDERHOLTES KLOPFEN riss Anna aus dem Tiefschlaf. Sie rieb sich die Augen und sah durch die Scheibe. Ein Mann, dessen Bierbauch über seine Jeans hing, schlug mit der geballten Faust auf die Kühlerhaube. In der anderen Hand hielt er eine Dose Bier, aus der Schaum schwappte. Anna wollte ihn gerade anbrüllen, als ihr klar wurde, dass gleichzeitig jemand anderes die Laderaumtür aufzuhebeln versuchte. Eine eiskalte Dusche hätte sie nicht schneller wecken können.

Anna krabbelte schnell auf den Fahrersitz und drehte den Schlüssel in der Zündung. Sie sah in den Seitenspiegel und entdeckte zu ihrem Entsetzen, dass ein weiterer 40-Tonner direkt hinter ihr stand und sie fast keinen Platz zum Manövrieren hatte. Sie drückte die Handfläche auf die Hupe, was den Mann mit der Bierdose nur dazu ermutigte, auf die Kühlerhaube zu klettern und sich an sie heranzurobben. Zum ersten Mal sah Anna sein Gesicht, während er sie durch die Windschutzscheibe dreckig angrinste. Ihr wurde kalt und speiübel. Er beugte sich vor, öffnete seinen zahnlosen Mund und leckte die Scheibe ab, während sein Freund weiterhin versuchte, mit Gewalt die Laderaumtür zu öffnen. Schließlich erwachte der Motor stotternd zum Leben.

Anna riss das Lenkrad herum, um den kleinstmöglichen

Radius zu erreichen, aber der Platz zwischen den beiden Trucks gestattete ihr nur wenige Meter, bevor sie schon wieder einlenken musste. Eine Servolenkung gehörte nicht zur Ausstattung des Lieferwagens. Als Anna zurücksetzte, hörte sie einen Aufschrei von hinten, wo sich der zweite Mann zur Seite warf. Anna schaltete in den ersten Gang und presste ihren Fuß auf das Gaspedal. Als der Lieferwagen einen Satz nach vorn machte, glitt der bierbäuchige Typ von der Kühlerhaube und schlug auf dem Boden auf. Anna riss die Gangschaltung nach hinten und betete, dass ihr dieses Mal genug Platz zur Flucht vergönnt sein würde. Doch bevor sie das Lenkrad ganz herumgerissen hatte, bemerkte sie aus den Augenwinkeln, dass der zweite Mann sie jetzt durch das Beifahrerfenster anstarrte. Er krallte sich mit seinen beiden massigen Händen ins Dach und fing an, den Lieferwagen langsam hin und her zu schaukeln. Anna presste den Fuß auf das Gaspedal und der Lieferwagen zog ihn langsam vorwärts, aber dennoch schaffte sie es nicht durch die Lücke, wenn ihr auch nur wenige Zentimeter fehlten. Anna legte zum dritten Mal den Rückwärtsgang ein. Zu ihrem Entsetzen sah sie, wie die Hände des ersten Mannes wieder auf der Kühlerhaube auftauchten, während er sich auf die Beine hievte. Er warf sich nach vorn, presste seine Nase gegen die Windschutzscheibe und zeigte mit dem Daumen nach oben. Dann brüllte er seinem Kumpel zu: »Diese Woche darf ich als Erster.« Sein Kumpel hielt kurz mit dem Schaukeln des Lieferwagens inne und lachte gröhlend auf.

Anna brach in kalten Schweiß aus, als ihr Blick auf den bierbäuchigen Mann fiel, der unsicher auf seinen Truck zuging. Ein rascher Blick in den Seitenspiegel und sie sah, wie sein Kumpel in sein eigenes Führerhaus kletterte.

Anna brauchte nur den Bruchteil einer Sekunde, um zu begreifen, was die beiden planten. Sie sollte die Fleischfüllung in ihrem nächsten Sandwich werden. Anna trat so fest auf das Gaspedal, dass sie auf den Truck hinter ihr prallte, als er gerade seine Scheinwerfer aufleuchten ließ. Sie schaltete wieder in den ersten Gang, während der Motor des vorderen Trucks brüllend erwachte und eine Wolke aus schwarzem Rauch über ihre Windschutzscheibe pustete. Anna riss das Lenkrad ruckartig herum und schoss nach vorn, als der Truck vor ihr gerade in den Rückwärtsgang ging. Sie stieß mit der Ecke des massiven Kotflügels des vorderen Trucks zusammen, wobei erst ihre Stoßstange und gleich darauf ihr hinterer Kotflügel abgerissen wurden. Der kleine Lieferwagen brach mit nur wenigen Millimetern Luft aus der Lücke heraus und drehte sich volle 360 Grad, bevor er zum Stehen kam. Anna sah zu den beiden Trucks, die nicht rechtzeitig reagieren konnten und aufeinander prallten.

Gleich darauf schoss Anna über den Parkplatz und bretterte an mehreren stehenden Trucks vorbei auf den Highway. Sie sah ständig in den Rückspiegel, während die beiden Trucks sich voneinander lösten. Das laute Quietschen diverser Bremsen und eine Kakophonie an Hupen erfolgte, als sie nur knapp an einem Strom von Autos vorbeischrammte, die über den Highway fuhren. Mehrere Fahrzeuge mussten ihr über zwei Spuren hinweg ausweichen. Ein Fahrer ließ seine Hand eine ganze Weile auf der Hupe, was Anna an seinen Gefühlen für sie keinen Zweifel hegen ließ. Anna winkte dem Fahrzeug, das sie überholte, entschuldigend zu, während sie weiter in den Rückspiegel schaute. Sie fürchtete, einer der Trucks könnte sie verfolgen. Sie presste den Fuß auf das Gaspedal, bis es mit dem Boden verschmolz, fest entschlossen, die Höchstgeschwindigkeit des Lieferwagens herauszufinden. Sie betrug 68 Meilen die Stunde.

Noch einmal sah Anna in den Rückspiegel. Ein riesiger 40-Tonner kam auf der Innenspur auf sie zu. Sie krallte sich in das Lenkrad und drückte den Fuß wieder auf das Gaspedal, aber der Lieferwagen hatte nichts mehr zuzulegen. Der Truck gewann an Boden, Meter um Meter. Wenige Augenblicke später wusste Anna, dass er sich in einen Bulldozer verwandeln würde. Sie presste die linke Handfläche auf die Hupe und produzierte einen Ton, der nicht einmal kleine Spatzenküken in ihrem Nest erschreckt hätte. Ein großes grünes Schild tauchte am Straßenrand auf und kündigte eine Ausfahrt auf die I-90 in einer Meile an.

Anna fuhr auf die mittlere Spur. Der riesige Truck folgte ihr wie ein Magnet und war jetzt so nah, dass Anna den Fahrer in ihrem Seitenspiegel sehen konnte. Er grinste sie zahnlos an und hupte.

Seine Hupe stieß einen Ton aus, der mühelos die letzten Takte einer Wagner-Oper hätte übertönen können.

Nur noch eine halbe Meile bis zur Ausfahrt, versprach ein weiteres Schild. Anna bog auf die Überholspur, wodurch eine Reihe von Autos auf die Bremse treten und langsamer fahren musste. Dieses Mal drückten gleich mehrere Leute auf die Hupe. Anna ignorierte sie und verlangsamte auf 50 Meilen; das Hupen wurde zum Orchester.

Der 40-Tonner fuhr auf ihre Höhe. Sie wurde noch langsamer. Eine Viertelmeile bis zur Ausfahrt, verkündete ein drittes Schild. Anna konnte die Ausfahrt in der Ferne sehen, dankbar für die ersten Strahlen der Morgensonne, die durch die Wolken brachen, denn keiner ihrer Scheinwerfer funktionierte.

Anna wusste, dass sie nur eine einzige Chance hatte und ihr Timing perfekt sein musste. Sie packte das Lenkrad mit fester

Hand, als sie die Ausfahrt zur I-90 erreichte, und fuhr an dem grünen Dreieck aus Gras vorbei, das die beiden Highways voneinander trennte. Abrupt trat sie auf das Gaspedal und obwohl der Lieferwagen nicht gerade einen Satz nach vorn machte, spuckte er und gewann ein paar Meter. Würde es ausreichen? Der Truckfahrer reagierte sofort und beschleunigte ebenfalls. Er war nur eine Autolänge entfernt, als Anna plötzlich das Lenkrad nach rechts riss und über die mittlere und die rechte Spur fuhr, bevor sie auf dem Gras landete. Der Lieferwagen hüpfte über das unebene Dreieck aus Gras und landete auf der Ausfahrt. Ein Wagen, der auf der rechten Spur fuhr, musste schwer das Lenkrad herumreißen, um nicht mit ihr zu kollidieren, während ein anderer auf der linken Spur an ihr vorbeiraste. Als Anna den Lieferwagen auf der rechten Spur verlangsamte, sah sie zu dem 40-Tonner, der auf dem Highway weiterfuhr und ihren Blicken entschwand.

Anna verlangsamte auf 50 Meilen pro Stunde, obwohl ihr Herz immer noch drei Mal so schnell pochte. Sie versuchte, ruhig zu werden. Wie bei allen Sportarten kam es nur auf die Geschwindigkeit an, in der man sich regenerierte. Als sie auf die I-90 bog, sah sie in den Rückspiegel. Ihr Herzschlag schnellte sofort wieder auf 150, als sie den zweiten 40-Tonner sah, der sich ihr näherte.

Der Kumpel des Bierbauches hatte nicht denselben Fehler wie sein Freund gemacht.

19

Als der Fremde in die Lobby trat, sah Sam hinter seiner Theke auf. Als Türsteher musste man Menschen sofort einschätzen können. Fielen sie in die Kategorie »Guten Morgen, Sir« oder genügte ein einfaches »Hallo«? Sam musterte den großen Mann mittleren Alters, der soeben eingetreten war. Er trug einen eleganten, aber abgetragenen Anzug, der Stoff glänzte ein wenig an den Ellbogen und die Manschetten waren etwas verschlissen. Seine Krawatte war wohl schon tausend Mal gebunden worden, wie Sam vermutete.

Sam entschied sich für ein »Guten Morgen«.

»Guten Morgen«, erwiderte der Mann. »Ich komme von der Einwanderungsbehörde.«

Das machte Sam nervös. Obwohl er in Harlem geboren worden war, hatte er Geschichten von Leuten gehört, die versehentlich ausgewiesen worden waren.

»Kann ich Ihnen helfen, Sir?«, fragte er.

»Ich überprüfe die Personen, die nach dem Terroranschlag vom Dienstag immer noch vermisst werden und vermutlich tot sind.«

»Jemand Bestimmtes?«, erkundigte sich Sam vorsichtig.

»Allerdings.« Der Mann stellte seinen Aktenkoffer auf die Theke, öffnete ihn und zog eine Namensliste heraus. Er fuhr mit dem Finger über die Liste, bis er beim Buchstaben P ankam. »Anna Petrescu«, las er vor. »Das ist die letzte bekannte Adresse, die wir von ihr haben.«

»Ich habe Anna nicht mehr gesehen, seit sie am Dienstagmorgen zur Arbeit ging«, erklärte Sam. »Es haben sich jedoch mehrere Leute nach ihr erkundigt und eine ihrer Freundinnen kam am Dienstagabend vorbei und hat einige persönliche Dinge abgeholt.«

»Was hat sie mitgenommen?«

»Keine Ahnung«, sagte Sam. »Ich habe nur den Koffer erkannt.«

»Ist Ihnen der Name der Frau bekannt?«

»Warum wollen Sie das wissen?«

»Es könnte hilfreich sein, wenn wir Kontakt zu ihr bekommen. Annas Mutter macht sich große Sorgen.«

»Nein, ich kenne ihren Namen nicht«, räumte Sam ein.

»Würden Sie sie wiedererkennen, wenn ich Ihnen ein Foto zeige?«

»Wäre möglich«, meinte Sam.

Wieder öffnete der Mann seinen Aktenkoffer. Dieses Mal zog er ein Foto heraus und schob es Sam zu. Der betrachtete es einen Augenblick lang.

»Ja, das ist sie. Hübsches Mädchen.« Er schwieg. »Aber nicht so hübsch wie Anna. Anna war schön.«

Als Anna auf die I-90 bog, fiel ihr auf, dass die zulässige Höchstgeschwindigkeit bei 70 Meilen lag. Sie hätte diese Beschränkung nur zu gern gebrochen, aber wie fest sie auch aufs Gas trat, sie schaffte nicht mehr als 68 Meilen pro Stunde.

Obwohl der zweite Truck immer noch weit hinter ihr lag,

schloss er rasch auf und dieses Mal hatte sie keinen Fluchtplan. Anna betete um ein Zeichen. Der Truck war nur noch fünfzig Meter hinter ihr und kam sekündlich näher, als sie plötzlich die Sirene hörte.

Der Gedanke, an die Seite fahren zu müssen, entzückte sie, und es war ihr völlig egal, ob man ihr glauben würde, wenn sie erklärte, warum sie mehrere Spuren auf dem Highway gekreuzt hatte, um auf die Ausfahrt zu fahren, ganz zu schweigen davon, warum bei ihrem Lieferwagen beide Stoßstangen und ein Kotflügel fehlten und dass keiner ihrer Scheinwerfer funktionierte. Sie verlangsamte bereits, als der Streifenwagen an dem Truck vorbeidonnerte und hinter ihr einscherte. Der Polizist sah nach hinten und wies den Truckfahrer an, an die Seite zu fahren. Anna beobachtete in ihrem Beifahrerspiegel, wie beide Fahrzeuge auf dem Standstreifen zum Stehen kamen.

Es dauerte über eine Stunde, bevor sie ruhig genug war, um nicht alle paar Minuten in den Seitenspiegel zu schauen.

Nach einer weiteren Stunde wurde sie allmählich hungrig und beschloss, in einem Café am Straßenrand zu frühstücken. Anna parkte den Lieferwagen, schlenderte hinein und setzte sich an das hintere Ende der Theke. Sie ging die Speisekarte durch und bestellte dann das Große Frühstück: Eier, Schinken, Würstchen, Kartoffelbrei, Pfannkuchen und Kaffee. Nicht gerade ihre normale Morgenmahlzeit, aber was war in den vergangenen 48 Stunden schon normal gewesen.

Beim Kauen ging Anna ihren Streckenplan durch. Die beiden Betrunkenen, die sie verfolgt hatten, waren ihr zumindest behilflich gewesen, ihren Zeitplan einzuhalten. Anna rechnete aus, dass sie ungefähr 380 Meilen bereits hinter sich gebracht hatte, aber bis zur kanadischen Grenze lagen immer noch 50 Meilen vor ihr. Sie inspizierte die Landkarte genauer. Nächster Halt: Niagarafälle. Sie schätzte, dass sie bis dort noch eine Stunde unterwegs sein würde.

Das Fernsehgerät hinter der Theke brachte die Morgennachrichten. Die Hoffnung, weitere Überlebende zu finden, schwand. New York hatte angefangen, seine Toten zu betrauern, und machte sich an die lange und anstrengende Aufgabe des Aufräumens. Ein Trauergottesdienst, an dem der Präsident teilnehmen sollte, war als Teil eines nationalen Tages der Erinnerung in Washington geplant. Der Präsident wollte anschließend nach New York fliegen und Ground Zero besuchen. Bürgermeister Giuliani tauchte als Nächstes auf dem Bildschirm auf. Er trug ein T-Shirt, auf dem stolz die Buchstaben NYPD prankten, und eine Kappe mit dem Schriftzug NYFD auf dem Schild. Giuliani pries den Mut der New Yorker und gelobte seine Entschlossenheit, die Stadt so schnell wie möglich wieder auf die Beine zu bringen.

Die Nachrichten wechselten zum JFK, wo ein Flughafensprecher bestätigte, dass die ersten Linienflüge am nächsten Morgen wie geplant abheben würden. Dieser eine Satz entschied über Annas Zeitplan. Sie wusste, sie musste in London ankommen, bevor Leapman New York verließ, wenn sie überhaupt eine Chance haben wollte, Victoria zu überzeugen … Anna sah aus dem Fenster. Zwei Trucks bogen auf den Parkplatz. Sie erstarrte, unfähig zuzusehen, wie die Fahrer aus ihren Kabinen stiegen. Anna schaute zum Notausgang, als die Männer das Café betraten. Die beiden setzten sich an die Theke, lächelten der Kellnerin zu und würdigten Anna keines Blickes.

Anna sah auf ihre Armbanduhr: 7 Uhr 55. Sie leerte ihre Kaffeetasse, legte sechs Dollar auf die Theke und ging zur Telefonzelle am anderen Ende des Cafés. Sie wählte eine 212-Nummer.

»Guten Morgen, Sir. Mein Name ist Agent Roberts.«

»Morgen, Agent Roberts.« Jack lehnte sich auf seinem Stuhl zurück. »Haben Sie etwas zu berichten?«

»Ich befinde mich an einem Rastplatz zwischen New York und der kanadischen Grenze.«

»Und was machen Sie dort, Agent Roberts?«

»Ich halte eine Stoßstange in der Hand.«

»Lassen Sie mich raten. Die Stoßstange befand sich früher an dem weißen Lieferwagen, der von der Verdächtigen gefahren wird?«

»Ja, Sir.«

»Und wo ist der Lieferwagen jetzt?« Jack versuchte, nicht allzu verzweifelt zu klingen.

»Ich habe keine Ahnung, Sir. Als die Verdächtige auf den Rastplatz fuhr, um eine Pause einzulegen, bin ich leider eingeschlafen, Sir, wie ich zugeben muss. Als ich wieder aufwachte, war der Lieferwagen verschwunden. Die Stoßstange mit dem GPS-Sender hat sie zurückgelassen.«

»Dann ist sie entweder sehr schlau oder sie war in einen Unfall verwickelt.«

»Das sehe ich genauso.« Agent Roberts schwieg und fügte dann hinzu: »Was soll ich als Nächstes tun, Sir?«

»Wechseln Sie zur CIA«, riet Jack.

»Hallo, hier Vincent. Gibt es etwas Neues?«

»Ja, genau wie du dachtest. Ruth Parish hat das Gemälde. Es ist im Sicherheitsbereich der Zollbehörde auf dem Flughafen Heathrow.«

»Dann muss ich es da herausholen«, meinte Anna.

»Das könnte sich als nicht so einfach erweisen«, wandte Tina ein, »denn Leapman fliegt gleich morgen früh von JFK los, um das Gemälde abzuholen, darum bleiben dir nur 24 Stunden, bevor er dich einholt.« Sie zögerte. »Und du hast noch ein Problem.«

»Noch ein Problem?«, wiederholte Anna.

»Leapman ist nicht davon überzeugt, dass du tot bist.«

»Wie kommt er darauf?«

»Er stellt ständig Fragen über dich, sei also besonders vorsichtig. Der Himmel allein weiß, was Fenston tun wird, wenn er nach dem Monet auch den van Gogh verliert. Tote Künstler sind ihm wichtiger als lebende Menschen.«

Anna spürte, wie kleine Schweißtropfen über ihre Stirn kullerten, als sie die Verbindung beendete. Sie sah auf ihre Uhr: 32 Sekunden.

»Unser ›Freund‹ vom JFK-Flughafen hat bestätigt, dass wir für morgen früh 7 Uhr 20 eine Abfluggenehmigung haben«, sagte Leapman. »Das habe ich Tina allerdings nicht gesagt.«

»Warum nicht?«, wollte Fenston wissen.

»Weil der Türsteher im Haus der Petrescu mir erzählt hat, dass jemand, der wie Tina aussah, am Dienstagabend das Gebäude verlassen hat.«

»Dienstagabend?«, wiederholte Fenston. »Aber das würde ja bedeuten …«

»Und sie hatte einen Koffer bei sich.« Fenston runzelte die Stirn, sagte aber nichts.

»Soll ich in dieser Angelegenheit etwas unternehmen?«

»An was denken Sie?«, fragte Fenston.

»Als Erstes pflanzen wir eine Wanze in das Telefon in Tinas Wohnung. Falls die Petrescu Kontakt zu ihr hat, erfahren wir genau, wo sie ist und was sie plant.«

Fenston erwiderte darauf nichts, was Leapman stets als Zustimmung zu deuten pflegte.

Kanadische Grenze 4 Meilen verkündete ein Schild am Straßenrand. Anna lächelte – ein Lächeln, das sich rasch auflöste, als sie um die nächste Kurve bog und hinter einem langen Stau an Fahrzeugen zum Stehen kam, der sich so weit erstreckte, wie das Auge reichte.

Sie stieg aus dem Wagen und streckte ihre müden Glieder. Anna schnitt eine Grimasse, als sie sich ansah, was von ihrem fahrbaren Untersatz noch übrig war. Wie sollte sie das der Happy Hire Company erklären? Sie musste sicher nichts bezahlen – die ersten 500 Dollar eines Schadens waren abgedeckt, wie sie sich korrekt erinnerte. Während sie sich weiter räkelte, bemerkte sie, dass die andere Straßenseite leer war; niemand schien es besonders eilig zu haben, in die Vereinigten Staaten einzureisen.

Anna kam in den nächsten zwanzig Minuten nur hundert Meter weiter und endete schließlich vor einer Tankstelle. Sie traf eine spontane Entscheidung – und brach dabei mit einer weiteren lebenslangen Gewohnheit. Sie fuhr mit dem Lieferwagen von der Straße auf den Vorplatz der Tankstelle, vorbei an den Zapfsäulen, und parkte neben einem Baum – direkt hinter einem großen Schild mit der Aufschrift TIPPTOPP AUTOWASCHANLAGE. Anna nahm den Koffer und die Laptoptasche aus dem Laderaum des Lieferwagens und machte sich daran, die vier Meilen bis zur Grenze zu laufen.

20

»Es tut mir so leid, meine Liebe.« Arnold Simpson sah Arabella Wentworth über seinen Schreibtisch hinweg an. »Schreckliche Sache«, fügte er hinzu und gab noch ein Stück Würfelzucker in seinen Tee. Arabella sagte nichts, als Simpson sich vorbeugte und seine Hände auf der Schreibtischplatte faltete, als ob er gleich beten wollte. Er lächelte seine Mandantin gütig an und öffnete gerade wieder den Mund, als Arabella die Akte in ihrem Schoß aufschlug und sagte: »Als unser Familienanwalt können Sie mir vielleicht erklären, wie mein Vater und Victoria es geschafft haben, in so kurzer Zeit solch horrende Schulden anzuhäufen?«

Simpson lehnte sich zurück und lugte über seine halbmondförmigen Brillengläser. »Ihr lieber Vater und ich waren über vierzig Jahre lang enge Freunde«, fing er an. »Wie Sie sicher wissen, waren wir gemeinsam in Eton.« Simpson hielt inne und berührte seine dunkelblaue Krawatte mit den hellblauen Streifen, die aussah, als habe er sie seit Verlassen der Schule jeden einzelnen Tag getragen.

»Mein Vater hat immer von ›zur selben Zeit‹ gesprochen, nicht von ›gemeinsam‹«, erwiderte Arabella scharf. »Vielleicht könnten Sie jetzt meine Frage beantworten.«

»Darauf wollte ich ja gerade kommen.« Simpson wusste vorübergehend nicht, was er sagen sollte, und ging die Aktenberge durch, die sich auf seinem Schreibtisch häuften. »Ach ja«, erklärte er schließlich und nahm eine Akte mit der Aufschrift *Lloyd's of London* zur Hand. Er schlug die Akte auf und rückte seine Brille zurecht. »Als Ihr Vater 1971 zu Lloyd's kam, zeichnete er für mehrere Konsortien mit dem Anwesen als Bürgschaft. Viele Jahre lang verzeichnete die Versicherungsbranche gute Gewinne und Ihr Vater erhielt ein üppiges Jahreseinkommen.« Simpson fuhr mit dem Finger eine Zahlenkolonne entlang.

»Haben Sie ihm damals die Bedeutung von unbegrenzter Haftung erklärt?«, fragte Arabella.

»Ich muss gestehen«, fuhr Simpson fort, ihre Frage ignorierend, »dass ich wie so viele andere nicht mit einer derart unerhörten Aneinanderreihung schlimmer Jahre gerechnet habe.«

»Es war auch nicht anders als beim Glücksspiel, wo man hofft, beim Roulette sein Glück zu machen«, erklärte Arabella. »Warum haben Sie ihm nicht geraten, seine Verluste zu realisieren und den Spieltisch zu verlassen?«

»Ihr Vater war ein dickköpfiger Mann«, erwiderte Simpson. »Auch nachdem er einige schlechte Jahre ausgesessen hatte, blieb er davon überzeugt, dass die guten Zeiten zurückkehren würden.«

»Das war jedoch nicht der Fall.« Arabella blätterte zu einer anderen der zahlreichen Seiten ihrer Akte.

»Traurigerweise nicht«, bestätigte Simpson, der so tief in seinem Sessel versank, dass er hinter dem Schreibtisch beinahe zu verschwinden schien.

»Und was ist mit dem großen Portfolio an Aktien und Anteilen geschehen, das die Familie im Laufe der Jahre angesammelt hatte?«

»Die gehörten zu den ersten Dingen, die Ihr Vater liquidieren musste, um sein Konto im Plus zu halten. Als Ihr Vater starb«, fuhr der Anwalt fort und blätterte zu einer anderen Seite weiter, »hatte er leider über zehn Millionen Pfund Schulden angehäuft.«

»Aber nicht bei Coutts«, sagte Arabella. »Es hat jedoch den Anschein, dass er vor drei Jahren sein Konto zu einer kleinen Bank in New York namens Fenston Finance transferiert hat.«

»Das ist korrekt, meine Liebe«, bestätigte Simpson. »Es war mir immer ein Rätsel, warum gerade diese bestimmte Bank …«

»Mir ist es kein Rätsel«, erwiderte Arabella scharf und zog einen Brief aus ihrer Akte. »Es liegt auf der Hand, dass sie meinen Vater als leichte Beute ausgemacht haben.«

»Aber ich kann mir immer noch nicht denken, woher sie wussten …«

»Sie mussten nur irgendein Finanzblatt lesen. Dort wurde ja täglich von den Problemen berichtet, die Lloyd's hatte, und der Name meines Vaters tauchte regelmäßig zusammen mit einigen anderen auf, die für unselige, wenn nicht gar betrügerische Konsortien gezeichnet hatten.«

»Das ist reine Spekulation Ihrerseits.« Simpson hob seine Stimme.

»Nur weil *Sie* damals nicht daran gedacht haben«, erwiderte Arabella, »heißt das nicht, dass es sich um Spekulation handelt. Eigentlich bin ich nur überrascht, dass Sie ihrem *engen Freund* erlaubt haben, Coutts zu verlassen, eine Bank, die der Familie seit über 200 Jahren treu gedient hat, und zu einem Haufen Winkeladvokaten zu wechseln.«

Simpson lief knallrot an. »Möglicherweise fallen Sie gerade der Gewohnheit mancher Politiker anheim, alles aus der Rückschau zu deuten, Madam.«

»Nein, Sir«, erwiderte Arabella. »Meinem verstorbenen Ehemann hat man ebenfalls angeboten, Lloyd's beizutreten. Der Broker versicherte ihm, die Gewinne wären ausreichend, um die notwendige Einlage zu decken, woraufhin ihm Angus die Tür wies.«

Simpson war sprachlos.

»Und darf ich Sie als wichtigsten Berater von Victoria fragen, wie meine Schwester es geschafft hat, die Schulden in weniger als einem Jahr zu verdoppeln?«

»Dafür bin ich nicht verantwortlich«, brauste Simpson auf. »Sie können Ihren Ärger auf den Steuereintreiber richten, der seinen Anteil einforderte.« Er suchte eine Akte mit der Aufschrift *Erbschaftssteuer* heraus. »Ah ja, hier ist es. Das Finanzamt hat nach einem Todesfall ein Anrecht auf vierzig Prozent aller Werte, es sei denn, dass besagte Werte direkt an einen Ehepartner vermacht werden. Ich bin sicher, Ihr verstorbener Ehemann hätte Ihnen das erklären können. Ich habe es jedoch mit beträchtlicher Kunstfertigkeit, wenn ich das selbst sagen darf, fertiggebracht, mich mit den Steuerinspektoren auf eine Summe von elf Millionen Pfund zu einigen und Lady Victoria schien damals sehr zufrieden damit.«

»Meine Schwester war eine naive alter Jungfer, die ohne Vater niemals das Haus verließ und erst mit dreißig ein eigenes Konto einrichtete«, entgegnete Arabella. »Aber dennoch haben Sie ihr erlaubt, einen weiteren Vertrag mit Fenston Finance zu schließen, der sie noch weiter in die Schuldenfalle trieb.«

»Entweder das oder wir hätten das Anwesen verkaufen müssen.«

»Nein, so war das nicht«, wandte Arabella ein. »Ein einziger Anruf bei Lord Hindlip, dem Vorsitzenden von Christie's, hätte genügt, um mich wissen zu lassen, dass seiner Meinung nach der van Gogh der Familie bei einer Auktion über 30 Millionen Pfund eingebracht hätte.«

»Ihr Vater hätte sich niemals damit einverstanden erklärt, den van Gogh zu verkaufen.«

»Mein Vater war nicht mehr am Leben, als Sie dem zweiten Kredit zustimmten«, entgegnete Arabella. »Es war eine Entscheidung, zu der *Sie* ihr geraten haben.«

»Ich hatte keine andere Wahl, meine Liebe, angesichts der Bedingungen des ersten Vertrages.«

»Den Sie als Zeuge unterschrieben, aber offenbar nicht gelesen haben. Denn meine Schwester hat sich nicht nur bereit erklärt, sechzehn Prozent Zinseszinsen für das Darlehen zu zahlen, Sie haben ihr auch erlaubt, den van Gogh als Bürgschaft zu nennen.«

»Aber Sie können immer noch verlangen, dass das Gemälde verkauft wird, und dann ist das Problem gelöst.«

»Wieder falsch, Mr. Simpson«, sagte Arabella. »Wenn Sie über Seite eins des Originalvertrages hinaus gelesen hätten, dann hätten Sie entdeckt, dass die Entscheidung im Falle einer Auseinandersetzung einem New Yorker Gericht überlassen wird und ich verfüge zweifellos nicht über die nötigen Mittel, um Bryce Fenston in seinem eigenen Hinterhof zu schlagen.«

»Sie haben ohnehin nicht die Befugnis, das zu tun«, erwiderte Simpson harsch, »weil ich …«

»Ich bin die nächste Angehörige«, erklärte Arabella fest.

»Aber es gibt kein Testament, aus dem hervorginge, wem Victoria das Anwesen hinterlassen wollte«, rief Simpson.

»Eine weitere Pflichtversäumnis Ihrerseits – mit Ihrer üblichen Voraussicht und Kunstfertigkeit.«

»Ihre Schwester und ich überlegten uns gerade …«

»Dafür ist es jetzt ein wenig spät«, warf Arabella ein. »Ich stehe einer Schlacht mit einem skrupellosen Mann gegenüber, der dank Ihnen das Gesetz auf seiner Seite zu haben scheint.«

»Ich bin zuversichtlich«, sagte Simpson und legte seine Hände wieder in Gebetsstellung auf den Schreibtisch, als ob er den Ausgangssegen erteilen wollte, »dass ich dieses ganze Problem in kürzester Zeit bereinigen …«

»Ich kann Ihnen genau sagen, was Sie bereinigen können.« Arabella erhob sich. »Sie können all diese Akten, die mit dem Wentworth-Anwesen zu tun haben, nach Wentworth Hall schicken.« Sie starrte auf den Anwalt hinunter. »Gleichzeitig legen Sie freundlicherweise Ihre allerletzte Rechnung bei …«, sie sah auf ihre Uhr, »… für eine Stunde Ihrer wertvollen Zeit.«

21

Anna marschierte mitten auf der Straße, zog ihren Koffer hinter sich her, den Laptop über die linke Schulter gehängt. Mit jedem Schritt sah Anna deutlicher, wie die Insassen der stehenden Autos auf die merkwürdige, einsame Figur starrten, die an ihnen vorbeimarschierte.

Die erste Meile dauerte fünfzehn Minuten und eine der Familien, die sich auf dem Grasstreifen entlang der Straße zu einem Picknick niedergelassen hatte, bot ihr ein Glas Wein an. Die zweite Meile dauerte achtzehn Minuten, aber sie konnte den Grenzposten immer noch nicht ausmachen. Erst nach weiteren zwanzig Minuten kam Anna an einem Schild »Noch eine Meile bis zur Grenze« vorbei. Sie versuchte, schneller zu gehen.

Die letzte Meile rief ihr in Erinnerung, welche Muskeln nach einem langen, anstrengenden Lauf schmerzten, doch dann sah sie die Ziellinie. Ein Schuss Adrenalin brachte sie dazu, an Tempo zuzulegen.

Als Anna ungefähr hundert Meter von dem Grenzbaum entfernt war, vermittelten ihr die starrenden Blicke der Autoinsassen das Gefühl, sich in einer Schlange nach vorn gedrängelt zu haben. Sie wandte die Augen ab und ging etwas langsamer. Sie blieb an der weißen Linie stehen, an der jeder Wagen den Motor ausschalten und warten musste, und trat an die Seite.

An diesem Tag schoben zwei Zollbeamte Dienst und mussten mit einer ungewöhnlich langen Schlange für einen Donnerstagmorgen fertig werden. Sie saßen in ihren kleinen Kabinen und prüften die Ausweispapiere jedes Einzelnen sehr viel dienstbeflissener als üblich.

Anna versuchte, Augenkontakt mit dem jüngeren der beiden Beamten herzustellen in der Hoffnung, dass er Mitleid mit ihr haben würde, aber sie brauchte keinen Spiegel, um zu wissen, dass sie nach all dem, was sie in den vergangenen 24 Stunden durchgemacht hatte, nicht sehr viel besser aussah als in dem Moment, als sie aus dem Nordturm geschwankt war.

Schließlich winkte der jüngere der beiden Beamten sie zu sich. Er prüfte ihre Reisepapiere und sah sie neugierig an. Wie weit war sie mit ihren Koffern wohl schon gelaufen? Sorgfältig inspizierte er ihren Ausweis. Alles schien in Ordnung zu sein.

»Aus welchen Grund wollen Sie nach Kanada einreisen?«, wollte er wissen.

»Ich besuche ein Kunstseminar an der McGill University im Rahmen meiner Doktorarbeit über die präraffaelitische Bewegung.« Anna sah ihm in die Augen.

»Welche Künstler im Besonderen?«, fragte der Beamte beiläufig. Ein Klugscheißer oder ein Fan. Anna beschloss mitzuspielen.

»Rossetti, Holman Hunt und Morris, unter anderem.«

»Was ist mit dem anderen Hunt?«

»Alfred? Eigentlich kein echter Präraffaelit, aber…«

»Aber ein ebenso guter Künstler.«

»Da stimme ich Ihnen zu«, sagte Anna.

»Wer hält das Seminar ab?«

»Äh, Vern Swanson.« Anna hoffte, dass der Beamte von dem herausragendsten Experten auf diesem Gebiet noch nichts gehört hatte.

»Prima, dann habe ich ja die Chance, ihn zu sehen.«

»Wie meinen Sie das?«

»Nun, wenn er immer noch Professor für Kunstgeschichte in Yale ist, dann wird er aus New Haven anreisen, nicht wahr, und da es keine Flüge in und aus den USA gibt, kann er nur hier die Grenze überqueren.«

Anna fiel keine passende Antwort ein und sie war dankbar, dass sie von der Frau hinter ihr gerettet wurde, die in Richtung ihres Ehemannes mit lauter Stimme kommentierte, wie lange sie nun schon in der Schlange warten musste.

»Ich war in McGill«, sagte der junge Beamte lächelnd und reichte Anna ihren Ausweis. Anna fragte sich, ob die Farbe ihrer Wangen ihre Scham verriet. »Es tut uns allen leid, was da in New York passiert ist«, fügte er hinzu.

»Danke«, sagte Anna und überquerte die Grenze. *Willkommen in Kanada.*

»Wer ist da?«, verlangte eine anonyme Stimme zu wissen.

»Es gibt einen Stromausfall im zehnten Stock«, sagte der Mann vor der Tür, der einen grünen Overall, eine Yankee-Baseballmütze und eine Werkzeugtasche trug. Er schloss die Augen und lächelte in die Sicherheitskamera. Als er den Türöffner summen hörte, drückte er die Tür auf und trat ohne weitere Fragen ein.

Er ging an dem Aufzug vorbei und stieg die Treppe hoch. Auf diese Weise würden sich weniger Menschen an ihn erinnern. Er blieb stehen, als er in den zehnten Stock kam, und blickte den Flur auf und ab. Niemand zu sehen. 15 Uhr 30 war immer eine ruhige Zeit. Er konnte nicht erklären, warum das so war, es war einfach ein Erfahrungswert. Als er an ihre Tür kam, drückte er auf die Klingel. Keine Antwort. Aber man hatte ihm ja versichert, dass sie noch mindestens zwei Stunden bei der Arbeit sein würde. Der Mann stellte die Werkzeugtasche auf den Boden und prüfte die beiden Schlösser an der Tür. Kaum das Niveau von Fort Knox. Mit der Präzision eines Chirurgen bei einer Operation öffnete er seine Tasche und wählte diverse feingliedrige Instrumente aus.

Zwei Minuten und 40 Sekunden später befand er sich in der Wohnung. Rasch lokalisierte er alle drei Telefone. Das erste stand im Wohnzimmer auf einem Schreibtisch unter einem Druck von Warhols *Marilyn Monroe*. Das zweite entdeckte er an ihrem Bett, neben einem Foto. Der Eindringling betrachtete die Frau in der Mitte des Bildes. Sie stand zwischen zwei Männern, die einander so sehr ähnelten, dass es ihr Vater und ihr Bruder sein mussten.

Das dritte Telefon befand sich in der Küche. Er sah zur Kühlschranktür und grinste; sie waren beide Fans der 49ers.

Sechs Minuten und neun Sekunden später stand er wieder im Flur. Er stieg die Treppe hinunter und verließ das Gebäude durch die Haustür.

Er hatte den Job in weniger als zehn Minuten erledigt. Honorar 1000 Dollar. Fast wie bei einem Chirurgen.

Anna gehörte zu den Letzten, die den Greyhound-Bus bestiegen, der Niagara Falls um fünfzehn Uhr verließ.

Zwei Stunden später hielt der Bus am Westufer von Lake Ontario. Anna war die Erste, die ausstieg. Sie blieb nicht stehen, um den Mies-van-der-Rohe-Gebäudekomplex zu bewundern, der die Skyline von Toronto dominierte, sondern winkte das erstbeste Taxi heran.

»Zum Flughafen, bitte. So schnell wie möglich.«

»Welches Terminal?«, wollte der Fahrer wissen. Anna zögerte. »Europa.«

»Terminal 3.« Der Fahrer fuhr los und fragte: »Woher kommen Sie?«

»Boston«, erwiderte Anna. Sie wollte nicht über New York reden.

»Schlimm, was da in New York passiert ist«, sagte er. »Einer von diesen Augenblicken der Geschichte, bei dem jeder genau weiß, wo er sich gerade befunden hat. Ich war im Taxi, hab's im Radio gehört. Und Sie?«

»Ich war im Nordturm«, sagte Anna.

Er glaubte, eine Klugscheißerin zu erkennen, wenn er eine vor sich sah.

Es dauerte etwas über 25 Minuten, die 17 Meilen von der Bay Street zum Lester B. Pearson International Airport zurückzulegen, und in dieser Zeit sprach der Fahrer kein einziges Wort mehr. Als er schließlich vor dem Eingang zu Terminal 3 vorfuhr, zahlte Anna den Fahrpreis und begab sich rasch ins Flughafengebäude. Sie starrte zur Abflugtafel, als die Digitaluhr auf 17 Uhr 28 klickte.

Der letzte Flug nach Heathrow hatte soeben das Gate geschlossen. Anna fluchte. Ihr Blick glitt über die Städte, die an diesem Abend noch angeflogen wurden. Tel Aviv, Bangkok, Hongkong, Sydney, Amsterdam. *Amsterdam.* Wie passend, dachte sie. Flug KL692 ging um 18 Uhr, Gate C31, die Passagiere wurden gerade an Bord gelassen. Anna rannte zum KLM-Schalter und fragte den Mann hinter der Theke, noch bevor er aufsah: »Ist auf dem Flug nach Amsterdam noch ein Platz frei?«

Er hörte auf, die Tickets zu zählen. »Ja, aber Sie müssen sich beeilen. Das Gate wird gleich geschlossen.«

»Gibt es noch einen Fensterplatz?«

»Fenster, Gang, Mitte – alles, was Sie wollen.«

»Warum das?«

»Heute scheinen nicht viele Leute fliegen zu wollen. Und das liegt nicht allein daran, dass heute der 13. ist.«

»JFK hat unseren Flug um 7 Uhr 20 morgen früh bestätigt«, sagte Leapman.

»Gut«, meinte Fenston. »Rufen Sie mich an, sobald das Flugzeug abgehoben hat. Wann kommen Sie in Heathrow an?«

»Gegen 19 Uhr Ortszeit«, erwiderte Leapman. »Art Locations wartet auf dem Flugfeld, um das Gemälde gleich an Bord zu bringen. Die Verdreifachung ihres üblichen Honorars scheint sie zu beflügeln.«

»Und wann erwarten Sie, wieder hier zu sein?«

»Rechtzeitig zum Frühstück am nächsten Tag.«

»Etwas Neues von der Petrescu?«

»Nein«, entgegnete Leapman. »Tina hatte bislang erst einen Anruf. Von einem Mann.«

»Nichts von …«

Da trat Tina ein.

»Sie ist auf dem Weg nach Amsterdam«, berichtete Joe.

»Amsterdam?«, wiederholte Jack. Mit den Fingern trommelte er auf den Schreibtisch.

»Ja. Den letzten Flug nach Heathrow hat sie verpasst.«

»Dann wird sie morgen früh den ersten nach London nehmen.«

»Wir haben bereits einen Agenten für Heathrow abgestellt«, meinte Joe. »Wollen Sie noch weitere Agenten?«

»Ja, in Gatwick und Standsted«, sagte Jack.

»Wenn Sie recht behalten, trifft sie nur wenige Stunden vor Karl Leapman ein.«

»Wie meinen Sie das?«, fragte Jack.

»Fenstons Privatjet hat für morgen früh um 7 Uhr 20 einen Flug angemeldet und der einzige Passagier ist Leapman.«

»Dann wollen Sie sich womöglich treffen«, mutmaßte Jack.

»Rufen Sie Agent Crasanti in unserer Londoner Botschaft an und bitten Sie ihn, zusätzliche Agenten an allen drei Flughäfen zu postieren. Ich will wissen, was genau die beiden geplant haben.«

»Das ist kein Heimspiel für uns«, rief ihm Joe in Erinnerung.

»Wenn die Briten herausfinden, was wir da tun, ganz zu schweigen vom CIA …«

»An allen drei Flughäfen«, wiederholte Jack und legte den Hörer auf.

Nur wenige Augenblicke, nachdem Anna das Flugzeug betreten hatte, wurden die Türen geschlossen. Man führte sie zu ihrem Platz und bat sie, den Sicherheitsgurt anzulegen, da der Start unmittelbar bevorstand. Anna freute sich, dass die anderen Sitze in ihrer Reihe nicht belegt waren, und sobald das Bitte-angurten-Schild erlosch, klappte sie die Armlehnen in ihrer Reihe hoch und legte sich hin. Sie deckte sich mit zwei Decken zu und bettete ihren Kopf auf ein echtes Kissen. Noch bevor das Flugzeug die maximale Flughöhe erreicht hatte, schlief sie bereits.

Jemand berührte sie sanft an der Schulter. Anna fluchte leise. Sie hatte vergessen zu erwähnen, dass sie keine Mahlzeit wollte. Anna sah zu der Stewardess auf und blinzelte schläfrig. »Danke nein«, sagte sie mit fester Stimme und schloss die Augen.

»Es tut mir leid, aber ich muss Sie bitten, sich aufzusetzen und den Sicherheitsgurt anzulegen«, meinte die Stewardess höflich. »Wir landen in etwa zwanzig Minuten. Wenn Sie Ihre Uhr umstellen wollen – in Amsterdam ist es jetzt 6 Uhr 55.«

14. September

22

Leapman war wach, lange bevor die Limousine ihn abholen sollte. Das war kein Tag, an dem man verschlafen durfte.

Er kletterte aus dem Bett und ging direkt ins Badezimmer. Nachdem er geduscht und sich rasiert hatte, machte er sich nicht die Mühe, ein Frühstück zu bereiten. Er würde später von der Firmenstewardess im Privatjet der Bank Kaffee und Croissants erhalten. Wer in seinem heruntergekommenen Wohnhaus in dem nicht angesagten Viertel würde glauben, dass Leapman in zwei Stunden der einzige Passagier einer Gulfstream V auf ihrem Weg nach London sein würde?

Er ging zu seinem halb leeren Schrank und wählte seinen neuesten Anzug aus, dazu sein Lieblingshemd und eine Krawatte, die er an diesem Tag zum ersten Mal trug. Der Pilot sollte nicht eleganter aussehen als er.

Leapman stellte sich ans Fenster und wartete auf die Limousine. Er war sich durchaus bewusst, dass sein kleines Apartment keine großartige Verbesserung im Vergleich zu der Gefängniszelle war, in der er vier Jahre verbracht hatte. Er sah auf die 43rd Street hinunter, als die Limousine vorfuhr, die nicht in dieses Viertel zu passen schien.

Leapman stieg in den Fond des Wagens, ohne mit dem Chauffeur zu sprechen, der ihm die Tür öffnete. Wie es Fenston zu tun pflegte, drückte Leapman den Knopf in der Armlehne und sah zu, wie die rauchgraue Scheibe nach oben glitt und ihn vom Chauffeur trennte. In den kommenden 24 Stunden würde er in einer anderen Welt leben.

45 Minuten später bog die Limousine vom Van Wyck Expressway auf die Abfahrt zum JFK Flughafen. Der Chauffeur fuhr durch eine Pforte, die nur wenige Passagiere jemals entdeckten, und hielt vor einem kleinen Terminalgebäude, das nur jenen Privilegierten offen stand, die ihr eigenes Flugzeug besaßen. Leapman stieg aus dem Wagen und wurde zu einer privaten Lounge eskortiert, wo der Kapitän des Firmenjets bereits auf ihn wartete.

»Besteht Hoffnung, dass wir früher als geplant abheben können?«, erkundigte sich Leapman, während er sich in einen bequemen Ledersessel fallen ließ.

»Nein, Sir«, erwiderte der Kapitän. »Alle 45 Sekunden hebt eine Maschine ab und unsere Startzeit wurde definitiv für 7 Uhr 20 bestätigt.«

Leapman grunzte und wandte seine Aufmerksamkeit den Morgenzeitungen zu.

Die *New York Times* brachte die Schlagzeile, dass Präsident Bush eine Belohnung von 50 Millionen Dollar für die Ergreifung von Osama Bin Laden ausgesetzt hatte, was Leapman für den typisch texanischen Begriff von Recht und Ordnung in den letzten hundert Jahren hielt. Das *Wall Street Journal* meldete, dass Fenston Finance weitere zwölf Cent verloren hatte, ein Schicksal, das mehrere Firmen teilten, deren Hauptsitz sich im World Trade Center befunden hatte. Sobald er den van Gogh in Händen hatte, konnte die Firma die Phase schwacher Aktienkurse aussitzen, während er sich auf die Konsolidierung konzentrieren konnte. Leapmans Gedankengänge wurden von einem Mitglied der Kabinencrew unterbrochen.

»Sie können jetzt an Bord, Sir. Wir starten in etwa fünfzehn Minuten.« Ein weiteres Fahrzeug brachte Leapman zu der Treppe der Gulfstream V und das Flugzeug rollte auf die Startbahn, bevor er seinen Orangensaft getrunken hatte. Er entspannte sich jedoch erst, als sie ihre Flughöhe von 30 000 Fuß erreichten und die Bitte-angurten-Anzeige erlosch. Er beugte sich vor, nahm das Telefon zur Hand und wählte Fenstons Privatleitung.

»Ich bin jetzt auf dem Weg«, sagte er. »Und ich wüsste nicht, warum ich morgen um diese Zeit nicht zurück sein sollte …« Er schwieg kurz. »… mit einem Holländer auf dem Sitz neben mir.«

»Rufen Sie mich an, sobald Sie gelandet sind«, erwiderte der Vorsitzende.

Tina schaltete den Nebenanschluss zum Telefon des Vorsitzenden aus.

Leapman war in letzter Zeit immer öfter in ihr Büro geplatzt – stets ohne anzuklopfen. Er machte kein Geheimnis aus der Tatsache, dass Anna seiner Meinung nach immer noch am Leben war und mit Tina in Kontakt stand.

Der Jet des Vorsitzenden hatte an diesem Morgen den Flughafen JFK wie vorgesehen verlassen und Tina hatte das Gespräch mit Leapman belauscht. Ihr war klar, dass Anna nur wenige Stunden Vorsprung vor Leapman hatte, und das auch nur dann, wenn sie jetzt bereits in London war.

Tina stellte sich vor, wie Leapman am nächsten Tag in New York eintraf, sah sein widerwärtiges Grinsen, wenn er dem Vorsitzenden den van Gogh überreichte. Tina lud sich weiter die neuesten Verträge herunter, die sie an ihre Privatadresse mailte – etwas, was sie nur tat, wenn Leapman nicht im Büro und Fenston beschäftigt war.

Der erste Flug nach London-Gatwick an diesem Morgen ging um exakt zehn Uhr von Schiphol. Anna besorgte sich ein Ticket bei British Airways, wo ihr mitgeteilt wurde, dass der Flug 20 Minuten Verspätung haben würde, da das ankommende Flugzeug noch nicht gelandet war. Sie nützte die Verzögerung, um zu duschen und sich umzuziehen. Schiphol war an Übernachtreisende gewöhnt. Anna wählte das konservativste Outfit aus ihrer kleinen Reisegarderobe für ihr Treffen mit Victoria.

Während Anna im Caffé Nero an ihrem Kaffee nippte, blätterte sie im *Herald Tribune*: »50 Millionen Dollar Belohnung« lautete die Schlagzeile auf der zweiten Seite – weniger als der van Gogh bei jedem Auktionshaus erzielen würde. Anna verschwendete keine Zeit damit, den Artikel zu lesen, da sie sich darauf konzentrieren musste, was sie Victoria sagen wollte, sobald sie ihr von Angesicht zu Angesicht gegenüberstand.

Zuerst musste sie jedoch herausfinden, wo sich der van Gogh befand. Wenn Ruth Parish das Gemälde gelagert hatte, dann würde Anna Victoria raten, Ruth anzurufen und zu verlangen, dass der van Gogh umgehend nach Wentworth Hall zurückgebracht wurde. Sie sollte Ruth außerdem mitteilen, dass Fenston Finance gegen Victorias ausdrücklichen Wunsch keinerlei Anspruch auf das Gemälde hatte, vor allem dann nicht, wenn die einzige Vertragskopie, die noch existierte, verschwand. Irgendwie ahnte sie, dass Victoria dem nicht zustimmen würde, aber falls doch, würde sich Anna mit Mr. Nakamura in Tokio in Verbindung setzen und herauszufinden versuchen, ob … »Die Passagiere für British Airways Flug 8112 nach London-Gatwick bitten wir jetzt zu Gate D14«, verkündete eine Stimme über Lautsprecher.

Während sie den Ärmelkanal überquerten, ging Anna ihren Plan immer wieder durch und versuchte, einen Bruch in ihrer Logik zu finden, aber ihr fielen nur zwei Menschen ein, die ihren Plan für etwas anderes als gesunden Menschenverstand halten würden. Das Flugzeug setzte mit 35 Minuten Verspätung in Gatwick auf.

Anna sah auf die Uhr, als sie englischen Boden betrat. Sie war sich bewusst, dass Leapman in nur neun Stunden in Heathrow landen würde. Sobald sie die Passkontrolle hinter sich und ihr Gepäck abgeholt hatte, suchte sich Anna einen Mietwagen. Sie mied den Schalter der Happy Hire Company und stellte sich am Avis-Schalter an.

Anna bemerkte nicht den elegant gekleideten jungen Mann, der im Duty-Free-Shop in ein Handy flüsterte. »Sie ist jetzt gelandet. Ich bin an ihr dran.«

Leapman machte es sich auf dem breiten Ledersitz bequem – weit bequemer als alles, was sich in seinem Apartment in der 43rd Street befand. Die Stewardess servierte ihm auf einem Silbertablett schwarzen Kaffee in einer Porzellantasse mit goldenem Rand. Er lehnte sich zurück und dachte an die Aufgabe, die vor ihm lag. Er wusste, er war nur der Kofferträger, auch wenn sich an diesem Tag eines der wertvollsten Gemälde dieser Erde in dem Koffer befand. Wenn Fenston nur ein einziges Mal Leapmans Beitrag zum Erfolg der Firma anerkennen und auf seine Ideen so reagieren würde, als ob er ein geachteter Kollege wäre und kein bezahlter Lakai – nicht, dass er sehr gut bezahlt würde; wenn Fenston nur hin und wieder ein Dankeschön über die Lippen brächte – das wäre schon genug. Zugegeben, Fenston hatte ihn aus der Gosse geholt, aber nur, um ihn in eine andere zu werfen.

Leapman diente Fenston nun schon zehn Jahre und hatte beobachtet, wie der naive Immigrant aus Bukarest die Leiter von Wohlstand und Status hochgeklettert war – eine Leiter, die er festgehalten hatte, während er selbst nichts weiter als ein Helfershelfer blieb. Aber das konnte sich über Nacht ändern. Sie mussten nur einen einzigen Fehler machen und schon würden sich ihre Rollen umkehren. Dann würde Fenston im Gefängnis landen und er, Leapman, hätte ein Vermögen zur Verfügung, dem niemand jemals auf die Spur kommen konnte.

»Möchten Sie noch etwas Kaffee, Mr. Leapman?«, fragte die Stewardess.

Anna brauchte keine Landkarte, um den Weg nach Wentworth Hall zu finden, obwohl sie darauf achten musste, auf den zahllosen Kreisverkehren unterwegs nicht versehentlich die falsche Abfahrt zu nehmen.

Vierzig Minuten später fuhr sie durch die Pforten des Anwesens. Vor ihrem Besuch auf Wentworth Hall hatte Anna nichts über die Barockarchitektur gewusst, die die Landsitze des aristokratischen England im späten 17. und frühen 18. Jahrhundert dominierte. Der Klotz – wie Victoria ihr Heim nannte – war 1697 von Sir John Vanbrugh erbaut worden. Es war seine erste Auftragsarbeit, bevor er Castle Howard schuf und später Blenheim Palace für einen weiteren triumphal heimgekehrten Soldaten – danach wurde Vanbrugh der gefragteste Architekt Europas.

Die lange Auffahrt zum Schloss lag im Schatten eindrucksvoller Eichen, die aus demselben Jahr wie Wentworth Hall selbst stammten, obwohl jetzt Lücken klafften, wo einzelne Bäume den gewaltigen Stürmen von 1987 erlegen waren. Anna fuhr an einem Zierteich voller Magoi-Koi-Karpfen vorbei – Einwanderer aus Japan – sowie an zwei Tennisplätzen und einem Crocketfeld, auf dem die ersten Herbstblätter lagen. Dann bog Anna um eine Kurve und das große Gebäude, umgeben von 400 grünen englischen Hektar Grundstück, ragte in den Himmel auf.

Victoria hatte Anna einmal erzählt, dass das Schloss über 67 Zimmer verfügte, 14 davon Gästezimmer. Das Schlafzimmer, das ihr im ersten Stock zugewiesen worden war – das van Gogh Zimmer –, hatte ungefähr dieselbe Größe wie ihr gesamtes Apartment in New York.

Als Anna sich Wentworth Hall näherte, fiel ihr auf, dass die Fahne mit dem Familienwappen am Ostturm auf halbmast wehte. Als sie den Wagen zum Stehen brachte, fragte sie sich, welcher von Victorias zahllosen ältlichen Verwandten gestorben sein mochte.

Die massive Eichentür wurde aufgezogen, noch bevor Anna die oberste Stufe erreicht hatte. Sie betete, dass Victoria zu Hause sein möge und dass zugleich Fenston immer noch keine Ahnung hatte, dass sie sich in England befand.

»Guten Morgen, Madam«, intonierte der Butler. »Kann ich Ihnen behilflich sein?«

Ich bin's, Andrews, wollte Anna sagen, überrascht von seinem formellen Tonfall. Er war während ihres Aufenthalts im Schloss so herzlich gewesen. Sie hielt sich an seinen formellen Ansatz. »Ich muss mit Lady Victoria sprechen. Dringend.«

»Ich fürchte, das ist nicht möglich«, erwiderte Andrews. »Aber ich werde fragen, ob Ihre Ladyschaft Zeit hat. Vielleicht wären Sie so freundlich, hier zu warten.«

Was meint er damit, das wird nicht möglich sein, aber ich werde fragen, ob Ihre Ladyschaft …

Während Anna in der Eingangshalle wartete, sah sie zu Gainsboroughs Portrait von Lady Catherine Wentworth auf. Sie erinnerte sich an jedes Gemälde im Haus. Ihr Blick wanderte zu ihrem Lieblingsbild am oberen Ende der Treppe, einem Romney, *Mrs. Siddons als Portia*. Sie drehte sich zum Damenzimmer um und wurde von einem Gemälde von Stubbs begrüßt – *Actaeon, Gewinner des Derbys*, Sir Harry Wentworths Lieblingspferd, immer noch sicher in seiner Koppel. Wenn Victoria ihren Rat annahm, könnte sie zumindest den Rest der Sammlung retten.

Der Butler kehrte im selben getragenen Tempo zurück.

»Ihre Ladyschaft empfängt Sie«, sagte er. »Sie bittet Sie in den Salon.« Er verneigte sich leicht, bevor er sie quer durch die Eingangshalle führte.

Anna versuchte, sich auf ihren Sechs-Punkte-Plan zu konzentrieren, aber zuerst musste sie darlegen, warum sie sich um 48 Stunden verspätet hatte, obwohl Victoria sicher die entsetzlichen Ereignisse am Dienstag mitbekommen hatte und vielleicht sogar überrascht sein mochte, dass Anna überhaupt noch lebte.

Als Anna in den Salon trat, sah sie Victoria, mit gesenktem Kopf und in Trauerkleidung, auf dem Sofa sitzen. Ein schokoladenbrauner Labrador ruhte im Halbschlaf zu ihren Füßen. Anna konnte sich nicht erinnern, dass Victoria einen Hund hatte, und war überrascht, als sie nicht auf ihre sonst übliche herzliche Weise aufsprang und sie begrüßte. Victoria hob den Kopf. Anna schnappte nach Luft, als Arabella Wentworth kalt zu ihr aufsah. In diesem Sekundenbruchteil wurde ihr klar, warum die Familienfahne auf halbmast wehte. Anna blieb stumm, während sie versuchte, die Tatsache zu verdauen, dass sie Victoria niemals wiedersehen würde und nun Überzeugungsarbeit an ihrer Schwester leisten musste, die sie nie zuvor getroffen hatte. Anna konnte sich nicht einmal an ihren Namen erinnern. Das Spiegelbild erhob sich nicht, bot ihr auch nicht die Hand zum Gruß.

»Wünschen Sie Tee, Dr. Petrescu?«, fragte Arabella mit einer distanzierten Stimme, in der die Hoffnung mitschwang, dass Anna »Nein, danke« antworten würde.

»Nein, danke.« Anna blieb stehen. »Darf ich fragen, wie Victoria gestorben ist?«, fragte sie leise.

»Ich dachte, das wüssten Sie bereits«, erwiderte Arabella lapidar.

»Ich habe keine Ahnung, was Sie meinen«, erklärte Anna.

»Warum sind Sie hier, wenn nicht aus dem Grund, den Rest des Familiensilbers einzusammeln?«, wollte Arabella wissen.

»Ich bin gekommen, um Victoria zu raten, den van Gogh nicht abtransportieren zu lassen, bevor ich die Gelegenheit hatte …«

»Das Gemälde wurde bereits am Dienstag abgeholt.« Arabella schwieg. »Man hatte nicht einmal den Anstand, bis nach der Beerdigung zu warten.«

»Ich habe versucht anzurufen, aber man wollte mir ihre Telefonnummer nicht gegeben. Wenn ich nur durchgekommen wäre«, murmelte Anna und fügte hinzu: »Und nun ist es zu spät.«

»Zu spät wofür?«, fragte Arabella.

»Ich habe Victoria eine Kopie meines Berichts geschickt und empfohlen, dass …«

»Ja, ich habe Ihren Bericht gelesen«, unterbrach Arabella. »Aber Sie haben recht, dafür ist es jetzt zu spät. Mein neuer Anwalt hat mich bereits gewarnt, dass es Jahre dauern kann, bevor die finanziellen Angelegenheiten geregelt sind. Bis dahin haben wir alles verloren.«

»Das muss der Grund gewesen sein, warum er nicht wollte, dass ich nach England reise und Victoria treffe«, meinte Anna, ohne sich näher zu erklären.

»Ich bin nicht sicher, ob ich Sie verstehe.« Arabella musterte sie.

»Ich wurde am Dienstag von Fenston gefeuert«, erläuterte Anna, »weil ich Victoria eine Kopie meines Berichts geschickt habe.«

»Victoria hat Ihren Bericht gelesen«, meinte Arabella leise. »Ich habe einen Brief, in dem sie bestätigt, dass sie Ihrem Rat folgen wollte, aber das war vor ihrem grausamen Tod.«

»Wie ist sie gestorben?«, fragte Anna sanft.

»Sie wurde auf heimtückische und feige Art ermordet.« Arabella schwieg, dann sah sie Anna an und fügte hinzu: »Und ich hege keinen Zweifel, dass Mr. Fenston Ihnen die Details erklären kann.«

Anna senkte den Kopf, wusste nicht, was sie sagen sollte. Ihr Sechs-Punkte-Plan war ein Scherbenhaufen. Fenston hatte sie beide geschlagen.

»Die liebe Victoria war so vertrauensvoll und leider auch so naiv«, fuhr Arabella fort. »Aber kein Mensch verdient es, auf eine solche Weise behandelt zu werden, schon gar nicht jemand so Gutmütiges wie meine süße Schwester.«

»Es tut mir so leid«, sagte Anna. »Ich hatte ja keine Ahnung. Sie müssen mir glauben. Ich wusste von nichts.«

Arabella sah aus dem Fenster auf den Rasen und sagte eine Weile gar nichts. Dann wandte sie sich zitternd an Anna.

»Ich glaube Ihnen«, sagte Arabella. »Ursprünglich dachte ich, *Sie* seien für diese teuflische Scharade verantwortlich.« Sie schwieg erneut. »Nun ist mir klar, dass ich mich geirrt habe. Traurigerweise ist es jetzt zu spät. Wir können nichts mehr tun.«

»Da wäre ich mir gar nicht so sicher.« Anna sah Arabella mit wilder Entschlossenheit an. »Aber wenn ich etwas für Sie tun soll, dann muss ich Sie bitten, mir so zu vertrauen, wie es Victoria tat.«

»Wie meinen Sie das, Ihnen vertrauen?«, fragte Arabella.

»Geben Sie mir eine Chance«, bat Anna. »Ich kann beweisen, dass ich für den Tod Ihrer Schwester nicht verantwortlich bin.«

»Wie wollen Sie das anstellen?«, fragte Arabella.

»Indem ich Ihnen den van Gogh zurückgebe.«

»Wie ich schon sagte, das Gemälde wurde bereits abgeholt.«

»Ich weiß«, erwiderte Anna. »Aber es muss noch in England sein, denn Fenston hat einen Mr. Leapman entsandt, um das Gemälde abzuholen.« Anna sah auf ihre Uhr. »Er wird in wenigen Stunden in Heathrow landen.«

»Selbst wenn Sie das Bild in die Hände bekommen, inwiefern würde das unser Problem lösen?«

Anna erklärte ihr die Einzelheiten ihres Planes und freute sich, als Arabella von Zeit zu Zeit nickte. Anna endete mit den Worten: »Ich brauche Ihre Unterstützung, sonst kann ich für das, was ich vorhabe, ins Gefängnis kommen.«

Arabella schwieg geraume Zeit, dann sagte sie: »Sie sind eine tapfere junge Frau und ich frage mich, ob Ihnen überhaupt klar ist, wie tapfer Sie sind. Aber wenn *Sie* bereit sind, ein solches Risiko einzugehen, dann bin ich es auch. Ich versichere Sie voll und ganz meiner Rückendeckung.«

Anna lächelte angesichts Arabellas herrlich altmodischer

Ausdrucksweise. »Können Sie mir sagen, wer den van Gogh abholen ließ?«

Arabella erhob sich vom Sofa und ging quer durch den Raum zum Sekretär. Der Hund folgte ihr auf den Fersen. Sie nahm eine Visitenkarte zur Hand. »Eine Ms. Ruth Parish«, las sie vor, »von der Firma Art Locations.«

»Habe ich es mir doch gedacht«, sagte Anna. »Dann muss ich sofort aufbrechen. Mir bleiben nur wenige Stunden, bis Leapman eintrifft.«

Anna trat vor und streckte die Hand aus, aber Arabella reagierte darauf nicht. Vielmehr nahm sie Anna in die Arme und sagte: »Ich würde alles tun, um Ihnen zu helfen, den Tod meiner Schwester zu rächen …«

»Alles?«

»Alles«, wiederholte Arabella.

»Als der Nordturm einstürzte, wurden alle Dokumente bezüglich Victorias Kredit zerstört, einschließlich des Originalvertrages«, sagte Anna. »Die einzige Kopie befindet sich in Ihrem Besitz. Falls …«

»Sie müssen es nicht aussprechen«, sagte Arabella.

Anna lächelte. Sie hatte es nicht länger mit Victoria zu tun.

Anna drehte sich um und hatte bereits die Eingangshalle durchquert, bevor der Butler die Gelegenheit hatte, zur Tür zu eilen.

Arabella sah vom Salon aus zu, wie Annas Wagen über die Zufahrt verschwand. Sie fragte sich, ob sie Anna jemals wiedersehen würde.

»Die Petrescu hat soeben Wentworth Hall verlassen«, sagte eine Stimme. »Sie fährt in Richtung London. Ich folge ihr und halte Sie auf dem Laufenden.«

23

Anna verließ Wentworth Hall, fuhr in Richtung M25 und hielt Ausschau nach einem Schild in Richtung Heathrow. Sie sah auf die Uhr im Armaturenbrett. Es war fast vierzehn Uhr, darum konnte sie Tina nicht mehr anrufen, die schon an ihrem Schreibtisch in der Wall Street sitzen würde. Aber einen Anruf musste sie unbedingt noch tätigen, wenn auch nur die winzigste Chance bestehen sollte, dass ihr Coup gelang.

Als Anna durch das Dorf Wentworth fuhr, versuchte sie, sich an den Pub zu erinnern, in den Victoria sie zum Abendessen ausgeführt hatte. Dann sah sie das vertraute Wappen im Wind flattern, ebenfalls auf halbmast.

Anna fuhr auf den Parkplatz des *Wentworth Arms* und hielt direkt neben dem Eingang. Sie ging am Empfang vorbei zur Bar.

»Können Sie mir fünf Dollar wechseln?«, bat sie die Barfrau. »Ich muss telefonieren.«

»Aber natürlich, Schätzchen«, lautete die Antwort. Die Barfrau öffnete die Kasse und reichte Anna zwei Pfund in Münzen. Raub am helllichten Tag, wollte Anna zu ihr sagen, aber sie hatte keine Zeit, sich zu streiten.

»Das Telefon ist gleich hinter dem Restaurant, rechts von Ihnen.« Anna wählte die Nummer, die sie niemals vergessen konnte. Das Telefon läutete nur zwei Mal, bevor sich eine Stimme meldete.

»Guten Tag, Sotheby's.«

Anna warf eine Münze in den Schlitz und sagte: »Mark Poltimore, bitte.«

»Ich stelle Sie durch.«

»Mark Poltimore.«

»Mark, ich bin's, Anna. Anna Petrescu.«

»Anna, was für eine nette Überraschung. Wir haben uns schon alle Sorgen um dich gemacht. Wo warst du am Dienstag?«

»In Amsterdam«, erwiderte sie.

»Gott sei Dank«, meinte Mark. »Schlimme Sache. Und Fenston?«

»War zu der Zeit auch nicht im Gebäude«, sagte Anna. »Deshalb rufe ich auch an. Er ist an deiner Meinung zu einem van Gogh interessiert.«

»Bezüglich Authentizität oder Preis?«, hakte Mark nach. »Wenn es um die Herkunft geht, beuge ich mich deinem überlegenen Urteil.«

»Die Herkunft ist unzweifelhaft«, erklärte Anna. »Aber ich hätte gern eine zweite Meinung zum Wert des Bildes.«

»Ist es ein Gemälde, das wir kennen?«

»*Selbstporträt mit abgeschnittenem Ohr*«, sagte Anna.

»Das Wentworth-*Selbstporträt*?«, hakte Mark nach. »Ich kenne die Familie schon mein ganzes Leben. Ich hatte keine Ahnung, dass sie das Gemälde verkaufen wollen.«

»Das habe ich auch nicht gesagt«, meinte Anna, ohne sich weiter zu erklären.

»Kannst du das Gemälde zur Inspektion vorbeibringen?«, fragte Mark.

»Das würde ich gern, aber ich habe keine sichere Transportmöglichkeit. Ich hatte gehofft, du könntest mir aushelfen.«

»Wo ist es jetzt?«, fragte Mark.

»Unter Zollverschluss in einem Lager in Heathrow.«

»Dann ist es kein Problem«, meinte Mark. »Wir führen jeden Tag einen Transport von Heathrow durch. Passt dir morgen Nachmittag?«

»Geht es heute noch?«, bat Anna. »Du weißt ja, wie mein Chef ist.«

»Einen Moment, ich muss nur schnell nachfragen, ob der Transporter schon losgefahren ist.« Die Verbindung verstummte und Anna konnte ihr Herz pochen hören. Sie warf die zweite Pfundmünze in den Schlitz – das Letzte, was sie jetzt gebrauchen konnte, war eine Unterbrechung ihrer Verbindung. Mark kam wieder an den Hörer. »Du hast Glück. Unser Transporter holt gegen sechzehn Uhr einige Gegenstände für uns ab.«

»Sehr gut. Könntest du mir noch einen Gefallen tun und den Fahrer bitten, Ruth Parish von Art Locations kurz vor seiner Ankunft anzurufen?«

»Klar. Wie viel Zeit haben wir, um den Wert des Gemäldes zu schätzen?«

»48 Stunden.«

»Du würdest dich doch zuerst an Sotheby's wenden, falls du je daran denken solltest, das *Selbstporträt* zu verkaufen, nicht wahr, Anna?«

»Selbstverständlich.«

»Ich kann es gar nicht erwarten, das Bild zu sehen«, freute sich Mark.

Anna legte den Hörer auf. Sie war verblüfft, wie mühelos sie mittlerweile lügen konnte. Allmählich wurde ihr auch bewusst, wie einfach es für Fenston gewesen sein musste, sie reinzulegen.

Anna verließ den Parkplatz des Wentworth Arms. Jetzt hing alles davon ab, dass sich Ruth Parish in ihrem Büro befand. Sobald Anna die Ringstraße um London erreicht hatte, hielt sie sich auf der langsamen Spur und ging all die Dinge durch, die noch schief gehen konnten. Wusste Ruth, dass man Anna gefeuert hatte? Hatte Fenston erzählt, dass sie tot war? Würde Ruth Annas Autorität bei einer so kritischen Entscheidung akzeptieren? Anna wusste, dass es nur eine Möglichkeit gab, das herauszufinden. Sie hatte schon daran gedacht, Ruth anzurufen, war aber zu dem Schluss gekommen, dass eine Vorwarnung Ruth nur mehr Zeit gäbe, alles zu überprüfen. Wenn sie überhaupt eine Chance haben wollte, dann musste sie Ruth aus heiterem Himmel damit überraschen.

Anna war so sehr in Gedanken verloren, um auch ja jede Eventualität zu bedenken, dass sie beinahe die Abfahrt nach Heathrow verpasst hätte. Sie verließ die M25, fuhr an den Schildern zu den Terminals 1, 2, 3 und 4 vorbei und nahm die Ausfahrt zu den Frachtlagerhäusern direkt an der Southern Perimeter Road.

Sie parkte ihren Wagen auf dem Besucherparkplatz vor den Büroräumen von Art Locations. Eine Zeitlang blieb sie im Auto sitzen und versuchte, sich zu sammeln. Warum fuhr sie nicht einfach davon? Sie musste sich in diese Sache nicht einmischen, musste an ein solches Risiko nicht einmal denken. Dann fiel ihr Victoria ein und die Rolle, die sie unwissentlich bei deren Tod gespielt hatte. »Reiß dich am Riemen, Frau«, ermahnte sich Anna laut. »Entweder wissen sie es oder nicht. Und wenn man ihnen bereits einen Wink gegeben hat, sitzt du in weniger als zwei Minuten wieder im Auto.« Anna sah in den Spiegel. Gab es verräterische Anzeichen? »Zieh es durch«, spornte sie sich an, schon etwas entschlossener. Schließlich öffnete sie die Wagentür. Sie holte tief Luft und schlenderte über den Teer zum Eingang des Gebäudes.

Anna trat durch die Drehtür und stand einer Empfangsdame gegenüber, die sie noch nie gesehen hatte. Kein guter Anfang.

»Ist Ruth da?«, fragte Anna fröhlich, als ob sie jeden Tag im Büro vorbeischaute.

»Nein, sie isst zu Mittag in der Royal Academy, um die anstehende Rembrandt-Ausstellung durchzugehen.«

Annas Mut sank.

»Aber ich erwarte sie jeden Moment zurück.«

»Dann warte ich«, erklärte Anna lächelnd.

Sie setzte sich in den Empfangsbereich, nahm eine überaltete Ausgabe von *Newsweek* mit Al Gore auf dem Cover zur Hand und blätterte die Zeitschrift durch. Ständig ertappte sie sich dabei, wie sie auf die Uhr über der Empfangstheke schaute und das langsame Fortschreiten des Minutenzeigers beobachtete: 15 Uhr 10, 15 Uhr 15, 15 Uhr 20.

Um 15 Uhr 22 trat Ruth schließlich durch die Tür. »Irgendwelche Nachrichten?«, fragte sie die Empfangsdame.

»Nein«, erwiderte die junge Frau. »Aber eine Dame wartet auf Sie.«

Anna hielt den Atem an, als Ruth sich umdrehte.

»Anna«, rief sie, »wie schön, Sie zu sehen!« Die erste Hürde war genommen. »Ich habe mich schon gefragt, ob Sie nach der Tragödie von New York noch an diesem Auftrag arbeiten.« Zweite Hürde genommen. »Vor allem, als Ihr Chef mir mitteilte, dass Mr. Leapman persönlich vorbeikommt, um das Gemälde abzuholen.« Dritte Hürde genommen. Niemand hatte Ruth erzählt, dass Anna vermisst und für tot gehalten wurde.

»Sie sehen etwas bleich aus«, fuhr Ruth fort. »Ist alles in Ordnung?«

»Es geht mir gut.« Anna stand nun vor der vierten Hürde, aber zumindest stand sie noch auf ihren Beinen, auch wenn es noch weitere sechs Hürden vor der Ziellinie zu überspringen galt.

»Wo waren Sie am 11.?«, fragte Ruth besorgt. »Wir haben das Schlimmste befürchtet. Ich hätte Mr. Fenston fragen können, aber er gibt einem ja nie die Chance, eine Frage einzuwerfen.«

»Ich habe einen Verkauf in Amsterdam betreut«, erwiderte Anna.

»Aber gestern Abend hat mich Karl Leapman angerufen und mich gebeten, herzufliegen und dafür zu sorgen, dass alles in Ordnung ist, damit wir das Bild nur noch ins Flugzeug laden müssen, sobald er eintrifft.«

»Wir haben alles im Griff«, erklärte Ruth gereizt. »Aber ich fahre Sie gern zum Lagerhaus, damit Sie sich mit eigenen Augen überzeugen können. Warten Sie eine Minute. Ich muss nur schnell nachsehen, ob ich irgendwelche Anrufe hatte, und meiner Sekretärin sagen, wo ich bin.«

Anna ging nervös auf und ab und fragte sich, ob Ruth in New York anrufen würde, um ihre Angaben zu überprüfen. Aber warum sollte sie? Ruth hatte in der Vergangenheit nie mit jemand anderem zu tun gehabt.

Nach wenigen Minuten kehrte Ruth zurück. »Das kam eben auf meinen Schreibtisch.« Sie reichte Anna den Ausdruck einer E-Mail. Anna sank der Mut. »Es wird bestätigt, dass Mr. Leapman heute Abend gegen 19 Uhr oder 19 Uhr 30 landen wird. Er erwartet, dass wir auf der Rollbahn bereitstehen, um das Gemälde unverzüglich aufzuladen, da er hofft, binnen einer Stunde wieder abzuheben.«

»Das klingt ganz nach Leapman«, meinte Anna.

»Dann setzen wir uns besser in Bewegung.« Ruth ging zur Tür.

Anna nickte zustimmend, folgte ihr aus dem Gebäude und sprang auf den Beifahrersitz von Ruths Range Rover.

»Schlimme Sache, das mit Lady Victoria.« Ruth wendete den Wagen und fuhr zum Südende des Frachtterminals. »Für die Presse ist der Mord ein gefundenes Fressen – ein geheimnisvoller Killer hat ihr die Kehle mit einem Küchenmesser aufgeschlitzt. Und die Polizei hat immer noch niemanden verhaftet.«

Anna blieb stumm. Die Worte »aufgeschlitzte Kehle« und »geheimnisvoller Killer« gingen ihr im Kopf herum. Hatte Arabella deswegen behauptet, sie sei eine tapfere Frau?

Ruth hielt vor einem anonym aussehenden Betonbau, den Anna in der Vergangenheit schon mehrmals aufgesucht hatte. Sie sah auf ihre Uhr: 15 Uhr 40.

Ruth zeigte dem Sicherheitsmann einen Ausweis, woraufhin er die sieben Zentimeter dicke Stahltür entriegelte. Er begleitete sie einen langen grauen Betonflur entlang, in dem Anna sich immer wie in einem Bunker fühlte. Vor einer zweiten Sicherheitstür, diese mit einem Digitalschloss, blieb er stehen. Ruth wartete, bis der Sicherheitsmann zur Seite getreten war, bevor sie eine sechsstellige Zahl eingab. Sie zog die schwere Tür auf und sie betraten einen viereckigen Betonraum. Ein Thermometer an der Wand zeigte eine Temperatur von 20 Grad Celsius an.

Der Raum war mit Holzregalen ausgekleidet, auf denen sich Gemälde befanden, die auf ihren Transport in die verschiedenen Teile der Welt warteten, alle in den charakteristischen roten Kisten von Art Locations. Ruth prüfte die Inventarliste, bevor sie durch den Raum ging und zu einer Regalzeile aufsah. Sie zeigte auf eine Kiste, auf die mit einer Schablone in allen vier Ecken die Zahl 47 aufgetragen worden war.

Anna gesellte sich gemächlich zu ihr, spielte auf Zeit. Sie überprüfte ebenfalls die Inventarliste. Die Nummer 47, Vincent van Gogh, *Selbstporträt mit abgeschnittenem Ohr*, 24 x 18 Zoll.

»Es scheint alles in Ordnung zu sein«, sagte Anna, als der Sicherheitsmann in der Tür auftauchte.

»Tut mir leid, Sie zu stören, Ms. Parish, aber draußen stehen zwei Sicherheitsleute von Sotheby's und sagen, man habe sie angewiesen, den van Gogh zur Schätzung abzuholen.«

»Wissen Sie davon?« Ruth drehte sich zu Anna um.

»Oh ja«, meinte Anna, ohne mit der Wimper zu zucken. »Der Vorsitzende hat mich angewiesen, den van Gogh aus versicherungstechnischen Gründen schätzen zu lassen, bevor er nach New York gebracht wird. Sie benötigen das Gemälde nur etwa eine Stunde und schicken es dann umgehend zurück.«

»Mr. Leapman hat davon nichts gesagt«, meinte Ruth. »Es stand auch nichts in seiner E-Mail.«

»Offen gesagt, Leapman ist ein solcher Banause, der kennt doch nicht einmal den Unterschied zwischen van Gogh und Van Morrison.« Anna hielt kurz inne. Normalerweise ging sie nie ein solches Wagnis ein, aber sie konnte nicht riskieren, dass Ruth Fenston anrief und die Sache überprüfte. »Wenn Sie Zweifel haben, rufen Sie doch New York an und reden Sie mit Fenston. Das sollte die Angelegenheit klären.«

Anna wartete nervös, während Ruth über ihren Vorschlag nachdachte.

»Damit er mir wieder den Kopf abbeißen kann?«, sagte Ruth schließlich. »Danke, nein. Ich denke, ich verlasse mich einfach auf Ihr Wort. Vorausgesetzt, Sie unterzeichnen die Freigabepapiere?«

»Selbstverständlich. Das ist schließlich meine treuhänderische Aufgabe als Repräsentantin der Bank.« Anna hoffte, ihre Antwort hatte angemessen bombastisch geklungen.

»Werden Sie diese Planänderung auch Mr. Leapman erklären?«

»Das wird nicht nötig sein«, meinte Anna. »Das Gemälde ist längst wieder hier, bevor sein Flugzeug landet.«

Ruth wirkte erleichtert. Sie wandte sich an den Sicherheitsmann und sagte: »Es ist die Nummer 47.«

Sie begleiteten den Sicherheitsmann, der die rote Kiste aus dem Regal nahm und sie zum Transporter von Sotheby's trug.

»Hier unterschreiben«, bat der Fahrer.

Anna trat vor und unterschrieb das Freigabedokument.

»Wann bringen Sie das Gemälde zurück?«, fragte Ruth den Fahrer.

»Ich weiß nichts von …«

»Ich werde Mark Poltimore bitten, das Gemälde spätestens in zwei Stunden zurückbringen zu lassen«, unterbrach Anna.

»Es sollte besser wieder hier sein, bevor Mr. Leapman landet«, sagte Ruth. »Ich will es mir mit diesem Mann nicht verderben.«

»Wären Sie beruhigter, wenn ich das Gemälde zu Sotheby's begleite?«, erkundigte sich Anna unschuldig. »Dann kann ich den Vorgang eventuell beschleunigen.«

»Würden Sie das tun?«, fragte Ruth.

»Unter diesen Umständen wäre das vielleicht am vernünftigsten.« Anna kletterte in den Sicherheitswagen und setzte sich zwischen die beiden Männer.

Ruth winkte, als der Wagen durch die Pforte auf die Perimeter Road fuhr und sich auf seiner Reise nach London in den spätnachmittäglichen Verkehr einfädelte.

24

Der Gulfstream V Jet von Bryce Fenston setzte um 19 Uhr 22 in Heathrow auf. Ruth stand an der Rollbahn und wartete darauf, den Repräsentanten der Bank begrüßen zu können. Sie hatte den Zoll bereits mit allen relevanten Informationen versorgt, sodass der Papierkram abgeschlossen werden konnte, sobald Anna zurückkehrte.

In der vergangenen Stunde hatte Ruth immer öfter zur Hauptpforte geschaut und den Sicherheitswagen mit schierer Willenskraft herbeizuzwingen versucht. Sie hatte bei Sotheby's angerufen und eine junge Frau in der Impressionistenabteilung hatte ihr versichert, dass das Gemälde eingetroffen war. Aber das war vor über zwei Stunden gewesen. Vielleicht hätte sie in den Staaten anrufen sollen, um die Sache bestätigen zu lassen, aber man stellte doch seinen verlässlichsten Kunden nicht in Frage. Ruth wandte ihre Aufmerksamkeit wieder dem Jet zu und beschloss, nichts zu sagen. Schließlich würde Anna zweifellos in den nächsten Minuten auftauchen.

Die Tür am Rumpf ging auf und die Treppe wurde aufgeklappt. Die Stewardess stellte sich neben die Tür und ihr einziger Passagier stieg aus dem Flugzeug. Karl Leapman trat auf das Rollfeld und schüttelte Ruth die Hand, bevor er für die kurze Fahrt zu der privaten Lounge mit ihr in den Fond einer Flughafenlimousine stieg. Er machte sich nicht die Mühe, sich vorzustellen, ging einfach davon aus, dass sie wusste, wer er war.

»Irgendwelche Probleme?«, fragte Leapman.

»Ich wüsste nicht«, erwiderte Ruth zuversichtlich, während der Chauffeur vor dem Loungegebäude hielt. »Wir haben Ihre Anweisungen buchstabengetreu ausgeführt, trotz des tragischen Todes von Lady Victoria.«

»Gut«, sagte Leapman und stieg aus dem Wagen. »Die Bank wird einen Kranz zu ihrer Beerdigung schicken.« Ohne Pause fügte er hinzu: »Ist alles bereit für eine schnelle Übergabe?«

»Ja«, bestätigte Ruth. »Sobald der Kapitän aufgetankt hat, können wir das Gemälde einladen – es sollte nicht länger als eine Stunde dauern. Dann können Sie sich wieder auf den Weg machen.«

»Freut mich zu hören.« Leapman ging durch die Drehtür. »Wir haben für 20 Uhr 30 einen Starttermin angemeldet und den will ich nicht verpassen.«

»Vielleicht wäre es am sinnvollsten, wenn ich Sie jetzt allein lasse und den Transfer überwache«, sagte Ruth. »Sobald das Gemälde sicher an Bord ist, melde ich mich wieder.«

Leapman nickte und sank in einen Ledersessel. Ruth ging zur Tür.

»Kann ich Ihnen einen Drink anbieten, Sir?«, fragte der Barkeeper.

»Scotch mit Eis.« Leapman studierte die kleine Speisekarte.

Als Ruth an die Tür kam, drehte sie sich noch einmal um. »Wenn Anna eintrifft, könnten Sie ihr dann ausrichten, dass ich beim Zoll bin und den Papierkram erledige?«

»Anna?«, rief Leapman und sprang auf.

»Ja. Sie war heute Nachmittag hier.«

»Und was hat sie hier gemacht?«, verlangte Leapman zu wissen, während er auf Ruth zuging.

»Sie hat nur die Frachtpapiere überprüft.« Ruth versuchte, entspannt zu klingen. »Und dafür gesorgt, dass Mr. Fenstons Anweisungen ausgeführt wurden.«

»Was für Anweisungen?«, bellte Leapman.

»Den van Gogh zur Schätzung zu Sotheby's zu schicken.«

»Der Vorsitzende hat eine solche Anweisung niemals erteilt«, erklärte Leapman.

»Aber Sotheby's hat einen Sicherheitswagen geschickt und Dr. Petrescu hat die Anweisung bestätigt.«

»Die Petrescu wurde vor drei Tagen gefeuert. Geben Sie mir Sotheby's. Sofort!«

Ruth rannte zum Telefon und wählte die Nummer der Zentrale von Sotheby's.

»Mit wem steht sie bei Sotheby's in Kontakt?«

»Mark Poltimore«, sagte Ruth und reichte Leapman den Hörer.

»Poltimore«, bellte er, als Sotheby's sich meldete. Dann wurde ihm klar, dass er mit einem Anrufbeantworter sprach. »Haben Sie seine Privatnummer?«

»Nein«, sagte Ruth. »Aber seine Handynummer.«

»Dann rufen Sie ihn an.«

Ruth suchte die Nummer zügig in ihrem Palm Pilot und wählte.

»Mark?«, sagte sie.

Leapman riss ihr den Hörer aus der Hand. »Poltimore?«

»Am Apparat.«

»Mein Name ist Leapman. Ich bin …«

»Ich weiß, wer Sie sind, Mr. Leapman«, unterbrach Mark Poltimore.

»Gut, denn soweit ich weiß, sind Sie im Besitz unseres van Goghs.«

»Ich *war* es, wäre die zutreffendere Formulierung«, erwiderte Mark. »Dr. Petrescu, die Leiterin Ihrer Kunstabteilung, hat uns davon in Kenntnis gesetzt, dass Sie sich anders entschlossen haben und das Gemälde zum sofortigen Transfer nach New York umgehend zurück nach Heathrow beorderten, noch bevor wir die Gelegenheit hatten, das Gemälde zu prüfen.«

»Und Sie haben das einfach gemacht?« Leapmans Stimme hob sich mit jedem Wort.

»Wir hatten keine andere Wahl, Mr. Leapman. Schließlich stand Annas Name auf der Frachtliste.«

25

»Hallo, ich bin's, Vincent.«

»Hallo. Stimmt es, was ich eben gehört habe?«

»Was hast du denn gehört?«

»Dass du den van Gogh gestohlen hast.«

»Ist die Polizei verständigt worden?«

»Nein, das kann er nicht riskieren, nicht zuletzt, weil unsere Kurse immer noch in den Keller purzeln und das Bild nicht versichert war.«

»Was hat er jetzt vor?«

»Er will jemanden nach London schicken, um dich aufzuspüren, aber ich kann einfach nicht herausfinden, wer es ist.«

»Vielleicht bin ich gar nicht mehr in London, wenn diese Person eintrifft.«

»Wo wirst du sein?«

»Ich gehe heim.«

»Ist das Gemälde in Sicherheit?«

»Wie in Abrahams Schoß.«

»Gut. Aber da ist noch etwas, was du wissen solltest.«

»Das wäre?«

»Fenston nimmt heute Nachmittag an deiner Beerdigung teil.« Die Leitung wurde unterbrochen. 52 Sekunden.

Anna legte den Hörer auf. Sie machte sich große Sorgen, weil sie Tina dermaßen in Gefahr brachte. Was würde Fenston tun, wenn er herausfand, warum Anna ihm immer einen Schritt voraus war?

»Wollen Sie Gepäck aufgeben?«, fragte die Frau am Schalter. Anna hob die rote Kiste vom Gepäckwagen und legte sie auf die Waage. Dann stellte sie ihren Koffer daneben.

»Sie haben ziemliches Übergewicht«, meinte die Frau. »Ich fürchte, das macht einen Zuschlag von 32 Pfund.« Anna nahm das Geld aus ihrer Geldbörse, während die Frau einen Gepäckschein an ihrem Koffer anbrachte und einen großen Zerbrech-lich-Aufkleber auf der roten Kiste. »Gate 43«, sagte sie und reichte Anna das Ticket.

»Sie können in etwa dreißig Minuten an Bord. Einen schönen Flug.«

Wen Fenston auch immer nach London schickte, um Anna aufzuspüren, er würde erst landen, wenn sie schon lange abgeflogen war. Aber Anna wusste, dass man ihren Bericht nur sorgfältig zu lesen brauchte, um herauszufinden, wo das Gemälde enden würde. Sie musste einfach dafür sorgen, dass sie als Erste ankam. Doch zuerst musste sie jemanden anrufen, mit dem sie seit über zehn Jahren nicht gesprochen hatte, um zu sagen, dass sie auf dem Weg war. Anna fuhr mit der Rolltreppe in den ersten Stock und stellte sich in die lange Warteschlange vor der Sicherheitskontrolle.

»Jetzt ist sie auf dem Weg zu Gate 43«, sagte eine Stimme. »Sie fliegt mit BA 272 um 20 Uhr 44 nach Bukarest …«

Fenston quetschte sich in eine lange Reihe von Würdenträgern, während Präsident Bush und Bürgermeister Giuliani ausgewählten Repräsentanten die Hände schüttelten. Sie nahmen alle an einem Trauergottesdienst am Ground Zero teil.

Fenston blieb in der Nähe, bis der Helikopter des Präsidenten abgehoben hatte, dann ging er zu den anderen Trauernden. Er nahm seinen Platz am Rand der Menge ein und hörte zu, wie die Namen verlesen wurden. Nach jedem Namen wurde eine Glocke angeschlagen.

Greg Abbot.

Fenston sah sich in der Menge um.

Kelly Gullickson.

Er studierte die Gesichter der Angehörigen und Freunde, die sich in Erinnerung an die Menschen, die sie geliebt hatten, eingefunden hatten.

Anna Petrescu.

Fenston wusste, dass Petrescus Mutter in Bukarest lebte und nicht zum Trauergottesdienst angereist war. Er sah sich die Fremden an, die sich zusammendrängten, und fragte sich, wer von ihnen Onkel George aus Danville, Illinois, war.

Rebecca Rangere.

Er sah zu Tina hinüber. Tränen füllten ihre Augen. Sicher nicht für die Petrescu.

Brulio Real Polanco.

Der Priester neigte den Kopf. Er sprach ein Gebet, dann schlug er die Bibel zu und machte das Zeichen des Kreuzes. »Im Namen des Vaters, des Sohnes und des Heiligen Geistes«, deklamierte er.

»Amen«, erwiderten die Anwesenden unisono.

Tina blickte zu Fenston. Er vergoss keine einzige Träne, sie sah nur die vertraute Bewegung von einem Fuß auf den anderen –

Zeichen dafür, dass er sich langweilte. Während die anderen in kleinen Gruppen beisammen standen, Erinnerungen austauschten, ihr Mitgefühl aussprachen und ihren Respekt zollten, zog Fenston ab, ohne irgendjemandem sein Beileid zu bekunden. Niemand schloss sich dem Vorsitzenden an, als er zielgerichtet auf seine wartende Limousine zuschritt.

Tina blieb in einer kleinen Gruppe von Trauernden stehen, den Blick fest auf Fenston gerichtet. Sein Chauffeur hielt ihm den hinteren Wagenschlag auf. Fenston stieg in das Auto und setzte sich neben eine Frau, die Tina noch nie zuvor gesehen hatte. Keiner sagte ein Wort, bis der Chauffeur auf seinem Platz saß und den Knopf am Armaturenbrett drückte, damit die Rauchglasscheibe hinter ihm hochfuhr. Ohne Verzögerung fuhr der Wagen auf die Straße und fädelte sich in den Mittagsverkehr ein. Tina wartete, bis der Vorsitzende außer Sichtweite war. Sie hoffte, Anna würde bald wieder anrufen – es gab so viel zu erzählen. Jetzt musste sie nur noch herausfinden, wer die Frau im Auto war. Sprachen sie über Anna? Hatte Tina ihre Freundin unnötig in Gefahr gebracht? Und: Wo war der van Gogh?

Die Frau neben Fenston trug einen grauen Hosenanzug. Anonymität war ihr größtes Plus. Sie hatte Fenston noch nie aufgesucht, weder in seinem Büro noch in seiner Wohnung, obwohl sie ihn seit beinahe zwanzig Jahren kannte. Das erste Mal hatte sie Nicu Munteanu getroffen, als er noch der Kofferträger für Präsident Nicolae Ceauceşcu war.

Fenstons größte Verantwortung während Ceauceşcus Herrschaft war es gewesen, riesige Geldsummen auf zahllose Bankkonten in aller Welt zu verteilen – Schmiergelder für die loyalen Gefolgsleute des Diktators. Wenn sie nicht länger loyal waren, wurden sie von der Frau, die jetzt neben Fenston saß, eliminiert, woraufhin Munteanu alias Fenston ihre eingefrorenen Guthaben neu verteilte. Fenstons Spezialität war die Geldwäsche, an Orten so weit entfernt wie den Cook Inseln und so nah an zu Hause wie der Schweiz. Die Spezialität der Frau war das Töten – und ihr Lieblingsinstrument war das Küchenmesser, das man in jeder Stadt in einem Haushaltswarenladen kaufen konnte und für das man, anders als bei einer Waffe, keine Genehmigung benötigte.

Beide wussten – buchstäblich –, wo die Leichen des anderen vergraben waren.

1985 beschloss Ceauceşcu, seinen privaten Bankier nach New York zu schicken, um für ihn eine Zweigstelle zu eröffnen. In den darauffolgenden vier Jahren verlor Fenston den Kontakt zu der Frau, die jetzt neben ihm saß, bis Ceauceşcu 1989 am Weihnachtstag hingerichtet wurde. Zu denjenigen, die diesem Schicksal entgingen, gehörte Olga Krantz, die sieben Grenzen überquerte, bevor sie Mexiko erreichte. Von dort aus gelangte sie nach Amerika als eine der zahllosen illegalen Einwanderer, die kein Arbeitslosengeld empfingen und von Barzahlungen skrupelloser Arbeitgeber lebten. Nun saß sie neben ihrem Arbeitgeber.

Fenston gehörte zu den wenigen noch lebenden Menschen, die die wahre Identität der Krantz kannten. Er hatte sie als 14-Jährige im Fernsehen gesehen; damals hatte sie Rumänien bei einem internationalen Gymnastikwettbewerb gegen die Sowjetunion vertreten. Olga Krantz wurde Zweite nach ihrer Mannschaftskollegin Mara Moldoveanu und die Presse tippte schon, dass sie bei den nächsten Olympischen Spielen Gold und Silber gewinnen würden. Leider trat keine von beiden die Reise nach

Moskau an. Moldoveanu starb unter tragischen, unvorhersehbaren Umständen, als sie bei einem doppelten Überschlag vom Barren fiel und sich den Hals brach. Olga Krantz war damals der einzige andere Mensch in der Sporthalle gewesen. Sie gelobte, Mara zu Ehren die Goldmedaille zu gewinnen.

Der nächste Auftritt von Olga Krantz war weitaus weniger dramatisch. Sie riss sich eine Sehne bei einer Aufwärmübung am Boden, nur wenige Tage, bevor die Teilnehmerinnen für die Olympiamannschaft ausgewählt wurden. Olga wusste, man würde ihr keine zweite Chance geben. Wie alle Sportler, die es nicht ganz nach oben schafften, verschwand ihr Name rasch aus den Schlagzeilen. Fenston hatte angenommen, nie wieder von ihr zu hören, bis er eines Morgens glaubte, sie aus Ceauceşcus Privatbüro kommen zu sehen. Die kleine, sehnige Frau mochte etwas älter geworden sein, aber sie hatte nichts von ihren agilen Bewegungen verloren und niemand konnte diese stahlgrauen Augen vergessen.

Ein paar gezielte Fragen und Fenston hatte erfahren, dass Krantz mittlerweile Ceauceşcus persönliche Sicherheitstruppe leitete. Ihre besondere Verantwortung: ausgewählte Knochen all jener zu brechen, die den Unmut des Diktators oder seiner Frau hervorriefen.

Wie alle Sportler wollte die Krantz die Nummer eins in ihrer Disziplin sein. Nachdem sie alle Übungen in ihrem Pflichtprogramm perfektioniert hatte – gebrochene Arme, gebrochene Beine, gebrochene Halswirbel –, ging sie zum Kürprogramm über: durchschnittene Kehlen – eine Disziplin, in der ihr niemand die Goldmedaille streitig machen konnte. Viele Stunden hingebungsvollen Trainings hatten sie zur Meisterin gemacht. Während andere am Samstagnachmittag Fußball spielten oder fernsahen, verbrachte die Krantz ihre Zeit in einem Schlachthaus am Stadtrand von Bukarest, wo sie Lämmern und Kälbern die Kehlen durchschnitt. Ihr olympischer Rekord waren 42 Kehlen in einer Stunde. Keiner der Schlachter kam auch nur ins Finale.

Ceauceşcu hatte sie gut bezahlt. Fenston bezahlte sie noch besser. Die Arbeitsbedingungen von Olga Krantz waren einfach. Sie musste Tag und Nacht zur Verfügung stehen und durfte für niemand anderen arbeiten. In einem Zeitraum von zwölf Jahren war ihr Honorar von 250 000 auf eine Million Dollar gestiegen. Sie lebte also nicht wie die meisten anderen illegalen Einwanderer von der Hand in den Mund.

Fenston zog eine Akte aus seinem Aktenkoffer und reichte sie kommentarlos an die Krantz weiter. Sie schlug die Akte auf und besah sich die fünf Fotos neueren Datums von Anna Petrescu.

»Wo ist sie im Moment?« Olga Krantz hatte es immer noch nicht geschafft, ihren mitteleuropäischen Akzent abzulegen.

»In London«, erwiderte Fenston, bevor er ihr die zweite Akte reichte.

Sie schlug auch diese Akte auf, die nur ein einziges Farbfoto enthielt. »Wer ist er?«, wollte sie wissen.

»Er ist noch wichtiger als die Frau«, erwiderte Fenston.

»Wie kann das sein?«, wunderte sich die Krantz und betrachtete das Foto aufmerksamer.

»Weil er unersetzlich ist«, erklärte Fenston. »Anders als die Petrescu. Aber was immer Sie tun, bringen Sie die Frau erst um, wenn sie Ihnen gesagt hat, wo das Gemälde ist.«

»Und wenn sie es mir nicht sagt?«

»Das wird sie schon«, meinte Fenston.

»Und meine Bezahlung für das Kidnappen eines Mannes, der bereits ein Ohr verloren hat?«, fragte Krantz.

»Eine Million Dollar. Die Hälfte im Voraus, die andere Hälfte an dem Tag, an dem Sie ihn mir übergeben – unversehrt.«

»Und die Frau?«

»Derselbe Tarif, aber erst, wenn ich zum zweiten Mal an ihrer Beerdigung teilgenommen habe.« Fenston klopfte gegen die Scheibe vor ihm und der Fahrer hielt am Straßenrand. »Übrigens habe ich Leapman angewiesen, das Geld am üblichen Ort in bar zu deponieren«, sagte Fenston. Die Krantz nickte, öffnete die Tür, stieg aus dem Wagen aus und verschwand in der Menge.

15. September

26

»MACH'S GUT, SAM«, sagte Jack, als sein Handy die ersten Takte von »Danny Boy« zu spielen begann. Er ließ es klingeln, bis er beinahe auf der East 54th Street war, weil er nicht wollte, dass Sam sein Gespräch mithörte. Jack drückte den grünen Knopf, während er weiter in Richtung Fifth Avenue ging. »Was hast du für mich, Joe?«

»Anna Petrescu ist in Gatwick gelandet«, berichtete Joe. »Sie hat sich einen Wagen gemietet und ist direkt nach Wentworth Hall gefahren.«

»Wie lange war sie dort?«

»Dreißig Minuten, nicht länger. Als sie herauskam, fuhr sie zu einem Pub im Dorf, tätigte einen Anruf und fuhr dann weiter nach Heathrow, wo sie sich mit Ruth Parish im Büro von Art Locations traf.« Jack unterbrach ihn nicht. »Gegen sechzehn Uhr tauchte ein Lieferwagen von Sotheby's auf und hat eine rote Kiste …«

»Größe?«

»Ungefähr 60 Zentimeter auf einen Meter.«

»Lass mich raten, was da drin sein könnte«, scherzte Jack. »Wohin ist der Lieferwagen gefahren?«

»Sie haben das Gemälde in die Sotheby's-Niederlassung im West End gebracht.«

»Und die Petrescu?«

»Ist mitgefahren. Als der Lieferwagen in der Bond Street hielt, haben zwei Träger das Gemälde ausgeladen und sie ist ihnen ins Gebäude gefolgt.«

»Wann kam sie wieder heraus?«

»Nach zwanzig Minuten – allein. Allerdings hatte sie die rote Kiste bei sich. Sie rief ein Taxi, legte das Bild auf den Rücksitz und verschwand.«

»Verschwand?« Jack hob die Stimme. »Wie meinst du das, sie verschwand?«

»Wir haben derzeit nicht allzu viele freie Agenten«, gab Joe zu bedenken. »Die meisten unserer Jungs arbeiten rund um die Uhr daran, die Terrorgruppen zu identifizieren, die an den Anschlägen vom Dienstag beteiligt sein könnten.«

»Schon verstanden.« Jack beruhigte sich.

»Aber ein paar Stunden später haben wir sie wieder entdeckt.«

»Wo?«, fragte Jack.

»Am Flughafen Gatwick«, sagte Joe. »Eine attraktive Blondine, die eine rote Kiste mit sich trägt, fällt in einer Menge einfach auf.«

»Agent Roberts hätte sie glatt übersehen.« Jack winkte sich ein Taxi.

»Agent Roberts?«, fragte Joe.

»Das erzähle ich dir mal bei Gelegenheit.« Jack kletterte auf den Rücksitz eines Taxis. »Wohin fliegt sie dieses Mal?«

»Bukarest.«

»Warum sollte sie einen unbezahlbaren van Gogh nach Bukarest bringen?«, wunderte sich Jack.

»Ich wette, auf Anweisung von Fenston«, meinte Joe. »Schließlich ist das nicht nur ihre Heimatstadt, sondern auch seine. Ich kann mir keinen besseren Ort denken, um das Bild zu verstecken.«

»Und warum schickt er Leapman nach London, wenn nicht, um das Gemälde abzuholen?«

»Als Täuschungsmanöver?«, schlug Joe vor. »Das würde auch erklären, warum Fenston an ihrer Beerdigung teilgenommen hat, wo er nur zu gut weiß, dass sie immer noch lebt und für ihn arbeitet.«

»Wir müssen auch eine Alternative in Betracht ziehen«, sagte Jack.

»Als da wäre, Boss?«

»Dass sie nicht länger für ihn arbeitet. Dass sie den van Gogh gestohlen hat.«

»Warum sollte sie das riskieren?«, fragte Joe.

»Ich weiß es nicht, aber es gibt nur eine Möglichkeit, wie wir das herausfinden können.« Jack drückte den roten Knopf auf seinem Handy und nannte dem Taxifahrer eine Adresse auf der West Side.

Fenston schaltete den Rekorder aus und runzelte die Stirn. Sie hatten sich das Band nun schon zum dritten Mal angehört.

»Wann werden Sie dieses Flittchen endlich feuern?«, fragte Leapman nur.

»Nicht, solange nur sie uns im Zweifel noch zu dem Gemälde führen kann«, erwiderte Fenston.

Leapman blickte finster. »Haben Sie das einzige Wort in ihrem Gespräch herausgehört, auf das es ankommt?«, fragte er.

Fenston hob eine Augenbraue.

»*Gehe*«, klärte Leapman ihn auf. Fenston sagte immer noch

nichts. »Wenn sie das Wort *komme* benutzt hätte, ›*ich komme heim*‹, dann hätte das auf New York hingewiesen.«

»Aber sie hat das Wort *gehe* benutzt«, meinte Fenston, »also muss es Bukarest sein.«

Jack lehnte sich auf dem Taxisitz zurück und überlegte, wie Anna Petrescus nächster Schritt aussehen mochte. Er wusste immer noch nicht, ob sie eine professionelle Kriminelle oder eine absolute Amateurin war. Und wie passte Tina Forster in die Gleichung? War es möglich, dass Fenston, Leapman, Petrescu und Forster alle unter einer Decke steckten? Und wenn, warum hatte Leapman nur wenige Stunden in London verbracht, bevor er nach New York zurückkehrte? Er hatte sich nicht mit Anna Petrescu getroffen und auch nicht das Gemälde mit nach New York gebracht. Sollte Anna Petrescu sich selbstständig gemacht haben, dann war ihr doch sicher klar, dass es nur eine Frage der Zeit wäre, bevor Fenston sie erwischte. Jack musste allerdings zugeben, dass Anna jetzt ein Heimspiel hatte. Außerdem schien sie nicht zu ahnen, in welcher Gefahr sie schwebte.

Es blieb Jack aber weiterhin rätselhaft, warum Anna Petrescu ein Gemälde stahl, das mehrere Millionen wert war, wo sie niemals hoffen konnte, ein derart bekanntes Kunstwerk loszuschlagen, ohne dass einer ihrer früheren Kollegen das herausfand. Die Kunstwelt war klein und die Anzahl Menschen, die so viel Geld für Kunst ausgeben konnten, war noch kleiner. Selbst wenn sie Erfolg haben sollte, was konnte sie mit dem Geld schon groß anfangen? Das FBI würde eine so immense Summe innerhalb von Stunden aufspüren, wo immer sie das Geld auch zu verstecken versuchte – vor allem nach den Ereignissen vom Dienstag. Es ergab alles einfach keinen Sinn.

Aber wenn sie ihren tollkühnen Akt zum offensichtlichen Ende führte, stand Fenston eine unschöne Überraschung bevor und er würde zweifellos auf die für ihn typische Art reagieren.

Als das Taxi in den Central Park bog, versuchte Jack, in den Geschehnissen der letzten Tagen einen Sinn zu sehen. Er hatte sich sogar gefragt, ob er nach dem 11. September vom Fenston-Fall abgezogen würde, aber Macy bestand darauf, dass nicht alle seine Agenten sich auf die Spur der Terroristen machen durften, während andere Kriminelle mit Mord davonkamen.

Es war Jack nicht schwergefallen, einen Durchsuchungsbeschluss für Annas Wohnung zu bekommen, da sie auf der Vermisstenliste stand. Schließlich mussten Freunde und Verwandte kontaktiert werden, um herauszufinden, ob sie sich mit ihnen in Verbindung gesetzt hatte. Und dann bestand noch die entfernte Möglichkeit, so hatte Jack vor dem Richter argumentiert, dass sie sich in ihrer Wohnung eingeschlossen haben könnte, um sich von dem Trauma zu erholen. Der Richter hatte den Durchsuchungsbefehl ohne längeres Nachfragen unterschrieben.

»Ich hoffe, Sie finden sie«, hatte er gesagt, ein Gefühl, das Seine Ehren an diesem Tag noch mehrmals zum Ausdruck bringen musste.

Sam war schon allein bei der Erwähnung von Annas Namen in Tränen ausgebrochen. Er erzählte Jack, dass er alles tun würde, um zu helfen, begleitete ihn zu ihrer Wohnung und schloss ihm sogar die Tür auf.

Jack war durch die kleine, ordentliche Wohnung gelaufen, während Sam im Flur gewartet hatte. Jack hatte nicht viel erfahren, was er nicht schon bereits wusste. Ein Adressbuch bestätigte die Telefonnummer ihres Onkels in Danville, Illinois, und ein

Umschlag zeigte die Adresse ihrer Mutter in Bukarest. Die einzige wirkliche Überraschung war wohl der kleine Picasso, der im Flur hing, vom Künstler mit Bleistift signiert. Jack hatte den Matador und den Bullen genauer inspiziert – es war eindeutig kein Druck. Er konnte nicht glauben, dass sie ihn gestohlen hatte und ihn dann im Flur hängen ließ, wo ihn jeder sehen konnte. Oder war die Zeichnung eine Prämie von Fenston, weil sie ihm half, sich den van Gogh unter den Nagel zu reißen? Wenn dem so war, würde es zumindest erklären, was sie jetzt im Sinn hatte. Und dann war er ins Schlafzimmer gegangen und hatte den einzigen Hinweis entdeckt, der bestätigte, dass Tina am Abend des 11. September in dieser Wohnung gewesen sein musste. Neben Annas Bett lag eine Armbanduhr. Jack sah auf die Uhrzeit: 8 Uhr 46.

Jack war zum Wohnzimmer zurückgekehrt und hatte ein Foto auf der Ecke des Schreibtisches betrachtete. Es musste sich um Anna mit ihren Eltern handeln. Er hatte eine Schachtel geöffnet und einen Stapel Briefe entdeckt, die er nicht lesen konnte. Die meisten waren mit Mama unterschrieben, obwohl ein oder zwei von jemandem namens Anton stammten. Jack hatte sich gefragt, ob Anton ein Verwandter oder ein Freund war. Dann hatte er wieder zu dem Foto geschaut und gedacht, wenn seine Mutter das Foto sehen könnte, würde sie Anna einladen, ihr Irish Stew zu probieren.

»Mist«, fluchte Jack, laut genug, damit der Taxifahrer fragte: »Gibt's ein Problem?«

»Ich habe vergessen, meine Mutter anzurufen.«

»Dann stecken Sie in Schwierigkeiten«, meinte der Fahrer. »Ich muss das wissen, ich bin auch Ire.«

Verdammt, ist es so offensichtlich?, dachte Jack. Er hätte seine

Mutter anrufen sollen, um sie wissen zu lassen, dass er nicht zur Irish Stew Nacht kommen konnte. Normalerweise ging er an diesem Abend zu seinen Eltern, um die natürliche Überlegenheit der gälischen Rasse über alle anderen Geschöpfe Gottes zu feiern. Da half es auch nicht, dass er ein Einzelkind war. Er durfte nicht vergessen, sie aus London anzurufen.

Sein Vater hatte sich gewünscht, dass Jack Anwalt werden sollte, und beide Eltern hatten Opfer gebracht, um das möglich zu machen. Nach 26 Jahren bei der New Yorker Polizei war Jacks Vater zu dem Schluss gekommen, dass die Einzigen, die von einem Verbrechen profitierten, die Anwälte und die Kriminellen waren, darum fand er, sein Sohn solle entscheiden, welches von beiden er vorzog.

Trotz des kryptischen Ratschlags seines Vaters ging Jack nur wenige Tage, nachdem er an der Columbia University seinen Abschluss in Jura gemacht hatte, zum FBI. Sein Vater schmollte immer noch jeden Samstag, weil Jack nicht Anwalt geworden war, und seine Mutter traktierte ihn ständig mit der Frage, ob er sie jemals zur Großmutter machen würde.

Jack genoss jeden Aspekt seiner Arbeit, vom ersten Augenblick, als er in Quantico zum Training eintraf, über den Außendienst in New York, bis hin zu seiner Beförderung zum leitenden Ermittlungsbeamten. Er schien der einzige Mensch zu sein, den es überraschte, dass er als Erster seines Jahrgangs befördert worden war. Sogar sein Vater hatte ihm widerwillig gratuliert, bevor er hinzufügte:

»Das zeigt nur, was für einen verdammt guten Anwalt du abgegeben hättest.«

Macy hatte klargestellt, dass Jack eines Tages seinen Posten übernehmen sollte, sobald er nach Washington versetzt würde.

Aber bevor das geschehen konnte, musste Jack noch einen Mann ins Gefängnis bringen, was alle Gedanken an eine Beförderung derzeit ins Reich der Fantasie verbannte. Bislang, das musste Jack zugeben, hatte er nichts gegen Bryce Fenston in der Hand und nun musste er sich auf eine Amateurin verlassen, um den entscheidenen Schlag zu landen.

Er beendete seine Tagträumerei und rief seine Sekretärin an.

»Sally, buchen Sie mir den ersten verfügbaren Flug nach London, mit einem Anschlussflug nach Bukarest. Ich bin auf dem Weg nach Hause und packe.«

»Ich sollte Sie warnen, Jack«, erwiderte seine Sekretärin. »JFK ist in der nächsten Woche brechend voll.«

»Sally, bringen Sie mich einfach an Bord eines Fliegers nach London. Es ist mir auch egal, wenn ich neben dem Kapitän sitzen muss.«

Die Regeln waren einfach. Die Krantz stahl jeden Tag ein Handy. Sie rief dann ein einziges Mal den Vorsitzenden an und nach Ende des Gesprächs wurde das Handy entsorgt. Auf diese Weise konnte man sie niemals aufspüren.

Fenston saß an seinem Schreibtisch, als das kleine rote Lämpchen seiner Privatleitung aufleuchtete. Nur ein einziger Mensch kannte diese Nummer. Er nahm den Hörer ab.

»Wo ist sie?«

»In Bukarest«, sagte er nur und legte den Hörer wieder auf.

Die Krantz warf das Handy des Tages in die Themse und winkte ein Taxi herbei.

»Gatwick.«

Als Jack in Heathrow aus dem Flugzeug stieg, überraschte es ihn nicht, dass Tom Crasanti auf dem Rollfeld auf ihn wartete. Ein Auto stand mit laufendem Motor hinter seinem alten Freund, ein weiterer Agent hielt die hintere Wagentür auf.

Keiner von ihnen sprach, bis die Tür geschlossen war und das Auto sich in Bewegung setzte.

»Wo ist Anna Petrescu?«, lautete Jacks erste Frage.

»In Bukarest gelandet.«

»Und das Gemälde?«

»Hat sie auf einem Gepäckwagen aus dem Zoll gerollt«, sagte Tom.

»Die Frau hat Stil.«

»Absolut«, meinte Tom. »Andererseits hat sie auch keine Ahnung, mit wem sie es zu tun hat.«

»Vermutlich wird sie das noch herausfinden«, sagte Jack. »Eines ist jedenfalls absolut sicher: Wenn sie das Gemälde tatsächlich gestohlen hat, bin ich nicht der Einzige, der nach ihr sucht.«

»Dann musst du auch ein Auge auf die anderen haben«, riet Tom.

»Da hast du recht«, bestätigte Jack. »Vorausgesetzt, ich erreiche Bukarest, bevor Anna sich wieder in Bewegung setzt.«

»Dann sollten wir keine Zeit verschwenden«, sagte Tom und fügte hinzu: »Wir haben einen Helikopter, der dich nach Gatwick bringt. Dort wird die Maschine nach Bukarest 30 Minuten aufgehalten.«

»Wie hast du das zustande gebracht?«

»Der Helikopter gehört uns, die Abflugverzögerung ist anderen zu verdanken. Der Botschafter hat das Außenministerium angerufen. Ich weiß nicht, was er gesagt hat«, räumte Tom ein, als sie neben dem Helikopter anhielten, »aber dir bleiben nur dreißig Minuten.«

»Danke für alles.« Jack stieg aus und ging auf den Helikopter zu.

»Und vergiss nicht«, schrie Tom über den Lärm der Rotorblätter hinweg, »wir haben in Bukarest keine offizielle Vertretung. Du bist ganz auf dich allein gestellt.«

27

Anna trat in die Eingangshalle von Otopeni, Bukarests internationalem Flughafen. Sie zog einen Gepäckwagen mit einer Holzkiste, einem großen Koffer und einem Laptop hinter sich her. Als ein Mann auf sie zugestürzt kam, blieb sie abrupt stehen.

Anna starrte ihn misstrauisch an. Er war ungefähr einen Meter 75 groß, mit schütterem Haar, einer frischen Gesichtsfarbe und einem üppigen schwarzen Schnauzer. Er musste über sechzig sein und trug einen eng sitzenden Anzug, der erahnen ließ, dass der Mann einst schlanker gewesen war. Direkt vor Anna blieb er stehen.

»Ich bin Sergei«, verkündete er in seiner Muttersprache. »Anton hat mir gesagt, dass Sie angerufen haben und abgeholt werden wollen. Er hat Sie in einem kleinen Hotel in der Innenstadt untergebracht.« Sergei nahm Annas Gepäckwagen und schob ihn zu seinem wartenden Taxi. Er öffnete die hintere Tür eines gelben Mercedes, der bereits weit über 300 000 Kilometer auf dem Buckel hatte, und wartete, bis Anna saß, bevor er ihr Gepäck in den Kofferraum lud und dann seinen Platz hinter dem Lenkrad einnahm.

Anna starrte aus dem Taxifenster und dachte, wie sehr sich die Stadt seit ihrer Geburt verändert hatte – jetzt war es eine aufstrebende, energiegeladene Hauptstadt, die ihren Platz in der europäischen Gemeinschaft beanspruchte. Moderne Bürogebäude und schicke Einkaufszentren lösten die eintönigen grauen Fassaden des Kommunismus ab, die nur zehn Jahre zuvor noch das Stadtbild dominiert hatten.

Sergei fuhr vor einem kleinen Hotel vor, das in einer schmalen Straße versteckt lag. Er hob die rote Kiste aus dem Kofferraum, während Anna den Rest des Gepäcks nahm und das Hotel betrat.

»Ich möchte als Erstes meine Mutter besuchen«, sagte Anna, nachdem sie eingecheckt hatte.

Sergei sah auf seine Uhr. »Ich hole Sie gegen neun ab. Dann können Sie vorher noch ein paar Stunden schlafen.«

»Danke«, sagte Anna.

Er sah zu, wie sie im Aufzug verschwand, die rote Kiste in der Hand.

Jack hatte sie entdeckt, als er anstand, um ins Flugzeug einzusteigen. Es war eine Grundtechnik der Überwachung: sich zurückfallen lassen, nur falls man verfolgt wurde. Der Trick bestand darin, den Verfolger nicht merken zu lassen, dass man ihn entdeckt hatte. Normal verhalten, sich nicht umsehen. Gar nicht so leicht.

Sein Ausbilder in Quantico hatte jeden Abend nach dem Unterricht eine Überwachung durchgeführt. Er folgte einem der neuen Rekruten nach Hause. Wenn man es schaffte, ihn abzuhängen, bekam man eine Belobigung. Jack schaffte noch mehr: Nachdem er den Ausbilder abgehängt hatte, verfolgte er *ihn* anschließend nach Hause, ohne bemerkt zu werden.

Jack erklomm die Stufen zum Flugzeug. Er sah sich nicht um.

Als Anna kurz nach neun aus dem Hotel trat, wartete Sergei bereits neben seinem alten Mercedes auf sie.

»Guten Morgen, Sergei«, sagte sie, als er ihr den hinteren Wagenschlag öffnete.

»Guten Morgen, Madame. Möchten Sie immer noch Ihre Mutter besuchen?«

»Ja«, erwiderte Anna. »Sie wohnt ...«

Sergei winkte ab, um ihr klar zu machen, dass er genau wusste, wohin er sie zu bringen hatte.

Anna lächelte vergnügt, als er sie durch die Innenstadt an einem herrlichen Brunnen vorbeifuhr, der eine Zierde für den Rasen von Versailles gewesen wäre. Aber sobald Sergei die Vororte erreichte, veränderte sich die Farbgebung rasch von bunt zu schwarzweiß. Als ihr Fahrer den vernachlässigten Außenposten Berceni erreicht hatte, wurde Anna klar, dass die neue Regierung noch einen weiten Weg vor sich hatte, wenn sie das Wohlstand-für-alle-Programm, das sie den Wählern nach dem Fall von Ceauceşcu versprochen hatte, durchsetzen wollte. Anna war binnen weniger Meilen zu der vertrauteren Kulisse ihrer Jugend zurückgekehrt. Sie musste feststellen, dass viele ihrer Landsleute niedergeschlagen wirkten und älter aussahen, als sie in Wirklichkeit waren. Nur die Kleinkinder, die in den Straßen Fußball spielten, schienen sich der schlimmen Verhältnisse, in denen sie lebten, nicht bewusst zu sein. Es entsetzte Anna, wie hartnäckig ihre Mutter darauf bestand, an ihrem Geburtsort auszuharren, obwohl ihr Vater bei dem Aufstand getötet worden war. Anna hatte so oft versucht, sie davon zu überzeugen, zu ihr nach Amerika zu ziehen, aber ihre Mutter ließ nicht mit sich reden.

1987 war Anna von einem Onkel, den sie nie zuvor getroffen hatte, nach Illinois eingeladen worden. Er hatte ihr sogar

200 Dollar Reisegeld geschickt. Ihr Vater hatte ihr nahegelegt, sie solle gehen, und zwar schnell, aber es war ihre Mutter, die vorausgesagt hatte, dass sie niemals zurückkehren würde. Anna hatte ein Ticket für die Hinreise gekauft und ihr Onkel hatte versprochen, die Rückreise zu bezahlen, wann immer sie heimkehren wollte.

Damals war Anna siebzehn gewesen und sie hatte sich in Amerika verliebt, noch bevor ihr Schiff anlegte. Einige Wochen später fing Ceauceşcu an, scharf gegen jeden vorzugehen, der es wagte, sich seinem drakonischen Regime entgegenzustellen. Ihr Vater warnte Anna in einem Brief, dass es zu gefährlich wäre, jetzt nach Hause zu kommen.

Es war sein letzter Brief gewesen. Drei Wochen später schloss er sich den Aufständischen an und wurde niemals wieder gesehen.

Anna vermisste ihre Muter ganz schrecklich und flehte sie wiederholt an, zu ihnen nach Illinois zu kommen. Aber die Antwort war immer dieselbe. »Das ist meine Heimat, hier wurde ich geboren und hier werde ich sterben. Ich bin zu alt, um ein neues Leben zu beginnen.« *Zu alt?*, hatte Anna ihr vorgehalten. Ihre Mutter war erst 51, aber es waren 51 dickköpfige rumänische Jahre, darum akzeptierte Anna irgendwann widerwillig, dass nichts die Meinung ihrer Mutter ändern würde. Einen Monat später hatte ihr Onkel George Anna in der örtlichen Schule angemeldet. Während sich die Unruhen in Rumänien unaufhörlich fortsetzten, machte Anna ihren Abschluss am College und nützte später die Chance, an der Penn University zu promovieren – in einer Disziplin, die keine Sprachbarrieren kannte.

Dr. Petrescu schrieb ihrer Mutter jeden Monat, obwohl sie

nur zu gut wusste, dass die meisten ihrer Briefe sie nicht erreichten, weil die vereinzelten Antwortschreiben häufig Fragen enthielten, die sie bereits beantwortet hatte.

Nachdem Anna das College abgeschlossen und bei Sotheby's angefangen hatte, war eine ihrer ersten Aktivitäten, ein eigenes Bankkonto für ihre Mutter in Bukarest zu eröffnen, auf das sie am Ersten jeden Monats 400 Dollar überwies. Obwohl sie sehr viel lieber …

»Ich warte hier auf Sie«, unterbrach Sergei ihren Gedankengang, als das Taxi vor einem baufälligen Häuserblock in der Piazza Resitei hielt.

»Danke schön.« Anna sah sich den Vorkriegsbau an, in dem sie zur Welt gekommen war und in dem ihre Mutter immer noch lebte. Anna fragte sich, wofür ihre Mutter ihr Geld ausgegeben hatte. Sie trat auf den mit Unkraut übersäten Weg, den sie einst für ungeheuer breit gehalten hatte, weil sie nicht darüberspringen konnte.

Die Kinder, die auf der Straße Fußball spielten, sahen misstrauisch zu, wie die Fremde in ihrem eleganten Leinenjackett, den Jeans mit den modischen Löchern und den schicken Turnschuhen den mit Schlaglöchern übersäten Weg entlangging. Sie trugen auch Jeans mit Löchern. Der Aufzug reagierte nicht, als Anna den Knopf drückte – nichts hatte sich verändert. Das war auch der Grund, wie sich Anna erinnerte, warum die begehrtesten Wohnungen immer in den unteren Stockwerken lagen. Sie konnte nicht verstehen, warum ihre Mutter nicht schon vor Jahren umgezogen war.

Als Anna schließlich im 16. Stock anlangte, blieb sie stehen, um wieder zu Atem zu kommen. Kein Wunder, dass ihre Mutter so selten die Wohnung verließ. Anna zögerte, bevor sie an eine

Tür klopfte, die keinen Tropfen Farbe gesehen hatte, seit sie das letzte Mal davor gestanden hatte.

Sie musste eine Weile warten, bevor eine zerbrechliche, weißhaarige Dame, von Kopf bis Fuß in Schwarz gekleidet, die Tür öffnete, aber nur wenige Zentimeter. Mutter und Tochter starrten einander an, bis Elsa Petrescu plötzlich die Tür aufriss, ihre Tochter in ihre Arme zog und mit einer Stimme, die so alt klang, wie sie aussah, »Anna, Anna, Anna« rief. Sowohl Mutter als auch Tochter brachen in Tränen aus.

Die alte Dame klammerte sich an Annas Hand, während sie sie in die Wohnung führte, in der sie zur Welt gekommen war. Anna konnte sich immer noch an alles erinnern, weil sich absolut nichts verändert hatte. Das Sofa und die Stühle, die ihre Großmutter ihnen hinterlassen hatte, die Familienfotos, allesamt ungerahmt und in Schwarz-Weiß, ein Kohlenkasten ohne Kohle, ein Teppich, der so durchgetreten war, dass man das ursprüngliche Muster kaum noch erkennen konnte. Der einzig neue Gegenstand im Raum war ein herrliches Gemälde, das an den ansonsten leeren Wänden hing. Als Anna das Porträt ihres Vaters bewunderte, wurde sie daran erinnert, wie ihre Liebe zur Kunst entstanden war.

»Anna, Anna, ich habe so viele Fragen«, sagte ihre Mutter. »Wo soll ich anfangen?« Sie klammerte sich immer noch an die Hand ihrer Tochter.

Die Sonne ging unter, bevor Anna auf alle Fragen ihrer Mutter geantwortet hatte. Sie flehte erneut: »Bitte, Mama, komm mit mir nach Amerika.«

»Nein«, erwiderte ihre Mutter trotzig. »All meine Freunde und all meine Erinnerungen sind hier. Ich bin zu alt, um ein neues Leben zu beginnen.«

»Warum ziehst du dann nicht wenigstens in einen anderen Stadtteil? Ich könnte dir eine Wohnung in einem unteren …«

»Hier habe ich geheiratet«, erwiderte ihre Mutter leise. »Hier bist du geboren, hier habe ich über dreißig Jahre mit deinem geliebten Vater gelebt, und wenn Gott beschließt, dass meine Zeit gekommen ist, dann werde ich hier sterben.« Sie lächelte zu ihrer Tochter auf. »Wer soll sich um das Grab deines Vaters kümmern?«, fragte sie, als ob sie diese Frage nie zuvor gestellt hatte. Sie sah ihrer Tochter in die Augen. »Weiß du, es hat ihn so gefreut, dass du nach Amerika zu seinem Bruder gegangen bist.« Sie schwieg. »Und jetzt weiß ich, dass er recht hatte.«

Anna sah sich im Zimmer um. »Aber warum hast du nicht einen Teil des Geldes, das ich dir jeden Monat geschickt habe, ausgegeben?«

»Das habe ich doch«, erklärte ihre Mutter fest. »Allerdings nicht für mich«, räumte sie ein, »ich brauche doch nichts.«

»Wofür hast du es dann ausgegeben?«, wollte Anna wissen.

»Anton.«

»Anton?«, wiederholte Anna.

»Ja, Anton«, sagte ihre Mutter. »Du weißt, dass er aus dem Gefängnis entlassen wurde?«

»Oh ja«, sagte Anna. »Er hat mir geschrieben, gleich nachdem Ceauceşcu verhaftet wurde. Er wollte wissen, ob ich ein Foto von Papa habe, das er sich ausleihen könnte.« Anna lächelte, als sie zu dem Gemälde ihres Vaters aufsah.

»Es sieht ihm sehr ähnlich«, sagte ihre Mutter.

»Das stimmt«, bestätigte Anna.

»Sie haben ihm seine alte Stelle in der Akademie zurückgegeben. Wenn du ihn geheiratet hättest, wärst du jetzt die Frau eines Professors.«

»Malt er immer noch?«, fragte Anna und vermied damit die nächste, unvermeidliche Frage ihrer Mutter.

»Ja«, sagte Elsa Petrescu, »aber seine größte Verantwortung liegt jetzt darin, die Studenten an der Universitate de Arte zu unterrichten. In Rumänien kann man seinen Lebensunterhalt nicht als Künstler verdienen«, meinte sie traurig. »Weißt du, mit seinem Talent hätte Anton ebenfalls nach Amerika gehen sollen.«

Anna sah erneut zu Antons herausragendem Porträt ihres Vaters auf. Ihre Mutter hatte recht; mit einem solchen Talent hätte er in New York Karriere gemacht. »Was macht er mit dem Geld?«, fragte sie.

»Er kauft Leinwand, Farbe, Pinsel und all die Sachen, die sich seine Schüler nicht leisten können. Du siehst also, deine Großzügigkeit dient einem guten Zweck.« Sie hielt inne. »Anton war deine erste Liebe, Anna, nicht wahr?«

Anna hätte nicht geglaubt, dass ihre Mutter es immer noch fertig brachte, sie erröten zu lassen. »Ja«, gab sie zu. »Und vermutlich war ich auch seine erste Liebe.«

»Er ist jetzt verheiratet und sie haben einen kleinen Sohn namens Peter.« Sie schwieg erneut. »Hast du jemanden?«

»Nein, Mama.«

»Was bringt dich dann nach Hause? Rennst du vor etwas oder vor jemandem davon?«

»Warum fragst du so was?« Anna klang defensiv.

»In deinen Augen liegt eine Traurigkeit. Und Angst.« Elsa Petrescu sah zu ihrer Tochter auf. »Das hast du schon als Kind nie verbergen können.«

»Ich habe ein oder zwei Probleme«, räumte Anna ein, »aber nichts, was die Zeit nicht lösen würde.« Sie lächelte. »Genauer gesagt glaube ich, dass Anton mir bei einem der Probleme helfen könnte, und ich hoffe, ihn nachher in der Akademie auf einen Drink zu treffen. Soll ich ihm von dir etwas ausrichten?« Ihre Mutter antwortete nicht. Sie war eingeschlafen. Anna legte eine Decke über den Schoß ihrer Mutter und küsste sie auf die Stirn. »Ich komme morgen wieder, Mama«, flüsterte sie.

Lautlos glitt sie aus dem Raum. Als sie das zugemüllte Treppenhaus verließ, freute sie sich, dass der alte gelbe Mercedes immer noch vor dem Bürgersteig parkte.

28

Anna kehrte in ihr Hotel zurück, duschte kurz und zog sich um. Dann brachte sie ihr neuer Chauffeur zur Akademie der Schönen Künste an der Piata Universitatii.

Das Gebäude hatte im Lauf der Zeit nichts von seiner Eleganz oder seinem Charme verloren und als Anna die Stufen zu den massiven, mit Reliefs verzierten Türen hochstieg, fluteten die Erinnerungen zurück, wie sie in die großartigen Kunstwerke eingeführt worden war, die sie wohl nie in natura sehen würde. Anna trat an die Empfangstheke und erkundigte sich, wo Professor Teodorescus Vorlesung stattfand.

»Im großen Hörsaal im dritten Stock«, sagte die junge Frau hinter der Theke. »Aber die Vorlesung hat bereits begonnen.«

Anna dankte der Studentin und stieg, ohne nach dem Weg zu fragen, die breite Marmortreppe in den dritten Stock hinauf. Sie blieb stehen, um sich ein Plakat vor dem Hörsaal durchzulesen:

Der Einfluss Picassos auf die Kunst
des 20. Jahrhunderts
Professor Anton Teodorescu
Heute Abend, 19 Uhr →

Sie brauchte den Pfeil nicht, der ihr die Richtung wies. Anna stieß behutsam die Tür auf und freute sich, dass der Hörsaal im Dunkeln lag. Sie stieg die Stufen am Rand des Hörsaales hoch und setzte sich in eine der hintersten Reihen.

Ein Dia von *Guernica* füllte die Projektionswand. Anton erklärte gerade, dass die massive Leinwand 1937 gemalt worden war, zur Zeit des spanischen Bürgerkrieges, als Picasso auf dem Zenit seines Könnens stand. Er erklärte, dass Picasso drei Wochen für die Darstellung der Bombenangriffe und des Gemetzels gebraucht hatte und das Bild zweifellos von dem Hass des Künstlers auf den spanischen Diktator Franco beeinflusst worden war. Die Studenten hörten aufmerksam zu, einige machten sich Notizen. Antons bravouröser Vortrag rief Anna in Erinnerung, warum sie vor so vielen Jahren in ihn verliebt gewesen war. Damals hatte sie nicht nur ihre Jungfräulichkeit an einen Künstler verloren, sondern auch eine lebenslange Affäre mit der Kunst begonnen.

Als Antons Präsentation endete, hegte Anna aufgrund des stürmischen Beifalls keinen Zweifel daran, wie sehr den Studenten die Vorlesung gefallen hatte. Er hatte nichts von seiner Fähigkeit verloren, die Begeisterung junger Menschen für ihr Wahlfach zu schüren und sie zu motivieren.

Anna sah zu, wie Anton seine Dia-Bilder einsammelte und sie in eine alte Aktentasche schob. Er war groß und kantig, hatte dunkle Wuschellocken und trug eine uralte braune Samtjacke. Das offene Hemd verlieh ihm die Aura des ewigen Studenten. Ihr fiel allerdings auch auf, dass er ein paar Pfund zugelegt hatte, aber das machte ihn in ihren Augen nicht weniger attraktiv. Als auch der letzte Student den Hörsaal verlassen hatte, ging Anna nach vorn.

Anton sah über seine halbmondförmigen Brillengläser, erwartete offenbar eine Frage von einer Studentin. Als er Anna erkannte, sagte er zuerst nichts, starrte sie einfach nur an.

»Anna!«, rief er schließlich. »Gott sei Dank wusste ich nicht, dass du im Publikum warst. Du weißt wahrscheinlich mehr über Picasso als ich.«

Anna küsste ihn auf beide Wangen und meinte lachend: »Du hast nichts von deinem Charme verloren. Oder deiner Fähigkeit zur Schmeichelei.«

Anton hielt die Hände abwehrend nach oben und grinste breit.

»War Sergei am Flughafen, um dich abzuholen?«

»Ja, danke«, sagte Anna. »Wo hast du ihn kennengelernt?«

»Im Gefängnis«, gab Anton zu. »Er kann von Glück sagen, dass er Ceauceşcus Regime überlebt hat. Hast du deine wunderbare Mutter schon besucht?«

»Das habe ich«, erwiderte Anna, »und sie lebt immer noch unter Bedingungen, die kaum besser sind als im Gefängnis.«

»Glaub ja nicht, dass ich nicht versucht hätte, das zu ändern, aber wenigstens erlauben dein Geld und ihre Großzügigkeit, dass einige meiner besten Studenten …«

»Ich weiß schon alles«, warf Anna ein. »Sie hat es mir erzählt.«

»Du kannst gar nicht alles wissen«, meinte Anton, nahm Anna bei der Hand, als ob sie immer noch Studenten wären, und führte sie die Treppe hinunter zu einem langen Flur im ersten Stock. Die Wände waren randvoll mit Gemälden jeder Stilrichtung.

»Das sind die Preisträger dieses Jahres«, erklärte er ihr und breitete die Arme aus wie ein stolzer Vater. »Jedes Bild wurde auf einer Leinwand gemalt, die du bezahlt hast. Eine unserer

Auszeichnungen wurde sogar nach dir benannt – der Petrescu-Preis.« Er hielt inne. »Es wäre wirklich angemessen, wenn du den Gewinner auswählst. Das würde nicht nur mich, sondern auch einen meiner Studenten überaus glücklich machen.«

»Ich fühle mich geschmeichelt.« Anna lächelte und ging auf die lange Reihe an Bildern zu. Sie ließ sich Zeit, während sie den Flur voller Leinwände entlangschritt. Gelegentlich blieb sie stehen, um ein Bild genauer zu betrachten. Anton hatte den Studenten offenbar die Bedeutung des Zeichnens beigebracht, bevor er ihnen erlaubt hatte, zu anderen Darstellungsmedien überzugehen. *Macht euch gar nicht erst die Mühe, einen Pinsel in die Hand zu nehmen, solange ihr den Bleistift nicht beherrscht.* Aber die Bandbreite an Themen und der mutige Ansatz zeigten, dass er ihnen auch erlaubt hatte, sich selbst auszudrücken. Bei einigen sprang der Funke nicht über, andere zeigten dagegen erstaunliches Talent. Schließlich blieb Anna vor einem Ölgemälde mit dem Titel *Freiheit* stehen, das die aufgehende Sonne über Bukarest zeigte.

»Ich kenne einen bestimmten Herrn, der dieses Bild zu schätzen wüsste«, sagte sie.

»Du hast deinen Blick noch nicht verloren.« Anton lächelte. »Danuta Sekalska ist die Ausnahmestudentin dieses Jahres. Ihr wurde ein Platz an der Slade in London angeboten, um ihre Studien fortzusetzen. Wir müssen nur genügend Geld aufbringen, um ihre Spesen abzudecken.« Er sah auf seine Uhr. »Hast du Zeit für einen Drink?«

»Sicher«, erwiderte Anna. »Ich muss aber zugeben, dass ich dich um einen Gefallen bitten will …« Sie hielt kurz inne. »Eigentlich um zwei.«

Anton nahm sie wieder bei der Hand und führte sie den

Flur zurück zum Professorenzimmer. Als sie den Raum betraten, wurde Anna von gut gelauntem Geplauder empfangen. Die Tutoren tauschten Anekdoten aus, saßen in Gruppen beisammen und tranken nichts Stärkeres als Kaffee. Sie schienen nicht zu bemerken, dass das Mobiliar, die Tassen, Unterteller und wahrscheinlich sogar die Kekse von jedem Obdachlosen mit Selbstachtung, der eine Armenspeisung der Heilsarmee in der Bronx aufsuchte, zurückgewiesen worden wären.

Anton goss zwei Tassen Kaffee ein. »Schwarz, wenn ich mich recht erinnere. Es ist kein Starbucks-Kaffee«, spottete er, »aber wir sind auf einem guten Weg.« Köpfe drehten sich, als Anton seine ehemalige Schülerin an einen Platz am Kamin führte. Er setzte sich ihr gegenüber. »Was kann ich für dich tun, Anna?«, fragte er.

»Es geht um meine Mutter«, meinte sie leise. »Ich brauche deine Hilfe. Ich bringe sie nicht dazu, auch nur einen Cent für sich auszugeben. Sie könnte einen neuen Teppich brauchen, ein Sofa, ein Fernsehgerät, sogar ein Telefon. Ganz zu schweigen von etwas Farbe an der Wohnungstür.«

»Denkst du, ich hätte das nicht schon längst versucht?«, wiederholte Anton. »Was glaubst du, von wem du deine Dickköpfigkeit geerbt hast? Ich habe sogar vorgeschlagen, dass sie bei uns einziehen soll. Es ist kein Palast, aber sehr viel besser als diese Müllhalde, in der sie jetzt lebt.« Anton nahm einen großen Schluck Kaffee. »Aber ich verspreche dir, dass ich es weiter versuchen werde ...« Er schwieg.

»... noch hartnäckiger.«

»Danke.« Anna blieb stumm, während Anton sich eine Zigarette drehte. »Ich sehe, dass es mir nicht gelungen ist, dich vom Rauchen abzubringen.«

»Ich habe nicht die hellen Lichter von New York, die mich von meiner Sucht ablenken könnten.« Er lachte und zündete seine Zigarette an, bevor er fragte: »Und wie soll der zweite Gefallen aussehen?«

»Du musst lange und intensiv darüber nachdenken«, bat sie mit ruhiger Stimme.

Anton stellte seinen Kaffee ab, sog tief an seiner Zigarette und hörte aufmerksam zu, während Anna ihm erklärte, wie er ihr helfen konnte.

»Hast du diese Idee mit deiner Mutter besprochen?«

»Nein«, gab Anna zu. »Ich halte es für besser, wenn sie nicht herausfindet, warum ich wirklich nach Bukarest gekommen bin.«

»Wie viel Zeit habe ich?«

»Drei, vielleicht vier Tage. Es hängt davon ab, wie viel Erfolg ich habe, wenn ich weg bin«, fügte sie hinzu, ohne das näher auszuführen.

»Und wenn man mich erwischt?«

»Dann wanderst du wahrscheinlich in den Knast«, räumte Anna ein.

»Und du?«

»Die Leinwand würde nach New York gebracht und als Beweis gegen mich verwendet. Falls du noch mehr Geld brauchst …«

»Nein, ich habe immer noch über 8000 Dollar vom Geld deiner Mutter, darum …«

»8000?«

»Mit einem Dollar kommt man in Rumänien sehr weit.«

»Kann ich dich bestechen?«

»Mich bestechen?«

»Wenn du den Job übernimmst, zahle ich die Spesen für deine Studentin Danuta Sekalska. Dann kann sie an die Slade.«

Anton dachte kurz darüber nach. »Und du kommst in drei Tagen wieder?« Er drückte seine Zigarette aus.

»Spätestens in vier«, sagte Anna.

»Dann wollen wir hoffen, dass ich so gut bin, wie du denkst.«

»Ich bin's. Vincent.«

»Wo bist du?«

»Ich besuche meine Mutter.«

»Bleib nicht dort.«

»Warum nicht?«

»Dein Verfolger weiß, wo du bist.«

»Ich fürchte, er wird mich verpassen.«

»Ich bin nicht einmal sicher, ob der Verfolger ein Mann ist.«

»Wie kommst du darauf?«

»Ich habe Fenston im Fond seines Wagens mit einer Frau reden sehen. Am Tag deiner Beerdigung.«

»Das beweist nicht, dass …«

»Stimmt, aber es macht mir Sorgen, dass ich sie noch nie gesehen habe.«

»Sie könnte eine von Fenstons Freundinnen sein.«

»Die Frau ist von niemand die Freundin.«

»Beschreibe sie.«

»Einen Meter fünfzig, schlank, dunkle Haare.«

»Da, wo ich hingehe, wird es viele Menschen geben, die so aussehen.«

»Nimmst du das Bild mit?«

»Nein. Ich habe es an einem Ort deponiert, an dem niemand ihm einen zweiten Blick schenken kann.«

Die Verbindung wurde unterbrochen.

Leapman drückte auf den Knopf. »Wo niemand ihm einen zweiten Blick schenken kann«, wiederholte er.

»*Kann*, nicht will?«, sagte Fenston. »Es muss immer noch in der Kiste sein.«

»Stimmt. Aber wohin ist sie jetzt unterwegs?«

»In ein Land, in dem die Menschen einen Meter fünfzig groß, schlank und dunkelhaarig sind.«

»Japan«, behauptete Leapman.

»Was macht Sie so sicher?«, fragte Fenston.

»Es steht alles in ihrem Bericht. Sie wird versuchen, Ihr Gemälde an den einzigen Menschen zu verkaufen, der ihm nicht widerstehen kann.«

»Nakamura«, sagte Fenston.

16. September

29

Jack hatte im Bucharesti International eingecheckt, das seinen Namen ehrgeizig auf einem blinkenden Neonschild zur Schau stellte. Er verbrachte einen Großteil der Nacht damit, die Heizung aufzudrehen, weil es so kalt war, oder sie auszuschalten, weil sie so laut war. Kurz nach sechs Uhr stand er auf. Das Frühstück ließ er aus, weil er fürchtete, es könne sich als ebenso unzuverlässig erweisen wie die Heizung.

Er hatte die Frau nicht wiedergesehen, seit er in das Flugzeug gestiegen war. Entweder hatte er sich geirrt oder sie war eine Expertin. Aber er zweifelte nicht länger daran, dass Anna unabhängig arbeitete, was bedeutete, dass Fenston bald schon jemanden entsenden würde, um den van Gogh zurückzuholen. Was hatte Anna Petrescu vor? War ihr gar nicht klar, in welche Gefahr sie sich brachte? Jack war bereits zu der Schlussfolgerung gelangt, dass er wahrscheinlich am ehesten auf Anna stoßen würde, wenn sie ihre Mutter besuchte. Dieses Mal würde er auf sie warten. Er fragte sich, ob die Frau, die er beim Anstehen vor dem Flugzeug gesehen hatte, denselben Plan verfolgte, und wenn ja, ob sie Fenstons Apportierhund war oder ob sie für jemand anderen arbeitete?

Der Hotelportier bot ihm einen Stadtplan für Touristen an, der die schöneren Teile des Stadtzentrums farbig hervorhob, jedoch nicht die Vororte. Also ging Jack zum Zeitungskiosk und kaufte einen Stadtführer mit dem Titel *Alles, was Sie über Bukarest wissen müssen.* Kein einziger Abschnitt war dem Berceni-Viertel gewidmet, in dem Annas Mutter lebte, obwohl man immerhin auf einem Faltplan in der hinteren Klappe des Buches die Piazza Resitei verzeichnet hatte. Mit Hilfe eines Streichholzes, das er mit dem Maßstab in der unteren linken Ecke des Planes abglich, fand Jack heraus, das Annas Geburtshaus ungefähr sechs Meilen nördlich des Hotels liegen musste.

Er beschloss, die ersten drei Meilen zu Fuß zu gehen – nicht nur, weil er die Bewegung brauchte, sondern weil er dann eher herausfinden konnte, ob er verfolgt wurde.

Jack verließ das Hotel International um 7 Uhr 30 in zügigem Tempo.

Anna verbrachte ebenfalls eine unruhige Nacht. Es fiel ihr schwer zu schlafen, während die rote Kiste unter ihrem Bett lag. Langsam bekam sie Zweifel, ob Anton wirklich ein so unnötiges Risiko eingehen und ihr bei ihrem Plan helfen sollte, auch wenn es nur wenige Tage in Anspruch nahm. Sie waren übereingekommen, sich um acht Uhr in der Akademie zu treffen.

Als sie das Hotel verließ, sah sie als Erstes Sergei in seinem alten Mercedes, der vor dem Eingang stand. Sie fragte sich, wie lange er schon auf sie wartete. Sergei sprang aus dem Wagen.

»Guten Morgen, Madame«, sagte er und lud die rote Kiste in den Kofferraum.

»Guten Morgen, Sergei«, erwiderte Anna. »Ich möchte gern zur Akademie, wo ich die Kiste abladen werde.« Sergei nickte und öffnete die hintere Wagentür für sie.

Auf der Fahrt zur Piata Universitatii erfuhr Anna, dass Sergei eine Frau hatte, mit der er seit über dreißig Jahren verheiratet war, und einen Sohn, der in der Armee diente. Anna wollte gerade fragen, ob er jemals ihren Vater getroffen hatte, als sie Anton entdeckte, der am Fuß der Treppe zur Akademie stand und ängstlich und nervös wirkte.

Sergei hielt den Wagen an, sprang raus und lud die Kiste aus dem Kofferraum.

»Das ist es?«, fragte Anton und betrachtete die rote Kiste misstrauisch. Anna nickte. Anton folgte Sergei, der die Kiste die Stufen hochtrug. Er öffnete ihm die Eingangstür und beide verschwanden im Gebäude.

Anna sah alle paar Minuten auf ihre Uhr und dann wieder zum Eingang. Die beiden Männer waren nur wenige Minuten weg, aber sie fühlte sich zu keiner Zeit allein. Wurde sie in diesem Moment von Fenstons Wachhund beobachtet? Hatte er herausgefunden, wo sich der van Gogh befand? Schließlich kehrten Anton und Sergei mit einer anderen Holzkiste zurück. Obwohl sie exakt dieselbe Größe besaß, waren die einfachen Holzleisten völlig unmarkiert. Sergei legte die neue Kiste in den Kofferraum des Mercedes, schlug den Deckel zu und setzte sich hinter das Lenkrad.

»Ich danke dir.« Anna küsste Anton auf beide Wangen.

»Ich werde nicht viel Schlaf bekommen, solange du weg bist«, murmelte Anton.

»In drei Tagen bin ich zurück«, versprach Anna. »Dann nehme ich dir das Gemälde wieder ab und niemand wird je etwas davon erfahren.« Sie nahm auf dem Rücksitz Platz.

Als Sergei losfuhr, starrte sie aus dem Rückfenster auf die einsame Gestalt von Anton, der am Fuß der Treppe zur Akademie stand und besorgt aussah.

Jack sah sich nicht um, aber sobald er die erste Meile hinter sich hatte, ging er in einen großen Supermarkt und verbarg sich hinter einer Säule. Er wartete darauf, dass sie vorbeikommen würde. Was sie nicht tat. Ein Amateur wäre vorbeigeschlendert, hätte der Versuchung nicht widerstehen können, in das Gebäude zu schauen, wäre vielleicht sogar eingetreten. Jack wartete nicht zu lange, weil er wusste, dass es sie misstrauisch machen würde. Er kaufte ein Baguette mit Schinken und Ei und trat wieder auf die Straße. Während er sein Frühstück verspeiste, überlegte er sich, warum er verfolgt wurde. Für wen arbeitete sie? Wie lautete ihr Auftrag? Hegte sie die Hoffnung, dass er sie zu Anna führen würde? War er zum Objekt der Gegenspionage geworden – die unausgesprochene Angst jedes FBI-Agenten – oder war er einfach nur paranoid?

Sobald Jack das Stadtzentrum hinter sich gelassen hatte, blieb er stehen und studierte die Straßenkarte. Er beschloss, sich ein Taxi zu rufen, da er daran zweifelte, im Berceni-Viertel eines zu finden, wo er möglicherweise rasch wieder würde verschwinden müssen. Wenn er sich ein Taxi nahm, konnte er seine Verfolgerin auch leichter abschütteln, da ein gelbes Taxi ins Auge fiel, sobald sie die Innenstadt verließen. Er sah noch einmal auf den Stadtplan, bog an der nächste Ecke nach links, sah sich nicht um, schaute auch nicht in eines der großen Schaufenster. Wenn sie ein Profi war, würde er sich damit unweigerlich verraten. Er winkte sich ein Taxi.

Anna bat ihren Chauffeur – wofür sie Sergei mittlerweile hielt –, sie in denselben Häuserblock zu fahren, den sie am Vortag besucht hatten. Anna hätte ihre Mutter gern angerufen und ihr gesagt, um wie viel Uhr sie eintreffen würde, aber das war nicht möglich, weil Elsa Petrescu keine Telefone mochte. Sie sind wie Aufzüge, hatte sie ihrer Tochter einmal gesagt, wenn sie kaputtgehen, kommt niemand, um sie zu reparieren, und in jedem Fall schaffen sie nur unnötige Rechnungen. Anna wusste, dass ihre Mutter um sechs Uhr aufgestanden war, um dafür zu sorgen, dass ihre bereits makellos saubere Wohnung auch makellos sauber blieb. Mittlerweile hatte sie bestimmt alles zum dritten Mal abgestaubt und poliert.

Als Sergei am Ende des Unkraut übersäten Weges an der Piazza Resitei hielt, sagte Anna zu ihm, dass er sie in ungefähr einer Stunde zurückerwarten dürfe. Anschließend wolle sie zum Otopeni Flughafen. Sergei nickte.

Ein Taxi hielt neben ihm. Jack ging zur Fahrerseite und bedeutete dem Fahrer, die Scheibe herunterzukurbeln.

»Sprechen Sie Englisch?«

»Ein wenig«, meinte der Fahrer zögernd.

Jack schlug den Stadtplan auf und wies auf die Piazza Resitei, dann setzte er sich hinter den Fahrer. Der Taxifahrer schnitt eine ungläubige Grimasse und sah noch einmal zu Jack, um sicher zu gehen. Jack nickte. Der Fahrer zuckte mit den Schultern und machte sich an eine Fahrtstrecke, die noch nie zuvor ein Tourist von ihm verlangt hatte.

Das Taxi fuhr auf die mittlere Spur und beide schauten in den Rückspiegel. Ein anderes Taxi folgte ihnen. Es gab kein Anzeichen eines Fahrgastes, aber sie hätte sich ohnehin nicht nach vorn gesetzt. Hatte er sie abgehängt oder saß sie in einem der drei Taxis, die er jetzt im Rückspiegel ausmachen konnte? Sie war ein Profi und würde bestimmt in einem jener Taxis sitzen. Und er hatte so ein Gefühl, dass sie auch genau wusste, wohin er unterwegs war.

Jack war klar, dass jede Großstadt heruntergekommene Viertel besaß, aber etwas wie Berceni, mit seinen düsteren Betonklötzen, die an jeder Ecke des desolaten Slums – man konnte es nicht anders bezeichnen – standen, hatte er noch nie zuvor gesehen. Sogar über die Graffiti würde man in Harlem nur den Kopf schütteln.

Das Taxi fuhr bereits langsamer, als Jack einen weiteren gelben Mercedes entdeckte, der wenige Meter vor ihnen am Straßenrand parkte. In einer Straße, in die sich noch nie zweimal in einem Jahr ein Taxi verirrt hatte.

»Fahren Sie weiter«, wies er den Fahrer scharf an, aber der verlangsamte weiter. Jack klopfte dem Fahrer fest auf die Schulter und winkte hektisch nach vorn, um ihm zu bedeuten, dass er weiterfahren solle.

»Aber das Ort, nach dem Sie gefragt«, beharrte der Fahrer.

»Weiterfahren«, rief Jack.

Der erstaunte Fahrer zuckte mit den Schultern und beschleunigte an dem wartenden Taxi vorbei.

»An der Ecke abbiegen«, befahl Jack und wies nach links. Der Fahrer nickte, jetzt noch verblüffter. Er wartete auf die nächste Anweisung. »Umkehren«, sagte Jack besonders deutlich, »und am Ende der Straße halten.«

Der Fahrer führte die neue Anweisung aus, sah ständig nach hinten zu Jack. Der Ausdruck von Perplexität war fest in sein Gesicht gebrannt.

Sobald sie standen, stieg Jack aus und ging langsam zur Ecke. Er verfluchte seinen unnötigen Fehler und fragte sich, wo die Frau jetzt war, denn sie hatte diesen Fehler nicht begangen. Er hätte vorhersehen sollen, dass Anna schon hier war und dass ihre einzige Transportmöglichkeit ein Taxi sein würde.

Jack starrte zu dem grauen Betonhochhaus hinauf, in dem Anna ihre Mutter besuchte, und schwor sich, dass er sich nie wieder über seine winzige 1-Zimmer-Wohnung in der West Side beklagen würde. Er musste vierzig Minuten warten, bis Anna aus dem Gebäude auftauchte. Er blieb reglos stehen, als sie auf ihr Taxi zuging. Dann sprang Jack in sein eigenes Taxi, wies hektisch nach vorn und sagte:

»Folgen Sie ihnen, aber halten Sie Abstand, bis der Verkehr dichter wird.« Er war sich nicht sicher, ob der Fahrer ihn überhaupt verstanden hatte. Das Taxi verließ die Seitenstraße und obwohl Jack dem Fahrer auf die Schulter klopfte und »Zurückbleiben!«, rief, stachen die beiden gelben Taxis wie Kamele in einer Wüste heraus, als sie durch die leeren Straßen fuhren. Jack fluchte erneut. Er wusste, er hatte sich einen dicken Patzer geleistet. Selbst ein Amateur hätte ihn mittlerweile bemerkt.

»Ist Ihnen klar, dass Sie verfolgt werden?«, fragte Sergei, als er losfuhr.

»Nein, aber das überrascht mich nicht«, erwiderte Anna. Ihr war eiskalt und übel. Sergei hatte ihre schlimmste Angst bestätigt.

»Konnten Sie sie sehen?«, fragte Anna.

»Nur kurz«, meinte Sergei. »Ein Mann, um die 30 oder 35. Schlank, dunkle Haare. Leider ist das schon alles.« Tina irrte sich also, wenn sie den Verfolger für eine Frau hielt, dachte Anna. »Und er ist ein Profi«, fügte Sergei hinzu.

»Wie kommen Sie darauf?«, wollte Anna ängstlich wissen.

»Als das Taxi an mir vorbeifuhr, hat er sich nicht umgeschaut«, erklärte Sergei. »Aber ich kann Ihnen nicht sagen, auf welcher Seite des Gesetzes er steht.«

Anna schauderte, während Sergei in den Rückspiegel sah. »Und ich bin ziemlich sicher, dass er uns immer noch folgt. Drehen Sie sich nicht um«, bat Sergei rasch, »sonst weiß er, dass Sie ihn entdeckt haben.«

»Danke«, sagte Anna.

»Wollen Sie immer noch, dass ich Sie zum Flughafen bringe?«

»Ich habe keine andere Wahl«, erwiderte Anna.

»Ich könnte ihn abhängen«, schlug Sergei vor.

»Das hätte auch keinen Sinn«, meinte Anna. »Er weiß bereits, wohin ich gehe.«

Jack hatte seinen Pass, seine Geldbörse und seine Kreditkarte immer bei sich, nur für solche Notfälle. »Verdammt«, sagte er, als er das Flughafenschild sah und ihm sein ungepackter Koffer im Hotelzimmer einfiel.

Drei oder vier andere Taxis fuhren ebenfalls in Richtung des Flughafens Otopeni. Jack fragte sich, in welchem davon die Frau saß oder ob sie bereits am Flughafen war und auf derselben Maschine eincheckte wie Anna Petrescu.

Anna reichte Sergei einen 20-Dollar-Schein, lange bevor sie Otopeni erreicht hatten, und sagte ihm, auf welcher Maschine sie den Rückflug gebucht hatte.

»Könnten Sie mich abholen?«, fragte sie.

»Natürlich«, versprach Sergei. Sie hielten vor dem internationalen Terminal.

»Folgt er uns noch?«, fragte Anna.

»Ja«, erwiderte Sergei und stieg aus.

Ein Träger tauchte auf und half Anna, die Kiste und ihren Koffer auf einen Gepäckwagen zu entladen.

»Ich werde hier sein, wenn Sie wiederkommen«, versicherte Sergei ihr, bevor sie im Terminal verschwand.

Jacks Taxi kam hinter dem gelben Mercedes quietschend zum Stehen. Er sprang heraus, rannte zur Fahrerseite von Sergeis Wagen und winkte mit einem 10-Dollar-Schein. Sergei kurbelte langsam das Fenster herunter und nahm das angebotene Geld. Jack lächelte.

»Die Dame in Ihrem Taxi, wissen Sie, wohin sie fliegt?«

»Ja.« Sergei strich sich über seinen üppigen Schnauzer.

Jack nahm noch einen 10-Dollar-Schein, den Sergei glücklich einschob.

»Und? Wohin?«, verlangte Jack zu wissen.

»Ins Ausland.« Sergei legte den ersten Gang ein und fuhr davon. Jack fluchte, rannte zu seinem eigenen Taxi zurück, zahlte das Fahrgeld – drei Dollar – und betrat dann rasch den Flughafen. Er blieb reglos stehen und sah in alle Richtungen. Wenige Augenblicke später entdeckte er Anna, die gerade den Abfertigungsschalter verließ und in Richtung der Rolltreppe ging. Er setzte sich erst in Bewegung, als sie außer Sichtweite war. Als er das obere Ende der Rolltreppe erreichte, saß Anna bereits im Café. Sie hatte sich einen Platz in der entlegensten Ecke gesucht, von wo aus sie alles und – wichtiger noch – jeden beobachten konnte. Es war nicht nur so, dass *er* verfolgt wurde, jetzt hielt die Person, die er überwachte, auch noch nach ihm Ausschau. Sie hatte gemerkt, dass sie beschattet wurde, darum konnte sie jetzt ihrerseits versuchen, ihren Verfolger auszumachen. Jack fürchtete, dass diese ganze Sache als Fallbeispiel in Quantico enden konnte – wie man einen Verdächtigen *nicht* verfolgen sollte.

Er ging zurück ins Erdgeschoss und sah auf die Abflugtafel. Es gab nur fünf internationale Flüge, die Bukarest an diesem

Tag verließen: nach Moskau, Hongkong, Neu Delhi, London und Berlin.

Jack verwarf Moskau, da der Flug bereits in vierzig Minuten ging und Anna noch in aller Seelenruhe im Café saß. Neu Delhi und Berlin flogen erst am frühen Abend und er hielt auch Hongkong für unwahrscheinlich, obwohl der Flug in weniger als zwei Stunden abhob. Der Flug nach London war fünfzehn Minuten später angesetzt. Es musste einfach London sein, befand er, aber er konnte kein Risiko eingehen. Er würde also zwei Tickets kaufen, eines nach Hongkong und ein zweites nach London. Wenn sie nicht am Gate für Hongkong auftauchte, musste es der Flug nach Heathrow sein. Jack fragte sich, ob die andere Verfolgerin dieselben Optionen erwog, obwohl er das Gefühl hatte, dass sie bereits wusste, für welchen Flug Anna gebucht war.

Sobald Jack seine beiden Tickets erstanden und zwei Mal erklärt hatte, dass er ohne Gepäck reiste, ging er direkt zu Flugsteig 33, um eine gezielte Personenüberwachung durchzuführen. Als er ankam, setzte er sich unter jene Passagiere, die auf Flugsteig 31 auf ihren Flug nach Moskau warteten. Jack überlegte sogar einen Moment lang, zum Hotel zurückzufahren, seine Koffer zu packen, die Rechnung zu begleichen und dann zum Flughafen zurückzukehren, aber nur einen Moment lang, denn wenn er zu wählen hatte, ob er sein Gepäck oder seine Beute verlieren wollte, dann hatte er nicht wirklich die Wahl.

Über Handy rief Jack den Geschäftsführer des Bucharesti International an und erklärte ihm, ohne ins Detail zu gehen, was er tun solle. Er konnte sich den verblüfften Gesichtsausdruck auf dem Gesicht des Managers vorstellen, als er bat, dass man seinen Koffer packen und an der Rezeption deponieren solle. Erst sein Vorschlag, dass sie die Rechnung um 20 Dollar aufstocken sollten, brachte eine Reaktion. »Ich werde mich persönlich darum kümmern, Sir.«

Jack fragte sich allmählich, ob Anna den Flughafen einfach nur als Köder nutzte, während sie in Wirklichkeit plante, nach Bukarest zurückzufahren und die rote Kiste abzuholen. Es war wirklich total unprofessionell von ihm gewesen, ihren Fahrer anzusprechen. Aber wenn sie herausgefunden hatte, dass ihr jemand folgte, wäre die erste Reaktion eines Amateurs gewesen, ihn so schnell wie möglich abzuhängen. Nur ein Profi würde einen solch hinterhältigen Plan entwerfen, um seinen Verfolger loszuwerden. War es möglich, dass Anna tatsächlich ein Profi war und für Fenston arbeitete? In dem Fall war er derjenige, der verfolgt wurde.

Die Passagiere für Flug 3211 nach Moskau gingen bereits an Bord, da kam Anna angeschlendert. Sie wirkte entspannt, als sie sich zu den Leuten setzte, die auf den Cathay-Pacific-Flug 017 nach Hongkong warteten. Sobald sie in der Lounge saß, fuhr Jack ins Erdgeschoss und wartete dort auf den letzten Aufruf für Flug 017. Vierzig Minuten später fuhr er die Rolltreppe ein drittes Mal hoch.

Alle drei bestiegen die Boeing 747 nach Hongkong zu unterschiedlichen Zeiten. Einer von ihnen in der Ersten Klasse, einer Businessklasse und einer Touristenklasse.

17. September

30

»Es tut mir leid, Sie zu stören, Mylady, aber eine große Schachtel mit Dokumenten wurde von Simpson & Simpson angeliefert und ich frage mich, wo Sie sie aufzubewahren wünschen?«

Arabella legte den Füllfederhalter beiseite und sah vom Sekretär auf. »Andrews, erinnern Sie sich, als ich noch ein Kind war und Sie als Lakai Dienst taten?«

»Ja, Mylady.« Andrews klang ein wenig verwirrt.

»Jedes Weihnachten spielten wir ein Spiel, das *Such das Päckchen* hieß.«

»Das taten wir allerdings, Mylady.«

»Und einmal an Weihnachten haben Sie eine Schachtel mit Pralinen versteckt. Victoria und ich haben den ganzen Nachmittag versucht, die Schachtel zu finden – aber es gelang uns nicht.«

»Ja, Mylady. Lady Victoria beschuldigte mich, die Pralinen selbst gegessen zu haben, und brach in Tränen aus.«

»Dennoch haben Sie sich geweigert, ihr zu sagen, wo sich die Schachtel befand.«

»Das stimmt, Mylady. Ich muss allerdings zugeben, dass mir Ihr Vater eine Sixpence-Münze dafür versprochen hatte.«

»Warum hat er das getan?«, wollte Arabella wissen.

»Seine Lordschaft hoffte, einen friedlichen Weihnachtsnachmittag zu verbringen und in aller Ruhe sein Glas Portwein und eine Zigarre genießen zu können in dem Wissen, dass Sie beide beschäftigt waren.«

»Wir haben die Pralinenschachtel aber nie gefunden«, sagte Arabella.

»Und ich habe nie meine Sixpence-Münze erhalten«, erwiderte Andrews.

»Erinnern Sie sich noch, wo Sie sie versteckt hatten?«

Andrews dachte einen Augenblick über diese Frage nach, dann breitete sich ein Lächeln auf seinem Gesicht aus.

»Ja, Mylady«, sagte er. »Und soweit ich weiß, ist die Pralinenschachtel immer noch dort.«

»Gut, denn ich möchte, dass Sie die Schachtel, die Simpson & Simpson anliefern ließen, an eben jenem Ort verstecken.«

»Wie Sie wünschen, Mylady.« Andrews versuchte, den Eindruck zu vermitteln, als habe er eine Ahnung, wovon seine Herrin sprach.

»Und am nächsten Weihnachtsfest, Andrews, werde ich versuchen, die Unterlagen zu finden. Sie dürfen mich nicht wissen lassen, wo sie versteckt sind.«

»Werde ich dieses Mal meine Sixpence-Münze bekommen, Mylady?«

»Sogar einen Shilling«, versprach Arabella. »Aber nur, wenn niemand anderes sie vorher findet.«

Anna machte es sich auf ihrem Fensterplatz im hinteren Teil der Touristenklasse bequem. Wenn sich der Mann, den Fenston ihr auf die Fersen gehetzt hatte, im Flugzeug befand, was sie vermutete, wusste Anna jetzt wenigstens, mit wem sie es zu tun hatte. Sie dachte über ihn nach und wie er herausgefunden haben mochte, dass sie in Bukarest war. Woher kannte er die Adresse ihrer Mutter? Und wusste er bereits, dass ihr nächstes Ziel Tokio lautete?

Der Mann, den sie vom Abfertigungsschalter aus beobachtet hatte, während er zu Sergeis Taxi gelaufen war und an die Scheibe geklopft hatte, wollte nicht von Sergei mitgenommen werden. Und Sergei hatte ihn offensichtlich auflaufen lassen. Anna fragte sich, ob es ihre Anrufe bei Tina waren, die sie verraten hatten. Sie war fest davon überzeugt, dass ihre Freundin sie niemals hintergehen würde, darum musste Tina unwissentlich zur Komplizin geworden sein. Leapman war durchaus in der Lage, ihr Telefon anzuzapfen – oder Schlimmeres zu tun.

Anna hatte in den letzten beiden Gesprächen absichtlich Hinweise fallen lassen, um herauszufinden, ob sie abgehört wurden, und sie mussten sie tatsächlich belauscht haben: *Ich gehe heim* und *da, wo ich hingehe, wird es viele Menschen geben, die so aussehen*. Nächstes Mal würde sie eine Fährte legen, die Fenstons Mann in die völlig falsche Richtung lenkte.

Jack saß in der Businessklasse, nippte an einer Cola Light und versuchte, in den Ereignissen der vergangenen zwei Tage einen Sinn zu erkennen. Er beschattete eine Frau, die ein 60-Millionen-Dollar-Gemälde gestohlen hatte. Aber hatte sie das Gemälde in Bukarest gelassen oder war es in die neue Kiste umgeladen worden, mit der Absicht, es in Hongkong zu verkaufen? Dann wanderten seine Gedanken zu der anderen Person, die Anna verfolgte. Das war schon einfacher zu erklären. Wenn Anna das Gemälde gestohlen hatte, arbeitete die Frau eindeutig für Fenston. Sie sollte Anna folgen, bis sie herausgefunden hatte, wo sich das Bild befand. Aber woher wusste sie immer, wo sich

Anna befand? Und war ihr unterdessen klar, dass er ihr ebenfalls folgte? Wie lauteten ihre Anweisungen, sobald sie den van Gogh gefunden hatte? Jack beschlich das Gefühl, dass er seine Fehler nur wieder gutmachen konnte, wenn er beiden Frauen einen Schritt voraus war – und es auch blieb.

Er stellte fest, dass er in eine Art von Falle geraten war, vor der er seine Untergebenen stets warnte: Lasst euch nicht zu der Annahme verführen, dass euer Verdächtiger unschuldig ist. Die Geschworenen werden euch diese Entscheidung abnehmen. Geht immer davon aus, dass die Typen schuldig sind, und lasst euch gelegentlich – ganz, ganz selten – überraschen. Er erinnerte sich nicht, ob sein Ausbilder etwas darüber gesagt hatte, was man tun sollte, wenn man den Verdächtigen attraktiv fand. Obwohl es im Ausbildungshandbuch des FBI eine Direktive gab, die da lautete: »Unter keinen Umständen darf ein Agent in eine persönliche Beziehung mit einer Person treten, gegen die ermittelt wird.« 1999 war das Handbuch nach einer Entscheidung durch den Kongress ergänzt worden und die Worte »männlichen oder weiblichen Geschlechts« waren dem Begriff »Person« nachgestellt worden.

Außerdem fragte sich Jack, was Anna mit dem van Gogh zu tun gedachte. Wenn sie das Gemälde in Hongkong verkaufen wollte, wo würde sie eine so gewaltige Geldsumme deponieren und wie lange konnte sie hoffen, von der Ausbeute ihres Verbrechens zu profitieren? Jack konnte nicht glauben, dass sie den Rest ihres Lebens in Bukarest verbringen wollte.

Dann fiel ihm wieder ein, dass sie Wentworth Hall besucht hatte.

Olga Krantz saß allein in der Ersten Klasse. Sie flog immer Erster Klasse, weil sie dann bei jedem Flug die Letzte sein konnte, die einstieg, und die Erste, die ausstieg. Vor allem, wenn sie genau wusste, wohin ihr Opfer reiste.

Ihr war jetzt klar, dass noch jemand anderes der Petrescu folgte. Folglich würde sie noch vorsichtiger sein. Schließlich konnte sie es sich nicht erlauben, die Petrescu vor Publikum zu töten, auch wenn das Publikum nur aus einer einzigen Person bestand.

Olga Krantz fragte sich, wer der große, dunkelhaarige Mann sein mochte und für wen er arbeitete. Hatte Fenston noch jemand anderen geschickt, um sie unter die Lupe zu nehmen? Oder arbeitete der Mann für eine ausländische Regierung? Wenn ja, für welche? Es mussten die Rumänen oder die Amerikaner sein. Er war bestimmt ein Profi, denn sie hatte ihn erst nach seinem dicken Patzer mit den gelben Taxis entdeckt. Sie nahm an, dass er Amerikaner war.

Olga Krantz entspannte sich nicht auf dem langen Flug nach Hongkong. Ihr Ausbilder in Moskau pflegte gern zu wiederholen, dass die Konzentration für gewöhnlich am vierten Tag nachließ. Morgen.

18. September

31

»Passagiere mit den weiteren Flugzielen …«

»Das hat mir gerade noch gefehlt«, murmelte Jack.

»Wie bitte, Sir?«, fragte die aufmerksame Stewardess.

»Ich muss umsteigen.«

»Wie lautet Ihr Endflughafen, Sir?«

»Ich habe keine Ahnung«, erwiderte Jack. »Was habe ich denn für eine Auswahl?«

Die Stewardess lachte. »Wollen Sie weiter nach Osten reisen?«

»Davon gehe ich aus.«

»Dann können Sie sich zwischen Tokio, Manila, Sydney oder Auckland entscheiden.«

»Danke schön«, sagte Jack und dachte, dass ihm das auch nicht half, fügte aber laut hinzu: »Wenn ich beschließen sollte, die Nacht in Hongkong zu verbringen, müsste ich durch die Passkontrolle, aber wenn ich gleich weiterfliege …«

Die Stewardess spielte weiter mit. »Wenn Sie aussteigen, Sir, werden Sie von Schildern zur Gepäckausgabe oder zu Umsteigemöglichkeiten geleitet. Wird Ihr Gepäck umgeladen, Sir, oder holen Sie es selbst ab?«

»Ich habe kein Gepäck«, gab Jack zu.

Die Stewardess nickte, lächelte und ging, um sich um ihre weniger geisteskranken Passagiere zu kümmern.

Jack wurde klar, dass er rasch handeln musste, sobald er das Flugzeug verließ. Nur so konnte er hoffen, einen versteckten Beobachtungsposten zu finden, von dem aus er Annas nächste Schritte verfolgen konnte, ohne seinerseits von ihrer anderen Verehrerin beobachtet zu werden.

Anna starrte geistesabwesend aus dem Kabinenfenster, während das Flugzeug weich auf dem Chek Lap Kok Flughafen aufsetzte.

Sie sah auf ihre Uhr. Die Maschine hatte zwar zwanzig Minuten Verspätung, aber ihr Anschlussflug ging ohnehin erst in zwei Stunden. Sie würde die Wartezeit nutzen, um einen Stadtführer von Tokio zu kaufen, einer Stadt, die sie nie zuvor besucht hatte.

Sobald sie am Terminalgate angelegt hatten, ging Anna langsam durch den Gang und wartete, bis die anderen Passagiere ihre Taschen aus den Gepäckfächern über ihren Köpfen geholt hatten. Sie sah sich um, fragte sich, ob Fenstons Mann jede ihrer Bewegungen beobachtete. Sie versuchte, ruhig zu bleiben, obwohl ihr Puls in Wirklichkeit jedes Mal auf über 100 schoss, wenn ein Mann auch nur in ihre Richtung sah. Sie war sicher, dass er bereits ausgestiegen war und jetzt auf sie wartete. Vielleicht kannte er sogar ihr Reiseziel. Anna hatte bereits beschlossen, welche falsche Spur sie beim nächsten Telefonat mit Tina legen würde, um Fenstons Mann in die Irre zu führen.

Anna trat aus dem Flugzeug und sah sich nach dem Schild um. Am Ende eines langen Korridors wies ein Pfeil die Passagiere mit Anschlussflügen nach links. Sie schloss sich einer Handvoll Reisender an, die zu anderen Richtungen unterwegs waren. Die Mehrheit der Passagiere bog nach rechts.

Als Anna in den Transitbereich kam, stieß sie auf eine Kleinstadt im Neonlicht, die auf ihre festsitzenden Kunden wartete, um ihnen ihre ausländische Währung abzuknöpfen. Anna schlenderte von Laden zu Laden und bewunderte die neueste Mode, elektrische Geräte, Handys und Schmuck. Obwohl sie einiges sah, was sie unter normalen Umständen in Betracht gezogen hätte, trat sie aufgrund ihrer pekuniären Zwangslage nur in eine Buchhandlung, in der ausländische Zeitungen und sämtliche brandaktuellen Bestseller auslagen – in mehreren Sprachen. Sie wandte sich zur Reisebuchabteilung und sah sich Reihen an Büchern über so entlegene Orte wie Aserbaidschan und Sansibar gegenüber.

Ihr Blick fiel auf den Abschnitt über Japan, von dem eine ganze Regalbreite Tokio gewidmet war. Anna nahm den Lonely-Planet-Führer über Japan zusammen mit einem Berlitz-Mini-Führer durch die japanische Hauptstadt zur Hand und blätterte beides durch.

Jack trat in den Elektroladen auf der anderen Seite des Einkaufszentrums, von dem aus er seine Beute sehen konnte. Sie stand unter einem großen, mehrfarbigen *Reisen*-Schild. Jack wäre gern näher herangetreten, um herauszufinden, welches Buch sie so aufmerksam durchblätterte, aber er wusste, dass er das nicht riskieren konnte. Er zählte die Regalbretter in dem Versuch, das Land zu identifizieren, das ihre Aufmerksamkeit derart beanspruchte.

»Kann ich Ihnen helfen, Sir?«, fragte die junge Frau hinter der Theke.

»Nur, wenn Sie ein Fernglas haben«, meinte Jack, ohne den Blick von Anna zu wenden.

»Mehrere«, erwiderte die Verkäuferin. »Darf ich Ihnen dieses Modell empfehlen? Es ist diese Woche im Angebot, von 90 Dollar auf 60 reduziert, solange der Vorrat reicht.«

Jack sah sich um. Die junge Frau zog ein Fernglas von einem Regal hinter ihr und legte es auf die Theke.

»Danke.« Jack nahm es zur Hand und stellte es auf Anna ein. Sie blätterte immer noch in demselben Buch, aber Jack konnte den Titel nicht entziffern.

»Ich würde gern Ihr neuestes Modell ausprobieren«, sagte er und legte das Sonderangebot wieder auf die Theke. »Dasjenige, mit dem man ein Straßenschild auf hundert Meter Entfernung erkennen kann.«

Die Verkäuferin bückte sich, schloss eine Auslage auf und zog ein anderes Fernglas heraus.

»Das ist eine Leica Ultravid 12 x 50 BR, das leistungsstärkste Modell«, versicherte sie ihm. »Damit können Sie das Etikett auf dem Kaffee lesen, der im Café gegenüber serviert wird.«

Jack stellte es auf die Buchhandlung ein. Anna legte gerade das Buch zurück, in dem sie geblättert hatte, und nahm ein anderes zur Hand. Er musste der Verkäuferin zustimmen – das Fernglas war in der Tat leistungsstark. Er konnte das Wort JAPAN und sogar die Buchstaben TOKIO ausmachen, die über dem Regal standen, das Annas Interesse auf sich gezogen hatte. Anna schlug das Buch zu, lächelte und ging zur Kasse. Sie nahm noch eine Ausgabe des *Herald Tribune* zur Hand, während sie in der Schlange wartete.

»Ein gutes Fernglas, nicht wahr?«, fragte die Verkäuferin.

»Sehr gut.« Jack legte es zurück auf die Theke. »Aber ich fürchte, der Preis übersteigt mein Budget. Danke schön«, fügte er noch hinzu und verließ den Laden.

»Merkwürdig«, meinte die Frau zu ihrer Kollegin. »Ich habe ihm den Preis doch gar nicht genannt.«

Anna war an den Kopf der Schlange gelangt und zahlte für ihre beiden Käufe, während Jack in die andere Richtung ging. Er stellte sich in einer anderen Schlange am entgegengesetzten Ende der Halle an.

Als er nach vorn kam, bat er um ein Ticket nach Tokio.

»Gern, Sir, welche Maschine – Cathay Pacific oder Japan Airlines?«

»Wann starten die Flüge?«, wollte Jack wissen.

»Bei Japan Airlines können Sie in Kürze einsteigen, da der Flug in vierzig Minuten geht. Flug 301 von Cathay startet in eineinhalb Stunden.«

»Japan Airlines, bitte«, sagte Jack. »Businessklasse.«

»Wie viele Gepäckstücke?«

»Nur Handgepäck.«

Die Frau am Schalter druckte das Ticket aus, prüfte seinen Pass und sagte: »Gehen Sie bitte zu Gate 71, Mr. Delaney. Sie können das Flugzeug in Kürze betreten.«

Jack ging zurück zum Café. Anna saß an der Theke, vertieft in das Buch, das sie soeben gekauft hatte. Er wich ihrem Blick sorgfältig aus, denn er war sich sicher, sie wusste mittlerweile, dass sie verfolgt wurde. Die nächsten Minuten verbrachte Jack damit, Dinge zu kaufen – alles nur wegen der Frau, die auf dem Eckhocker im Café saß. Am Schluss hatte er eine Reisetasche, die er als Handgepäck mit an Bord nehmen durfte, eine Jeans, vier Hemden, vier Paar Socken, vier Unterhosen, zwei Krawatten (Sonderangebot), ein Päckchen Rasierer, Rasiercreme, Aftershave, Seife, Zahnbürste und Zahnpasta. Er blieb vor der Drogerie stehen, um zu sehen, ob Anna sich in Bewegung setzte.

»Letzter Aufruf für die Passagiere von Japan Airlines Flug 416 nach Tokio. Bitte begeben Sie sich zu Gate 71.«

Anna blätterte eine weitere Seite um, was Jack davon überzeugte, dass sie den Cathay Pacific Flug gebucht hatte, der eine Stunde später ging. Dieses Mal würde er auf sie warten. Er nahm seine Reisetasche und folgte der Ausschilderung zu Gate 71. Jack war einer der Letzten, die die Maschine betraten.

Anna sah auf ihre Armbanduhr, bestellte noch einen Kaffee und wandte ihre Aufmerksamkeit dem *Herald Tribune* zu. Die Seiten waren voller Berichte über die Nachwehen des 11. September, mit einem Artikel über die Gedenkfeier, die in Anwesenheit des Präsidenten in Washington abgehalten worden war. Ob ihre Angehörigen und Freunde immer noch glaubten, dass sie tot war? Oder hielten sie sie nur für vermisst? War die Nachricht, dass man sie in London gesehen hatte, bereits nach New York durchgedrungen? Fenston wollte zweifelsohne alle Leute glauben lassen, dass sie tot war – zumindest, bis er den van Gogh in Händen hielt. Das alles würde sich in Tokio ändern, falls … Etwas ließ sie aufsehen und sie entdeckte einen jungen Mann mit dichtem, dunklen Haar, der sie anstarrte. Er wandte rasch den Blick ab. Sie sprang von ihrem Hocker und ging direkt auf ihn zu.

»Folgen Sie mir etwa?«, verlangte sie zu wissen.

Der Mann sah Anna entsetzt an. »Non, non, Mademoiselle, mais peut-être voulez-vous prendre un verre avec moi?«

»Dies ist der erste Aufruf für…«

Ein weiteres Augenpaar beobachtete Anna, als sie sich bei dem Franzosen entschuldigte, ihre Rechnung beglich und langsam zu Flugsteig 69 ging.

Olga Krantz ließ sie erst aus den Augen, als sie das Flugzeug bestiegen hatte.

Die Krantz gehörte zu den Letzten, die Flug CX 301 bestiegen. Nach dem Eintreten wandte sie sich nach links und setzte sich auf ihren üblichen Fensterplatz in der vorderen Reihe. Sie wusste, dass Anna hinten in der Touristenklasse flog, aber sie hatte keine Ahnung, wo der Amerikaner war. Hatte er den Flug verpasst? Oder streifte er auf der Suche nach der Petrescu durch Hongkong?

32

Jacks Flug setzte mit 30 Minuten Verspätung auf dem Narita International Airport von Tokio auf, aber er machte sich keine Sorgen, denn er hatte eine Stunde Vorsprung vor den beiden Frauen, die sich immer noch 30 000 Fuß über dem Pazifik befanden. Sobald Jack den Zoll durchlaufen hatte, galt sein erster Zwischenstopp dem Informationsschalter, wo er sich erkundigte, um wie viel Uhr der Cathay Flug erwartet wurde. In gut 40 Minuten.

Jack drehte sich um und sah sich dem Ankunftsgate gegenüber. Er versuchte herauszufinden, in welche Richtung Anna Petrescu nach der Passkontrolle gehen würde. Für welche Transportmöglichkeit in die Stadt würde sie sich entscheiden: Taxi, Zug oder Bus? Sie musste schon nach nur fünfzehn Metern eine Wahl treffen. Wenn sie die Transportkiste immer noch mit sich führte, würde sie zweifelsohne das Taxi wählen. Nachdem er jeden möglichen Ausgang überprüft hatte, wechselte Jack am Schalter der Bank of Tokyo 500 Dollar in 53 868 Yen. Er steckte die Scheine mit den hohen Nennwerten in seine Geldbörse und kehrte in die Ankunftshalle zurück, wo er zuschaute, wie immer mehr Menschen einliefen und auf die jüngsten Ankünfte warteten. Er sah auf. Über ihm, zu seiner Linken, befand sich eine Empore, von der aus man die Flughafenhalle übersehen konnte.

Er stieg die Treppe hoch und inspizierte den Platz. Es war zwar sehr eng, aber dennoch ideal. An der Wandseite befanden sich zwei Telefonhäuschen und wenn er sich hinter das zweite stellte, konnte er alle Neuankömmlinge sehen, ohne selbst entdeckt zu werden. Jack schaute zur Ankunftstafel. CX 301 sollte in 20 Minuten landen. Genug Zeit für ihn, um seine letzte Aufgabe zu erledigen.

Er verließ das Flughafengebäude und stellte sich in der Taxischlange an, die von einem Mann in einem hellblauen Anzug und mit weißen Handschuhen organisiert wurde, der nicht nur die Taxis befehligte, sondern auch die Passagiere dirigierte. Als Jack vorn angelangt war, stieg er in den Fond eines auffälligen grünen Toyota und bat den überraschten Fahrer, auf der anderen Straßenseite zu parken.

»Warten Sie hier, bis ich zurückkomme«, fügte er hinzu. Seine neue Reisetasche ließ er auf dem Rücksitz liegen. »Ich bin in 30, spätestens 40 Minuten wieder da.« Er zog einen 5000-Yen-Schein aus seiner Geldbörse. »Und Sie können den Taxameter laufen lassen.« Der Fahrer nickte, wirkte dennoch verwirrt.

Jack kehrte in die Flughafenhalle zurück und stellte fest, dass Flug CX 301 soeben gelandet war. Er stieg zur Empore hoch und nahm seinen Platz hinter dem zweiten Telefonhäuschen ein. Er wartete, wer als Erste mit dem vertrauten grün-weißen Cathay Pacific am Gepäck durch die Tür treten würde. Es war lange her, dass Jack am Flughafen gewartet hatte, um *eine* Frau abzuholen – geschweige denn zwei.

Die Anzeigetafel klapperte erneut. Die Passagiere von Flug CX 301 befanden sich nun in der Gepäckausgabe. Jack konzentrierte sich. Er musste nicht lange warten. Olga Krantz kam als Erste durch die Tür – sie musste die Erste sein, sie hatte eine

Aufgabe zu erledigen. Sie eilte zu einem Haufen vorfreudig wartender Einheimischer, die nicht viel größer als sie waren, und stellte sich hinter ihnen auf, bevor sie es wagte, sich umzudrehen. Von Zeit zu Zeit bewegte sich die geduldige Menge wie eine Welle, wenn einige Menschen gingen, während andere ihren Platz einnahmen. Olga Krantz bewegte sich im Rhythmus der Welle, damit möglichst niemand sie bemerkte. Aber ein blonder Kurzhaarschnitt unter einer schwarzhaarigen Rasse machte Jacks Aufgabe sehr viel einfacher. Wenn die Frau Anna folgte, würde Jack zweifelsfrei wissen, mit wem er es zu tun hatte.

Während Jack die hagere, kleine, muskulöse Person mit dem blonden Kurzhaarschnitt im Auge behielt, drehte er sich wiederholt um, um die Neuankömmlinge zu mustern, die jetzt in kleinen Gruppen durch den Ausgang schwärmten, einige mit grün-weißen Etiketten an ihrem Gepäck. Jack trat vorsichtig einen Schritt nach vorn und betete, dass der Kurzhaarschnitt nicht nach oben schauen würde, aber ihr Blick blieb fest auf die Neuankünfte geheftet.

Sie musste ebenfalls herausgefunden haben, dass es nur drei Ausgangsmöglichkeiten für Anna gab, denn sie hatte sich strategisch so platziert, dass sie in jede Richtung aufbruchbereit war, die ihre Beute wählen mochte.

Jack ließ seine Hand in eine Innentasche gleiten und zog langsam das neueste Samsung-Handy heraus, klappte es auf und richtete es direkt auf die Menge unter ihm. Einen Augenblick lang konnte er sie nicht mehr sehen, dann trat ein ältlicher Mann nach vorn, um seine Besucher zu begrüßen, und für einen Sekundenbruchteil hatte Jack freie Sicht. Klick, dann verschwand sie wieder. Jack richtete seine Aufmerksamkeit erneut auf die Neuankömmlinge, die sich immer noch in die Halle ergossen. Als er sich wieder umdrehte, beugte sich gerade eine Mutter nach unten, um ihr streunendes Kind hochzuheben, und die Kurzhaarige stand abermals frei, klick, und schon war sie wieder in der Menge verschwunden. Jack drehte sich um und sah, wie Anna in diesem Augenblick durch die Drehtüren geschlendert kam. Er klappte sein Handy zu und hoffte, dass die beiden Fotos ausreichten, damit die Jungs von der Technik die Frau identifizieren konnten.

Jack war nicht der einzige Kopf, der sich drehte, als die schlanke, blonde Amerikanerin in die Ankunftshalle schritt. Sie schob einen Gepäckwagen mit einem Koffer und einer Holzkiste vor sich her. Jack trat in den Schatten zurück, genau in dem Moment, als Anna Petrescu stehen blieb und nach oben sah. Sie inspizierte die Ausgangsschilder und ging dann nach rechts. Taxi.

Jack wusste, dass sich die Petrescu in eine lange Schlange einreihen musste, bevor sie hoffen konnte, ein Taxi zu bekommen, darum ließ er zu, dass beide Frauen die Flughafenhalle verließen, bevor er die Empore herunterstieg. Als er schließlich doch nach unten ging, nahm Jack einen Umweg zu seinem Taxi. Er durchquerte die Halle, trat auf den Bürgersteig, duckte sich hinter einen wartenden Bus auf seinem Weg zum unterirdischen Parkhaus, lief dann an den in Zweierreihen geparkten Autos vorbei und verließ die Tiefgarage. Zu seiner Erleichterung wartete der grüne Toyota immer noch auf ihn, mit laufendem Motor und tickendem Taxameter. Er kletterte auf den Rücksitz und sagte zu dem Fahrer: »Sehen Sie die Blondine mit den kurzen Haaren, die als siebte in der Taxischlange steht? Ich will, dass Sie sie verfolgen, aber sie darf es nicht merken.«

Jacks Blick kehrte zu Anna Petrescu zurück, die als fünfte in der Schlange anstand. Als sie nach vorn kam, stieg sie jedoch nicht in das wartende Taxi, sondern drehte sich um und stellte sich wieder am Ende der Schlange an. Kluges Mädchen, dachte Jack und wartete, wie der Kurzhaarschnitt reagieren würde. Jack klopfte seinem Fahrer auf die Schulter und sagte: »Nicht losfahren.« Der Kurzhaarschnitt stieg in ein Taxi, das davonfuhr und um die Ecke verschwand. Jack wusste, sie würde nur wenige Meter weiter parken und darauf warten, dass die Petrescu auftauchte. Schließlich kam Anna wieder am Kopf der Schlange an. Jack klopfte seinem Fahrer auf die Schulter und sagte: »Folgen Sie dieser Frau. Halten Sie Distanz, aber verlieren Sie sie nicht.«

»Das ist aber nicht dieselbe Frau«, beanstandete der Taxifahrer.

»Ich weiß«, sagte Jack. »Planänderung.«

Der Fahrer wirkte verblüfft. Japaner verstanden »Planänderung« nicht.

Als Annas Taxi an ihm vorbei auf die Autobahn fuhr, sah Jack, wie ein identisches Fahrzeug aus einer Seitenstraße kam und hinter ihr in den Verkehr einbog. Jetzt war es an Jack, den Verfolger zu spielen und nicht länger der Verfolgte zu sein.

Zum ersten Mal war er dankbar für das berüchtigte Verkehrschaos und den endlosen Stau, der für jeden, der vom Flughafen Narita in die Innenstadt wollte, die akzeptierte Norm war. Auf diese Weise konnte er Abstand halten, ohne je eine von beiden Frauen aus den Augen zu verlieren.

Es dauerte eine weitere Stunde, bevor Annas Taxi vor dem Hotel Seiyo im Ginza-Distrikt hielt. Ein Page kam herbeigelaufen und half ihr mit ihrem Gepäck, aber in dem Moment, als er die Holzkiste sah, winkte er einen Kollegen herbei, der ihm helfen sollte. Für Jack kam es nicht in Betracht, das Hotel zu betreten, bevor nicht Anna Petrescu und die Kiste im Innern verschwunden waren. Aber das galt nicht für den Kurzhaarschnitt. Sie stand bereits in der anderen Ecke der Lobby mit klarer Sicht auf die Treppe und die Aufzüge, jedoch außerhalb des Blickfeldes von allen, die an der Rezeption arbeiteten.

In dem Augenblick, als Jack sie sah, trat er durch die Drehtüren wieder ins Freie. Ein Page kam herbeigeeilt. »Möchten Sie ein Taxi, Sir?«

»Danke nein.« Jack wies auf eine Glastür am anderen Ende des Vorplatzes. »Was ist das?«

»Der Wellnessclub des Hotels«, erwiderte der Page.

Jack nickte, ging quer über den Vorhof und trat in das Gebäude.

Er schlenderte zum Empfang.

»Zimmernummer, Sir?«, fragte ein junger Mann in einem Trainingsanzug des Hotels.

»Ich kann mich nicht mehr erinnern«, sagte Jack.

»Name?«

»Petrescu.«

»Ah, ja, Dr. Petrescu«, las der junge Mann von seinem Bildschirm ab. »Zimmer 118. Benötigen Sie ein Schließfach?«

»Später«, meinte Jack. »Wenn meine Frau da ist.«

Er setzte sich ans Fenster mit Blick auf den Hof und wartete darauf, dass Anna wieder auftauchte. Ihm fiel auf, dass immer zwei oder drei Taxis bereitstanden, darum sollte es kein allzu großes Problem sein, ihr zu folgen. Aber wenn sie ohne die Kiste auftauchte, würde die Kurzhaarige, die immer noch in der Lounge wartete, zweifellos einen Plan ausgearbeitet haben, um seine »Frau« des Inhalts der Kiste zu erleichtern.

Während Jack geduldig am Fenster saß, klappte er sein Handy

auf und wählte die Nummer von Tom in London. Er versuchte, nicht daran zu denken, wie spät es dort war.

»Wo bist du?«, fragte Tom, als er »Guter Cop« auf seinem Display las.

»Tokio.«

»Was macht die Petrescu da?«

»Ich bin mir nicht sicher, aber es würde mich nicht überraschen, wenn sie ein seltenes Gemälde an einen bekannten Sammler verkaufen will.«

»Hast du herausgefunden, wer die andere interessierte Partei ist?«

»Nein«, sagte Jack. »Aber ich habe zwei Fotos von ihr am Flughafen geschossen.«

»Gut gemacht«, lobte Tom.

»Ich schicke dir jetzt die Fotos«, sagte Jack. Er gab einen Nummerncode in sein Handy ein und wenige Augenblicke später tauchten die Fotos auf Toms Display auf.

»Sie sind ein wenig verschwommen«, meinte Tom sofort, »aber ich bin sicher, die Jungs von der Technik kriegen das scharf genug, um herauszufinden, wer sie ist. Noch eine Information?«

»Sie ist ungefähr einen Meter fünfzig groß, schlank, mit blondem Kurzhaarschnitt und den Schultern einer Schwimmerin.«

»Sonst noch was?« Tom machte sich Notizen.

»Ja, wenn du mit den Fahndungsfotos aus Amerika durch bist, dann nimm dir die osteuropäischen Länder vor. Ich habe so ein Gefühl, dass sie Russin oder sogar Ukrainerin sein könnte.«

»Oder auch Rumänin?«, schlug Tom vor.

»Oh Gott, ich bin so dumm«, sagte Jack.

»Clever genug, um zwei Fotos zu schießen. Das hat bisher

noch niemand fertiggebracht und es könnte sich als der größte Durchbruch erweisen, den wir in diesem Fall bislang hatten.«

»Ich wäre nur zu glücklich, ein wenig im Ruhm baden zu können«, räumte Jack ein. »Aber um der Wahrheit die Ehre zu geben, beide wissen bereits von meiner Existenz.«

»Dann sollte ich schnell herausfinden, wer sie ist. Ich melde mich wieder, sobald die Jungs im Keller etwas gefunden haben.«

Tina drückte den Knopf unter ihrem Schreibtisch. Der kleine Bildschirm in der Ecke schaltete sich ein. Fenston telefonierte. Sie drückte den Schalter zum Mithören seiner Privatleitung.

»Sie hatten recht«, sagte eine Stimme. »Sie ist in Japan.«

»Dann hat sie wahrscheinlich eine Verabredung mit Nakamura. Sie finden alle Einzelheiten in der Akte. Vergessen Sie nicht, dass das Gemälde wichtiger ist als das Entsorgen der Petrescu.«

Fenston legte auf.

Tina war sicher, dass die Stimme zu der Frau gehörte, die sie im Wagen des Vorsitzenden gesehen hatte. Sie musste Anna warnen.

Da betrat Leapman ihr Büro.

33

Anna trat aus der Dusche, griff sich ein Handtuch und trocknete sich die Haare. Sie sah zur Digitaluhr in der Ecke des Fernsehbildschirms. Es war kurz nach zwölf, die Zeit, in der die meisten japanischen Geschäftsleute zum Mittagessen in ihren Club gingen. Nicht die Zeit, um Mr. Nakamura zu stören.

Sobald sie trocken war, zog Anna den weißen Bademantel über, der an der Badezimmertür hing. Sie setzte sich auf das Bett, öffnete ihren Laptop und gab ihr Passwort, MIDAS, ein, woraufhin sie Zugang zu einer Datei über die reichsten Kunstsammler rund um den Globus hatte: Gates, Cohen, Lauder, Magnier, Nakamura, Rales, Wynn. Sie fuhr mit dem Cursor zu seinem Namen. *Takashi Nakamura, Industrieller. Universität von Tokio 1966–70, Ingenieurdiplom. University of California in Los Angeles 1971–73, Magister in Wirtschaft. Eintritt in die Maruha Stahlwerke 1974, Direktor 1989, Geschäftsführer 1997, Vorstandsvorsitzender 2001.* Anna scrollte zu *Maruha Stahlwerke.* Die Bilanz des letzten Jahres wies einen Umsatz von annähernd drei Milliarden Dollar aus, wobei der Gewinn bei über 400 Millionen lag. Takashi Nakamura gehörten 22 Prozent der Firma und laut *Forbes* lag er auf der Liste der reichsten Menschen der Welt auf Platz neun. Nakamura war verheiratet und hatte drei Kinder, zwei Mädchen und einen Jungen. Bei Hobbys tauchten nur zwei

Worte auf: Golf und Kunst. Keine Einzelheiten zu seinem berüchtigten Handicap oder seiner wertvollen Sammlung von Impressionisten, die zu den besten in privater Hand zählte.

Im Laufe der Jahre hatte Nakamura mehrmals erklärt, die Bilder gehörten der Firma. Obwohl Christie's solche Dinge niemals publik machte, war es den Insiderkreisen der Kunstwelt bekannt, dass Nakamura 1987 für van Goghs *Sonnenblumen* geboten hatte. Damals wurde er jedoch von seinem alten Freund und Rivalen Yasua Goto, Vorsitzender der Yasuda Feuer- und Seefahrtsversicherungsgesellschaft überboten. Der Hammer war seinerzeit bei 39 921 750 Millionen Dollar niedergegangen.

Seit Anna Sotheby's verlassen hatte, konnte sie Mr. Nakamuras Profil nicht viel hinzufügen. Der Degas, den sie für ihn erstanden hatte, *Tanzstunde bei Madame Minette*, hatte sich als kluge Investition erwiesen und Anna hoffte, dass er sich daran erinnerte. Sie zweifelte nicht daran, dass sie den richtigen Mann für ihren Coup ausgewählt hatte.

Anna packte ihren Koffer aus und entschied sich für ein elegantes blaues Kostüm mit einem Rock, der knapp unterhalb der Knie endete. Dazu wählte sie eine cremefarbene Bluse und blaue Lederschuhe ohne Absatz. Kein Make-up, kein Schmuck. Während sie ihre Kleider bügelte, dachte Anna über den Mann nach, den sie nur ein einziges Mal getroffen hatte, und fragte sich, ob sie einen bleibenden Eindruck auf ihn gemacht hatte. Als Anna angezogen war, betrachtete sie sich im Spiegel. Genau das, was ein japanischer Geschäftsmann von einer leitenden Angestellten von Sotheby's erwarten würde.

Anna suchte seine Privatnummer in ihrem Laptop. Sie setzte sich auf das Bett, nahm das Telefon zur Hand, holte tief Luft und wählte die acht Zahlen.

»Hai, Shacho-Shitso desu«, verkündete eine hohe Stimme.

»Guten Tag, mein Name ist Anna Petrescu. Vielleicht erinnert sich Mr. Nakamura an unsere Begegnung bei Sotheby's.«

»Hoffen Sie auf einen Interviewtermin?«

»Äh, nein. Ich möchte nur mit Mr. Nakamura sprechen.«

»Einen Augenblick, bitte. Ich sehe nach, ob er frei ist.«

Wie konnte sie erwarten, dass er sich nach nur einer Begegnung an sie erinnerte?

»Dr. Petrescu, wie schön, von Ihnen zu hören. Ich hoffe, es geht Ihnen gut?«

»Danke ja, Nakamura San.«

»Sind Sie in Tokio? Denn wenn ich mich nicht irre, ist es in New York nach Mitternacht.«

»Ja, ich bin hier und ich habe mich gefragt, ob Sie mich möglicherweise empfangen würden.«

»Sie standen nicht auf der Interviewliste, aber Sie tun es jetzt. Ich habe heute Nachmittag um vier Uhr eine halbe Stunde Zeit. Passt Ihnen das?«

»Ja, das wäre großartig«, sagte Anna.

»Wissen Sie, wo sich mein Büro befindet?«

»Ich habe die Adresse.«

»Wo sind Sie untergebracht?«

»Im Seiyo.«

»Nicht gerade die übliche Unterkunft für Sotheby's, wo man, wenn ich mich recht erinnere, das Imperial bevorzugt.« Annas Mund wurde trocken. »Mein Büro liegt ungefähr 20 Minuten vom Hotel entfernt. Ich freue mich darauf, Sie um 16 Uhr zu sehen. Auf Wiederhören, Dr. Petrescu.«

Anna legte den Hörer auf und rührte sich eine ganze Weile nicht vom Bett. Was hatte seine Sekretärin gemeint, als sie fragte: »Hoffen Sie auf einen Interviewtermin?« Und warum sagte Mr. Nakamura: »Sie standen nicht auf der Interviewliste, aber Sie tun es jetzt«? Hatte er ihren Anruf erwartet?

Jack beugte sich vor, um besser sehen zu können. Die beiden Pagen kamen aus dem Hotel und trugen dieselbe Holzkiste, die Anna auf den Stufen vor der Akademie in Bukarest mit Anton Teodorescu ausgetauscht hatte. Einer von ihnen sprach mit dem Fahrer des vordersten Taxis, der heraussprang und die Holzkiste vorsichtig in den Kofferraum legte. Jack erhob sich langsam aus seinem Sessel und ging zum Fenster, wobei er darauf achtete, dass man ihn nicht sehen konnte. Er hielt erwartungsvoll Ausschau. Ihm war klar, dass es sich sehr wohl wieder um einen falschen Alarm handeln konnte. Er prüfte die Taxi Lage: Vier Wagen standen wartend bereit. Dann schaute er zum Eingang des Wellnessclubs und rechnete sich aus, dass er das zweite Taxi in ungefähr 20 Sekunden erreichen konnte.

Jack sah zurück zum Eingang des Hotels und fragte sich, ob Anna Petrescu gleich erscheinen würde. Aber die Nächste, der die Tür geöffnet wurde, war die Kurzhaarige. Sie ging am Türsteher vorbei zur Hauptstraße. Jack wusste, sie würde keines der Taxis vor dem Hotel nehmen, weil sie sonst Gefahr lief, wiedererkannt zu werden – ein Risiko, das Jack seinerseits eingehen musste.

Er richtete seine Aufmerksamkeit erneut auf den Hoteleingang. Er war sich bewusst, dass der Kurzhaarschnitt mittlerweile in einem Taxi außerhalb seines Blickfeldes saß und auf sie beide wartete.

Wenige Sekunden später tauchte Anna Petrescu auf. Sie war angezogen, als ob sie an einer Vorstandssitzung teilnehmen wollte. Der Türsteher eskortierte sie zum vordersten Taxi und öffnete ihr den hinteren Wagenschlag. Der Fahrer fuhr auf die Straße und fädelte sich in den Nachmittagsverkehr ein.

Jack saß schon auf dem Rücksitz des zweiten Taxis, bevor der Türsteher die Chance hatte, ihm den Wagenschlag zu öffnen.

»Folgen Sie diesem Taxi.« Jack zeigte nach vorn. »Wenn Sie es nicht verlieren, verdoppele ich den Fahrpreis.« Der Fahrer schoss los. »Aber nicht zu auffällig«, ergänzte Jack, dem klar war, dass sich die Kurzhaarige in einem der zahllosen grünen Fahrzeuge vor ihnen befinden musste.

Anna Petrescus Taxi bog an der Ginza nach links und fuhr dann in Richtung Norden, weit weg von dem schicken Einkaufsviertel, zu dem angesehenen Geschäftsviertel Marunouchi. Jack fragte sich, ob es sich um einen Termin mit einem potenziellen Käufer handelte.

Anna Petrescus grünes Taxi bog bei der nächsten Ampelanlage nach links und Jack wiederholte fordernd: »Verlieren Sie sie nicht.« Der Fahrer wechselte die Spur, näherte sich ihrem Taxi bis auf drei Wagenlängen und hängte sich wie eine Klette fest. Beide Taxis blieben vor der nächsten roten Ampel stehen. Das Taxi der Petrescu setzte den rechten Blinker und als die Ampel auf grün schaltete, folgten ihr mehrere Wagen. Jack wusste, dass der Kurzhaarschnitt in einem von ihnen saß. Als sie auf die dreispurige Stadtautobahn bogen, konnte Jack eine ganze Kette von Ampeln sehen, die auf sie warteten – alle von ihnen grün. Er fluchte. Ihm waren rote Ampeln lieber; anhalten und weiterfahren war immer besser, wenn man in Kontakt mit Zielpersonen bleiben wollte.

Sie fuhren alle reibungslos an der ersten und der zweiten grünen Ampel vorbei, und als die dritte Ampel auf Gelb schaltete, war Jacks Taxi das letzte, das über die Kreuzung bretterte. Während sie vor den kaiserlichen Palastgärten vorbeifuhren, klopfte er dem Fahrer anerkennend auf die Schulter. Er beugte sich vor, wollte die nächste Ampel zwingen, grün zu bleiben. Sie wurde gelb, als Petrescus Taxi über die Kreuzung schoss. »Weiter, weiter«, rief Jack. Die beiden Taxis vor ihnen folgten dicht auf, aber anstatt aufs Gas zu drücken und über die Kreuzung zu schießen, blieb sein Wagen stehen. Jack wollte gerade explodieren, als ein Streifenwagen neben ihnen hielt. Jack starrte nach vorn. Der grüne Toyota musste an der nächsten Ampel anhalten. Jack hatte immer noch eine Chance. Die Ampeln schalteten in fester Reihenfolge um, alle innerhalb weniger Sekunden. Jack zwang den Streifenwagen gedanklich, nach rechts abzubiegen, damit sie verlorenen Boden gutmachen konnten, aber er blieb hartnäckig an ihrer Seite. Jack sah zu, wie Annas grünes Taxi nach links auf die Eitai-dori Avenue bog. Er hielt den Atem an, zwang die grüne Ampel erneut, nicht umzuschalten, aber sie wurde gelb und der Wagen vor ihnen blieb stehen, zweifellos weil er den Streifenwagen hinter sich bemerkt hatte. Als die Ampel schließlich auf Grün schaltete – die längste Minute, an die Jack sich erinnern konnte –, bog sein Fahrer zügig nach links und Jack sah sich einem Meer an grünen Autos gegenüber. Schlimm genug, dass er Anna Petrescu verloren hatte, aber die Vorstellung, dass die Kurzhaarige ihr wahrscheinlich immer noch auf den Fersen war, veranlasste Jack, sich umzudrehen und den Streifenwagen zu verfluchen, genau in dem Moment, als dieser nach rechts abbog und davonbrauste.

Olga Krantz sah aufmerksam zu, wie das grüne Taxi auf die Innenspur wechselte und schließlich vor einem modernen weißen Marmorgebäude in Otemachi hielt. Das Schild über dem Eingang – *Maruha Stahlwerke* – war in Japanisch und Englisch, wie bei den meisten internationalen Konzernen in Tokio.

Olga Krantz ließ ihr Taxi an dem Gebäude vorbeifahren, bevor sie den Fahrer bat, am Straßenrand zu halten. Sie drehte sich um und sah durch die Scheibe im Fond, wie Anna ausstieg. Ihr Fahrer ging zur Rückseite des Autos und öffnete den Kofferraum. Anna schloss sich ihm an, während der Türsteher die Treppe heruntergerannt kam, um zu helfen. Die Krantz sah zu, wie die beiden Männer die Holzkiste die Treppe hinauf ins Gebäude trugen.

Sobald sie außer Sichtweite waren, zahlte Olga Krantz das Fahrgeld, stieg aus dem Wagen aus und verschmolz mit den Schatten. Sie ließ ein Taxi nur warten, wenn es absolut notwendig war. Auf diese Weise war es unwahrscheinlicher, dass sich der Fahrer an sie erinnerte. Sie musste schnell denken, falls die Petrescu urplötzlich wieder auftauchte. Olga Krantz rief sich ihren Einsatzbefehl ins Gedächtnis: Ihre oberste Priorität galt der Wiederbeschaffung des Gemäldes. Sobald sie das erledigt hatte, durfte sie die Petrescu töten, aber da sie eben erst aus dem Flugzeug gestiegen war, hatte sie noch keine Waffe. Sie war vorerst damit zufrieden, dass der Amerikaner keine Bedrohung mehr darstellte, und fragte sich kurz, ob er immer noch durch Hongkong streifte auf der Suche nach der Petrescu oder dem Gemälde oder beiden.

Allmählich hatte es den Anschein, dass das Bild seinen Zielort erreicht hatte: In der Akte, die Fenston ihr gegeben hatte, war Nakamura eine ganze Seite gewidmet. Wenn die Petrescu mitsamt der Kiste wieder auftauchte, musste sie gescheitert sein, dann wäre es viel leichter für sie, ihre beiden Aufträge zu erledigen. Wenn die Petrescu jedoch nur mit ihrem Aktenkoffer herausspazierte, würde Olga Krantz unverzüglich eine Entscheidung treffen müssen. Sie prüfte, ob regelmäßig Taxis vorbeifuhren. In den nächsten Minuten kamen gleich mehrere an ihr vorbei, die Hälfte von ihnen leer.

Die nächste Person, die durch die Tür trat, war der Taxifahrer, der wieder hinter das Lenkrad seines Toyota stieg. Sie wartete, ob ihm die Petrescu folgte, aber das leere grüne Taxi fuhr auf die Straße, auf der Suche nach dem nächsten Fahrgast. Olga Krantz hatte das Gefühl, dass sie sich auf eine lange Wartezeit einstellen musste.

Sie stand im Schatten des Kaufhauses auf der anderen Straßenseite und wartete. Ihr Blick wanderte über die Straße, ein Designerladen neben dem anderen, was sie verachtete, bis ihr Blick auf ein Geschäft fiel, über das sie in der Vergangenheit immer nur gelesen hatte, das sie aber stets hatte aufsuchen wollen: nicht Gucci, nicht Burberry, nicht Calvin Klein, sondern die Messerhandlung Nozaki, die sich etwas unbehaglich zwischen ihre neuen Nachbarn schmiegte.

Olga Krantz fühlte sich zu dem Eingang hingezogen wie Feilspäne zu einem Magneten. Als sie die Straße überquerte, blieben ihre Augen auf die Eingangstür der Maruha Stahlwerke geheftet, falls die Petrescu außerplanmäßig auftauchen sollte. Olga Krantz vermutete, dass das Treffen der Petrescu mit Mr. Nakamura einige Zeit in Anspruch nehmen würde. Schließlich würde er eine solche Geldsumme nicht einfach ausgeben, ohne zu erwarten, dass ihm einige Fragen beantwortet würden.

Auf der anderen Straßenseite schaute die Krantz in das Schaufenster, wie ein Kind, für das Weihnachten drei Monate früher gekommen ist. Pinzetten, Nagelscheren, Linkshänderscheren, Schweizer Armeemesser, Schneiderscheren mit langen Klingen, eine Victorinox-Machete mit einer vierzig Zentimeter langen Klinge – aber alle verblassten neben einem zeremoniellen Samurai-Schwert (circa 1783). Die Krantz hatte das Gefühl, im falschen Jahrhundert geboren zu sein.

Sie trat ein und stieß auf eine Präsentation von Küchenmessern, für die Mr. Takai, Abkömmling eines Samurai, so berühmt geworden war. Sie entdeckte den Inhaber, der in einer Ecke stand und Messer für seine Kunden schärfte. Die Krantz erkannte ihn sofort und hätte dem Meister gern die Hand geschüttelt, aber sie wusste, sie würde sich dieses besondere Vergnügen versagen müssen.

Während Olga Krantz immer wieder wachsam zum Eingang der Maruha Stahlwerke schaute, inspizierte sie die handgeschmiedeten japanischen Werkzeuge: rasiermesserscharf und täuschend leicht, mit dem Firmennamen NOZAKI auf jede Klinge geprägt, als ob man – wie Cartier – zu betonen wünschte, dass eine Fälschung nicht akzeptabel sei.

Olga Krantz hatte schon vor langer Zeit eingesehen, dass sie es nicht riskieren konnte, ihr bevorzugtes Tötungsinstrument in ein Flugzeug mitzunehmen, darum hatte sie keine andere Wahl, als in den Ländern, in denen Fenston eine Kundenkartei endgültig zu schließen beabsichtigte, ein lokales Produkt zu erstehen.

Sie begann in aller Ruhe mit der Auswahl, während sie von den Suzumushi ein Ständchen bekam, Hausgrillen in winzigen Bambuskäfigen, die von der Decke hingen. Olga Krantz starrte wieder über die Straße zum Eingang, aber von der Petrescu war immer noch nichts zu sehen. Also kehrte sie zu ihrer anstehenden Aufgabe zurück und testete zuerst die unterschiedlichen Messersorten – Obstmesser, Gemüsemesser, Brotmesser,

Fleischmesser – auf Gewicht, Balance und Größe der Klinge. Nicht mehr als zwanzig Zentimeter, niemals weniger als zehn Zentimeter.

In wenigen Minuten hatte die Krantz eine engere Auswahl von drei Messern getroffen, bevor sie sich zu guter Letzt für die preisgekrönte Global GS5 entschied – vierzehn Zentimeter, von denen behauptet wurde, sie könnten ein Rumpsteak ebenso mühelos durchtrennen wie eine reife Melone.

Sie reichte das Messer ihrer Wahl einem Verkäufer. Er lächelte – was für ein schmaler Hals – und wickelte das Küchenmesser in Reispapier ein. Die Krantz zahlte in Yen. Dollar hätten nur die Aufmerksamkeit auf sie gelenkt und sie besaß keine Kreditkarte. Ein letzter Blick auf Mr. Takai, bevor sie widerwillig den Laden verließ, um in die Anonymität der Schatten auf der anderen Straßenseite abzutauchen.

Während Olga Krantz darauf wartete, dass die Petrescu wieder erschien, entfernte sie das Reispapier von ihrem neuesten Kauf. Sie hätte das Messer zu gern gleich ausprobiert. Sie ließ die Klinge in eine Scheide gleiten, die maßgefertigt worden war, um in die Innenseite ihrer Jeans zu passen. Das Messer schmiegte sich perfekt hinein, wie eine Waffe in ein Holster.

34

Die Empfangsdame konnte ihre Überraschung nicht verbergen, als der Türsteher plötzlich mit einer Holzkiste auftauchte. Sie legte die Hände auf den Mund – eine ungewöhnlich beredte Reaktion für eine Japanerin.

Anna bot keine Erklärung, nannte nur ihren Namen. Die Empfangsdame sah auf der Liste der Bewerber nach, die an diesem Nachmittag vom Vorsitzenden interviewt werden sollten, und machte einen Haken neben Dr. Petrescu.

»Mr. Nakamura interviewt gerade noch einen anderen Bewerber«, sagte sie. »Aber er sollte in Kürze frei sein.«

»Wofür interviewt er denn?«, fragte Anna.

»Ich habe keine Ahnung.« Die Empfangsdame schien gleichermaßen darüber verwirrt, wie eine Frau, die selbst gleich interviewt werden sollte, eine solche Frage stellen konnte.

Anna setzte sich an den Empfang und sah zur Kiste, die gegen die Wand lehnte. Sie lächelte bei dem Gedanken, wie sie es anstellen wollte, jemand um 60 Millionen Dollar zu erleichtern.

Pünktlichkeit war bei den Japanern zwanghaft, darum überraschte es Anna nicht, als zwei Minuten vor vier eine elegant gekleidete Dame auftauchte, sich verbeugte und Anna bat, ihr zu folgen. Sie sah ebenfalls zur Holzkiste, zeigte aber keine

Reaktion, sondern fragte nur: »Möchten Sie, dass man die Kiste in das Büro des Vorsitzenden bringt?«

»Ja bitte.« Anna gab keine Erklärung ab.

Die Sekretärin führte Anna einen langen Flur entlang. Sie kamen an mehreren Türen vorbei, auf denen kein Name, Titel oder Rang stand. Als sie die letzte Tür erreichten, klopfte die Sekretärin leise an, öffnete sie und verkündete: »Dr. Petrescu.«

Takashi Nakamura erhob sich hinter seinem Schreibtisch und trat vor, um Anna zu begrüßen, deren Mund weit offen stand. Diese Reaktion wurde nicht von dem kleinen, schlanken schwarzhaarigen Mann verursacht, der aussah, als ließe er seine Anzüge in Paris oder Mailand schneidern. Es war Mr. Nakamuras Büro, das Anna nach Luft schnappen ließ. Der Raum bildete ein perfektes Quadrat und an einer der vier Wände befand sich ein Glasfenster. Anna starrte hinaus in einen stillen Garten, durch den sich von einer Ecke in die andere ein Bach zog. Eine Holzbrücke bog sich über ihn und Weiden, deren Zweige über das Holzgeländer fielen, säumten sein Ufer.

An der Wand hinter dem Schreibtisch des Vorsitzenden hing ein herrliches Gemälde, das exakt dieselbe Szene duplizierte. Anna schloss den Mund und sah ihren Gastgeber an.

Mr. Nakamura lächelte. Er war offenbar entzückt von der Wirkung, die sein Monet hervorgerufen hatte, aber seine erste Frage schockierte sie gleichermaßen.

»Wie konnten Sie den 11. September überleben, wo Ihr Büro doch im Nordturm lag, wenn ich mich recht erinnere?«

»Ich hatte großes Glück«, erwiderte Anna leise. »Obwohl ich fürchte, dass einige meiner Kollegen …«

Mr. Nakamura hob eine Hand. »Ich entschuldige mich. Es war taktlos von mir. Wollen wir das Interview beginnen, indem ich Ihr bemerkenswertes fotografisches Gedächtnis teste und Sie nach der Herkunft der drei Gemälde in diesem Raum befrage? Sollen wir mit dem Monet beginnen?«

»*Weiden in Vetheuil*«, sagte Anna. »Der frühere Besitzer war ein Mr. Clark aus Sangton, Ohio. Das Bild war Teil von Mrs. Clarks Scheidungsvereinbarung, als ihr Ehemann beschloss, sich von ihr, seiner dritten Frau, zu trennen, was traurigerweise bedeutete, dass er sich auch von seinem dritten Monet trennen musste. Christie's hat das Ölgemälde für 26 Millionen Dollar verkauft, aber ich wusste nicht, dass Sie der Käufer waren.«

Mr. Nakamura zeigte dasselbe vergnügte Lächeln.

Anna wandte ihre Aufmerksamkeit der gegenüberliegenden Wandseite zu und hielt inne. »Ich habe mich schon lange gefragt, wo dieses Gemälde sein mag. Es ist natürlich ein Renoir: *Madame Duprez und ihre Kinder*, auch bekannt als *Die Lesestunde*. Es wurde in Paris von Roger Duprez veräußert, dessen Großvater es 1868 dem Künstler abkaufte. Ich weiß daher nicht, wie viel Sie für das Ölgemälde bezahlt haben.« Schließlich wandte Anna ihre Aufmerksamkeit dem letzten Bild zu. »Das ist leicht«, erklärte sie lächelnd. »Es ist eine der letzten Salonarbeiten Manets, wahrscheinlich 1871 entstanden …« Sie hielt inne. »… mit dem Titel *Abendessen im Café Guerbois*. Sie werden bemerkt haben, dass Manets Geliebte in der rechten Ecke sitzt und den Künstler direkt ansieht.«

»Und der frühere Besitzer?«

»Lady Charlotte Churchill, die nach dem Tod ihres Ehemannes gezwungen war, es zu verkaufen, um die Erbschaftssteuer zu bezahlen.«

Nakamura verneigte sich. »Sie haben die Stelle.«

»Die Stelle, Nakamura San?«, fragte Anna erstaunt.

»Sind Sie nicht hier, um sich für die Stelle als Direktorin meiner Stiftung zu bewerben?«

»Nein.« Anna wurde plötzlich klar, was die Empfangsdame gemeint hatte, als sie sagte, der Vorsitzende interviewe noch einen anderen Bewerber. »Obwohl es mir schmeichelt, dass Sie mich überhaupt in Betracht ziehen, Nakamura San. Aber eigentlich bin ich in einer völlig anderen Angelegenheit gekommen.«

Der Vorsitzende nickte, augenscheinlich enttäuscht. Dann richtete sich sein Blick auf die Holzkiste.

»Ein kleines Geschenk«, sagte Anna lächelnd.

»Wenn das der Fall ist, dann kann ich es erst öffnen, nachdem Sie gegangen sind, sonst würde ich Sie beleidigen.« Anna nickte, sie war sich dieses Brauches bewusst. »Bitte setzen Sie sich, junge Dame.« Anna lächelte.

»Also, warum sind Sie hier?«, fragte er, lehnte sich auf seinem Sessel zurück und sah sie aufmerksam an.

»Ich glaube, ich habe ein Gemälde, dem Sie nicht widerstehen können.«

»So gut wie das Pastellbild von Degas?«, fragte Nakamura und ließ Anzeichen erkennen, dass ihm das Spiel gefiel.

»Oh ja«, meinte sie ein wenig zu begeistert.

»Künstler?«

»Van Gogh.«

Nakamura lächelte ein nicht zu deutendes Lächeln, das nicht verriet, ob er interessiert war oder nicht.

»Titel?«

»*Selbstporträt mit abgeschnittenem Ohr*.«

»Mit einem berühmten japanischen Druck an der Wand hinter dem Künstler, wenn ich mich recht entsinne«, sagte Nakamura.

»*Geishas in Landschaft*«, bestätigte Anna. »Es offenbart van Goghs großes Interesse an der japanischen Kultur.«

»Man hätte Sie ›Eva‹ taufen sollen«, meinte Nakamura. »Aber jetzt bin ich an der Reihe.« Anna wirkte überrascht, sagte jedoch nichts. »Ich nehme an, es ist das Wentworth-*Selbstporträt*, das der fünfte Marquis erstanden hat?«

»Earl.«

»Earl. Ach, werde ich bei den englischen Titeln jemals den Durchblick erlangen? Für mich ist und bleibt Earl ein amerikanischer Vorname.«

»Der ursprüngliche Besitzer?«, erkundigte sich Anna.

»Dr. Gachet, van Goghs Freund und Bewunderer.«

»Und das Datum?«

»1889«, erwiderte Nakamura, »als van Gogh in Arles wohnte und sich ein Atelier mit Paul Gauguin teilte.«

»Und wie viel hat Dr. Gachet für das Bild bezahlt?«, fragte Anna. Sie war sich bewusst, dass nur wenige Menschen auf Erden es wagen würden, diesen Mann herauszufordern.

»Man denkt immer, dass van Gogh in seinem Leben nur ein einziges Bild verkaufte, nämlich *Der rote Weinberg*. Doch Dr. Gachet war nicht nur ein enger Freund, sondern unzweifelhaft auch van Goghs Wohltäter und Mäzen. Dem Brief, den er nach Erhalt des Bildes schrieb, fügte er einen Scheck über 600 Francs bei.«

»800«, korrigierte Anna, öffnete ihren Aktenkoffer und reichte ihm eine Kopie des Briefes. »Meine Auftraggeberin besitzt das Original«, versicherte sie ihm.

Nakamura las den Brief auf Französisch, sah auf und lächelte. »Welche Summe schwebt Ihnen vor?«, fragte er.

»60 Millionen Dollar«, sagte Anna ohne zu zögern.

Einen Augenblick lang schien das unergründliche Gesicht verwirrt, aber er sagte lange nichts. »Warum wird so ein anerkanntes Meisterwerk so weit unter Preis verkauft?«, fragte er schließlich. »Da muss es einen Haken geben.«

»Der Verkauf darf nicht publik gemacht werden«, erwiderte Anna.

»Das war immer meine Gepflogenheit, wie Sie sehr wohl wissen«, hielt Nakamura dagegen.

»Und Sie werden das Bild mindestens zehn Jahre lang nicht verkaufen.«

»Ich kaufe Bilder«, sagte Nakamura, »ich verkaufe Stahl.«

»Während dieser Zeit darf das Bild nicht öffentlich ausgestellt werden.«

»Wen wollen Sie schützen, junge Dame«, fragte Nakamura schonungslos. »Bryce Fenston oder Victoria Wentworth?«

Anna erwiderte nichts. Sie verstand jetzt, warum der Vorsitzende von Sotheby's einmal gesagt hatte, dass man diesen Mann nur auf eigene Gefahr unterschätzen dürfe.

»Es war impertinent von mir, eine solche Frage zu stellen«, räumte Nakamura ein. »Ich entschuldige mich.« Er erhob sich. »Vielleicht erlauben Sie mir freundlicherweise, Ihr Angebot zu überschlafen.« Er verneigte sich und zeigte damit an, dass das Gespräch beendet war.

»Natürlich, Nakamura San.« Sie erwiderte die Verbeugung.

»Bitte lassen Sie das San weg, Dr. Petrescu. Auf Ihrem Fachgebiet bin ich Ihnen nicht ebenbürtig.«

Sie wollte sagen, bitte nennen Sie mich Anna; auf Ihrem Fachgebiet weiß ich absolut nichts – aber sie hatte allen Mut verloren.

Nakamura ging auf sie zu und sah zur Holzkiste. »Ich freue

mich schon auf den Inhalt dieser Kiste. Vielleicht können wir uns morgen wiedersehen, Dr. Petrescu? Nachdem ich etwas mehr Zeit gehabt habe, über Ihren Vorschlag nachzudenken.«

»Danke, Mr. Nakamura.«

»Sagen wir zehn Uhr? Ich schicke meinen Chauffeur um 9 Uhr 40 zu Ihnen.«

Anna verneigte sich zum Abschied und Mr. Nakamura erwiderte das Kompliment. Er begleitete sie zur Tür und als er sie öffnete, fügte er hinzu: »Ich wünschte nur, Sie hätten sich für die Stelle beworben.«

Olga Krantz stand immer noch im Schatten, als Anna Petrescu das Gebäude verließ. Das Treffen musste gut gelaufen sein, denn eine Limousine wartete auf sie und der Chauffeur hielt den hinteren Wagenschlag auf. Wichtiger noch, die Holzkiste war nirgends zu sehen. Jetzt hatte Olga Krantz die Wahl. Sie war sicher, dass die Petrescu über Nacht in ihr Hotel zurückkehren würde, während sich das Gemälde immer noch im Gebäude befinden musste. Sie traf eine Entscheidung.

Anna machte es sich im Wagen des Vorsitzenden bequem und entspannte sich zum ersten Mal seit Tagen. Sie war zuversichtlich, dass Mr. Nakamura zumindest ein realistisches Angebot unterbreiten würde, selbst wenn er sich mit den 60 Millionen nicht einverstanden erklärte. Warum hätte er ihr sonst seinen Wagen zur Verfügung stellen und sie für den folgenden Tag um einen neuen Termin bitten sollen?

Als Anna vor dem Seiyo abgesetzt wurde, ging sie direkt zur Rezeption, nahm ihren Schlüssel in Empfang und begab sich dann zum Aufzug. Hätte sie sich nach rechts und nicht nach links gewandt, wäre sie an einem frustrierten Amerikaner vorbeigekommen.

Jacks Blicke folgten ihr, als sie in die leere Aufzugskabine trat. Sie war allein. Kein Anzeichen der Kiste und, wichtiger noch, kein Anzeichen des Kurzhaarschnitts. Die Verfolgerin musste die Entscheidung gefällt haben, bei dem Bild zu bleiben, nicht bei der Botin. Jack musste sich zügig überlegen, was er tun würde, falls Anna Petrescu mit ihren Koffern auftauchte und zum Flughafen fuhr. Wenigstens hatte er dieses Mal nicht ausgepackt.

Olga Krantz stand mindestens eine Stunde im Schatten, verlagerte nur hin und wieder ihren Standort. Sie bewegte sich mit der Sonne. Da kam plötzlich der Wagen des Vorsitzenden zurück und parkte vor dem Eingang der Maruha Stahlwerke. Einige Augenblicke später glitten die Türen auf und Mr. Nakamuras Sekretärin tauchte mit einem Mann in roter Uniform auf, der eine Holzkiste trug. Der Fahrer öffnete den Kofferraum, während der Türsteher das Gemälde hineinlegte. Der Fahrer hörte gut zu, als ihm die Sekretärin die Anweisungen des Vorsitzenden übermittelte. Der Vorsitzende musste über Nacht mehrere Anrufe nach Amerika und England tätigen und würde daher in der Firmenwohnung übernachten. Er hatte das Gemälde gesehen und wünschte, dass es zu seinem Haus auf dem Land gebracht würde.

Olga Krantz musterte den Verkehr. Sie wusste, dass sie nur eine einzige Chance hatte – und auch nur, wenn die Ampel auf Rot stand. Sie war dankbar, dass es sich um eine Einbahnstraße handelte, und mittlerweile wusste sie auch, dass die Ampel am unteren Ende der Straße 45 Sekunden auf Grün stehen würde.

In dieser Zeit, so rechnete sie sich aus, fuhren ungefähr 13 Autos über die Kreuzung. Sie trat aus dem Schatten und bewegte sich verstohlen über den Bürgersteig, wie eine Katze, die wusste, dass sie eines ihrer neun Leben aufs Spiel setzte.

Die schwarze Limousine des Vorsitzenden fuhr auf die Straße in den Vorabendverkehr hinein. Die Ampel stand auf Grün, aber es waren fünfzehn Autos vor ihr. Die Krantz stand genau gegenüber der Stelle, an der ihrer Meinung nach das Fahrzeug zum Stehen kommen würde. Als die Ampel auf Rot schaltete, ging sie langsam zur Limousine; schließlich blieben ihr noch 45 Sekunden. Als sie nur noch einen Schritt entfernt war, ließ sich die Krantz auf ihre rechte Schulter fallen und rollte unter den Wagen. Sie krallte sich fest in die Karosserie und zog sich mit gespreizten Gliedmaßen nach oben. Als die Ampel auf Grün schaltete und sich die Limousine des Vorsitzenden in Bewegung setzte, war sie nicht mehr zu sehen.

Einmal, in den rumänischen Bergen, als sie vor den Rebellen floh, hatte sich die Krantz wie eine Klette an die Unterseite eines Zwei-Tonnen-Lasters geheftet und war meilenweit durch unwegsames Gelände gefahren. Sie hatte 51 Minuten durchgehalten und erst, als die Sonne endlich unterging, fiel sie erschöpft zu Boden. Anschließend wanderte sie querfeldein in Sicherheit, wobei sie die letzten 14 Meilen joggte.

Die Limousine bewegte sich in unstetem Tempo durch Tokio und es dauerte zwanzig Minuten, bevor der Fahrer die Stadtautobahn verließ und in die Berge fuhr. Einige Minuten später, nach einer weiteren Abzweigung, befanden sie sich auf einer viel schmaleren Straße mit weitaus weniger Verkehr. Olga Krantz wollte loslassen, aber sie wusste, dass jede Minute, die sie noch länger durchhielt, zu ihrem Vorteil gereichte. An einer Kreuzung kam der Wagen zum Stehen, bog dann scharf nach links und fuhr über einen scheinbar breiten, ungepflasterten Weg. Als sie an der nächsten Kreuzung hielten, lauschte die Krantz aufmerksam. Ein Laster hielt sie auf.

Langsam lockerte sie den rechten Arm, der schon beinahe taub war, zog das Messer aus ihrer Jeans, drehte sich zur Seite und stieß die Klinge in den hinteren rechten Reifen, immer und immer wieder, bis sie ein lautes, zischendes Geräusch vernahm. Als der Wagen weiterfuhr, ließ sie sich zu Boden fallen und rührte sich keinen Millimeter, bis sie den Motor nicht länger hören konnte. Dann rollte sie zum Straßenrand und sah zu, wie die Limousine höher in die Berge fuhr. Solange der Wagen nicht außer Sichtweite war, versuchte sie erst gar nicht aufzustehen.

Sie hatte es nicht eilig. Schließlich würde der Wagen auf der anderen Seite des Berges auf sie warten. Sobald Olga Krantz sich erholt hatte, joggte sie langsam auf den nächsten Hügel zu. Einige Meilen weiter vorn sah sie ein herrliches Anwesen, das sich in die Berge schmiegte und die umgebende Landschaft dominierte.

Als die Krantz über den Hügel kam, sah sie in der Ferne den Chauffeur, der vor einem platten Reifen kniete. Sie betrachtete prüfend die Privatstraße, die höchstwahrscheinlich zum Haus von Nakamura führte. Als sie näher kam, sah der Fahrer auf und lächelte. Olga Krantz erwiderte das Lächeln und joggte an seine Seite. Er wollte etwas sagen, als die Krantz ihm mit einer raschen Bewegung des linken Beines erst gegen den Hals trat, dann in die Lenden. Sie sah zu, wie er auf dem Boden zusammenbrach, gleich einer Marionette, deren Fäden man durchtrennt hatte. Einen Augenblick lang überlegte sie, ihm die Kehle aufzuschlitzen, aber warum sollte sie sich nun, da sie das Gemälde hatte, diese Mühe machen, wo sie doch das Vergnügen haben würde, heute Nacht den Hals einer anderen zu durchtrennen. Außerdem wurde sie für ihn nicht bezahlt.

Wieder sah Olga Krantz die Straße auf und ab. Immer noch war die Luft rein. Sie lief zur Vorderseite der Limousine und zog den Schlüssel aus dem Zündschloss, bevor sie nach hinten ging und den Kofferraum öffnete. Der Deckel glitt auf und ihr Blick fiel auf die Holzkiste. Sie hätte gelächelt, aber zuerst musste sie sicherstellen, dass sie sich die erste Million auch wirklich verdient hatte.

Die Krantz nahm den schweren Schraubenschlüssel aus dem Werkzeugkasten im Kofferraum und schob ihn in eine Lücke in der oberen rechten Ecke der Kiste. Es erforderte ihre ganze Kraft, den Deckel aufzuhebeln. Sie stellte fest, dass ihre Trophäe in Luftpolsterpapier verpackt war. Mit bloßen Händen riss sie die Verpackung auf. Und als auch die letzten Reste entfernt waren, starrte sie auf das preisgekrönte Gemälde von Danuta Sekalska mit dem Titel *Freiheit*.

Jack wartete noch eine Stunde, ein Auge in Erwartung des Kurzhaarschnitts auf die Tür gerichtet, das andere Auge in Erwartung von Anna Petrescu auf den Aufzug, doch keine von beiden tauchte auf. Es verging aber noch eine weitere Stunde, erst dann war Jack überzeugt, dass Anna über Nacht bleiben würde. Er begab sich müde zur Rezeption und erkundigte sich, ob sie noch ein freies Zimmer hatten.

»Name, Sir?«, fragte der Empfangsangestellte.

»Fitzgerald«, erwiderte Jack.

»Ihren Pass, bitte.«

»Natürlich.« Jack zog seinen Pass aus einer Innentasche und reichte ihm das Ausweispapier.

»Wie viele Nächte werden Sie bei uns bleiben, Mr. Fitzgerald?«

Jack wünschte, er hätte die Antwort auf diese Frage gewusst.

19. September

35

Als Anna am nächsten Morgen aufwachte, rief sie als Erstes in Wentworth Hall an.

»Es wird knapp werden«, warnte Arabella, nachdem Anna ihr das Neueste berichtet hatte.

»Wie meinen Sie das?«, fragte Anna.

»Fenston hat dem Anwesen eine Zahlungsaufforderung mit Konkursandrohung zukommen lassen. Er lässt mir 14 Tage Zeit, um meine Schulden zu tilgen, sonst verkauft er Wentworth Hall. Wollen wir hoffen, dass Nakamura das nicht herausfindet, denn wenn er das tut, schwächt das Ihre Verhandlungsbasis.«

»Ich treffe ihn um zehn Uhr heute Morgen«, sagte Anna. »Ich rufe Sie wieder an, sobald er mir seine Entscheidung mitgeteilt hat. Aber bei Ihnen wird es dann mitten in der Nacht sein.«

»Ist mir egal, wie spät es ist«, meinte Arabella. »Ich bin auf jeden Fall wach.«

Sobald Anna den Hörer aufgelegt hatte, ging sie ihre Strategie für das Treffen mit Nakamura durch. Eigentlich hatte sie in den vergangenen zwölf Stunden an nichts anderes gedacht.

Sie wusste, dass Arabella mit einer Summe glücklich sein würde, die sie ihre Schulden bei Fenston Finance begleichen ließ und ihr erlaubte, das Anwesen aus den Händen der raffgierigen Gläubiger zu reißen – mit genug Rest, um alle Steuern zu entrichten. Anna rechnete sich dafür eine Summe von circa 50 Millionen Dollar aus. Sie hatte bereits beschlossen, dass sie sich mit dieser Summe zufrieden geben würde – und der Chance, ohne den Beinamen »Vermisst« nach New York zurückzukehren und sich wieder den beiden Schleifen im Central Park widmen zu können. Möglicherweise würde sie Nakamura auch nach den Einzelheiten der Stelle befragen, für die sie nicht interviewt worden war.

Anna ließ sich Zeit in der Badewanne, die von heiß zu lauwarm abkühlte – ein Luxus, den sie sich normalerweise nur an Wochenenden erlaubte. Sie lächelte bei dem Gedanken daran, wie Nakamura sein Geschenk geöffnet hatte. Für alle ernsthaften Sammler war es ebenso spannend, einen neuen Meister zu entdecken wie gewaltige Summen für einen bereits etablierten Künstler auszugeben. Wenn Nakamura die kühne Pinselarbeit und das Flair des Bildes sah, würde er *Freiheit* bestimmt in seine private Sammlung integrieren. Das war immer der ultimative Test.

Anna dachte lange und intensiv darüber nach, was sie zu ihrer zweiten Begegnung anziehen sollte. Sie entschied sich für ein beigefarbenes Leinenkleid mit moderater Rocklänge, einen breiten braunen Ledergürtel und eine einfache Goldkette – ein Outfit, das in New York als prüde galt, in Tokio jedoch beinahe als anstößig. Gestern hatte sie sich für ihren Eröffnungszug gekleidet, heute für das Schlussmanöver.

Sie öffnete zum dritten Mal an diesem Morgen ihre Handtasche, um nachzusehen, ob sie die Kopie von Dr. Gachets Brief an van Gogh eingesteckt hatte, ebenso wie den einfachen, einseitigen Vertrag, der unter anerkannten Händlern als Standard galt. Wenn sie sich mit Nakamura auf einen Preis einigen konnte, würde Anna zehn Prozent Anzahlung verlangen, als Vertrauensbeweis. Das Geld würde zurückbezahlt, sollte eine Inspektion des Meisterwerkes nicht zufriedenstellend ausfallen. Anna war jedoch der festen Überzeugung, sobald er das Original auch nur sah …

Anna schaute auf ihre Uhr. Das Treffen mit dem Vorsitzenden war für zehn Uhr angesetzt und er hatte versprochen, seine Limousine um 9 Uhr 40 zu schicken, um sie abzuholen. Sie würde in der Lobby warten. Die Japaner verloren rasch die Geduld mit Menschen, die Spielchen spielten.

Anna fuhr mit dem Aufzug in die Lobby und ging zur Rezeption.

»Ich möchte heute noch auschecken«, sagte sie. »Würden Sie bitte meine Rechnung vorbereiten?«

»Gern, Dr. Petrescu«, erwiderte die Empfangsdame. »Darf ich fragen, ob Sie etwas aus der Minibar hatten?«

Anna überlegte kurz. »Zwei Evian.«

»Danke.« Die Empfangsangestellte tippte die Information in einen Computer, als ein Page auf Anna zugelaufen kam.

»Ein Chauffeur ist hier, um Sie abzuholen«, sagte er nur, bevor er Anna zum wartenden Wagen führte.

Jack saß bereits in einem Taxi, als Anna am Eingang auftauchte. Er war wild entschlossen, sie kein zweites Mal zu verlieren. Schließlich konnte die Kurzhaarige irgendwo auf sie warten, schon wissend, wohin Anna fuhr.

Olga Krantz hatte die Nacht ebenfalls in der Innenstadt von Tokio verbracht, aber anders als Anna Petrescu nicht in einem Hotelbett. Sie hatte in der Kabine eines Krans geschlafen, etwa 50 Meter über der Stadt, überzeugt davon, dass dort oben niemand nach ihr suchen würde. Sie starrte auf Tokio herab, als sich die Sonne über den kaiserlichen Palast erhob, und sah dann auf ihre Uhr. 5 Uhr 56. Zeit für den Abstieg, wenn sie unbemerkt verschwinden wollte.

Sobald Olga Krantz wieder festen Boden unter den Füßen hatte, schloss sie sich den Büroangestellten und frühmorgendlichen Pendlern an, die im Untergrund abtauchten und zur Arbeit fuhren.

Sieben Haltestellen später kam Olga Krantz in der Ginza wieder zum Vorschein und eilte zügig zum Seiyo. Sie glitt in das Hotel, ein Stammgast, der nie eincheckte und nie über Nacht blieb.

Olga Krantz stellte sich in der Ecke der Lounge auf, wo sie perfekte Sicht auf die beiden Aufzüge hatte, während sie selbst nur von den aufmerksamsten Kellnern entdeckt werden konnte.

Der Chauffeur schloss hinter ihr die Autotür. Es war nicht derselbe Fahrer wie am Vortag, bemerkte Anna – sie vergaß niemals ein Gesicht. Er fuhr schweigend und mit jeder Meile wurde sie zuversichtlicher.

Als der Chauffeur den hinteren Wagenschlag wieder öffnete, konnte Anna die Sekretärin von Mr. Nakamura sehen, die in der Lobby auf sie wartete. 60 Millionen Dollar, flüsterte sich Anna zu, während sie die Stufen emporstieg, und keinen Cent weniger. Die Glastüren glitten auf und die Sekretärin verneigte sich tief.

»Guten Morgen, Dr. Petrescu. Nakamura San freut sich schon darauf, Sie zu sehen.« Anna lächelte und folgte ihr durch den langen Korridor mit den namenlosen Bürotüren. Ein sanftes Klopfen, dann öffnete die Sekretärin die Tür zum Büro des Vorsitzenden und kündigte Dr. Petrescu an.

Wieder einmal war Anna verblüfft, welche Wirkung der Raum auf sie hatte, aber dieses Mal brachte sie es fertig, den Mund geschlossen zu halten. Nakamura erhob sich hinter seinem Schreibtisch und verneigte sich. Anna erwiderte das Kompliment, bevor er sie zu einem Stuhl auf der anderen Seite des Schreibtisches führte. Dann setzte er sich. Das Lächeln vom Vortag war durch einen finsteren Gesichtsausdruck ersetzt worden. Anna ging davon aus, dass es sich nur um eine Verhandlungstaktik handelte.

»Dr. Petrescu«, fing er an und schlug eine Akte auf, die vor ihm auf dem Schreibtisch lag, »anscheinend waren Sie bei unserem gestrigen Treffen nicht ganz offen zu mir.«

Anna spürte, wie ihr Mund trocken wurde, während Nakamura auf einige Papiere sah. Er nahm seine Brille ab und schaute Anna direkt an. Sie versuchte, nicht zusammenzuzucken.

»Sie haben mir beispielsweise nicht gesagt, dass Sie nicht länger für Fenston Finance arbeiten. Und Sie haben auch die Tatsache nicht erwähnt, dass Sie vor Kurzem aufgrund eines Verhaltens, das einer Repräsentantin der Bank nicht ansteht, aus dem Vorstand entlassen wurden.« Anna versuchte, gleichmäßig zu atmen. »Sie haben mich ebenfalls nicht von der besorgniserregenden Neuigkeit in Kenntnis gesetzt, dass Lady Victoria ermordet wurde und das zu einem Zeitpunkt, als sie Schulden in Höhe von …« Er setzte seine Brille wieder auf. »… von über 30 Millionen Dollar bei Ihrer Bank hatte. Sie vergaßen auch die Kleinigkeit zu erwähnen, dass die New Yorker Polizei unter dem Eindruck steht, Sie seien ›vermisst, vermutlich tot‹. Aber die vielleicht sträflichste Unterlassung von allen war es, mich nicht wissen zu lassen, dass das Gemälde, das Sie verkaufen wollen, im Polizeijargon als ›heiße Ware‹ bezeichnet wird.« Nakamura schloss die Akte, setzte seine Brille wieder ab und starrte ihr direkt in die Augen. »Gibt es vielleicht eine einfache Erklärung für einen solch plötzlichen Anfall von Amnesie?«

Anna wollte aufspringen und aus dem Zimmer laufen, aber sie konnte sich nicht bewegen. Ihr Vater hatte immer gesagt, wenn man dich überführt hat, dann beichte. Sie beichtete alles. Sie ließ ihn sogar wissen, wo sich das Gemälde befand. Nachdem sie geendet hatte, schwieg Nakamura eine ganze Weile. Anna erwartete, dass man sie zum zweiten Mal innerhalb einer Woche unsanft aus einem Gebäude eskortieren würde.

»Jetzt verstehe ich, warum Sie wollten, dass das Gemälde mindestens zehn Jahre lang nicht verkauft wird und auf gar keinen Fall öffentlich ausgestellt werden soll. Aber ich sehe mich gezwungen, Sie zu fragen, wie Sie sich mit Ihrem ehemaligen Vorgesetzten einigen wollen. Für mich ist klar, dass Mr. Fenston mehr daran interessiert ist, sich an ein so wertvolles Bild zu klammern, als die Schulden getilgt zu sehen.«

»Das ist ja gerade der springende Punkt«, sagte Anna. »Sobald die Schulden bezahlt sind, kann Lady Wentworth das Gemälde verkaufen, an wen sie will.«

Mr. Nakamura nickte. »Angenommen, dass ich Ihre Version der Ereignisse akzeptiere, so würde ich dennoch einige Bedingungen stellen, sollte ich am Kauf des *Selbstporträts* noch interessiert sein.«

Anna nickte.

»Erstens will ich das Gemälde direkt von Lady Arabella kaufen und auch nur, nachdem die Besitzverhältnisse rechtlich einwandfrei geklärt sind.«

»Dagegen habe ich keine Einwände«, sagte Anna.

»Zweitens erwarte ich, dass das Van Gogh Museum in Amsterdam die Echtheit des Gemäldes bestätigt.«

»Da sehe ich kein Problem«, erklärte Anna.

»Dann wird vielleicht meine dritte Bedingung ein Problem für Sie darstellen«, meinte Nakamura. »Es betrifft den Preis, den ich zu zahlen bereit bin. Und ich glaube, dass ich – um einen ganz schrecklichen, aber treffenden amerikanischen Ausdruck zu verwenden – diesbezüglich den Finger am Abzug habe.«

Anna nickte zögernd.

»Falls – und ich wiederhole falls – Sie in der Lage sind, meine anderen Bedingungen zu erfüllen, biete ich für van Goghs *Selbstporträt mit abgeschnittenem Ohr* 50 Millionen Dollar. Ich habe ausgerechnet, dass Lady Arabella damit nicht nur ihre Schulden bezahlen kann, sondern noch genug Geld für die Steuern übrig behält.«

»Aber es könnte für 70, vielleicht sogar 80 Millionen unter den Hammer kommen«, protestierte Anna.

»Das setzt voraus, dass Sie nicht schon lange vorher unter die Räder kommen«, erwiderte Nakamura. »Ich entschuldige mich«, fügte er sofort hinzu. »Sie haben meine Schwäche für schlechte Wortspiele ja schon entdeckt.« Zum ersten Mal lächelte er. »Man hat mir mitgeteilt, dass Mr. Fenston Ihrer Klientin vor Kurzem eine Zahlungsaufforderung mit Konkursandrohung zukommen ließ, und wie ich die Amerikaner kenne, kann sich der Rechtsstreit über Jahre hinziehen. Meine Londoner Anwälte bestätigen, dass Lady Arabella nicht in der Position ist, die zweifellos lähmenden Kosten eines solch langwierigen Rechtsstreites zu tragen.«

Anna holte tief Luft. »Falls – und ich wiederhole falls – …« Nakamura besaß die Freundlichkeit zu lächeln, »… ich Ihre Bedingungen akzeptiere, erwarte ich im Gegenzug einen Akt des guten Willens.«

»An was denken Sie dabei?«

»Sie werden bis zur Vertragserfüllung zehn Prozent, also fünf Millionen Dollar, bei Lady Arabellas Anwälten in London hinterlegen. Das Geld wird Ihnen zurückerstattet, falls Sie das Bild doch nicht zu kaufen wünschen.«

Nakamura schüttelte den Kopf. »Nein, Dr. Petrescu, ich bin nicht in der Lage, Ihre Geste des guten Willens zu erfüllen.«

Anna hatte das Gefühl, als würde ihr alle Luft entweichen.

»Ich bin jedoch bereit, fünf Millionen Dollar bei *meinen* Londoner Anwälten zu hinterlegen. Die Gesamtsumme wird beim Austausch der Verträge bezahlt.«

»Danke.« Anna konnte ihren Seufzer der Erleichterung nicht unterdrücken.

Aber Nakamura fuhr fort: »Nachdem ich Ihre Bedingungen akzeptiert habe, erwarte ich im Gegenzug ebenfalls einen Akt des guten Willens.« Er erhob sich hinter seinem Schreibtisch. Anna stand nervös auf. »Sollten wir handelseinig werden, ziehen Sie es ernsthaft in Betracht, die Stelle als Direktorin meiner Stiftung anzunehmen.«

Anna lächelte, verneigte sich aber nicht. Sie streckte die Hand aus und sagte: »Um einen weiteren entsetzlichen, aber passenden amerikanischen Ausdruck zu verwenden, Mr. Nakamura – wir haben einen Deal.« Sie wandte sich zum Gehen.

»Noch eines, bevor Sie gehen.« Nakamura nahm einen Umschlag vom Schreibtisch. Anna drehte sich um und hoffte, nicht ängstlich zu wirken. »Wären Sie so freundlich, Miss Danuta Sekalska diesen Brief zukommen zu lassen? Sie besitzt enormes Talent und ich hoffe, man erlaubt ihr, künstlerisch zu reifen.«

Anna lächelte, während der Vorsitzende sie den Flur entlang zur wartenden Limousine begleitete. Sie unterhielten sich über die tragischen Ereignisse in New York und die langfristigen Folgen für Amerika. Nakamura erwähnte jedoch nicht, warum sein eigentlicher Chauffeur im Krankenhaus lag und an ernsthaften körperlichen Verletzungen litt, von seinem Stolz ganz zu schweigen. Aber die Japaner waren ja schon immer der Ansicht, dass man manche Geheimnisse besser im Kreis der Familie behielt.

Jack informierte nur selten die jeweilige amerikanische Botschaft von seiner Anwesenheit, wenn er sich in einer fremden Stadt befand. Sie stellten immer zu viele Fragen, die er nicht beantworten wollte. Tokio bildete da keine Ausnahme, aber er hatte selbst einige Fragen, auf die er Antworten suchte, und er wusste genau, wem er diese Fragen stellen musste.

Ein Hochstapler, den Jack für mehrere Jahre hinter Gitter gebracht hatte, hatte ihm einmal erzählt, dass man immer in einem guten Hotel einchecken sollte, wenn man im Ausland war und eine Information benötigte. Man sollte sich nicht an den Geschäftsführer wenden und sich nicht mit den Leuten an der Rezeption abgeben, nur mit dem Portier. Informationen waren dessen Lebensunterhalt; sein Gehalt war da nur nebensächlich.

Für 50 Dollar erfuhr Jack alles, was er über Mr. Nakamura wissen musste. Sogar dessen Handicap beim Golf – 14.

Olga Krantz sah zu, wie Anna Petrescu aus dem Gebäude trat und in die Limousine des Vorsitzenden stieg. Rasch winkte sie ein Taxi herbei und bat darum, 100 Meter vor dem Seiyo Hotel abgesetzt zu werden. Wenn die Petrescu abreisen wollte, musste sie ihr Gepäck abholen und die Rechnung begleichen.

Sobald der Ersatzchauffeur Anna im Seiyo abgesetzt hatte, konnte sie es kaum erwarten auszuchecken – sie holte ihren Schlüssel von der Rezeption und rannte die Stufen zu ihrem Zimmer im ersten Stock hoch. Sie setzte sich ans Fußende des Bettes und rief zuerst Arabella an. Die klang hellwach.

»Eine echte Portia«, lautete Arabellas abschließender Kommentar, nachdem sie die Neuigkeit erfahren hatte. Welche Portia, fragte sich Anna – Shylocks Nemesis oder die Ehefrau von Brutus? Sie öffnete den Verschluss ihrer Goldkette und den Ledergürtel, trat sich die Schuhe von den Füßen und schlüpfte aus ihrem Kleid, das sie gegen ein lässigeres Outfit aus T-Shirt, Jeans und Turnschuhen tauschte. Obwohl sie bis spätestens zwölf Uhr auschecken musste, hatte sie noch genug Zeit für einen weiteren Anruf. Anna musste die falsche Fährte legen.

Es klingelte einige Zeit, bevor sich eine verschlafene Stimme meldete.

»Wer ist da?«

»Vincent.«

»Meine Güte, wie spät ist es? Ich muss eingeschlafen sein.«

»Du kannst weiterschlafen, wenn du meine Neuigkeit gehört hast.«

»Du hast das Gemälde verkauft.«

»Wie hast du das erraten?«

»Für wie viel?«

»Genug.«

»Gratuliere. Wohin gehst du jetzt?«

»Ich hole es ab.«

»Und wo ist es?«

»Da, wo es immer war. Schlaf weiter.« Sie unterbrach die Verbindung.

Tina lächelte, als sie wieder einschlummerte. Endlich wurde Fenston in seinem eigenen Spiel geschlagen.

»Oh mein Gott«, plötzlich war sie hellwach, »ich habe sie nicht gewarnt, dass ihr Verfolger eine Frau ist und weiß, dass sie sich in Tokio aufhält!«

36

Fenston streckte den Arm über das Bett und tastete nach dem Telefon, während er versuchte, die Augen geschlossen zu halten.

»Wer zum Geier ist da?«

»Vincent hat eben angerufen.«

»Und woher diesmal?« Fenstons Augen waren plötzlich weit offen.

»Tokio.«

»Also hat sie sich mit Nakamura getroffen.«

»Zweifelsohne«, bestätigte Leapman. »Sie behauptet, sie habe das Gemälde verkauft.«

»Man kann nichts verkaufen, was einem nicht gehört.« Fenston schaltete die Lampe auf dem Nachttisch ein. »Hat sie gesagt, wohin sie als Nächstes geht?«

»Sie will das Bild holen.«

»Hat sie einen Hinweis gegeben, wo das sein könnte?«

»*Wo es immer war*«, zitierte Leapman.

»Dann muss es in London sein«, schlussfolgerte Fenston.

»Wie können Sie da so sicher sein?«, wollte Leapman wissen.

»Wenn sie das Bild mit nach Bukarest genommen hätte, warum dann nicht auch nach Tokio? Nein, sie hat das Gemälde in London gelassen«, beharrte Fenston. »*Wo es immer war.*«

»Ich bin mir da nicht sicher«, meinte Leapman.

»Wo soll es Ihrer Meinung nach sein?«

»In Bukarest. *Wo es immer war*, in der roten Kiste.«

»Nein. Die Kiste war nur ein Täuschungsmanöver.«

»Wie sollen wir dann jemals das Gemälde finden?«, fragte Leapman.

»Das ist ganz einfach«, sagte Fenston. »Jetzt, da die Petrescu glaubt, sie hätte das Bild an Nakamura verkauft, wird sie es im nächsten Schritt einsammeln. Dieses Mal wird die Krantz auf sie warten und anschließend wird die Petrescu etwas mit van Gogh gemeinsam haben. Aber vorher muss ich noch mit jemandem telefonieren.« Er warf den Hörer auf, bevor Leapman fragen konnte, mit wem.

Anna checkte kurz nach zwölf aus dem Hotel aus. Sie fuhr mit dem Zug zum Flughafen. Den Luxus eines Taxis konnte sie sich nicht länger leisten. Sie ging davon aus, dass ihr derselbe Mann wie immer folgen würde, sobald sie in den Shuttlezug stieg, und sie wollte ihm seine Aufgabe so leicht wie möglich machen. Schließlich war er über ihr nächstes Ziel bereits informiert.

Sie wusste nicht, dass ihre Verfolgerin acht Reihen hinter ihr saß.

Olga Krantz schlug eine Ausgabe der *Shinbui Times* auf. Sie konnte sie jederzeit anheben und ihr Gesicht verbergen, sollte die Petrescu sich umdrehen. Was sie nicht tat.

Zeit für einen Anruf. Olga Krantz wählte die Nummer und wartete auf den zehnten Klingelton. Exakt beim zehnten Ton wurde der Hörer abgenommen. Sie sagte nichts.

»London«, war das Einzige, was Fenston äußerte.

Die Krantz warf das Handy aus dem Fenster und sah zu, wie es vor einem entgegenkommenden Zug aufschlug.

Als der Zug vor dem Flughafenterminal hielt, stieg Anna zügig aus und begab sich direkt zum British-Airways-Schalter. Sie erkundigte sich nach dem Preis für ein Ticket nach London in der Touristenklasse, obwohl sie nicht die Absicht hatte, ein solches Ticket zu erstehen. Sie hatte schließlich nur noch 35 Dollar. Aber Fenston konnte das nicht wissen. Anna sah zur Abflugtafel. Es lagen neunzig Minuten zwischen den beiden Flügen. Sie spazierte gemächlich zu Flugsteig 91B und achtete darauf, dass jemand, der ihr folgte, sie unmöglich verlieren konnte. Unterwegs machte sie einen Schaufensterbummel und kam genau in dem Moment am Gate an, als der Einstieg in das Flugzeug freigegeben wurde. Sie wählte ihren Sitz in der Lounge mit Bedacht, direkt neben einem Kleinkind. »Würden die Passagiere der Reihen ...« Das Kind schrie auf und rannte davon, ein zermürbtes Elternteil jagte hinterher.

Jack war nur einen kurzen Augenblick abgelenkt, aber sie war verschwunden. War sie ins Flugzeug eingestiegen oder in die Halle zurückgegangen? Vielleicht hatte sie herausgefunden, dass ihr *zwei* Leute folgten. Jacks Blicke suchten die Flughafenhalle unter ihm ab. Jetzt stieg die Businessklasse ein und sie war nirgends zu sehen. Er inspizierte alle verbliebenen Passagiere, die in der Lounge saßen, und er hätte die andere Frau im Leben nicht entdeckt, wenn sie nicht ihr Haar berührt hätte. Nicht länger ein blonder Kurzhaarschnitt, sondern eine schwarze Perücke. Sie wirkte ebenfalls ratlos.

Olga Krantz zögerte, als alle Passagiere der Ersten Klasse aufgefordert wurden, sich an Bord zu begeben. Sie ging zu der Damentoilette, die direkt hinter dem Sitz lag, auf dem die Petrescu gesessen hatte. Einige Augenblicke später kehrte sie zurück und setzte sich wieder. Als der finale Aufruf ertönte, gehörte sie zu den Letzten, die ihr Ticket vorzeigten.

Jack sah zu, wie der Kurzhaarschnitt über die Rampe entschwand. Wie konnte sie so sicher sein, dass Anna sich auf dem Flug nach London befand? Hatte er schon wieder alle beide verloren?

Jack wartete, bis sich die Türen zum Gate schlossen. Er war sich schmerzlich bewusst, dass sich beide Frauen offensichtlich auf dem Flug nach London befanden. Aber Anna hatte etwas an sich gehabt, seit sie das Hotel verlassen hatte – fast, als ob sie dieses Mal wollte, dass man ihr folgte.

Jack wartete, bis der letzte Fluglinienvertreter gepackt hatte und gegangen war. Er wollte gerade ins Erdgeschoss und für den nächsten Flug nach London einchecken, als die Tür zur Herrentoilette aufging.

Anna trat heraus.

»Stellen Sie mich zu Mr. Nakamura durch.«

»Wen darf ich melden?«

»Bryce Fenston, Vorsitzender von Fenston Finance.«

»Ich frage nach, ob er zu sprechen ist, Mr. Fenston.«

»Er wird zu sprechen sein.«

Die Leitung wurde still und es dauerte einige Zeit, bevor eine andere Stimme erklang. »Guten Morgen, Mr. Fenston. Hier spricht Takashi Nakamura. Wie kann ich Ihnen helfen?«

»Ich rufe nur an, um Sie zu warnen …«

»Mich warnen?«, sagte Nakamura.

»Man hat mir gesagt, dass die Petrescu versucht, Ihnen einen van Gogh zu verkaufen.«

»Ja, das ist richtig«, bestätigte Nakamura.

»Und wie viel wollte sie dafür haben?«, erkundigte sich Fenston.

»Um einen amerikanischen Ausdruck zu verwenden, einen Arm und ein Bein.«

»Wenn Sie so dumm waren, sich mit dem Kauf des Bildes einverstanden zu erklären, Mr. Nakamura, könnte es Sie am Ende wirklich einen Arm und ein Bein kosten«, drohte Fenston. »Denn das Bild gehört mir.«

»Ich hatte keine Ahnung, dass es Ihnen gehört. Ich dachte, dass es …«

»Dann dachten Sie falsch. Womöglich war Ihnen auch nicht bekannt, dass die Petrescu nicht länger für meine Bank arbeitet.«

»Dr. Petrescu machte das deutlich, genauer gesagt …«

»Hat sie Ihnen auch gesagt, dass sie gefeuert wurde?«

»Ja, das hat sie.«

»Aber hat sie Ihnen auch den Grund genannt?«

»In allen Einzelheiten.«

»Und Sie wollen dennoch Geschäfte mit ihr machen?«

»Ja. Ehrlich gesagt, versuche ich sie zu überreden, *meinem* Vorstand beizutreten, als Geschäftsführerin der Stiftung meiner Firma.«

»Trotz der Tatsache, dass ich Sie entlassen musste, weil ihr Verhalten der Repräsentantin einer Bank unwürdig war?«

»Nicht einer Bank, Mr. Fenston, *Ihrer* Bank.«

»Keine Wortklaubereien mit mir«, bellte Fenston.

»Wenn Sie meinen. Lassen Sie mich aber klarstellen, dass

Dr. Petrescu – sollte sie in diese Firma eintreten – rasch herausfinden wird, dass wir es nicht gutheißen, Kunden ihres Erbes zu berauben, insbesondere dann nicht, wenn es sich um alte Damen handelt.«

»Und was halten Sie von Bankdirektorinnen, die Eigentum der Bank in Höhe von 100 Millionen Dollar stehlen?«

»Ich bin entzückt, dass das Gemälde Ihrer Meinung nach so viel wert ist, denn die Besitzerin …«

»Ich bin der Besitzer«, brüllte Fenston. »Gemäß US-Recht.«

»Dessen Jurisdiktion sich nicht bis Tokio erstreckt.«

»Hat Ihre Firma nicht auch Büroräume in New York?«

»Endlich haben wir etwas gefunden, auf das wir uns einigen können«, meinte Nakamura.

»Wenn Sie dumm genug sind, mein Bild kaufen zu wollen, wird mich nichts davon abhalten, Ihnen in New York eine Vorladung zukommen zu lassen.«

»Und wer genau wird die Vorladung ausstellen lassen?«, erkundigte sich Nakamura.

»Worauf wollen Sie hinaus?«, schrie Fenston.

»Nur damit meine New Yorker Anwälte wissen, gegen wen sie anzutreten haben: Wird es Bryce Fenston sein, Vorsitzender von Fenston Finance, oder Nicu Munteanu, Geldwäscher von Ceauceşcu, dem verstorbenen Diktator Rumäniens?«

»Drohen Sie mir nicht, Nakamura, sonst …«

»Brechen Sie meinem Chauffeur den Hals?«

»Nächstes Mal wird es nicht Ihr Chauffeur sein.«

Es herrschte lange Schweigen, bevor Nakamura erwiderte: »Dann sollte ich womöglich überdenken, ob es das wirklich wert ist, so viel für den van Gogh zu zahlen.«

»Eine vernünftige Entscheidung«, meinte Fenston.

»Danke, Mr. Fenston. Sie haben mich davon überzeugt, dass mein ursprünglicher Plan doch nicht der Weisheit letzter Schluss war.«

»Ich wusste, Sie würden letztendlich Vernunft annehmen«, sagte Fenston und legte auf.

Als Anna eine Stunde später an Bord der Maschine nach Bukarest ging, war sie zuversichtlich, dass sie Fenstons Mann abgeschüttelt hatte. Nach ihrem Telefonat mit Tina war die Gegenseite bestimmt davon überzeugt, dass sie auf dem Weg nach London war, um das Gemälde dort einzusammeln, *wo es immer war*. Über diesen Hinweis hatten sich Fenston und Leapman zweifellos gestritten.

Vielleicht hatte sie es ein wenig übertrieben, als sie so viel Zeit am Schalter vom British Airways verbrachte und dann direkt zu Flugsteig 91B ging, obwohl sie kein Ticket hatte. Der kleine Junge hatte sich als Bonus erwiesen. Selbst Anna war überrascht gewesen, was für einen Wirbel er veranstaltete, als sie ihn in die Wade kniff.

Annas einzige Sorge galt Tina. Morgen um diese Zeit würde Fenston und Leapman klar sein, dass Anna sie mit einer bewussten Fehlinformation gefüttert hatte, weil ihre Telefonate abgehört wurden. Anna fürchtete, dass der Verlust ihres Jobs das geringste von Tinas Problemen sein könnte.

Als das Fahrwerk vom japanischen Boden abhob, wanderten Annas Gedanken zu Anton. Sie hoffte, dass die drei Tage ausgereicht hatten.

Fenstons Mann hatte sie in eine Sackgasse getrieben. Und am anderen Ende der Gasse befand sich eine hohe, unüberwindbare Steinmauer mit Stacheldraht. Anna wusste, dass es keinen Ausweg gab. Sie drehte sich um und sah ihren Feind an, während er nur wenige Meter vor ihr stehen blieb. Der kleine, hässliche Mann zog eine Pistole aus seinem Holster, entsicherte die Waffe, grinste und zielte direkt auf ihr Herz. Sie wurde zur Seite gerissen, als die Kugel ihre Schulter streifte … »Wenn Sie jetzt Ihre Uhren umstellen würden. In Bukarest ist es 16 Uhr 20.«

Anna wachte abrupt auf. »Welcher Tag ist heute?«, fragte sie die vorbeikommende Stewardess.

»Donnerstag, der 20., Madam.«

20. September

37

Anna rieb sich die Augen und stellte auf ihrer Uhr die korrekte Zeit ein.

Sie hatte ihre Vereinbarung mit Anton eingehalten und war innerhalb von vier Tagen zurückgekehrt. Jetzt bestand ihr größtes Problem darin, das Gemälde nach London zu bringen, während sie gleichzeitig … – »Meine Damen und Herren, der Kapitän bittet darum, die Sitzgurte anzulegen. Wir landen in ungefähr 20 Minuten in Bukarest.«

Anna lächelte bei dem Gedanken, dass Fenstons Mann mittlerweile in Hongkong gelandet sein musste und sich wundern dürfte, warum er sie dieses Mal nicht im Duty-Free-Bereich entdeckte. Würde er nach London weiterreisen oder es riskieren, in die rumänische Hauptstadt zu fliegen? Womöglich würde er in Bukarest ankommen, wenn sie sich gerade auf den Weg nach London machte.

Als Anna auf den Bürgersteig trat, entdeckte sie zu ihrer Freude einen lächelnden Sergei, der vor seinem gelben Mercedes stand. Er öffnete den hinteren Wagenschlag für sie. Jetzt hatte sie nur noch das Problem, dass sie kaum genug Bargeld besaß, um die Fahrt zu bezahlen.

»Wohin?«, fragte er.

»Zuerst muss ich zur Akademie«.

Anna hätte Sergei gern alles mitgeteilt, was sie durchgemacht hatte, aber sie fand, dass sie ihn immer noch nicht gut genug kannte, um das zu riskieren. Menschen nicht zu vertrauen war noch so eine Erfahrung, die ihr nicht gefiel.

Sergei setzte sie am Fuß der Treppe ab, wo sie Anton zuletzt gesehen hatte, bevor sie zum Flughafen aufgebrochen war. Dieses Mal musste sie Sergei nicht bitten, auf sie zu warten. Die Studentin, die an der Empfangstheke Dienst hatte, teilte Anna mit, dass Professor Teodorescus Vorlesung zum Thema »Zuschreibung« gleich beginnen würde.

Anna bahnte sich ihren Weg zum Hörsaal im ersten Stock. Sie folgte zwei Studenten in den Saal, kurz bevor das Licht heruntergedreht wurde, und glitt auf einen Sitz in der zweiten Reihe. Anna freute sich auf einige Minuten Flucht aus der realen Welt.

»Zuschreibung und Provenienz«, fing Anton an und fuhr sich in einer vertrauten Geste, die seine Studenten hinter seinem Rücken imitierten, mit der Hand durch die Haare, »sorgen für mehr Diskussionen und Auseinandersetzungen unter Kunstgelehrten als jedes andere Thema. Warum? Weil es sexy ist, weil man darüber debattieren kann und weil immer Raum für Spekulationen bleibt. Zweifellos stellen derzeit mehrere der bekanntesten Galerien weltweit Gemälde aus, die nicht von den Künstlern gemalt wurden, deren Name neben dem Rahmen steht. Es ist natürlich möglich, dass der Meister die Hauptfigur gemalt hat, beispielsweise die Jungfrau Maria oder Christus, und ein Assistent den Hintergrund ausmalte. Wir müssen daher überlegen, ob Gemälde, die alle dasselbe Thema zeigen, von ein und demselben Meister ausgeführt wurden oder ob es nicht wahrscheinlicher ist, dass einige davon, möglicherweise sogar mehrere, die Werke seiner besten Schüler sind, aber Jahrhunderte später als die Arbeiten des Meisters selbst fehlgedeutet wurden.« Anna lächelte bei dem Begriff »beste Schüler« und sie erinnerte sich an den Brief, den sie an Danuta Sekalska weiterleiten sollte.

»Wir wollen uns jetzt einige Beispiele ansehen«, fuhr Anton fort.

»Schauen Sie, ob Sie die Hand eines geringeren Sterblichen erkennen können. Das erste Bild wird derzeit im Frick Museum in New York ausgestellt.« Auf der Leinwand hinter Anton tauchte ein Dia auf. »Rembrandt, höre ich Sie rufen, aber das Rembrandt-Forschungsprojekt, das 1974 eingerichtet wurde, würde Ihnen da nicht zustimmen. Dort glaubt man, dass *Der polnische Reiter* die Arbeit mindestens zweier Paar Hände ist, von denen eines möglicherweise – ich wiederhole, möglicherweise – Rembrandt gehörte. Das Metropolitan Museum, nur wenige Häuserblocks vom Frick entfernt auf der anderen Seite der Fifth Avenue, konnte seine Angst nicht verbergen, als dieselben angesehenen Experten erklärten, die beiden Porträts der *Familie Beresteyn*, die 1929 vom Museum erworben wurden, seien nicht von dem niederländischen Meister gemalt worden. Bekommen Sie jetzt aber keine schlaflosen Nächte angesichts der Probleme dieser beiden großartigen Institutionen, denn von den zwölf Gemälden der *Wallace Collection* in London, die man Rembrandt zuschreibt, wurde nur eines, nämlich *Titus van Rijn, der Sohn des Künstlers*, für echt befunden.« Anna war so fasziniert, dass sie sich Notizen machte. »Ich möchte Ihnen nun einen zweiten Künstler vorstellen, den großen spanischen Maestro Goya. Zur großen Verlegenheit des Prado in Madrid, hat Juan Jose Junquera, der weltweit führende Experte in Sachen Goya, erklärt, dass die ›schwarzen Gemälde‹, zu denen so quälende Visionen wie *Satan verschlingt seine Kinder* gehören, nicht von

Goya stammen können, da der Raum, für den sie als Wandgemälde entstanden sind, erst nach Goyas Tod fertiggestellt wurde. Der ausgezeichnete australische Kritiker Robert Hughes äußert in seinem Buch über den Künstler die Vermutung, dass es sich um die Arbeiten von Goyas Sohn handeln könnte. Und jetzt komme ich zu den Impressionisten. Diverse Gemälde von Manet, Monet, Matisse und van Gogh, die derzeit in den führenden Galerien der Welt ausgestellt werden, wurden von den relevanten Experten noch nicht als echt bestätigt. Die *Sonnenblumen*, die 1987 bei Christie's für etwas unter 40 Millionen Dollar unter den Hammer kamen, müssen von Louis van Tilborgh vom Van Gogh Museum erst noch für echt erklärt werden.«

Als Anton das nächste Dia zeigte, fiel sein Blick auf Anna. Sie lächelte und prompt legte er einen Raphael anstatt eines van Goghs ein, was unter den Studenten zu Gelächter führte. »Wie Sie sehen, bin auch ich in der Lage, ein Gemälde dem falschen Künstler zuzuordnen.« Das Lachen verwandelte sich in Applaus. Aber zu Annas Überraschung drehte er sich wieder zu ihr und starrte sie an.

»Diese großartige Stadt«, fing er an, ohne auf seine Notizen Bezug zu nehmen, »hat ihre eigene Expertin auf dem Gebiet der Zuordnung hervorgebracht. Sie arbeitet derzeit in New York. Vor einigen Jahren, als wir beide noch Studenten waren, führten wir über dieses Gemälde lange Diskussionen bis tief in die Nacht.« Der Raphael tauchte wieder auf der Leinwand auf. »Nach den Vorlesungen trafen wir uns in unserer Lieblingskneipe ...« Wieder ruhte sein Blick auf Anna. »... Koskies, wo viele von Ihnen sich auch heute noch treffen, wie ich aus zuverlässiger Quelle weiß. Wir trafen uns dort immer um 21 Uhr, nach der letzten Vorlesung.« Er wandte seine Aufmerksamkeit wieder dem Bild auf der Leinwand zu. »Dieses Porträt ist unter dem Namen *Madonna Sixtina* bekannt. Es wurde vor Kurzem von der National Gallery in London erstanden. Raphael-Experten sind geteilter Ansicht, aber manch einer ist besorgt, wie viele Beispiele es vom selben Sujet gibt, die diesem Künstler zugesprochen werden. Einige Experten finden, dass dieses Gemälde der ›Schule von Raphael‹ oder ›nach Raphael‹ zuzuordnen ist.«

Anton sah wieder ins Publikum und stellte fest, dass der Platz am Ende der zweiten Reihe nicht mehr besetzt war.

Anna kam wenige Minuten vor der vereinbarten Zeit im Koskies an. Nur ein sehr aufmerksamer Student würde bemerkt haben, dass der Professor einige Augenblicke lang von seiner vorbereiteten Vorlesung abgewichen war, um sie wissen zu lassen, wo sie sich treffen sollten. Anna hatte die Angst in Antons Augen nicht übersehen können, eine Angst, die nur jenen auffiel, die in einem Polizeistaat überleben mussten.

Anna sah sich in der Kneipe um. Ihr alter Studententreff hatte sich nicht sehr verändert. Dieselben Plastiktische, dieselben Plastikstühle und wahrscheinlich derselbe Plastikwein, der sich nicht exportieren ließ. Kein auf der Hand liegender Treffpunkt für einen Professor für Perspektive und eine New Yorker Kunsthändlerin. Sie bestellte zwei Glas vom roten Hauswein.

Anna konnte sich noch erinnern, wie sie die Nächte im Koskies absolut cool gefunden hatte, wo sie mit ihren Freunden über die Vorzüge von Constantin Brancusi und U2, Tom Cruise und John Lennon diskutierte und auf dem Heimweg ein Pfefferminzbonbon lutschen musste, damit ihre Mutter nicht merkte, dass sie geraucht und getrunken hatte. Ihr Vater wusste immer

Bescheid – er zwinkerte ihr zu und zeigte auf das jeweilige Zimmer, in dem sich ihre Mutter gerade befand.

Anna erinnerte sich, wann sie und Anton sich zum ersten Mal geliebt hatten. Es war so kalt gewesen, dass sie beide die Mäntel anbehielten, und als es vorbei war, hatte Anna sich gefragt, ob sie sich damit jemals wieder abgeben wollte. Niemand schien Anton erklärt zu haben, dass eine Frau etwas länger brauchte, um zum Orgasmus zu kommen.

Anna sah auf. Ein hoch gewachsener Mann kam auf sie zu. Einen Augenblick lang war sie sich nicht sicher, ob es sich wirklich um Anton handelte. Der Mann trug einen Armeemantel, der zu groß für ihn war, einen Wollschal um den Hals und eine Pelzmütze, deren Klappen seine Ohren bedeckten. Ein ideales Outfit für einen New Yorker Winter, war ihr erster Gedanke.

Anton setzte sich ihr gegenüber und nahm die Mütze ab, sonst zog er jedoch nichts aus. Er wusste, dass sich der einzige funktionierende Heizkörper auf der anderen Seite des Raumes befand.

»Hast du das Bild?«, fragte Anna, die es keine Sekunde länger aushielt.

»Ja«, bestätigte Anton. »Die Leinwand hat mein Atelier während deiner Abwesenheit nicht verlassen, was selbst die unachtsamsten meiner Studenten bemerkt haben, da das für mich total untypisch ist«, fügte er hinzu, bevor er an seinem Rotwein nippte. »Ich muss zugeben, dass ich froh bin, diesen verdammten Typ loszuwerden. Ich bin für weniger ins Gefängnis gekommen und in den letzten vier Tagen habe ich kein Auge zugemacht. Sogar meine Frau vermutet, dass etwas nicht stimmt.«

»Es tut mir so leid«, sagte Anna, während Anton sich eine

Zigarette rollte. »Ich hätte dich nicht in eine solche Gefahr bringen sollen. Und was besonders schlimm ist, ich muss dich noch um einen weiteren Gefallen bitten.« Anton wirkte besorgt, wartete aber ab, wie ihre nächste Bitte aussah. »Du hast mir gesagt, dass du 8000 Dollar vom Geld meiner Mutter im Haus versteckt hast.«

»Ja, die meisten Rumänen horten Bargeld unter ihren Matratzen, falls mitten in der Nacht die Regierung wechselt.« Anton zündete seine Zigarette an.

»Ich muss mir etwas davon leihen«, sagte Anna. »Ich zahle das Geld zurück, sobald ich wieder in New York bin.«

»Es ist dein Geld, Anna. Du kannst jeden einzelnen Cent bekommen.«

»Nein, es ist das Geld meiner Mutter, aber erzähle ihr nichts, sonst nimmt sie nur an, ich würde mich in finanziellen Schwierigkeiten befinden. Womöglich fängt sie dann noch an, ihre Möbel zu verkaufen.«

Anton lachte nicht. »Du steckst aber wirklich in Schwierigkeiten, oder?«

»Nicht, solange ich das Bild habe.«

»Wäre es dir lieber, wenn ich es noch einen weiteren Tag aufbewahre?«, fragte er und nahm einen Schluck Wein.

»Nein, aber danke für das Angebot«, meinte Anna. »Das würde nur bedeuten, dass wir beide heute Nacht nicht schlafen könnten. Ich glaube, es ist an der Zeit, dich von der Leinwand zu befreien.«

Anna erhob sich ohne ein weiteres Wort und ohne ihren Wein angerührt zu haben. Anton leerte sein Glas, drückte seine Zigarette aus und ließ einige Münzen auf dem Tisch liegen. Er setzte seine Mütze wieder auf und folgte Anna aus der Kneipe.

Sie musste daran denken, wie sie das letzte Mal gemeinsam das Koskies verlassen hatten.

Anna sah die Straße auf und ab, bevor sie sich zu Anton stellte, der auf Sergei einflüsterte.

»Hast du noch Zeit, deine Mutter zu besuchen?«, fragte Anton, als Sergei den hinteren Wagenschlag für sie öffnete.

»Nicht, solange jeder meiner Schritte beobachtet wird.«

»Ich habe niemand gesehen«, meinte Anton.

»Du siehst ihn nicht«, sagte Anna, »du spürst ihn.« Sie hielt inne.

»Und ich dachte, ich hätte ihn abgehängt.«

»Das haben Sie nicht«, sagte Sergei und fuhr los.

Den Rest der kurzen Fahrt zu Antons Haus sprach keiner ein Wort. Sobald Sergei den Wagen zum Stehen gebracht hatte, sprang Anna heraus und folgte Anton ins Gebäude. Er führte sie rasch die Treppe zum Dachboden hinauf. Obwohl Anna aus dem Zimmer darunter Sibelius hören konnte, war klar, dass er kein Zusammentreffen von ihr und seiner Frau wünschte.

Anna ging durch den Raum, der voller Leinwände war. Ihr Blick fiel sofort auf das Gemälde von van Gogh, mit dem bandagierten linken Ohr. Sie lächelte. Das Bild steckte in seinem gewohnten Rahmen, in der offenen roten Kiste.

»Es könnte gar nicht besser sein«, lobte Anna. »Jetzt muss ich nur noch dafür sorgen, dass es in die richtigen Hände kommt.«

Anton sagte dazu nichts und als Anna sich umdrehte, sah sie, wie er in der entlegenen Ecke des Raumes kniete und ein Dielenbrett anhob. Er griff hinein und zog einen dicken Umschlag heraus, den er in die Innentasche seines Jacketts gleiten ließ. Dann ging er wieder zu der roten Kiste, setzte den Deckel auf und schlug mit dem Hammer die Nägel ein. Sobald der letzte

Nagel eingeschlagen war, hob er die Kiste hoch und führte Anna wortlos aus dem Raum hinaus und die Treppe hinunter.

Anna öffnete die Haustür, damit Anton auf die Straße treten konnte. Zu ihrer Freude wartete Sergei am Wagen, den Kofferraum bereits geöffnet. Anton legte die rote Kiste in den Kofferraum und rieb die Hände aneinander, was zeigte, wie froh er war, das Gemälde los zu sein. Sergei schlug den Kofferraumdeckel zu und setzte sich ans Steuer.

Anton zog den dicken Umschlag aus seiner Jackentasche und reichte ihn Anna.

Sie gab ihm im Austausch einen anderen Umschlag, der allerdings nicht an Anton adressiert war.

Er las den Namen, lächelte und sagte: »Ich sorge dafür, dass sie ihn bekommt. Was immer du vorhast, ich hoffe, es funktioniert.«

Er küsste sie auf beide Wangen, bevor er im Haus verschwand.

»Wo werden Sie heute Nacht wohnen?«, fragte Sergei, als Anna sich auf den Beifahrersitz setzte.

Anna sagte es ihm.

21. September

38

Als Anna aufwachte, saß Sergei auf der Kühlerhaube des Wagens und rauchte eine Zigarette. Anna räkelte sich, blinzelte und rieb sich die Augen. Es war das erste Mal, dass sie auf dem Rücksitz eines Autos geschlafen hatte – definitiv eine Verbesserung gegenüber dem Laderaum eines Kleinlasters kurz vor der kanadischen Grenze, ohne jemanden, der sie beschützte.

Sie stieg aus dem Wagen und streckte die Beine aus. Die rote Kiste war immer noch an Ort und Stelle.

»Guten Morgen«, sagte Sergei. »Ich hoffe, Sie haben gut geschlafen?«

Sie lachte. »Besser als Sie, wie es scheint.«

»Nach 20 Jahren in der Armee wird Schlaf zum Luxus«, meinte Sergei. »Aber bitte frühstücken Sie doch mit mir.« Er zog eine Blechdose unter dem Sitz hervor und nahm den Deckel ab: zwei Brötchen, ein gekochtes Ei, eine Käseecke, zwei Tomaten, eine Orange und eine Thermoskanne mit Kaffee.

»Woher kommt das alles?«, fragte Anna, während sie die Orange schälte.

»Das gestrige Abendessen«, erklärte Sergei. »Von meiner Frau zubereitet.«

»Wie wollen Sie erklären, warum Sie nicht heimgekommen sind?«, fragte Anna.

»Ich werde ihr die Wahrheit sagen«, meinte Sergei. »Dass ich die Nacht mit einer wunderschönen Frau verbrachte.« Anna wurde rot.

»Aber ich fürchte, ich bin zu alt, als dass sie mir glauben würde«, fügte er hinzu. »Was machen wir als Nächstes? Eine Bank ausrauben?«

»Nur wenn Sie eine Bank kennen, die 50 Millionen Dollar in bar im Safe hat«, lachte Anna. »Ansonsten muss ich das hier…«, sie zeigte auf die Kiste, »… in den Frachtraum des nächsten Fliegers nach London bringen, also muss ich herausfinden, wann die Frachtabfertigung öffnet.«

»Sobald der erste Angestellte auftaucht.« Sergei pellte die Schale vom Ei. »Für gewöhnlich gegen sieben Uhr«, fügte er hinzu und reichte Anna das Ei.

Anna biss hinein. »Dann möchte ich gegen sieben dort sein, wenn sie öffnen, damit ich dafür sorgen kann, dass die Kiste auch wirklich an Bord kommt.« Sie sah auf ihre Uhr. »Wir sollten also besser los.«

»Das denke ich nicht.«

»Wie meinen Sie das?« Anna klang ängstlich.

»Wenn eine Frau wie Sie die Nacht in einem Auto verbringen muss anstatt in einem Hotel, dann gibt es dafür einen Grund. Ich habe das Gefühl, das ist der Grund.« Sergei wies auf die Kiste.

»Vielleicht wäre es unklug, wenn man sieht, wie Sie heute Morgen mit einer roten Kiste einchecken.« Anna starrte ihn an, sagte aber nichts. »Könnte möglicherweise etwas in der Kiste sein, für das sich die Behörden besser nicht interessieren sollten?« Er schwieg, aber Anna gab immer noch keinen Kommentar ab. »Das habe ich mir doch gedacht«, sagte Sergei. »Wissen Sie, als ich noch Oberst in der Armee war und ich etwas erledigt sehen wollte, von dem niemand etwas erfahren sollte, dann habe ich immer einen Unteroffizier ausgewählt, der die Aufgabe für mich übernommen hat. Auf diese Weise hat sich niemand dafür interessiert. Ich denke, heute werde ich Ihr Unteroffizier sein.«

»Aber wenn Sie erwischt werden?«

»Dann habe ich wenigstens einmal etwas Wichtiges getan. Glauben Sie, es macht Spaß, Taxifahrer zu sein, wenn man ein Regiment befehligt hat? Machen Sie sich keine Sorgen, meine liebe Dame. Ein oder zwei meiner Jungs arbeiten beim Zoll und wenn der Preis stimmt, werden sie nicht allzu viele Fragen stellen.«

Anna öffnete ihren Aktenkoffer, nahm den Umschlag heraus, den Anton ihr gegeben hatte, und reichte Sergei fünf 20-Dollar-Scheine.

»Nein, nein, liebe Dame.« Er warf die Hände in die Luft. »Wir versuchen nicht, den Polizeichef zu bestechen, nur zwei einfache Jungs.« Er nahm einen der Scheine. »Außerdem brauche ich deren Dienste vielleicht in der Zukunft noch einmal und da wollen wir ihre Erwartungen doch nicht über ihre Nützlichkeit hinaus hochschrauben.«

Anna lachte. »Wenn Sie die Frachtpapiere unterschreiben, Sergei, dann achten Sie darauf, dass man Ihre Unterschrift nicht entziffern kann.«

Er sah sie fest an. »Ich verstehe – und ich verstehe auch wieder nicht.« Er hielt inne. »Bleiben Sie hier. Zeigen Sie sich nicht. Jetzt brauche ich nur noch Ihr Ticket.«

Anna öffnete ihren Aktenkoffer erneut, steckte die 80 Dollar zurück in den Umschlag und reichte ihm ihr Flugticket nach London.

Sergei setzte sich auf den Fahrersitz, schaltete den Motor an und winkte zum Abschied.

Anna sah zu, wie der Wagen um die Ecke verschwand – mit dem Gemälde, ihrem Gepäck, ihrem Ticket nach London und 20 Dollar. Alles, was sie als Sicherheit hatte, waren ein Brötchen mit Käse und Tomate und eine Thermoskanne voll kaltem Kaffee.

Fenston nahm den Hörer beim zehnten Klingeln ab.

»Ich bin soeben in Bukarest gelandet«, sagte sie. »Die rote Kiste, nach der Sie suchen, wurde in eine Maschine nach London verladen, die gegen vier heute Nachmittag in Heathrow landet.«

»Und die Frau?«

»Ich kenne ihre Pläne nicht, aber sobald ich …«

»Sorgen Sie dafür, dass die Leiche in Bukarest bleibt.«

Die Leitung war tot.

Olga Krantz marschierte aus dem Flughafengebäude, legte das kürzlich akquirierte Handy unter das Vorderrad eines Sattelschleppers und wartete, bis er losfuhr, bevor sie wieder in die Abflughalle zurückkehrte.

Sie sah auf die Abflugtafel, aber dieses Mal ging sie nicht davon aus, dass die Petrescu nach London fliegen würde: Schließlich gab es an diesem Morgen auch einen Flug nach New York. Sollte die Petrescu einen Platz auf diesem Flieger gebucht haben, dann würde sie sie am Flughafen umbringen müssen. Es wäre nicht das erste Mal – auf diesem bestimmten Flughafen.

Olga Krantz stellte sich hinter einen großen Getränkeautomaten und wartete. Sie achtete darauf, dass sie eine ungehinderte Sicht auf jedes Taxi hatte, das seine Fahrgäste ablieferte. Sie interessierte sich nur für ein bestimmtes Taxi und einen bestimmten Fahrgast. Ein zweites Mal würde die Petrescu sie nicht hereinlegen, denn jetzt hatte sie sich abgesichert.

Nach 30 Minuten wurde Anna unbehaglich zumute. Nach 40 Minuten machte sie sich Sorgen. Nach 50 Minuten stand sie kurz vor einer Panik. Eine Stunde, nachdem Sergei losgefahren war, fragte sich Anna, ob er eventuell für Fenston arbeitete. Einige Minuten später rollte ein alter gelber Mercedes, gefahren von einem noch älteren Mann, um die Kurve.

Sergei lächelte. »Sie wirken erleichtert«, sagte er, öffnete die Beifahrertür und gab ihr das Ticket zurück.

»Nein, nein.« Anna plagten Schuldgefühle.

Sergei lächelte. »Die Kiste ist nach London gebucht und reist in derselben Maschine wie Sie«, sagte er, sobald er wieder hinter dem Lenkrad saß.

»Gut«, meinte Anna. »Dann ist es jetzt wohl an der Zeit, dass ich mich auf den Weg mache.«

»Stimmt.« Sergei drehte den Zündschlüssel um. »Aber Sie müssen vorsichtig sein, denn der Amerikaner wartet bereits auf Sie.«

»Er hat kein Interesse an mir«, meinte Anna, »nur an der Kiste.«

»Aber er hat gesehen, wie ich sie in die Frachtabfertigung brachte, und für weitere 20 Dollar weiß er genau, wohin die Kiste unterwegs ist.«

»Das macht mir nichts mehr aus«, sagte Anna, ohne das näher zu erklären.

Sergei wirkte verwirrt, fragte aber nicht nach. Er lenkte den Mercedes wieder auf die Autobahn und folgte der Ausschilderung zum Flughafen.

»Ich schulde Ihnen so viel«, sagte Anna.

»Vier Dollar«, meinte Sergei, »zuzüglich einer Gourmetmahlzeit.

Ich werde mich mit fünf Dollar zufrieden geben.«

Anna öffnete ihren Aktenkoffer, griff nach Antons Umschlag, nahm bis auf 500 Dollar alles heraus und verschloss ihn wieder. Als Sergei am Taxistand vor der Abflughalle anhielt, reichte Anna ihm den Umschlag.

»Fünf Dollar«, sagte sie.

»Danke, Madame«, erwiderte er.

»Anna«, sagte sie und küsste ihn auf die Wange. Sie drehte sich nicht noch einmal um, sonst hätte sie einen alten Soldaten weinen sehen.

Hätte er ihr sagen sollen, dass Oberst Sergei Slatinaru neben ihrem Vater stand, als der hingerichtet wurde?

Als Tina aus dem Aufzug trat, sah sie Leapman, der ihr Büro verließ. Sie ging rasch in die Toilette. Ihr Herz klopfte panisch, als sie über die Folgen nachdachte. Wusste er jetzt, dass sie jedes Telefongespräch von Fenston mithören konnte, während sie gleichzeitig alles sah, was sich im Büro des Vorsitzenden abspielte? Schlimmer noch, hatte er herausgefunden, dass sie im Laufe des letzten Jahres vertrauliche Dokumente an sich selbst weitergemailt hatte? Tina versuchte, ruhig zu bleiben, als sie wieder auf den Flur trat und langsam auf ihr Büro zuging. In einem war sie sich sicher: Es würde keinen Hinweis geben, dass Leapman sich jemals in ihrem Büro aufgehalten hatte.

Sie setzte sich an ihren Schreibtisch und schaltete den Bildschirm ein. Ihr wurde übel. Leapman war im Büro des Vorsitzenden und sprach mit Fenston. Der Vorsitzende hörte aufmerksam zu.

Jack sah zu, wie Anna den Fahrer auf die Wange küsste. Er konnte nicht vergessen, dass dies derselbe Mann war, der ihm 20 Dollar abgeluchst hatte – eine Summe, die nicht auf seiner Spesenabrechnung auftauchen würde. Er dachte über die Tatsache nach, dass er und der Fahrer die ganze Nacht wach geblieben waren, während sie geschlafen hatte. Jack fürchtete, wenn er einschlief, und sei es auch nur für einen Augenblick, könnte die Kurzhaarige sich anschleichen und die Kiste stehlen, obwohl er die Frau nicht mehr gesehen hatte, seit sie in die Maschine nach London eingestiegen war. Er fragte sich, wo sie jetzt sein mochte. Nicht weit weg, wie er vermutete. Mit jeder Stunde, die verstrich, wurde Jack klarer, dass er es nicht einfach mit einem Taxifahrer zu tun hatte, sondern mit jemandem, der sein Leben für diese Frau aufs Spiel setzen würde, vielleicht sogar ohne die Bedeutung des Inhalts der Kiste zu kennen. Es musste dafür einen Grund geben.

Jack wusste, es wäre Zeitverschwendung, den Taxifahrer zu bestechen, wie er auf eigene Rechnung bereits herausgefunden hatte, aber der Frachtchef hatte ihn in sein Privatbüro gewunken und ihm sogar die relevante Seite der Frachtpapiere ausgedruckt. Die Kiste war für den nächsten Flug nach London gebucht. Bereits an Bord, wie der Frachtchef versichert hatte. Keine schlechte Investition für 50 Dollar, auch wenn er die Unterschrift nicht hatte entziffern können. Aber würde sie dieselbe Maschine nehmen? Jack wusste es einfach nicht. Wenn der van Gogh in der roten Kiste auf dem Heimweg nach London war, was war dann in der Kiste, die Petrescu nach Japan mitgenommen und in Nakamuras Büro abgeliefert hatte? Er hatte keine andere Wahl als abzuwarten, ob sie dieselbe Maschine bestieg.

Sergei sah zu, wie Anna auf den Flughafeneingang zuging,

ihren Koffer hinter sich herziehend. Er würde Anton später anrufen, um ihn wissen zu lassen, dass er sie sicher abgeliefert hatte. Anna drehte sich um und winkte, darum fiel ihm nicht auf, wie ein Fahrgast auf den Rücksitz stieg, bis er hörte, wie die Tür zugeschlagen wurde. Er sah in seinen Rückspiegel.

»Wohin, Madame?«, fragte er.

»Zum alten Flughafen«, sagte sie.

»Ich wusste gar nicht, dass der noch in Betrieb ist«, meinte er, aber sie antwortete nicht. Manche Fahrgäste taten das nicht.

Nach der zweiten Verkehrsinsel nahm Sergei die nächste Abfahrt. Er sah wieder in den Rückspiegel. Irgendetwas an ihr kam ihm vertraut vor – hatte sie schon früher einmal auf seinem Rücksitz gesessen? An der Kreuzung bog Sergei nach links auf die alte Flughafenstraße. Sie lag verlassen. Seit Ceauceşcu im November 1989 zu fliehen versucht hatte, war von hier in der Tat nichts mehr abgeflogen. Er sah noch einmal in den Spiegel, während er versuchte, eine gleichmäßige Geschwindigkeit beizubehalten, als ihm plötzlich alles wieder einfiel. Er wusste genau, wo er sie zuletzt gesehen hatte. Die Haare waren länger gewesen und blond, aber obwohl es über ein Jahrzehnt zurücklag, hatten sich ihre Augen nicht verändert – Augen, die keinerlei Ausdruck zeigten, wenn sie tötete, Augen, die sich in einen hineinbohrten, wenn man starb.

Seine Einheit war an der Grenze zu Bulgarien umzingelt worden. Rasch wurden sie zusammengetrieben und zum nächsten Gefangenenlager gebracht. Er hörte immer noch die Schreie seiner jungen Freiwilligen, von denen einige noch bis vor Kurzem die Schulbank gedrückt hatten. Und sobald sie ihr alles gesagt hatten, was sie wussten – oder dass sie eben gar nichts wussten –, schnitt sie ihnen die Kehlen durch, wobei sie ihnen in die

Augen starrte. Sobald sie sicher war, dass sie tot waren, hackte sie ihnen mit einer weiteren raschen Bewegung ihres Messers den Kopf ab und warf diesen dann mitten in die überfüllte Zelle. Selbst die abgebrühtesten ihrer Helfershelfer wandten dabei ihre Augen ab.

Bevor sie ging, pflegte sie sich immer unter jenen umzusehen, die bis dahin überlebt hatten. Jeden Abend sprach sie dieselben Worte zum Abschied: »Ich habe mich noch nicht entschieden, wer von euch der Nächste sein wird.«

Drei seiner Männer hatten überlebt und das nur, weil neue Gefangene mit neueren Informationen aufgegriffen worden waren. Aber 37 schlaflose Nächte konnte sich Oberst Sergei Slatinaru nur fragen, wann er wohl an der Reihe sein würde. Ihr letztes Opfer war Annas Vater gewesen, einer der tapfersten Männer, die er jemals kennengelernt hatte, der einen besseren Tod verdient hatte, als durch die Hände einer Metzgerin abgestochen zu werden.

Als sie schließlich in die Heimat zurückkehrten, bestand eine seine ersten Pflichten als befehlshabender Offizier darin, Annas Mutter zu erzählen, wie Hauptmann Petrescu getötet worden war. Er log, versicherte ihr, dass ihr Mann tapfer auf dem Schlachtfeld gestorben sei. Warum hätte er seinen Albtraum an sie weitergeben sollen? Und dann rief eines Tages Anton an, um ihm zu sagen, dass er einen Anruf von Hauptmann Petrescus Tochter erhalten habe; sie käme nach Bukarest und ob er … – noch jemand, dem er sein Geheimnis nicht weitergegeben hatte.

Sobald die Kampfhandlungen eingestellt worden waren, kursierten Gerüchte über die Krantz. Sie sei im Gefängnis, sie sei nach Amerika geflohen, sie sei getötet worden. Er hatte gebetet, dass sie noch am Leben war, da er derjenige sein wollte, der sie umbrachte. Gleichzeitig hatte er befürchtet, sie würde sich nie wieder in Rumänien blicken lassen, weil so viele ehemalige Kameraden sie erkennen konnten und Schlange stehen würden für das Privileg, ihr den Hals aufzuschlitzen. Warum war sie zurückgekommen? Was mochte in dieser Kiste sein, das sie veranlasste, ein solches Risiko einzugehen?

Sergei fuhr langsamer, als er ein Stück Ödland erreichte, wo sich einst das Rollfeld befunden hatte, das jetzt jedoch von Unkraut und Schlaglöchern übersät war. Eine Hand behielt er am Lenkrad, die andere fuhr langsam an seiner linken Körperseite hinab unter den Sitz, wo die Waffe versteckt war, die er seit der Hinrichtung von Ceauceşcu nicht mehr benutzt hatte.

»Wo soll ich Sie absetzen, Madame?«, fragte er, als ob sie sich mitten auf einer belebten Straße befanden. Sergei legte die Finger um den Griff der Waffe. Sie antwortete nicht. Er sah in den Rückspiegel. Ihm war klar, dass eine schnelle Bewegung sie misstrauisch machen würde. Sie hatte nicht nur den Vorteil, hinter ihm zu sitzen, sie beobachtete auch jede seiner Bewegungen. Er wusste, dass einer von ihnen beiden in den nächsten sechzig Sekunden tot sein würde.

Sergei krümmte den Zeigefinger um den Abzug, zog die Waffe unter dem Sitz hervor und hob langsam den Arm an, Zentimeter um Zentimeter. Er wollte gerade auf die Bremse treten, als eine Hand sein Haar packte und seinen Kopf in einer einzigen Bewegung nach hinten riss. Sein Fuß rutschte vom Gaspedal und der Wagen blieb mitten auf dem Rollfeld stehen. Er hob die Waffe einen weiteren Zentimeter.

»Wohin fliegt die Frau?«, verlangte sie zu wissen und zog seinen Kopf noch weiter nach hinten, damit sie ihm in die Augen sehen konnte.

»Welche Frau?«, stieß er hervor, während er spürte, wie das Messer die Haut unter seinem Adamsapfel berührte.

»Spiel keine Spielchen mit mir, alter Mann. Die Frau, die du am Flughafen abgesetzt hast.«

»Das hat sie nicht gesagt.« Noch ein Zentimeter.

»Das soll sie nicht gesagt haben, obwohl du sie doch überallhin gefahren hast? Wohin?«, brüllte sie. Die Klinge ritzte jetzt seine Haut auf.

Noch ein Zentimeter.

»Ich gebe dir eine letzte Chance«, schrie sie, als die Klinge seine Haut durchtrennte und warmes Blut seinen Hals hinunterrann.

»Wohin fliegt sie?«, verlangte die Krantz zu wissen.

»Ich weiß es nicht«, schrie Sergei, hob die Waffe, zielte auf ihren Kopf und drückte ab.

Die Kugel fuhr in ihre Schulter und warf sie nach hinten, trotzdem ließ sie seine Haare nicht los. Sergei drückte noch einmal ab, aber es lag eine ganze Sekunde zwischen den beiden Schüssen. Lange genug, dass sie in einer einzigen Bewegung seine Kehle durchtrennen konnte.

Sergeis letzte Erinnerung, bevor er starb, war der Blick in diese kalten grauen Augen.

39

Leapman schlief nicht, als sein Telefon klingelte. Er schlief allerdings selten. Es gab nur einen einzigen Menschen, der ihn zu einer solch unchristlichen Zeit anrufen würde.

Er nahm den Hörer zur Hand. »Guten Morgen, Herr Vorsitzender«, meldete er sich, als ob er am Schreibtisch in seinem Büro sitzen würde.

»Die Krantz hat das Gemälde lokalisiert.«

»Wo ist es?«, fragte Leapman.

»Es war in Bukarest, aber jetzt ist es auf dem Rückweg nach Heathrow.«

Leapman wollte »Ich hab's Ihnen ja gleich gesagt« rufen, aber er riss sich zusammen. »Wann landet die Maschine?«

»Kurz nach 16 Uhr, Londoner Zeit.«

»Ich beauftrage jemanden, das Bild in Empfang zu nehmen.«

»Und die sollen es in den ersten verfügbaren Flieger nach New York setzen.«

»Wo ist die Petrescu?«, erkundigte sich Leapman.

»Keine Ahnung«, meinte Fenston, »aber die Krantz wartet am Flughafen auf sie. Gehen Sie also nicht davon aus, dass sie in derselben Maschine sitzt.«

Leapman hörte das Klicken in der Leitung. Fenston verabschiedete sich nie. Leapman stieg aus dem Bett, nahm sein

Adressbuch zur Hand und blätterte zu dem Buchstaben P. Er sah auf seine Uhr und wählte ihre Büronummer.

»Ruth Parish.«

»Guten Morgen, Ms. Parish. Hier spricht Karl Leapman.«

»Guten Morgen«, erwiderte Ruth vorsichtig.

»Wir haben unser Gemälde gefunden.«

»Sie haben den van Gogh?«, rief Ruth.

»Nein, noch nicht. Darum rufe ich Sie an.«

»Wie kann ich Ihnen behilflich sein?«

»Das Gemälde befindet sich im Frachtraum einer Maschine aus Bukarest und sollte kurz nach 16 Uhr direkt vor Ihrer Haustür landen.« Er schwieg kurz. »Sorgen Sie einfach dafür, dass Sie es in Empfang nehmen.«

»Ich werde dort sein. Wessen Name steht auf der Frachtliste?«

»Wen kümmert's? Es ist unser Bild und es ist in Ihrer Kiste. Sorgen Sie einfach dafür, dass Sie es kein zweites Mal verlieren.« Leapman legte auf, bevor sie protestieren konnte.

Ruth Parish und vier ihrer Träger standen auf dem Rollfeld bereit, als Flug 019 aus Bukarest in Heathrow landete. Sobald das Flugzeug zum Ausladen freigegeben wurde, näherte sich die kleine Wagenkolonne, die aus dem Auto des Zollbeamten, Ruths Range Rover und einem Sicherheitslieferwagen von Art Locations bestand, und parkte 20 Meter vom Frachtraum entfernt.

Wenn Ruth nach oben geschaut hätte, hätte sie Annas lächelndes Gesicht in dem winzigen Fenster am hinteren Ende des Flugzeugs gesehen. Aber sie sah nicht nach oben.

Ruth stieg aus ihrem Wagen und ging zu dem Zollbeamten. Sie hatte ihn zuvor davon in Kenntnis gesetzt, dass sie ein Gemälde von einem ankommenden Flug zum Weiterflug umladen wollte. Der Zollbeamte hatte gelangweilt geschaut und sich gefragt, warum sie einen hochrangigen Beamten für eine solche Routineaufgabe auswählte, bis sie ihm im Vertrauen den Wert des Gemäldes verriet. Sein Personalgespräch stand in drei Wochen an. Wenn er diese einfache Übung verbockte, könnte er den zusätzlichen Silberstreifen vergessen. Ganz zu schweigen von seiner Gehaltserhöhung.

Als die Frachttüren schließlich geöffnet wurden, traten beide zusammen ein, aber nur der Zollbeamte sprach den Frachtleiter an.

»Es befindet sich eine rote Holzkiste an Bord …« Er sah auf sein Klemmbrett. »… einen Meter mal eineinhalb Meter. Zu beiden Seiten ist das Logo von Art Locations angebracht und in allen vier Ecken ist die Zahl 47 aufgemalt. Ich möchte, dass die Kiste vor allen anderen Sachen entladen wird.«

Der Frachtleiter gab die Anweisung an seine beiden Männer im Frachtraum weiter, die in der Dunkelheit verschwanden. Als sie wieder auftauchten, war Anna bereits auf dem Weg zur Passkontrolle.

»Das ist sie«, bestätigte Ruth, als die beiden Frachtarbeiter am Rand des Frachtraums mit einer roten Kiste auftauchten. Der Zollbeamte nickte. Ein Gabelstapler fuhr heran, zog die Kiste fachmännisch aus der Halterung und senkte sie zu Boden. Der Zollbeamte studierte den Frachtschein, prüfte das Logo und sogar die aufgemalten Zahlen.

»Es scheint alles in Ordnung zu sein, Ms. Parish. Wenn Sie hier unterschreiben würden.«

Ruth unterschrieb, konnte aber die Unterschrift auf den Originalladepapieren nicht erkennen. Der Blick des Zollbeamten heftete sich auf den Gabelstapler, der die Kiste zu dem Lieferwagen von Art Locations fuhr, wo zwei von Ruths Trägern die Kiste umluden.

»Ich muss Sie trotzdem bis zum Flugzeug begleiten, Ms. Parish, damit ich bestätigen kann, dass die Kiste zum Weiterflug umgeladen wurde. Erst dann kann ich die Freigabe unterzeichnen.«

»Natürlich«, sagte Ruth, die dieselbe Prozedur zwei oder drei Mal täglich durchführte.

Anna hatte bereits das Gepäckband erreicht, als der Sicherheitswagen seine kurze Fahrt von Terminal 3 zu Terminal 4 antrat und vor dem United Airlines Flugzeug nach New York zum Stehen kam.

Der Art Locations Wagen musste über eine Stunde auf dem Rollfeld warten, bevor der Frachtraum geöffnet wurde. Mittlerweile kannte Ruth die Lebensgeschichte des Zollbeamten und wusste sogar, auf welche Schule er sein drittes Kind schicken würde, falls er befördert werden sollte. Ruth beobachtete den ganzen Vorgang in umgekehrter Reihenfolge. Die Türen des Sicherheitswagens wurden aufgeschlossen, das Gemälde auf einen Gabelstapler geladen, zum Frachtraum gefahren, hochgehoben und an Bord von zwei Trägern in Empfang genommen, bevor es in den Eingeweiden der Maschine verschwand.

Der Zollbeamte unterschrieb alle drei Kopien der Frachtdokumente und verabschiedete sich von Ruth, bevor er in sein Büro zurückkehrte. Unter normalen Umständen wäre Ruth ebenfalls in ihr Büro zurückgekehrt, hätte die nötigen Formblätter ausgefüllt, ihre Nachrichten abgehört und dann Feierabend gemacht. Doch es herrschten keine normalen Umstände. Sie blieb in ihrem Wagen sitzen und wartete, bis das Gepäck der Passagiere an Bord geladen worden war und die Frachttüren verschlossen wurden. Sie rührte sich nicht von der Stelle, auch dann nicht, als das Flugzeug auf das nördliche Rollfeld fuhr. Sie wartete, bis die Räder der Maschine vom Boden abhoben. Dann rief sie Leapman in New York an. Ihre Nachricht war schlicht. »Die Kiste ist auf dem Weg.«

Jack war verwirrt. Er hatte Anna entdeckt, wie sie in die Ankunftshalle geschlendert war, einige Dollar bei Travelex umgetauscht hatte und sich dann in die lange Schlange für ein Taxi eingereiht hatte. Jacks Taxi stand bereits mit laufendem Motor auf der anderen Straßenseite, zwei Gepäckstücke an Bord, und wartete darauf, dass Annas Taxi vorbeifuhr.

»Wohin, Governor?«, fragte der Fahrer.

»Ich bin nicht sicher«, gab Jack zu. »Aber ich könnte wetten, zum Frachtdepot.«

Jack nahm an, dass Anna direkt zum Frachtdepot fahren und die Kiste abholen würde, die der Taxifahrer aus Bukarest aufgegeben hatte.

Aber er irrte sich. Anstatt nach rechts zu fahren, wo das große blaue Schild zum Frachtdepot wies, bog Annas Taxi nach links und fuhr über die M25 nach Westen.

»Sie fährt nicht zum Frachtdepot, Governor. Was schätzen Sie jetzt – Gatwick?«

»Was mag nur in der Kiste sein?«, sinnierte Jack.

»Ich habe keine Ahnung, Sir.«

»Ich bin ja so dämlich«, meinte Jack.

»Dazu möchte ich lieber nichts sagen, Sir, aber es würde helfen, wenn ich wüsste, wohin wir fahren.«

Jack lachte. »Ich denke, es wird Wentworth sein.«

»Okay, Governor.«

Jack versuchte, sich zu entspannen, aber jedes Mal, wenn er in den Rückspiegel sah, hätte er schwören können, dass ihnen ein anderes schwarzes Taxi folgte. Eine schattenhafte Gestalt saß auf dem Rücksitz. Warum verfolgte sie Anna immer noch, wo sich das Gemälde längst im Frachtdepot befinden musste?

Als sein Fahrer von der M25 abbog und die Straße nach Wentworth nahm, fuhr das Taxi, von dem Jack dachte, es verfolge sie, weiter in Richtung Gatwick.

»Sie sind doch nicht dämlich, Governor, denn es sieht ganz so aus, als ob es wirklich Wentworth wird.«

»Nicht dämlich, aber paranoid«, meinte Jack.

»Entscheiden Sie sich, Sir«, sagte der Fahrer, als Annas Taxis durch die Pforte von Wentworth Hall fuhr und die Auffahrt entschwand. »Soll ich ihr folgen, Governor?«

»Nein«, sagte Jack. »Aber ich brauche ein Hotel in der Nähe. Kennen Sie zufällig eines?«

»Wenn das Golfturnier stattfindet, setze ich immer viele Fahrgäste im Wentworth Arms ab. Die sollten zu dieser Jahreszeit ein Zimmer für Sie frei haben.«

»Lassen Sie es uns herausfinden«, bat Jack.

»Aber gerne doch, Governor.«

Jack lehnte sich zurück und gab eine Nummer in sein Handy ein.

»Amerikanische Botschaft.«

»Tom Crasanti, bitte.«

40

Als Olga Krantz nach der Operation wieder zu sich kam, spürte sie als Erstes den stechenden Schmerz in ihrer rechten Schulter. Sie brachte es fertig, den Kopf ein paar Zentimeter vom Kissen zu heben, während sie versuchte, sich in dem kleinen, schmucklosen Raum mit den nackten weißen Wänden zurechtzufinden: Es gab nur ein Bett, einen Tisch, einen Stuhl, ein Laken, eine Decke und eine Bettpfanne. Der Raum hatte keine Fenster, keine Blumen, kein Obst, keine Gute-Besserung-Genesungskarten, aber dafür einen Ausgang mit Querbalken über der Tür.

Sie versuchte, sich zusammenzureimen, was mit ihr geschehen war. Sie konnte sich erinnern, wie der Taxifahrer die Waffe auf ihr Herz richtete, doch dann setzte ihre Erinnerung aus. Sie hatte gerade genug Zeit gehabt, sich zur Seite zu drehen – zwei Zentimeter, mehr nicht – bevor die Kugel in ihre Schulter drang. Niemand war je zuvor so weit gekommen. Die nächste Kugel verfehlte sie komplett, aber da hatte er ihr schon eine weitere Sekunde gegeben, genug Zeit, um seine Kehle aufzuschlitzen. Er musste ein Profi gewesen sein, vielleicht ein ehemaliger Polizist, möglicherweise ein Soldat. Aber dann war sie wohl in Ohnmacht gefallen.

Jack nahm sich ein Zimmer im Wentworth Arms und buchte für acht Uhr einen Tisch im Restaurant. Nachdem er geduscht und sich umgezogen hatte, freute er sich darauf, ein riesiges, saftiges Steak zu verschlingen.

Obwohl Anna sicher in Wentworth Hall untergebracht war, konnte er sich einfach nicht entspannen, solange der Kurzhaarschnitt möglicherweise irgendwo in der Nähe lauerte. Er hatte Tom bereits gebeten, die örtliche Polizei zu verständigen. Nebenher führte er seine eigene Überwachung durch.

Er saß in der Lounge, genoss ein Guinness und dachte über Anna nach. Lange bevor die Uhr in der Empfangshalle acht schlug, kam Tom herein, sah sich um und entdeckte seinen alten Freund am Kamin. Jack erhob sich zur Begrüßung und entschuldigte sich, dass er ihn ins Wentworth Arms genötigt hatte, wo er den Abend mit Chloe und Hank hätte verbringen können.

»Solange man hier einen anständigen Tom Collins mixt, werde ich mich nicht beklagen«, erwiderte Tom daraufhin.

Tom erklärte Jack gerade, wie Hank 50 Läufe erzielt hatte – was immer das sein mochte –, als der Oberkellner zu ihnen trat, um die Bestellung für das Abendessen aufzunehmen. Sie wählten beide Steak. Als Texaner räumte Tom ein, dass er sich immer noch nicht an die englische Version gewöhnt hatte, die ihn doch sehr stark an eine Lammkeule erinnerte.

»Ich werde Sie verständigen, sobald Ihr Tisch bereit ist«, sagte der Oberkellner.

»Danke«, erwiderte Jack. Tom beugte sich vor und öffnete seinen Aktenkoffer. Er zog eine dicke Akte heraus und legte sie auf den Tisch zwischen ihnen. Smalltalk war noch nie seine starke Seite gewesen.

»Lass uns mit den wichtigen Neuigkeiten anfangen.« Tom

schlug die Akte auf. »Wir haben die Frau auf dem Foto, das du aus Tokio geschickt hast, identifiziert.« Jack stellte seinen Drink ab und konzentrierte sich auf den Inhalt der Akte. »Sie heißt Olga Krantz und hat mit Dr. Petrescu etwas gemeinsam.«

»Und das wäre?«, fragte Jack.

»Das FBI hielt sie auch für vermisst, vermutlich tot. Wie du aus ihrem Profil ersehen kannst …«, Tom schob ein Blatt Papier über den Tisch, »… haben wir 1989 ihre Spur verloren, als sie aus dem Kreis von Ceauceşcus persönlichen Leibwächtern verschwand. Mittlerweile sind wir davon überzeugt, dass sie ausschließlich für Fenston arbeitet.«

»Das ist aber verdammt weit hergeholt«, meinte Jack, als ein Kellner mit einem Tom Collins und einem weiteren Guinness auftauchte.

»Keineswegs. Man muss die Fakten nur logisch betrachten«, hielt Tom dagegen. »Und ihnen dann Schritt für Schritt folgen«, fügte er hinzu und nippte an seinem Drink. »Schließlich haben sie und Fenston zur selben Zeit für Ceauceşcu gearbeitet.«

»Zufall«, meinte Jack. »Würde vor Gericht nicht standhalten.«

»Möglicherweise doch, wenn man ihre Stellenbeschreibung liest.«

»Die da lautet?«, fragte Jack.

»Sie war dafür verantwortlich, jeden zu beseitigen, der für Ceauceşcu eine Bedrohung darstellte.«

»Reiner Indizienbeweis.«

»Bis man herausfindet, welche Methode sie bevorzugte.«

»Ein Küchenmesser?«, spekulierte Jack, ohne auf das Blatt Papier vor ihm zu schauen.

»Du hast es erfasst«, meinte Tom.

»Ich fürchte, das bedeutet, dass in deiner Beweiskette eine nicht zu leugnende Lücke klafft.«

»Und die wäre?«, fragte Tom.

»Anna ist ihr nächstes Opfer.«

»Glücklicherweise klafft da eine Lücke in der Logik, denn heute Morgen wurde die Krantz in Bukarest verhaftet.«

»Wie bitte?«, rief Jack.

»Von der örtlichen Polizei«, bestätigte Tom.

»Kaum zu glauben, dass sie sie zu fassen bekommen haben sollen«, meinte Jack. »Ich habe sie ständig verloren, auch wenn ich genau wusste, wo sie war.«

»Die örtliche Polizei gab bereitwillig zu, dass sie zu der Zeit bewusstlos war«, meinte Tom.

»Erzähl mir die Einzelheiten«, verlangte Jack ungeduldig.

»Offenbar – und als ich vorhin die Botschaft verließ, liefen immer noch Berichte ein – war die Krantz in eine Auseinandersetzung mit einem Taxifahrer verwickelt. Er hatte 500 Dollar bei sich. Dem Taxifahrer war die Kehle aufgeschlitzt worden und sie hatte eine Kugel in ihrer rechten Schulter. Wir wissen noch nicht, was zu dem Kampf führte, aber da er nur wenige Momente, bevor dein Flieger abhob, getötet wurde, dachten wir, dass du etwas Licht in diese Angelegenheit bringen könntest.«

»Die Krantz wollte sicher herausfinden, in welcher Maschine Anna saß, nachdem sie sich in Tokio so blamiert hatte. Aber dieser Mann hätte es ihr nie erzählt. Er hat Anna wie ein Vater, nicht wie ein Taxifahrer beschützt, und die 500 Dollar sind eine falsche Fährte. Die Krantz bringt Leute nicht für Klimpergeld um und er gehörte zu den Taxifahrern, die keinen Taxameter laufen lassen.«

»Tja, wie auch immer, die Krantz ist weggesperrt und mit

etwas Glück verbringt sie den Rest ihres Lebens im Gefängnis, was sich als nicht sehr lange erweisen könnte, da wir aus zuverlässiger Quelle wissen, dass die halbe Bevölkerung Rumäniens sie zu gern erdrosseln würde.« Tom sah wieder auf seine Akte. »Es hat sich herausgestellt, dass unser Taxifahrer, ein gewisser Oberst Sergei Slatinaru, Held des Widerstands war.« Tom nahm noch einen Schluck von seinem Drink, bevor er hinzufügte: »Es besteht also kein Grund mehr, warum du dir um die Sicherheit der Petrescu Sorgen machen müsstest.«

Der Kellner erschien, um sie in den Speisesaal zu führen.

»Ebenso wie die meisten Rumänen werde ich mich erst entspannen, wenn die Krantz tot ist«, erklärte Jack. »Bis dahin mache ich mir Sorgen um Anna.«

»Anna? Ihr zwei seid schon per du?«, fragte Tom und setzte sich Jack gegenüber an den Tisch.

»Wohl kaum, obwohl wir es sehr gut sein könnten. Ich habe mehr Nächte mit ihr verbracht als mit den meisten meiner Freundinnen.«

»Dann hätten wir Dr. Petrescu vielleicht bitten sollen, uns Gesellschaft zu leisten?«

»Vergiss es«, sagte Jack. »Sie wird mit Lady Arabella in Wentworth Hall speisen, während wir uns mit dem Wentworth Arms begnügen müssen.«

Ein Kellner stellte eine Kartoffelsuppe mit Lauch vor Tom ab und servierte Jack einen Caesar Salat.

»Hast du noch etwas über Anna herausgefunden?«

»Nicht viel«, räumte Tom ein. »Aber ich kann dir mitteilen, dass sie vom Flughafen in Bukarest die New Yorker Polizei angerufen hat. Sie bat darum, ihren Namen von der Vermisstenliste zu streichen. Sie sei in Rumänien gewesen und habe ihre

Mutter besucht. Sie hat auch ihren Onkel in Danville, Illinois, angerufen. Außerdem Lady Arabella Wentworth.«

»Dann muss ihr Treffen in Tokio in die Hose gegangen sein«, mutmaßte Jack.

»Das wirst du mir erklären müssen«, bat Tom.

»Sie hat sich in Tokio mit einem Stahlmagnaten namens Nakamura getroffen. Er besitzt die weltweit größte Sammlung an Impressionisten.« Jack verstummte. »Offensichtlich hat sie Nakamura den van Gogh nicht verkauft. Das würde erklären, warum sie das Gemälde zurück nach London geschickt und sogar zugelassen hat, dass es nach New York weitergeleitet wird.«

»Sie scheint mir nicht der Typ zu sein, der so leicht aufgibt.« Tom zog ein weiteres Blatt Papier aus einer Akte. »Übrigens sucht die Happy Hire Company ebenfalls nach ihr. Man behauptet dort, sie habe eines ihrer Fahrzeuge an der kanadischen Grenze zurückgelassen, allerdings ohne vorderen Kotflügel, ohne vordere und hintere Stoßstange und mit nur noch einem funktionierenden Scheinwerfer.«

»Das ist ja wohl kaum ein Schwerverbrechen«, meinte Jack.

»Bist du dabei, dich in diese Frau zu verlieben?«

Jack erwiderte nichts, denn ein Kellner trat an ihren Tisch. »Zwei Steaks, einmal rare, einmal medium«, verkündete er.

»Das rohe für mich«, sagte Tom.

Der Kellner stellte beide Teller auf den Tisch und sagte: »Enjoy.«

»Noch ein Amerikanismus, den wir exportiert zu haben scheinen«, grunzte Tom.

Jack lächelte. »Bist du bei Leapman weitergekommen?«

»Oh ja«, erwiderte Tom. »Wir wissen eine Menge über Mr. Leapman.« Er legte eine zweite Akte auf den Tisch. »Leapman ist in zweiter Generation amerikanischer Staatsbürger und hat an der Columbia Rechtswissenschaften studiert. Ähnlich wie du.« Tom grinste. »Nach seinem Abschluss hat er für mehrere Banken gearbeitet, wechselte aber immer recht schnell den Arbeitgeber, bis er mit einem Aktienbetrug aufflog. Seine Spezialität war der Verkauf von Aktien an Witwen, die gar nicht existierten.« Er hielt inne. »Die Witwen existierten, die Aktien nicht.« Jack lachte. »Leapman saß daraufhin eine zweijährige Haftstrafe im Gefängnis von Rochester in Bundesstaat New York ab und wurde auf Lebenszeit von der Arbeit in einer Bank oder bei einem anderen Finanzdienstleister ausgeschlossen.«

»Aber ist er nicht Fenstons rechte Hand?«

»Möglicherweise die von Fenston, aber nicht der Bank. Leapmans Name taucht in ihren Büchern nicht auf, nicht einmal als Putzmann. Er zahlt Steuern auf sein einziges bekanntes Einkommen, einen monatlichen Scheck von einer Tante in Mexiko.«

»Ich bitte dich …«, fing Jack an.

»Und bevor du etwas sagst«, fügte Tom hinzu, »meine Abteilung hat weder die finanziellen Ressourcen noch genügend Personal, um herauszufinden, ob diese Tante überhaupt existiert.«

»Irgendeine Verbindung nach Rumänien?« Jack biss in sein Steak.

»Nicht, dass wir wüssten«, sagte Tom.

»Leapman könnte sich als unser bester Anknüpfungspunkt erweisen«, sagte Jack. »Wenn wir ihn nur dazu bringen könnten, eine Aussage zu machen, dann …«

»Keine Chance«, entgegnete Tom. »Seit er das Gefängnis verlassen hat, hat er sich nicht einmal einen Strafzettel für falsches Parken eingehandelt und ich vermute, er hat sehr viel mehr Angst vor Fenston als vor uns.«

»Wenn doch nur Hoover noch lebte.« Jack grinste.

Sie hoben beide ihr Glas, dann meinte Tom: »Wann fliegst du wieder in die Staaten? Ich frage nur, weil ich wissen will, wann ich zu meiner eigentlichen Arbeit zurückkehren kann.«

»Vermutlich morgen«, sagte Jack. »Jetzt, da die Krantz weggesperrt ist, sollte ich nach New York zurück. Macy wird wissen wollen, ob ich die Krantz mit Fenston in Verbindung bringen kann.«

»Kannst du?«, wollte Tom wissen.

Keiner von beiden bemerkte die zwei Männer, die mit dem Maître d'hôtel sprachen. Sie bäten sicher nicht um eine Tischreservierung, sonst hätten sie ihre Regenmäntel an der Garderobe abgegeben. Sobald der Maître ihre Fragen beantwortet hatte, marschierten sie zielgerichtet in den Speisesaal.

Tom legte die Akten gerade in seinen Aktenkoffer zurück, als sie an ihren Tisch traten.

»Guten Abend, meine Herren«, sagte der größere der beiden Männer. »Ich bin Detective Sergeant Frankham und das ist mein Kollege, Detective Constable Ross. Es tut mir leid, Sie beim Essen zu stören, aber ich muss mit Ihnen sprechen, Sir.« Er berührte Jack an der Schulter.

»Warum?«, fragte Jack und legte Messer und Gabel beiseite. »Habe ich im Halteverbot geparkt?«

»Ich fürchte, es ist etwas ernster, Sir«, sagte der Detective Sergeant. »Ich muss Sie bitten, mich auf das Revier zu begleiten.«

»Aufgrund welcher Anklage?«, verlangte Jack zu wissen.

»Ich halte es für klüger, Sir, wenn wir diese Unterhaltung nicht in einem überfüllten Restaurant führen.«

»Und aufgrund wessen Autorität …«, fing Tom an.

»Ich denke, Sie müssen sich damit nicht belasten, Sir.«

»Das werde ich entscheiden.« Tom zog die Brieftasche mit seiner FBI-Marke aus der Innentasche seines Jacketts. Er wollte die Brieftasche aufklappen, als Jack ihn am Ellbogen berührte und sagte:

»Lass uns keine Szene machen. Es besteht keine Veranlassung, das Büro zu involvieren.«

»Verdammt noch eins, für wen halten sich diese Leute …«

»Tom, beruhige dich. Wir sind hier nicht zu Hause. Ich begleite sie auf das Revier und wir klären die Sache dort.«

Zögerlich steckte Tom seine Brieftasche mit der FBI-Marke zurück in seine Innentasche und obwohl er nichts sagte, ließ der Ausdruck auf seinem Gesicht keinen der Polizisten darüber im Zweifel, welche Gefühle er hegte. Als Jack aufstand, packte der Sergeant seinen Arm und legte ihm zügig Handschellen an.

»He, ist das wirklich nötig?«, verlangte Tom zu wissen.

»Tom, halt dich da raus«, bat Jack in maßvollem Ton.

Tom folgte Jack widerwillig aus dem Speisesaal, vorbei an den anderen Gästen, die emsig plauderten und aßen und so taten, als würde sich direkt neben ihnen nichts Ungewöhnliches abspielen.

Als sie zum Eingang kamen, fragte Tom: »Soll ich mit aufs Revier?«

»Nein«, sagte Jack. »Keine Sorge, ich bin sicher, ich komme rechtzeitig zum Kaffee wieder zurück.«

Die beiden Frauen starrten Jack von der anderen Seite des Flures aufmerksam an.

»Ist er das, Madam?«

»Ja, das ist er«, bestätigte eine von ihnen.

41

Als der Streifenwagen vor dem Revier vorfuhr, wurde Jack hinausverfrachtet. Sobald er vom diensthabenden Sergeant erfasst worden war, begleiteten ihn die beiden Detectives nach unten in einen Verhörraum. Detective Sergeant Frankham bat ihn, sich auf die andere Seite des Tisches zu setzen – für Jack eine völlig neue Erfahrung. Detective Constable Ross stellte sich schweigend in eine Ecke.

Jack fragte sich, welcher von beiden wohl den guten Cop spielen würde.

Detective Sergeant Frankham setzte sich, legte eine Akte auf den Tisch und zog ein langes Formblatt heraus.

»Name?«, begann Frankham.

»Jack Fitzgerald Delaney«, erwiderte Jack.

»Geburtsdatum?«

»22. November 63.«

»Beruf?«

»Leitender Ermittler beim FBI, Außenstelle New York.«

Der Detective ließ seinen Stift fallen, sah auf und sagte: »Können Sie sich ausweisen?«

Jack zog seine FBI-Marke und seinen Ausweis hervor.

»Danke, Sir«, sagte Frankham, nachdem er beides geprüft hatte.

»Könnten Sie hier einen Augenblick warten?« Er stand auf und wandte sich an seinen Kollegen. »Würden Sie dafür sorgen, dass man Agent Delaney einen Kaffee anbietet? Das könnte etwas dauern.« Als er zur Tür kam, fügte er hinzu: »Und sorgen Sie dafür, dass er Krawatte, Gürtel und Schnürsenkel zurückbekommt.«

Detective Sergeant Frankham sollte recht behalten, denn es dauerte eine Stunde, bevor sich die schwere Tür wieder öffnete und ein älterer Mann mit einem wettergegerbten, faltigen Gesicht eintrat. Er trug eine maßgeschneiderte Uniform mit silbernen Tressen auf den Ärmeln, den Schulterstücken und auch auf der spitzen Mütze, die er absetzte, wodurch ein Schwall grauer Haare freigelegt wurde. Er setzte sich Jack gegenüber.

»Guten Abend, Mr. Delaney. Ich heiße Renton. Chief Superintendent Renton. Jetzt, da wir Ihre Identität bestätigt haben, könnten Sie mir vielleicht freundlicherweise ein paar Fragen beantworten.«

»Wenn es mir möglich ist«, sagte Jack.

»Ich bin sicher, dass es Ihnen möglich ist«, meinte Renton. »Mich interessiert aber hauptsächlich, ob Sie auf meine Fragen auch antworten wollen.«

Jack antwortete nicht.

»Wir haben von einer üblicherweise verlässlichen Quelle eine Beschwerde erhalten, dass Sie in der vergangenen Woche eine Dame ohne deren Wissen verfolgt haben. Gemäß dem Belästigungsgesetz von 1997 ist das in England eine Straftat, wie Sie zweifelsohne wissen. Ich bin jedoch sicher, dass Sie eine ganz einfache Erklärung dafür haben.«

»Dr. Petrescu ist Gegenstand einer laufenden Ermittlung, die das FBI schon seit geraumer Zeit durchführt.«

»Hat diese Ermittlung irgendetwas mit dem Tod von Lady Victoria Wentworth zu tun?«

»Ja«, antwortete Jack.

»Und ist Dr. Petrescu eine Tatverdächtige?«

»Nein«, erwiderte Jack fest. »Ganz im Gegenteil. Wir gingen davon aus, dass sie möglicherweise das nächste Opfer sein könnte.«

»Sie *gingen* davon aus?«, wiederholte der Chief Superintendent.

»Ja«, erklärte Jack. »Glücklicherweise wurde die Mörderin in Bukarest verhaftet.«

»Und Sie hielten es nicht für nötig, uns diese Information mitzuteilen?«, erkundigte sich Renton. »Trotz der Tatsache, dass wir eine Mordermittlung durchführen?«

»Ich entschuldige mich dafür, Sir«, sagte Jack. »Ich habe es selbst erst vor wenigen Stunden herausgefunden. Aber ich bin sicher, unser Büro in London wollte Sie davon in Kenntnis setzen.«

»Tom Crasanti hat mich mittlerweile ins Bild gesetzt, aber ich vermute, er hat das nur getan, weil sein Kollege verhaftet wurde.« Jack kommentierte das nicht. »Er hat mir jedoch versichert«, fuhr Renton fort, »dass Sie uns künftig über jede weitere Entwicklung umfassend informieren werden.« Der Chief Superintendent erhob sich. »Gute Nacht, Mr. Delaney. Ich habe Ihre sofortige Freilassung veranlasst und ich kann nur hoffen, dass Sie einen angenehmen Heimflug haben werden.«

»Danke, Sir«, sagte Jack. Renton setzte seine Mütze wieder auf und verließ den Raum.

Jack konnte sich gut in den Chief Superintendent hineinversetzen. Schließlich machte sich die Polizei von New York, vom

CIA ganz zu schweigen, kaum jemals die Mühe, das FBI in ihre Pläne einzuweihen. Einige Augenblicke später kehrte Detective Sergeant Frankham zurück.

»Wenn Sie bitte mit mir kommen würden, Sir«, sagte er. »Es wartet ein Wagen auf Sie, der Sie in Ihr Hotel zurückbringen wird.«

»Danke schön.« Jack folgte dem Detective Sergeant aus dem Raum und die Treppe hinauf zur Anmeldung.

Der diensthabende Sergeant senkte den Kopf, als Jack das Gebäude verließ. Jack schüttelte die Hand des peinlich berührten Detective Sergeant Frankham, bevor er in einen Streifenwagen stieg, der vor dem Eingang stand. Tom wartete bereits auf dem Rücksitz.

»Noch so eine Sache, die Quantico auf seinen Ausbildungsplan setzen sollte«, schlug Tom vor. »Wie man einen größeren, diplomatischen Zwischenfall verursacht, während man einen der ältesten Verbündeten seines Landes besucht.«

»Ich muss dem Wort ›besondere Beziehung‹ eine neue Bedeutung verliehen haben«, kommentierte Jack.

»Wie auch immer, der Verurteilte erhält die Chance auf Wiedergutmachung«, sagte Tom.

»An was denkst du da?«, fragte Jack.

»Wir sind eingeladen, morgen früh mit Lady Arabella und Dr. Petrescu auf Wentworth Hall zu frühstücken. Übrigens, Jack, jetzt verstehe ich, was du an Anna findest.«

22. September

42

Kurz nach 7 Uhr 30 trat Jack aus dem Wentworth Arms. Ein Rolls-Royce parkte vor dem Eingang. Der Chauffeur öffnete die hintere Wagentür, als er Jack sah.

»Guten Morgen, Sir«, sagte er. »Lady Arabella hat mich gebeten, Ihnen auszurichten, wie sehr Sie sich auf die Begegnung mit Ihnen freut.«

»Ich freue mich auch.« Jack stieg ein.

»Wir werden in wenigen Minuten dort sein«, versicherte ihm der Chauffeur, als sie losfuhren.

Die Hälfte der Fahrt, so schien es Jack, zog sich von dem schmiedeeisernen Tor am Eingang zum Anwesen über die lang gestreckte Zufahrt zum Schloss. Sobald der Chauffeur den Wagen zum Stehen gebracht hatte, sprang er heraus und ging um den Rolls-Royce herum, um die Tür zu öffnen. Jack trat auf die Kiesauffahrt und sah einen Butler auf der obersten Stufe stehen, der ihn offensichtlich erwartete.

»Guten Morgen, Sir«, begrüßte ihn der Butler. »Willkommen auf Wentworth Hall. Wenn Sie mir bitte folgen würden. Lady Arabella erwartet Sie.«

»Eine ›üblicherweise verlässliche Quelle‹«, murmelte Jack. Falls der Butler ihn gehört hatte, sagte er zumindest nichts. Er führte seinen Gast zum Salon.

»Mr. Delaney, Mylady«, verkündete der Butler, während zwei Hunde schwanzwedelnd auf Jack zugelaufen kamen.

»Guten Morgen, Mr. Delaney«, sagte Arabella. »Ich glaube, wir schulden Ihnen eine Entschuldigung. Sie sind so offensichtlich kein Stalker.«

Jack starrte Anna an, die ebenfalls angemessen beschämt aussah, und drehte sich dann zu Tom um, der sein Grinsen partout nicht unterdrücken konnte.

Da tauchte Andrews wieder in der Tür auf. »Das Frühstück ist serviert, Mylady.«

Als sie zum zweiten Mal aufwachte, wechselte ein junger Arzt gerade den Verband an ihrer Schulter.

»Wie lange wird es dauern, bis ich vollkommen wiederhergestellt bin?«, lautete ihre erste Frage.

Der Arzt wirkte entsetzt, als er ihre Stimme das erste Mal hörte – eine solch schrille, pfeifende Stimme passte irgendwie nicht zu dem Mythos, der sie umgab. Er schwieg, bis er mit der Schere ein Stück Pflaster abgeschnitten hatte.

»Drei, höchstens vier Tage.« Er sah auf sie hinunter. »Aber wenn ich Sie wäre, würde ich mich mit der Genesung nicht beeilen, denn sobald ich Ihre Entlassungspapiere unterzeichne, heißt Ihr nächster Aufenthalt Jilava und ich glaube, das ist Ihnen aus den Tagen, als Sie dem früheren Regime gedient haben, noch ein Begriff.«

Die Krantz würde niemals den trostlosen, rattenverseuchten Steinkerker vergessen, den sie jeden Abend aufgesucht hatte, um die neuesten Gefangenen zu verhören, bevor sie in die Wärme ihrer gut ausgestatteten Datscha in einem Vorort der Stadt gefahren wurde.

»Man hat mir gesagt, die Insassen freuen sich schon darauf, Sie nach so langer Abwesenheit wiederzusehen«, fügte der Arzt hinzu. Er beugte sich nach vorn, schälte einen Rand von dem großen Pflaster auf ihrer Schulter ab und hielt inne. »Das wird jetzt wehtun«, versprach er und riss das Pflaster in einer einzigen Bewegung ab. Olga Krantz zuckte nicht. Diese Befriedigung würde sie ihm nicht geben.

Der Arzt tupfte Jod auf die Wunde, bevor er das neue Pflaster auflegte. Dann bandagierte er fachmännisch die Schulter und legte ihren rechten Arm in eine Schlinge.

»Wie viele Wachen gibt es hier?«, fragte sie beiläufig.

»Sechs – und alle sind bewaffnet«, sagte der Arzt. »Nur für den Fall, dass Sie an Flucht denken sollten, haben die Wachen die Anweisung, erst zu schießen und sich später Gedanken über das Ausfüllen lästiger Formulare zu machen. Ich habe sogar schon eine Sterbeurkunde für Sie vorbereitet.«

Die Krantz stellte keine weiteren Fragen.

Nachdem der Arzt gegangen war, starrte sie zur Decke hoch. Wenn es überhaupt eine Chance auf Flucht gab, dann musste es über die Bühne gehen, solange sie im Krankenhaus lag. Niemandem war es je gelungen, aus dem Jilava-Zuchthaus zu fliehen, nicht einmal Ceauceşcu.

Sie brauchte acht Stunden, um herauszufinden, dass es tatsächlich immer sechs Wachen waren, die in Acht-Stunden-Schichten Dienst schoben. Die erste Gruppe kam um 6 Uhr früh, die zweite um 14 Uhr und die Nachtschicht um 22 Uhr.

Während einer langen, schlaflosen Nacht fand die Krantz heraus, dass die sechs Wachen der Nachtschicht das Gefühl hatten, den Kürzeren gezogen zu haben. Einer von ihnen war schlichtweg faul und verschlief die halbe Nacht. Ein anderer schlich sich immer fort, um auf der Feuertreppe eine Zigarette zu rauchen – im Krankenhaus selbst war das Rauchen untersagt. Der Dritte war ein Weiberheld, der glaubte, er sei auf die Erde entsandt worden, um Frauen zu beglücken. Er war nie mehr als ein paar Schritte von den Krankenschwestern entfernt. Der Vierte verbrachte die meiste Zeit mit Jammern darüber, wie viel oder besser wie wenig man ihm bezahlte, und über die Kunstfertigkeit seiner Frau, sein Geld noch vor dem Ende jeder Woche auf den Kopf zu hauen. Die Krantz wusste, dass sie dieses Problem in den Griff kriegen konnte, wenn sie nur die Chance dazu erhielt. Die anderen beiden Wachen waren älter und erinnerten sich aus der Zeit des früheren Regimes nur zu gut an sie. Beide wären überglücklich gewesen, sie zu erschießen, wenn sie auch nur den Kopf vom Kissen hob.

Aber selbst diese beiden hatten ein Anrecht auf eine Pause.

Jack frühstückte Eier mit Schinken, Pilzen und Tomaten, gefolgt von Toast, englischer Marmelade und Kaffee.

»Nach einer so schlimmen Erfahrung müssen Sie hungrig sein«, meinte Arabella.

»Ohne Tom würde ich jetzt wahrscheinlich Gefängnisrationen bekommen.«

»Ich fürchte, das ist meine Schuld«, sagte Anna. »Ich habe mit dem Finger auf Sie gezeigt.« Sie grinste.

»Stimmt nicht«, warf Tom ein. »Sie müssen Arabella für die Verhaftung von Jack danken – aber auch für seine Freilassung.«

»Nein, ich kann unmöglich das ganze Lob für mich beanspruchen.« Arabella streichelte einen der Hunde, die neben ihr saßen. »Ich gebe zu, ich habe Jack verhaften lassen, aber es war Ihr Botschafter, der ihn ›rausgeholt‹ hat.«

»Eins verstehe ich immer noch nicht, auch wenn uns Tom schon einiges erklärt hat«, sagte Anna. »Warum haben Sie mich bis nach Wentworth verfolgt, obwohl Sie davon überzeugt waren, dass ich das Gemälde nicht mehr bei mir hatte?«

»Weil ich dachte, die Frau, die Ihren Fahrer ermordet hat, wäre Ihnen nach London gefolgt.«

»Wo sie mich töten wollte?«, flüsterte Anna. Jack nickte, sagte aber nichts. »Gott sei Dank war mir das nie bewusst.« Sie schob ihren Frühstücksteller beiseite.

»Aber zu diesem Zeitpunkt hatte man sie für den Mord an Sergei bereits verhaftet?«, fragte Arabella.

»Genau«, bestätigte Jack. »Das habe ich allerdings erst erfahren, als ich mich gestern Abend mit Tom traf.«

»Dann hat das FBI mich also überwacht?« Anna sah Jack an, der gerade Butter auf ein Stück Toast schmierte.

»Schon eine ganze Weile«, räumte Jack ein. »Wir haben uns sogar einmal gefragt, ob *Sie* die Auftragsmörderin sind.«

»Mit welcher Begründung?«, verlangte Anna zu wissen.

»Kunsthändlerin zu sein ist eine gute Fassade für jemanden, der für Fenston arbeitet. Besonders, wenn sie auch noch sportlich ist und zufällig in Rumänien geboren wurde.«

»Wie lange stehe ich schon unter Beobachtung?«, fragte Anna.

»Seit zwei Monaten«, gab Jack zu. Er nahm einen Schluck Kaffee.

»Wir wollten gerade Ihre Akte schließen, als der van Gogh gestohlen wurde.«

»Ich habe ihn nicht gestohlen«, erklärte Anna mit scharfer Stimme.

»Sie hat ihn auf meine Veranlassung hin wiederbeschafft«, warf Arabella ein. »Und mit meinem Segen.«

»Hoffen Sie immer noch, dass Fenston sich mit dem Verkauf des Gemäldes einverstanden erklärt, damit Sie Ihre Schulden bezahlen können? Wenn er das nämlich tut, wäre das eine Premiere.«

»Nein«, rief Arabella, ein wenig zu schnell. »Das ist das Letzte, was ich will.«

Jack wirkte verwirrt.

»Erst muss die Polizei herausfinden, wer ihre Schwester ermordet hat«, warf Anna ein.

»Wir wissen doch alle, wer meine Schwester ermordet hat«, meinte Arabella ungehalten. »Und wenn mir diese Person jemals unterkommt, werde ich ihr mit Vergnügen den Schädel wegpusten.« Beide Hunde stellten die Ohren auf.

»Es zu wissen ist nicht dasselbe, wie es beweisen zu können«, hielt Jack dagegen.

»Dann kommt Fenston also mit dem Mord durch«, meinte Anna leise.

»Es ist vermutlich nicht das erste Mal«, räumte Jack ein. »Das FBI ermittelt schon seit geraumer Zeit gegen ihn. Es gibt vier…« Er machte eine Pause, »… jetzt fünf Morde in unterschiedlichen Teilen der Welt, die den Stempel der Krantz tragen, aber wir konnten sie nie direkt mit Fenston in Verbindung bringen.«

»Die Krantz hat Victoria ermordet. Und Sergei«, rief Anna.

»Zweifellos«, erwiderte Jack.

»Oberst Sergei Slatinaru war der befehlshabende Offizier Ihres Vaters«, fügte Tom hinzu. »Und ein enger Freund von ihm.«

»Ich werde alles tun, um zu helfen.« Anna war den Tränen nahe.

»Und ich meine, wirklich alles.«

»Wir haben einen winzigen Anhaltspunkt«, gestand Tom. »Obwohl wir noch nicht sicher sind, wo er uns hinführen wird. Als man die Krantz ins Krankenhaus brachte, um ihr die Kugel aus der Schulter zu entfernen, fand man neben einem Messer und etwas Bargeld noch einen Schlüssel bei ihr.«

»Der passt doch sicher zu einem Schloss in Rumänien?«, vermutete Anna.

»Das glauben wir nicht«, sagte Jack, nachdem er einen weiteren Pilz geschluckt hatte. »NYRC 13 ist auf dem Schlüssel aufgeprägt. Kein großer Hinweis, aber wenn wir herausfinden, wozu er passt, dann könnten wir eventuell – nur eventuell – die Krantz mit Fenston in Verbindung bringen.«

»Dann möchten Sie also, dass ich in England bleibe, während Sie Ihre Ermittlungen fortsetzen?«, erkundigte sich Anna.

»Nein. Ich will, dass Sie nach New York zurückkehren«, sagte Jack. »Teilen Sie allen mit, dass es Ihnen gut geht, und verhalten Sie sich ganz normal. Suchen Sie eine neue Arbeitsstelle. Geben Sie Fenston nur keine Veranlassung, misstrauisch zu werden.«

»Kann ich Kontakt zu meinen Ex-Kolleginnen in seinem Büro aufnehmen?«, fragte Anna. »Fenstons Sekretärin Tina ist eine meiner besten Freundinnen.«

»Sind Sie sich da sicher?« Jack legte Messer und Gabel beiseite.

»Was soll die Frage?«, sagte Anna.

»Wie erklären Sie sich die Tatsache, dass Fenston immer genau wusste, wo Sie waren, wenn Tina es ihm nicht gesagt hat?«

»Das kann ich nicht«, erwiderte Anna. »Aber ich weiß, dass sie Fenston ebenso hasst wie ich.«

»Können Sie das beweisen?«, fragte Jack.

»Dafür brauche ich keinen Beweis«, fauchte Anna.

»Ich schon«, entgegnete Jack ruhig.

»Vorsichtig, Jack. Wenn Sie sich nämlich irren, ist Tinas Leben ebenfalls in Gefahr«, sagte Anna.

»Wenn das der Fall ist, besteht nur umso mehr Grund, dass Sie nach New York zurückkehren und sobald wie möglich Kontakt zu ihr aufnehmen.« Tom versuchte, die aufgeladene Atmosphäre zu beruhigen.

Jack nickte zustimmend.

»Ich habe für heute Nachmittag einen Flug gebucht«, sagte Anna.

»Ich auch«, meinte Jack. »Heathrow?«

»Nein, Stansted.«

»Tja, einer von euch muss seine Flugpläne ändern«, schlug Tom vor.

»Ich nicht«, erwiderte Jack. »Ich will kein zweites Mal als Stalker verhaftet werden.«

»Bevor ich mich entscheide, ob ich einen anderen Flug nehme, muss ich erst wissen, ob gegen mich noch ermittelt wird«, sagte Anna.

»Wenn ja, dann können *Sie* ruhig *mir* folgen.«

»Nein«, erwiderte Jack. »Ich habe Ihre Akte vor einigen Tagen geschlossen. Als Arabellas Schwester ermordet wurde, hatten Sie einen untadeligen Zeugen für Ihr Alibi.«

»Darf ich fragen, wer das war?«

»Ich«, erwiderte Jack. »Ich bin Ihnen quer durch den Central Park gefolgt, darum können Sie nicht in England gewesen sein.«

»Sie joggen im Central Park?«, fragte Anna.

»Jeden Morgen um die Schleife«, sagte Jack. »An Sonntagen um das Reservoir.«

»Wie ich«, rief Anna. »Ich lasse es nie aus.«

»Ich weiß«, sagte Jack. »Ich habe Sie in den letzten sechs Wochen mehrere Male überrundet.«

Anna starrte ihn an. »Der Mann im smaragdgrünen T-Shirt. Sie sind nicht schlecht.«

»Sie sind auch nicht so …«

»Tut mir leid, diesen Erfahrungsaustausch der Central-Park-Jogger zu unterbrechen«, warf Tom ein und schob seinen Stuhl zurück. »Aber ich sollte jetzt wieder ins Büro. Auf meinem Schreibtisch liegt ein Stapel Akten zum Anschlag vom 11. September, die ich noch nicht geöffnet habe. Danke für das Frühstück«, fügte er hinzu und wandte sich an Arabella. »Es tut mir nur leid, dass der Botschafter Sie heute Morgen so früh schon gestört hat.«

»Da fällt mir ein«, Arabella erhob sich von ihrem Stuhl, »dass ich noch zu Kreuze kriechen und ein paar Briefe schreiben muss – ein Dankschreiben an den Botschafter und Entschuldigungsbriefe an die halbe Polizei von Surrey.«

»Und was ist mit mir?«, erkundigte sich Jack. »Ich denke daran, die Wentworths, die Polizei von Surrey und das Innenministerium zu verklagen. Tom ist mein Zeuge.«

»Keine Chance«, entgegnete Tom. »Ich will mir Arabella nicht zur Feindin machen.«

Jack lächelte. »Dann muss ich mich damit begnügen, dass du mich ins Wentworth Arms fährst.«

»Einverstanden«, sagte Tom.

»Jetzt, da ich mich sicher fühle, wenn ich Ihnen in Heathrow begegne«, sagte Anna und erhob sich ebenfalls, »wo sollen wir uns treffen?«

»Keine Sorge«, meinte Jack. »Ich werde Sie schon finden.«

43

Eine Stunde vor der erwarteten Landung wurde Leapman zum Flughafen JFK gefahren, um das Gemälde abzuholen. Das hielt Fenston nicht davon ab, ihn auf dem Weg zum Flughafen alle zehn Minuten anzurufen – und alle fünf Minuten, sobald sich die Limousine auf dem Rückweg zur Wall Street befand, die rote Kiste sicher im Kofferraum verstaut.

Fenston tigerte in seinem Büro auf und ab, als Leapman vor dem Gebäude abgesetzt wurde, und er wartete im Flur, als Barry und der Fahrer mit der roten Kiste aus dem Aufzug traten.

»Öffnen«, befahl Fenston, lange bevor die Kiste an der Wand in seinem Büro lehnte. Barry und der Fahrer entfernten die Spezialklammern, dann zogen sie die langen Nägel heraus, die tief in den Rand der Holzkiste eingeschlagen worden waren. Fenston, Leapman und Tina schauten zu. Als sie den Deckel schließlich hochgewuchtet und die Styroporecken, die das Gemälde an Ort und Stelle hielten, entfernt hatten, nahm Barry das Gemälde vorsichtig aus der Holzkiste und lehnte es gegen den Schreibtisch des Vorsitzenden. Fenston eilte nach vorn und riss mit bloßen Händen die Luftpolsterumhüllung ab, bis er endlich das sehen konnte, wofür er zu töten bereit gewesen war.

Fenston trat einen Schritt zurück und schnappte nach Luft.

Niemand sonst im Raum wagte, etwas zu sagen, bis er selbst

sprach. Die Worte flossen urplötzlich wie ein Strom aus ihm heraus.

»Es ist noch herrlicher, als ich erwartet hatte«, erklärte er. »Die Farben sind so frisch und die Pinselarbeit ist so kühn. Wahrhaft ein Meisterwerk.« Leapman entschied sich, das besser nicht zu kommentieren.

»Ich weiß genau, wo ich meinen van Gogh aufhängen werde«, sagte Fenston.

Er schaute zur Wand hinter seinem Schreibtisch. Dort hing die Vergrößerung einer Fotografie von ihm, wie er bei seinem kürzlichen Besuch am Ground Zero George W. Bush die Hand geschüttelt hatte.

Anna freute sich auf ihren Rückflug in die Staaten und die Chance, Jack während der siebenstündigen Reise etwas besser kennenzulernen. Sie hoffte sogar, dass er ihr noch ein oder zwei Fragen beantworten würde. Wie hatte er zum Beispiel die Adresse ihrer Mutter herausgefunden, warum verdächtigte er Tina immer noch und gab es irgendeinen Beweis, dass Fenston und Krantz sich auch nur entfernt kannten?

Jack erwartete sie beim Check-in. Anna brauchte etwas Zeit, um sich in der Gegenwart des Mannes zu entspannen, der ihr die letzten neun Tage gefolgt war und der sie in den vergangenen acht Wochen beschattet hatte, aber als sie – ausnahmsweise gemeinsam – die Treppe zum Flugzeug hochstiegen, wusste Jack bereits, dass sie ein Knicks-Fan war und Spaghetti und Dustin Hoffman liebte, und Anna hatte herausgefunden, dass er ebenfalls die Knicks anfeuerte, dass sein Lieblingskünstler der Gegenwart Fernando Botero war und dass ihm nichts besser schmeckte als das Irish Stew seiner Mutter.

Anna fragte sich gerade, ob er dicke Frauen bevorzugte, als sein Kopf auf ihre Schulter sank. Da sie die Ursache war, warum er in der vergangenen Nacht nicht viel Schlaf bekommen hatte, fand Anna, dass sie sich nicht beschweren konnte. Sie schob seinen Kopf sanft zurück, wollte ihn keinesfalls wecken. Anschließend erstellte sie eine Liste von Dingen, die sie erledigen musste, sobald sie wieder in New York war. Da sank Jacks Kopf erneut auf ihre Schulter. Anna gab nach und versuchte, mit seinem Kopf auf ihrer Schulter einzuschlafen. Sie hatte einmal gelesen, dass der Kopf ein Siebtel des Körpergewichts ausmachte, und davon musste man sie jetzt nicht länger überzeugen.

Ungefähr eine Stunde vor der Landung wachte sie auf. Jack schlief immer noch, aber nun lag sein Arm um ihre Schulter. Sie richtete sich verschlafen auf und nahm eine Tasse Tee von der Stewardess entgegen.

Plötzlich richtete sich Jack auf. »Wie war es für dich?«, fragte er grinsend.

»Ich hatte schon schlimmere«, erwiderte sie, »und einige von ihnen waren sogar wach.«

»Was machst du als Erstes, wo du jetzt wundersamerweise von den Toten wiederauferstanden bist?«, wollte er wissen.

»Ich werde meine Angehörigen und Freunde anrufen und ihnen mitteilen, wie lebendig ich bin, und dann werde ich herausfinden, ob mich noch jemand einstellen will. Und du?«

»Ich muss mich bei meinem Boss melden und ihm mitteilen, dass ich keinen Schritt näher dran bin, Fenston festzunageln, worauf er wahrscheinlich mit einer seiner beiden Lieblingsparolen reagieren wird: ›Knie dich mehr rein, Jack‹ oder ›Zieh das Tempo an‹.«

»Das ist nicht fair«, meinte Anna. »Jetzt, wo die Krantz hinter Gittern ist.«

»Das ist nicht mir zu verdanken«, entgegnete Jack. »Und dann muss ich mich einem noch schlimmeren Zorn als dem meines Chefs stellen, wenn ich nämlich meiner Mutter zu erklären versuche, warum ich sie nicht aus London angerufen habe, um mich dafür zu entschuldigen, dass ich nicht zu ihrer Irishstew-Nacht gekommen bin. Nein, meine einzige Hoffnung auf Wiedergutmachung besteht darin, dass ich herausfinde, wofür ›NYRC‹ steht.« Jack steckte die Hand in seine oberste Tasche. »Nachdem ich im Wentworth Arms ausgecheckt habe, bin ich mit Tom zur Botschaft gefahren und dank moderner Technologie konnte er mir eine exakte Kopie des Schlüssels reproduzieren, obwohl sich das Original noch in Rumänien befindet.« Er zog die Kopie aus seiner Tasche und reichte sie Anna.

Anna drehte den kleinen Messingschlüssel in den Händen.

»NYRC 13. Irgendeine Idee?«, fragte sie.

»Nur die offensichtlichen«, erwiderte Jack.

»New York Racing Club, New York Rowing Club, sonst noch was?«, spekulierte Anna.

»New York Racquet Club. Aber wenn dir noch etwas anderes einfällt, lass es mich wissen, da ich den Rest des Wochenendes damit zubringen werde herauszufinden, ob es einer von denen ist. Ich muss etwas Konkretes in der Hand haben, bevor ich am Montag meinem Chef gegenübertrete.«

»Vielleicht könntest du auf der Morgenrunde etwas langsamer laufen, um mir zu sagen, ob du den Code geknackt hast?«

»Ich hatte eher gehofft, es dir heute Abend bei einem Essen erzählen zu können«, meinte Jack.

»Ich kann nicht. Tut mir leid, Jack, so gern ich würde, aber ich esse schon mit Tina.«

»Ach ja?«, sagte Jack. »Tja, sei vorsichtig.«

»Passt dir sechs Uhr morgen früh?« Anna ignorierte seine Bemerkung.

»Das bedeutet also, dass ich meinen Wecker auf 6 Uhr 30 stellen muss, wenn wir uns nach der Hälfte der Strecke treffen wollen.«

»Bis dahin habe ich schon längst geduscht.«

»Es täte mir leid, das zu verpassen.«

»Übrigens«, meinte Anna. »Kannst du mir einen Gefallen tun?«

Leapman stürmte ohne anzuklopfen in das Büro des Vorsitzenden. »Haben Sie das gesehen?« Er legte eine Ausgabe der *New York Times* auf den Schreibtisch und wies mit dem Finger auf einen Artikel in den internationalen Seiten.

Fenston studierte die Schlagzeile: RUMÄNISCHE POLIZEI VERHAFTET ATTENTÄTERIN. Er las den kurzen Artikel zwei Mal, bevor er etwas sagte.

»Finden Sie heraus, wie viel der Polizeichef verlangt.«

»Das könnte sich als nicht ganz so einfach erweisen«, deutete Leapman an.

»Es ist immer so einfach.« Fenston sah auf. »Die Schwierigkeit besteht nur darin, sich auf den Preis zu einigen.«

Leapman runzelte die Stirn. »Da ist noch etwas, das Sie bedenken sollten.«

»Und das wäre?«, fragte Fenston.

»Der van Gogh. Nach allem, was mit dem Monet passiert ist, sollten Sie das Gemälde versichern lassen.«

»Ich versichere meine Bilder nie. Das Finanzamt braucht nicht herauszufinden, wie viel meine Sammlung wert ist, und so etwas passiert auch nie zwei Mal.«

»Es ist bereits zwei Mal passiert«, meinte Leapman. Fenston schnaubte und sagte einige Zeit gar nichts.

»Na schön, aber nur den van Gogh«, räumte er schließlich ein.

»Versichern Sie ihn bei Lloyd's in London und achten Sie darauf, den Buchwert unter 20 Millionen zu halten.«

»Warum so wenig?«, wollte Leapman wissen.

»Solange ich noch hoffe, den Rest der Wentworth-Sammlung in die Finger zu bekommen, ist das Letzte, was ich brauche, ein van Gogh mit einem Vermögenswert von 100 Millionen.«

Leapman nickte und wollte gehen.

»Haben Sie übrigens noch den zweiten Schlüssel?« Fenston sah wieder auf den Artikel.

»Ja«, bestätigte Leapman. »Warum?«

»Wenn sie flieht, müssen Sie eine weitere Einlage tätigen.« Leapman lächelte. Eine Seltenheit, was sogar Fenston auffiel.

Olga Krantz nässte ihr Bett ein und erzählte dem Arzt von ihrer schwachen Blase. Er genehmigte Besuche auf der Toilette, aber nur in Begleitung von mindestens zwei Wachen.

Diese regelmäßigen kleinen Ausflüge den Flur entlang boten der Krantz die Gelegenheit, die Einrichtung der Etage zu studieren: ein Empfangstisch am anderen Ende des Flurs, an dem eine einzige Krankenschwester saß; ein Medikamentenschrank, der nur im Beisein eines Arztes aufgeschlossen werden durfte; ein Schrank mit Bettwäsche; drei weitere Einzelzimmer, eine Toilette und am entgegengesetzten Ende des Korridors ein Gemeinschaftssaal mit 16 Betten gegenüber der Feuertreppe.

Die Ausflüge dienten jedoch auch einem anderen, wichtigeren Zweck und das war dem jungen Arzt beim Studium seiner medizinischen Fachbücher oder bei seinen Visiten in der Abteilung bestimmt noch nicht untergekommen.

Sobald man die Krantz in dem fensterlosen Kubus eingeschlossen hatte, setzte sie sich auf den Toilettensitz, steckte sich zwei Finger ins Rektum und zog langsam ein Kondom heraus. Dann wusch sie die Gummihülle im Waschbecken ab, löste den Knoten und zog eine Rolle 20-Dollar-Scheine hervor. Sie entfernte zwei Scheine, schob sie in ihre Schlinge und kehrte den ganzen Prozess dann wieder um.

Anschließend zog die Krantz an der Spülung und wurde zurück auf ihr Zimmer eskortiert. Den Rest des Tages verbrachte sie schlafend. Sie musste während der Nachtschicht hell wach sein.

Jack saß auf dem Rücksitz eines Taxis und sah aus dem Fenster.

Der graue Mantel des 11. September hatte sich immer noch nicht von Manhattan gehoben, obwohl die New Yorker nicht länger ungläubig nach oben starrend durch die Straßen liefen. Terrorismus war noch so etwas, das die hektischste Stadt auf Erden spiegelnd bewältigte.

Jack lehnte sich zurück und dachte an den Gefallen, den er Anna versprochen hatte. Er wählte die Nummer, die sie ihm gegeben hatte. Sam hob ab. Jack teilte ihm mit, dass Anna am Leben war und dass sie ihre Mutter in Rumänien besucht hatte und er sie an diesem Abend zurückerwarten durfte. Schön, den Tag damit zu beginnen, dass man jemanden ein gutes Gefühl vermittelte, dachte Jack, was beim zweiten Anruf nicht der Fall sein würde. Er rief seinen Chef an und teilte ihm mit, dass er wieder in New York war. Macy erzählte ihm, dass die Krantz in ein Krankenhaus in Bukarest gebracht worden war, um an der Schulter operiert zu werden. Sie werde rund um die Uhr von einem halben Dutzend Sicherheitsleute bewacht.

»Ich wäre glücklicher, wenn sie im Gefängnis wäre«, seufzte Jack.

»Man hat mir zugetragen, dass Sie mittlerweile aus Erfahrung über dieses Thema sprechen«, meinte Macy.

Jack wollte darauf etwas erwidern, als Macy hinzufügte: »Warum nehmen Sie sich den Rest der Woche nicht frei, Jack? Sie haben es sich verdient.«

»Es ist Samstag«, rief Jack seinem Chef in Erinnerung.

»Dann sehe ich Sie Montag früh«, sagte Macy.

Jack beschloss, als nächstes Anna eine SMS zu schicken. *Habe Sam gesagt, dass du heimkommst. Ist er der einzige andere Mann in deinem Leben?* Er wartete zwei Minuten, aber es kam keine Antwort. Daraufhin rief er seine Mutter an.

»Kommst du heute zum Abendessen?«, fragte sie kurz angebunden. Er konnte beinahe das Fleisch im Hintergrund brutzeln riechen.

»Würde ich das je verpassen, Ma?«

»Das hast du letzte Woche.«

»Stimmt und ich wollte dich ja auch anrufen«, entschuldigte sich Jack, »aber es ist etwas dazwischengekommen.«

»Wirst du dieses Etwas heute Abend mitbringen?« Jack zögerte. Ein dummer Fehler. »Ist sie eine gute Katholikin?«, lautete die nächste Frage seiner Mutter.

»Nein, Mutter«, erwiderte Jack. »Sie ist geschieden. Hat drei Exmänner, von denen zwei auf mysteriöse Weise starben. Ach ja, und fünf Kinder, nicht alle von den drei Ehemännern, aber es wird dich freuen zu hören, dass nur vier der Kinder Drogen nehmen – das fünfte sitzt derzeit im Knast.«

»Geht sie einem ordentlichen Beruf nach?«

»Oh ja, Ma. Und er bringt auch ordentlich was ein. Sie bedient zwar die meisten ihrer Kunden am Wochenende, aber sie hat mir versichert, dass sie immer eine Stunde für eine Schüssel Irish Stew abzwacken kann.«

»Was macht sie wirklich?«, wollte seine Mutter wissen.

»Sie ist Kunstdiebin«, erwiderte Jack, »spezialisiert auf van Gogh und Picasso. Macht gewaltige Profite bei jedem Auftrag.«

»Dann ist sie eine Verbesserung im Vergleich zur Letzten«, erklärte seine Mutter, »die nur darauf spezialisiert war, dein Geld auszugeben.«

»Auf Wiederhören, Mutter«, sagte Jack. »Wir sehen uns heute Abend.«

Er beendete das Gespräch und stellte fest, dass Anna ihm eine SMS geschickt hatte.

Schalt dein Gehirn ein, Stalker. Habe das offensichtliche R. Du bist zu langsam für mich.

»Verdammtes Weib.« Jacks nächster Anruf galt Tom in London, aber er erreichte nur den Anrufbeantworter, der ihm mitteilte: »Tom Crasanti, ich bin derzeit unterwegs, komme aber bald zurück. Hinterlassen Sie bitte eine Nachricht.«

Das tat Jack nicht, weil das Taxi in diesem Moment vor seinem Haus hielt.

»Das macht dann 32 Dollar.«

Jack reichte dem Fahrer vier Zehner und ließ ihn den Rest behalten. Er erhielt kein Dankeschön dafür.

In New York war alles wieder wie immer.

Die Nachtschicht trat um 22 Uhr ihren Dienst an. Die sechs neuen Wachen verbrachten die ersten beiden Stunden damit, im Flur auf und ab zu paradieren, damit man ihre Anwesenheit bemerkte. Alle paar Minuten schloss einer von ihnen ihre Tür auf, schaltete die nackte Glühbirne ein, die über ihrem Bett hing, und sah nach, ob sie anwesend war, bevor er das Licht wieder löschte und die Tür abschloss. Diese Übung wurde in den ersten beiden Stunden regelmäßig wiederholt, danach nur etwa alle 30 Minuten.

Fünf Minuten nach vier, als zwei der Wachen in die Pause gegangen waren, drückte die Krantz den Knopf neben ihrem Bett. Zwei weitere Wachen erschienen, der Nörgler mit den Geldproblemen und der Kettenraucher. Sie begleiteten sie zur Toilette, wobei jeder der beiden einen ihrer Ellbogen umfasst hielt. Als sie in den Kubus trat, blieb einer im Flur, während der andere direkt vor der Toilettentür Stellung bezog. Die Krantz zog noch zwei Scheine aus ihrem Rektum, faltete sie in der Hand und zog dann die Toilettenspülung. Die Wache öffnete die Tür. Sie lächelte und schob ihm die Scheine in die Hand. Er sah sie an und steckte sie rasch in seine Tasche, bevor er sich zu seinem Kollegen im Flur stellte. Beide begleiteten die Krantz zurück auf ihr Zimmer und schlossen sie ein.

Zwanzig Minuten später kehrten die anderen beiden Wachen von ihrer Pause zurück. Einer von ihnen schloss die Tür auf und schaltete das Licht ein. Er musste zu ihrem Bett gehen, um sich ihrer Anwesenheit auch wirklich zu versichern, weil sie so winzig war. Nach Abschluss des Rituals kehrte er in den Flur zurück, verschloss die Tür und spielte mit seinem Kollegen eine Runde Backgammon.

Die Krantz kam zu dem Schluss, dass ihre einzige Chance auf

Flucht zwischen 4 Uhr und 4 Uhr 20 am Morgen lag, wenn die beiden älteren Wachen ihre Pause nahmen – der Weiberheld, der Kettenraucher und die Schlafmütze waren anderweitig beschäftigt und ihr unabsichtlicher Komplize würde sie nur zu gern zur Toilette begleiten.

Noch bevor Jack duschte und sich umzog, suchte er im New Yorker Telefonbuch nach NYRC. Jack fand die drei Möglichkeiten, an die er schon gedacht hatte, Annas »offensichtliches R« entdeckte er jedoch nicht. Er schaltete seinen Laptop an und suchte bei Google nach »new york racquet club«. Er fand einen Abriss der Vereinsgeschichte, mehrere Fotos eines eleganten Gebäudes an der Park Avenue und ein Foto des derzeitigen Clubpräsidenten, Darius T. Mablethorpe III. Jack zweifelte nicht daran, dass er nur durch die Tür kam, wenn er wie ein Mitglied aussah. Niemals das FBI in Verlegenheit bringen.

Nachdem Jack ausgepackt und geduscht hatte, wählte er für diesen besonderen Außeneinsatz einen dunklen Anzug mit feinen Streifen, ein blaues Hemd und eine Columbia-Krawatte. Er verließ seine Wohnung und fuhr mit dem Taxi zur Park Avenue Nummer 370, wo er auf den Bürgersteig trat und das Gebäude eine ganze Weile betrachtete. Jack bewunderte die prachtvolle vierstöckige Neo-Renaissance-Architektur. Das Gebäude erinnerte ihn an einen der Palazzi, die bei den Italienern im New York der Jahrhundertwende so beliebt gewesen waren. Jack stieg die Stufen zu einer Tür hinauf, in die diskret die Buchstaben NYRC geätzt worden waren.

Der Türsteher begrüßte Jack mit einem »Guten Tag, Sir« und hielt ihm die Tür auf, als sei er bereits sein Leben lang Mitglied. Jack schlenderte in eine elegante Lobby mit riesigen Gemälden an jeder freien Wandfläche, die elegante ehemalige Präsidenten zeigten, gekleidet in lange, weiße Hosen und blaue Blazer und mit dem unvermeidlichen Racquetschläger in der Hand. Jack sah die breite Rundtreppe hinauf und entdeckte noch mehr ehemalige Präsidentenbilder, die älteren Datums waren; nur der Schläger schien sich nie verändert zu haben. Er ging zum Empfangstisch.

»Kann ich Ihnen helfen, Sir?«, fragte ein junger Mann.

»Ich weiß nicht recht«, räumte Jack ein.

»Versuchen Sie es«, bat der junge Mann.

Jack nahm den nachgemachten Schlüssel aus seiner Tasche und legte ihn auf die Theke. »Haben Sie je so einen gesehen?«, erkundigte er sich.

Der junge Mann nahm den Schlüssel zur Hand, wendete ihn, sah sich die Buchstaben eine Weile an und erwiderte dann: »Nein, Sir, ich glaube nicht. Es könnte sich um einen Schließfachschlüssel handeln, jedoch keinen von uns.« Er drehte sich um und nahm einen schweren Bronzeschlüssel von einem Brett hinter dem Empfang. Ein Mitgliedsname war auf dem Griff aufgebracht und die Buchstaben NYRC in Rot über dem Schlüsselbart.

»Irgendeine Idee?« Jack versuchte, die Verzweiflung aus seiner Stimme herauszuhalten.

»Nein, Sir«, erwiderte der junge Mann. »Es könnte allenfalls vor meiner Zeit gewesen sein«, fügte er hinzu. »Ich bin erst seit elf Jahren hier. Vielleicht kann Abe Ihnen helfen. Er war schon in den Tagen hier, in denen mehr Leute Racquet spielten als Tennis.«

»Und die Gentlemen spielten ausschließlich Racquet«, warf ein älterer Mann ein, der in diesem Augenblick aus einem Büro kam und neben seinen Kollegen trat. »Womit genau kann ich Ihnen behilflich sein?«

»Es geht um einen Schlüssel«, erklärte sein junger Kollege. »Dieser Herr möchte wissen, ob Sie je einen derartigen Schlüssel gesehen haben.« Er reichte Abe den Schlüssel.

Abe drehte ihn in der Hand. »Es ist ganz sicher keiner von unseren«, bestätigte er. »War es auch nie. Aber ich weiß, wofür das ›R‹ steht«, fügte er triumphierend hinzu. »Es muss ungefähr, ach, fast zwanzig Jahre her sein, als Dinkins noch Bürgermeister war.« Er hielt inne und sah zu Jack auf. »Ein junger Bursche kam herein, der kaum ein Wort Englisch sprechen konnte, und fragte, ob dies der rumänische Club sei.«

»Natürlich«, murmelte Jack. »Wie dumm von mir.«

»Ich erinnere mich, wie enttäuscht er war, als er entdeckte, dass das ›R‹ für ›Racquet‹ steht«, fuhr Abe fort und ignorierte Jacks gemurmelte Selbstkasteiung. »Ich glaube, er wusste nicht einmal, was ein Racquet ist. Wissen Sie, er konnte kein Englisch lesen, darum musste ich die Adresse für ihn nachschlagen. Der einzige Grund, warum ich mich nach all der Zeit daran erinnere, ist der, dass der Club irgendwo an der Lincoln lag.« Er betonte den Namen der Straße. Er sah Jack an, der sich vornahm, Abe kein zweites Mal zu unterbrechen. »Schließlich bin ich nach ihm benannt, nicht wahr?«, erklärte er. Jack lächelte Abe an und nickte. »Es war irgendwo in Queens, glaube ich, aber an den genauen Ort kann ich mich nicht erinnern.«

Jack steckte den Schlüssel wieder in seine Tasche, dankte Abe und ging, bevor Abe die Gelegenheit hatte, noch weitere Erinnerungen für ihn auszugraben.

Tina saß an ihrem Schreibtisch und tippte die Rede ab. Fenston hatte ihr nicht einmal dafür gedankt, dass sie an einem Samstag ins Büro gekommen war.

Banker müssen stets bereit sein, Maßstäbe zu setzen, die alle legalen Anforderungen an sie weit übertreffen.

Die Vereinigung New Yorker Banker hatte Fenston eingeladen, bei ihrem Jahrestreffen, das im Sherry Netherland stattfinden sollte, die programmatische Rede zu halten.

Fenston zeigte sich von der Einladung sowohl überrascht als auch geehrt, obwohl er schon seit einiger Zeit darauf scharf gewesen war. Das Komitee war geteilter Ansicht gewesen.

Fenston war fest entschlossen, bei seinen Kollegen von der Bruderschaft der Banker einen guten Eindruck zu hinterlassen, und hatte bereits mehrere Entwürfe der Rede diktiert.

Die Kunden müssen sich immer auf unser unabhängiges Urteil verlassen können, voller Vertrauen, dass wir in ihrem Interesse handeln, nicht in unserem eigenen.

Tina fragte sich allmählich, ob sie das Drehbuch für eine SitCom über Banker tippte, bei der Fenston für die männliche Hauptrolle vorsprechen wollte. Welche Rolle würde Leapman in dieser Moralgeschichte spielen?, fragte sie sich. Und wie viele Folgen würde Victoria Wentworth überleben?

Wir müssen uns allezeit als Wächter des Vermögens unserer Kunden betrachten – insbesondere, wenn sie einen van Gogh besitzen, hätte Tina am liebsten eingefügt – *und dürfen gleichzeitig niemals deren kommerziellen Ehrgeiz außer Acht lassen.*

Tinas Gedanken wanderten zu Anna, während sie nebenher Fenstons schamlose Moralpredigt abtippte. Sie hatte mit ihr telefoniert, bevor sie an diesem Morgen ins Büro gegangen war. Anna wollte ihr von dem neuen Mann in ihrem Leben erzählen, den sie unter höchst ungewöhnlichen Umständen getroffen hatte. Sie waren übereingekommen, an diesem Abend gemeinsam zu essen. Auch Tina hatte ihr etwas mitzuteilen.

Wir dürfen darüber hinaus niemals vergessen, dass es ausreicht, wenn ein Einziger von uns die Maßstäbe senkt, schon werden wir alle unter den Folgen zu leiden haben.

Während Tina eine weitere Seite umdrehte, fragte sie sich, wie lange sie noch als Fenstons persönliche Assistentin zu überleben hoffen konnte. Seit sie Leapman aus ihrem Büro geworfen hatte, hatten sie beide kein freundliches Wort mehr gewechselt. Würde er sie jetzt feuern – nur wenige Tage, bevor sie genügend Beweise beisammen hatte, um dafür zu sorgen, dass Fenston den Rest seines Lebens in der winzigen Räumlichkeit einer großen Einrichtung verbringen durfte?

Lassen Sie mich mit den Worten schließen, dass mein einziges Ziel im Leben darin besteht, der Gemeinschaft zu dienen und dem Land etwas zurückzugeben, das mir erlaubt hat, am amerikanischen Traum teilzuhaben.

Bei diesem Dokument würde sich Tina nicht die Mühe machen, eine Kopie anzufertigen.

Das Lämpchen an Tinas Telefon flackerte auf und sie griff rasch zum Hörer.

»Ja, Herr Vorsitzender?«

»Haben Sie meine Rede für das Bankertreffen fertig?«

»Ja, Herr Vorsitzender«, wiederholte Tina.

»Sie ist gut, nicht wahr?«, sagte Fenston.

»Sie ist bemerkenswert«, erwiderte Tina.

Jack winkte sich ein Taxi herbei und gab als Ziel die Lincoln Street in Queens an. Der Fahrer schaltete schon mal das Taxameter ein, während er die Adresse in einem abgenutzten Straßenverzeichnis nachschlug. Jack hatte die halbe Strecke zum Flughafen hinter sich, als er an der Ecke Lincoln und Harris abgesetzt wurde. Er sah die Straße auf und ab und merkte, dass der Anzug, den er so sorgfältig für die Park Avenue ausgesucht hatte, in Queens irgendwie unpassend war. Er betrat das Spirituosengeschäft an der Ecke.

»Ich suche den rumänischen Club«, sagte er zu der älteren Frau hinter der Theke.

»Wurde schon vor Jahren aufgelöst«, antwortete sie. »Ist jetzt ein Gästehaus.« Sie musterte ihn. »Aber ich denke nicht, dass Sie da wohnen möchten.«

»Kennen Sie die Hausnummer?«, fragte Jack.

»Nein, aber ist die halbe Straße ’runter, auf der anderen Seite.«

Jack dankte der Frau, trat wieder auf die Lincoln Street und wechselte die Straßenseite. Er versuchte zu ergründen, wo genau die halbe Straße sein mochte, da entdeckte er ein ausgebleichtes Zimmer-zu-vermieten-Schild. Er blieb stehen und schaute eine kleine Treppe hinunter zu dem noch ausgebleichteren Schild über dem Eingang. Die Buchstaben *NYRC, gegründet 1919* waren beinahe nicht mehr zu entziffern.

Jack stieg die Stufen hinab und öffnete die quietschende Tür. Er trat in einen schäbigen, unbeleuchteten Flur, in dem ihm der beißende Geruch von kaltem Tabak entgegenschlug. Hinter einer kleinen, verstaubten Rezeption stand, beinahe versteckt, ein alter Mann, der eingehüllt in eine Wolke aus Zigarettenrauch die *New York Post* las.

»Ich brauche ein Zimmer für die Nacht.« Jack versuchte so zu klingen, als ob es ihm ernst sei.

Die Augen des alten Mannes wurden zu schmalen Schlitzen, als er Jack ungläubig ansah. Wartete draußen etwa eine Frau? »Das macht sieben Dollar«, sagte er und fügte hinzu: »Im Voraus.«

»Ich brauche auch etwas, wo ich meine Wertsachen einschließen kann«, sagte Jack.

»Das macht noch mal einen Dollar – im Voraus«, wiederholte der Mann. Die Zigarette wippte auf und ab.

Jack reichte ihm acht Dollar und erhielt dafür einen Schlüssel.

»Zweiter Stock, Zimmer drei. Die Schließfächer befinden sich am Ende des Korridors«, sagte der Mann und reichte ihm einen zweiten Schlüssel. Dann widmete er seine Aufmerksamkeit wieder der *New York Post*. Die Zigarette hatte seinen Mundwinkel nie verlassen.

Jack schritt langsam den Korridor entlang, bis er an eine Wand voller Schließfächer kam, die trotz ihres Alters solide und ziemlich einbruchsicher wirkten. Jack öffnete sein Schließfach und lugte hinein. Es musste ungefähr 20 Zentimeter breit und 60 Zentimeter tief sein. Jack sah zum Empfang zurück. Der Mann hatte eine Seite umgeblättert, aber die Zigarette hing immer noch in seinem Mundwinkel.

Jack ging ein paar Schritte weiter, zog den nachgemachten Schlüssel aus seiner Innentasche und nach einem weiteren Blick zum Empfang öffnete er das Schließfach mit der Nummer 13. Er starrte hinein und versuchte, ruhig zu bleiben, obwohl sein Herz wie wild pochte. Er zog einen Schein aus dem Fach und legte ihn in seine Geldbörse. Jack schloss das Fach wieder ab und steckte den Schlüssel zurück in seine Tasche.

Der alte Mann blätterte erneut um und las die Gewinnchancen bei den Pferdewetten, als Jack wieder auf die Straße trat.

Er musste elf Häuserblocks laufen, bevor er ein freies Taxi

fand, aber er wagte es nicht, Dick Macy anzurufen, bevor er nicht vor seinem Haus abgesetzt worden war. Jack schloss die Wohnungstür auf, rannte in die Küche und legte den 100-Dollar-Schein auf den Tisch. Dann rief er sich in Erinnerung, wie tief und wie breit das leere Schließfach gewesen war, bevor er auszurechnen versuchte, wie viele 100-Dollar-Scheine in Schließfach Nummer 13 gestopft sein mussten. Als er Macy anrief, hatte er die Maße auf dem Küchentisch ausgemessen und mehrere 500-Seiten-Taschenbücher als Rechenhilfe bei seiner Kalkulation herangezogen.

»Ich dachte, ich hätte Ihnen befohlen, sich den Rest des Wochenendes frei zu nehmen«, brummte Macy.

»Ich habe das Schließfach gefunden: NYRC 13.«

»Was war drin?«

»Schwer zu sagen«, meinte Jack. »Aber ich vermute, ungefähr zwei Millionen Dollar.«

»Ihr Urlaub ist gestrichen«, sagte Macy.

23. September

44

»Gute Nachrichten«, erklärte der Arzt am Morgen des dritten Tages. »Ihre Wunde ist so gut wie verheilt und ich werde den Behörden empfehlen, Sie morgen ins Jilava-Zuchthaus zu überstellen.«

Damit hatte der Arzt ihren Zeitplan festgelegt. Nachdem er ihren Verband gewechselt hatte und ohne ein weiteres Wort gegangen war, lag die Krantz im Bett und ging ihren Plan immer und immer wieder durch. Sie bat nur um 14 Uhr, auf die Toilette zu dürfen. Zwischen 15 und 21 Uhr schlief sie tief und fest.

»Sie hat den ganzen Tag keine Probleme gemacht«, hörte sie einen der Wachposten Meldung erstatten, als er der Nachtschicht um 22 Uhr seine Schlüssel übergab.

In den nächsten beiden Stunden rührte sich die Krantz nicht. Sie war sich bewusst, dass zwei der Wachen ungeduldig darauf warteten, sie auf die Toilette zu begleiten und ihr nächtliches Gehalt einzustreichen. Aber der Zeitpunkt musste für sie günstig sein. Sie würde vier Minuten nach vier ihre Wünsche erfüllen, nicht vorher. Dann würde einer von ihnen 40 Dollar erhalten und er würde dafür sorgen, dass der andere ein Päckchen Benson & Hedges bekam. Unverhältnismäßig, aber der eine spielte eine weitaus wichtigere Rolle. Die nächsten beiden Stunden lag sie hellwach.

Anna verließ kurz nach sechs Uhr am Morgen ihre Wohnung und machte sich an ihre morgendliche Joggingrunde. Sam eilte hinter seiner Theke hervor und öffnete ihr die Tür – das breite Grinsen hatte sein Gesicht seit dem Augenblick, in dem sie zurückgekommen war, nicht verlassen.

Anna fragte sich, an welcher Stelle Jack sie einholen würde. Sie musste zugeben, seit sie sich gestern getrennt hatten, hatte sie viel an ihn gedacht, und sie hoffte bereits, dass ihre Beziehung über ein rein berufliches Interesse hinausgehen würde.

»Vorsicht«, hatte Tina sie gewarnt. »Sobald er hat, was er will, zieht er weiter. Er ist nicht zwingend hinter Sex her.«

Schade, hatte Anna gedacht.

»Fenston liebt den van Gogh«, hatte Tina ihr noch versichert. »Er hat dem Gemälde einen Ehrenplatz an der Wand hinter seinem Schreibtisch zugewiesen.«

Tina hatte sie über alles, was Fenston und Leapman in den vergangenen zehn Tagen gemacht hatten, auf dem Laufenden gehalten. Doch trotz sanften Drängens, diverser Andeutungen und wohl gezielter Fragen wusste Anna, als sie das Restaurant zwei Stunden später wieder verlassen hatten, noch immer nicht, warum Fenston Tina so fest im Griff hatte.

Anna fiel wieder ein, wie sie das letzte Mal durch den Central Park gejoggt war, am Morgen des 11. September. Die dunkelgraue Wolke mochte sich endlich aufgelöst haben, aber es gab noch andere Erinnerungen an jenen entsetzlichen Tag, nicht zuletzt die beiden Worte, die jeder im Mund führte: Ground Zero. Sie verdrängte die Schrecken jenes Tages, als sie Jack sah, der unter dem Artists Gate auf der Stelle lief.

»Wartest du schon lange, Stalker?«, rief Anna, als sie an ihm vorbei in Richtung Teich joggte.

»Nein«, erwiderte er, als er sie eingeholt hatte. »Ich habe bereits zwei Runden hinter mir, darum ist das für mich jetzt die Abkühlungsphase.«

»Ach, schon die Abkühlungsphase?« Anna beschleunigte. Sie wusste, sie würde nicht in der Lage sein, diese Geschwindigkeit länger durchzuhalten. Nach nur wenigen Sekunden lief er schon wieder an ihrer Seite.

»Nicht übel«, lobte Jack, »aber wie lange reicht dein Stehvermögen?«

»Stehvermögen? Ich dachte, das ist ein Männerproblem.« Anna versuchte immer noch, das Tempo vorzugeben. Sie kam zu dem Schluss, dass sie nur hoffen konnte, ihn abzulenken. Sie wartete, bis das Frick Museum in Sichtweite kam.

»Nenne mir fünf Künstler, die in diesem Museum ausgestellt werden«, sagte sie, in der Hoffnung, sein mangelndes Wissen könnte ihre mangelnde Geschwindigkeit kompensieren.

»Bellini, Mary Cassatt, Renoir, Rembrandt und zwei Holbeins – More und Cromwell.«

»Na schön, aber welcher Cromwell?«, fragte Anna keuchend.

»Thomas, nicht Oliver«, antwortete Jack.

»Nicht schlecht, Stalker«, gab Anna zu.

»Die Schuld dafür kannst du meinem Vater geben«, meinte Jack.

»Wann immer er sonntags auf Streife musste, nahm mich meine Mutter mit in eine Galerie oder ein Museum. Ich hielt es für reine Zeitverschwendung, bis ich mich verliebt habe.«

»In wen?«, fragte Anna, während sie den Pilgrim's Hill hinaufjoggten.

»In Rossetti – oder genauer gesagt in seine Geliebte, Jane Burden.«

»Die Gelehrten sind geteilter Ansicht, ob er je mit ihr geschlafen hat«, sagte Anna. »Und ihr Ehemann – William Morris – bewunderte Rossetti so sehr, dass man glaubt, er hätte nicht einmal etwas dagegen gehabt.«

»Törichter Mann«, meinte Jack.

»Liebst du Jane immer noch?«, wollte Anna wissen.

»Nein. Ich habe mich seitdem weiterentwickelt. Habe die Präraffaeliten für das Echte und Wahre aufgegeben und mich in Frauen verliebt, deren Brüste oft hinter ihren Ohren enden.«

»Dann musst du viel Zeit im Museum of Modern Art verbracht haben.«

»Mehrere Blind Dates«, gab Jack zu, »aber meine Mutter ist dagegen.«

»Mit wem solltest du ihrer Meinung nach ausgehen?«

»Sie ist altmodisch, darum passt ihr jede, die Maria heißt und Jungfrau ist. Aber ich arbeite an ihr.«

»Arbeitest du auch noch an etwas anderem?«

»Zum Beispiel?«, fragte Jack.

»Wofür das ›R‹ steht«, sagte Anna, fast völlig atemlos.

»Sag du es mir«, bat Jack.

»Ich würde auf Rumänien tippen.« Anna stieß die Worte mit großen Zwischenpausen aus.

»Du hättest zum FBI gehen sollen.« Jack wurde langsamer.

»Du bist also schon darauf gekommen«, schlussfolgerte Anna.

»Nein«, gab Jack zu. »Ein Typ namens Abe hat mich darauf gebracht.«

»Und?«

»Und ihr beide hattet recht.«

»Wo befindet sich der rumänische Club?«

»In einem baufälligen Viertel in Queens«, erwiderte Jack.

»Und was hast du entdeckt, als du das Schließfach geöffnet hast?«

»Ich bin nicht ganz sicher«, erwiderte Jack.

»Spiel keine Spielchen, Stalker. Sag mir einfach, was in dem Schließfach war.«

»Ungefähr zwei Millionen Dollar.«

»Zwei Millionen?«, wiederholte Anna ungläubig.

»Tja, vielleicht nicht ganz so viel, aber genug, dass mein Chef das Gebäude ab sofort überwachen lässt und meinen Urlaub gestrichen hat.«

»Was für ein Mensch bewahrt zwei Millionen in bar versteckt in einem Schließfach in Queens auf?«, fragte Anna.

»Ein Mensch, der es nicht riskieren kann, irgendwo in der Welt ein Bankkonto zu eröffnen.«

»Olga Krantz«, sagte Anna.

»So, jetzt bist du an der Reihe. Hast du bei deinem Abendessen mit Tina etwas erfahren?«

»Ich dachte schon, du würdest nie fragen«, meinte Anna und lief weitere 100 Meter, bevor sie sagte: »Fenston hält den neuesten Zuwachs seiner Sammlung für prachtvoll. Und als Tina seinen Morgenkaffee ins Büro brachte, lag eine Ausgabe der *New York Times* auf seinem Schreibtisch, aufgeschlagen auf Seite 17.«

»Offenbar nicht die Sportseiten«, sagte Jack.

»Nein, die internationalen Seiten.« Anna zog den Artikel aus ihrer Jackentasche und reichte ihn Jack.

»Ist das ein Trick, um herauszufinden, ob ich mit dir mithalten kann, während ich lese?«

»Nein, es ist ein Trick, um herauszufinden, ob du lesen kannst, Stalker, und ich kann jederzeit langsamer werden, weil ich weiß, dass du in der Vergangenheit schon nicht mit mir mithalten konntest«, sagte Anna.

Jack las die Schlagzeile und wäre auf der Höhe des Sees beinahe stehen geblieben. Es dauerte eine Weile, bevor er wieder sprach.

»Kluges Mädchen, deine Freundin Tina.«

»Und sie wird immer klüger«, sagte Anna. »Sie ist in ein Gespräch geplatzt, das Fenston mit Leapman führte, und sie hat gehört, wie er sagte: »Haben Sie noch den zweiten Schlüssel?« Sie hat die Bedeutung zu dem Zeitpunkt nicht verstanden, aber…«

»Ich nehme alles zurück, was ich über sie gesagt habe«, meinte Jack. »Sie gehört zu unserem Team.«

»Nein, Stalker, sie gehört zu *meinem* Team.« Anna beschleunigte die Strawberry Fields hinunter, wie sie es auf der letzten halben Meile immer tat. Jack hielt mühelos mit.

»Hier werde ich dich verlassen«, sagte Anna, als sie das Artists Gate erreichten. Sie sah auf ihre Uhr und lächelte: elf Minuten und 48 Sekunden.

»Brunch?«

»Ich kann nicht, leider«, sagte Anna. »Ich treffe mich mit einem alten Freund von Christie's, um herauszufinden, ob sie irgendeine freie Stelle haben.«

»Abendessen?«

»Ich habe zwei Karten für die Rauschenberg-Eröffnung im Whitney. Wenn du mich begleiten willst, ich werde gegen sechs dort eintreffen, Stalker.«

Sie lief davon, bevor er etwas erwidern konnte.

45

Leapman hatte sich für einen Sonntag entschieden, weil dies der einzige Wochentag war, an dem Fenston nicht ins Büro kam, auch wenn er ihn bereits drei Mal an diesem Tag angerufen hatte.

Leapman saß allein in seiner Wohnung, aß ein Fertiggericht und ging seinen Plan durch, bis er sicher war, dass nichts schief laufen konnte. Morgen und alle restlichen Morgen würde er in einem Restaurant essen, ohne auf Fenston warten zu müssen.

Als er auch den letzten Bissen verschlungen hatte, ging er in sein Schlafzimmer und zog sich bis auf die Unterhose aus. Er öffnete eine Schublade, in der sich die Kleidung befand, die er für seine besondere Übung brauchte. Er zog T-Shirt, Shorts und einen ausgebeulten, grauen Trainingsanzug an, von der Art, die nicht einmal Teenager ihren Eltern zutrauen würden. Schließlich weiße Socken und weiße Gymnastikschuhe. Leapman sah sich nicht im Spiegel an. Er ging quer durch den Raum, fiel auf die Knie und griff unter das Bett, unter dem er eine große Sporttasche hervorzog, aus der ein Squashschläger ragte. Er war jetzt passend gekleidet und bereit für sein höchst unregelmäßiges Training. Nun brauchte er nur noch den Schlüssel und eine Stange Zigaretten.

Leapman ging in die Küche, zog eine Schublade auf, die einen großen Karton zollfreier Marlboro-Stangen enthielt, nahm eine Stange mit zehn Päckchen heraus, um zu guter Letzt unter die Schublade zu langen und einen Schlüssel zu entfernen, der mit Klebestreifen an der Unterseite befestigt war. Jetzt war er vollständig ausgerüstet.

Leapman schloss die Tür zu seiner Wohnung zwei Mal ab und stieg die Treppe in den Keller hinunter. Er öffnete die Hintertür, erklomm eine weitere Treppe und tauchte auf der Straße auf.

Für einen zufälligen Passanten hätte er wie ein Mann auf dem Weg in seinen Squashclub ausgesehen. Leapman hatte in seinem ganzen Leben noch nie Squash gespielt. Er ging einen Häuserblock weit, bevor er sich ein gelbes Taxi heranwinkte. Der Ablauf blieb immer gleich. Er nannte dem Fahrer eine Adresse, in der im Umkreis von fünf Meilen kein Squashclub lag. Leapman setzte sich auf den Rücksitz und war erleichtert darüber, dass sich der Fahrer nicht als gesprächig erwies, denn er musste sich konzentrieren. Heute würde er von seiner üblichen Routine abweichen, eine Veränderung, die er in den vergangenen zehn Jahren geplant hatte. Das war das letzte Mal, dass er diese Aufgabe für Fenston erledigte, ein Mann, der ihn in den letzten zehn Jahren jeden einzelnen Tag nur ausgenutzt hatte. Heute nicht. Nie wieder. Leapman sah aus dem Taxifenster. Er unternahm diese Reise ein Mal im Jahr und deponierte große Bargeldsummen im NYRC, immer innerhalb weniger Tage, nachdem die Krantz einen ihrer Aufträge erledigt hatte. Während dieser Zeit hatte Leapman über fünf Millionen Dollar in Schließfach No. 13 im Gästehaus an der Lincoln Street hinterlegt und er wusste, es war immer nur eine Fahrt – außer, sie würde je einen Fehler begehen.

Als er in der *Times* las, dass man die Krantz gefangen genommen hatte, nachdem ihr in die Schulter geschossen worden war – er hätte es vorgezogen, man hätte sie getötet –, wusste er, dass dies eine einmalige Gelegenheit für ihn war. Schließlich war die Krantz der einzige Mensch, der wusste, wie viel Bargeld sich in diesem Schließfach befand, während er der einzige andere Mensch mit einem Schlüssel war.

»Wo genau?«, fragte der Fahrer.

Leapman sah aus dem Fenster. »Noch zwei Häuserblocks«, sagte er. »Dann können Sie mich an der Ecke absetzen.« Leapman nahm den Schläger aus der Tasche und legte ihn auf den Rücksitz.

»23 Dollar«, murmelte der Fahrer, als er vor einem Spirituosengeschäft hielt.

Leapman reichte drei Zehner durch das Gitter. »Ich bin in fünf Minuten zurück. Wenn Sie dann noch da sind, bekommen Sie einen Fünfziger.«

»Ich werde da sein«, kam prompt die Antwort.

Leapman nahm die leere Sporttasche und stieg aus dem Taxi aus. Den Schläger ließ er auf dem Rücksitz liegen. Er überquerte die Straße und ging schneller, bis er Hausnummer 61 erreichte. Er blieb einen Augenblick stehen und überprüfte, ob sich jemand für ihn interessierte. Aber warum sollten sie? Dann stieg er die Treppe zum NYRC-Schild hinunter und stieß die Tür auf, die niemals verschlossen war.

Der Concierge schaute von seiner sitzenden Stellung auf und als er sah, wer es war, nickte er – das Energiegeladenste, was er den ganzen Tag über getan hatte –, dann wandte er seine Aufmerksamkeit wieder der Seite mit den Pferdewetten zu. Leapman legte eine Stange Marlboro auf die Theke. Er wusste, sie wäre verschwunden, bevor er sich auch nur umgedreht hatte. Jeder Mensch hatte seinen Preis.

Er lugte in das Halbdunkel des Korridors, den eine nackte 40-Watt-Glühbirne beleuchtete. Manchmal fragte er sich, ob er der einzige Mensch war, der je in diesen Flur ging.

Trotz der Dunkelheit im Korridor wusste er genau, wo sich ihr Schließfach befand. Nicht, dass man die Zahl auf der Tür lesen konnte – wie alles andere war sie im Laufe der Jahre verblasst. Er sah wieder den Flur hinunter. Eine seiner mitgebrachten Zigaretten glühte bereits in der Dunkelheit. Leapman nahm den Schlüssel aus der Tasche seines Trainingsanzugs, steckte ihn ins Schloss, drehte ihn um und öffnete die Tür. Er zog den Reißverschluss der Sporttasche auf, dann schaute er noch einmal in Richtung des alten Mannes. Kein Interesse. Leapman brauchte weniger als eine Minute, um den Inhalt des Schließfaches zu leeren, die Tasche zu füllen und den Reißverschluss zu schließen.

Leapman schloss die Tür und verriegelte sie zum letzten Mal. Er nahm die Tasche, kurzzeitig überrascht, wie schwer sie war, und ging den Korridor zurück. Er legte den Schlüssel auf die Theke. »Ich brauche ihn nicht mehr«, sagte er zu dem alten Mann, der sich von seinem Studium der Pferde für das Vier-Uhr-Rennen in Belmont nicht ablenken ließ. Er hatte in den vergangenen zwölf Jahren kaum einmal daneben gelegen, ohne je gewettet zu haben.

Leapman ging hinaus, stieg die Treppe hoch und trat in das Licht der Lincoln Street. Auf der obersten Stufe sah er wieder die Straße auf und ab. Er fühlte sich sicher. Zügig ging er die Straße entlang, den Griff der Tasche fest umklammert – erleichtert, dass das Taxi immer noch auf ihn an der Ecke wartete.

Er hatte ungefähr 20 Meter zurückgelegt, als er aus dem Nichts von einem Dutzend Männer in Jeans und blauen Nylonwindjacken umzingelt wurde. FBI stand in dicken gelben Buchstaben auf ihrem Rücken. Sie kamen aus allen Richtungen auf ihn zugerannt. Einen Augenblick später fuhren zwei Autos in die Lincoln Street, eins von jedem Ende der Einbahnstraße, und hielten mit quietschenden Reifen im Halbkreis um den Verdächtigen. Dieses Mal blieben die Passanten stehen und starrten den umzingelten Mann mit der Sporttasche an. Das Taxi fuhr rasch davon – ohne die 50 Dollar, aber mit einem Squashschläger.

»Lesen Sie ihm seine Rechte vor«, ordnete Joe an, als ein weiterer Beamter Leapmans Arme fest auf den Rücken drehte und ihm Handschellen anlegte, während ein dritter ihm seine Sporttasche abnahm.

»Sie haben das Recht, zu schweigen …« Was Leapman tat.

Sobald ihm seine Rechte verlesen worden waren – nicht zum ersten Mal –, wurde Leapman zu einem der Wagen geführt und unsanft auf den Rücksitz gestoßen, wo Agent Delaney schon auf ihn wartete.

Anna stand im Whitney Museum vor einem Rauschenberg mit dem Titel *Satellite*, als das Handy in ihrer Jackentasche vibrierte.

Sie sah auf das Display und entdeckte, dass *Stalker* sie zu erreichen versuchte.

»Hallo«, meldete sich Anna.

»Ich habe mich geirrt.«

»In Bezug auf was?«, fragte Anna.

»Es waren mehr als zwei Millionen.«

Die Glocken einer nahe gelegenen Kirche schlugen vier Mal.

Olga Krantz hörte einen der Wachmänner sagen: »Wir gehen

was essen. In 20 Minuten sind wir wieder da.« Der Kettenraucher hustete, erwiderte jedoch nichts. Die Krantz lag reglos in ihrem Bett, bis sie die Schritte, die sich entfernten, nicht mehr hören konnte. Sie drückte den Knopf neben ihrem Bett und sofort wurde ein Schlüssel in der Tür umgedreht. Die Krantz musste nicht raten, welcher ihrer Bewacher auf der Schwelle erscheinen würde, um sie bereitwillig zur Toilette zu begleiten.

»Wo ist Ihr Kumpel?«, fragte sie.

»Raucht eine«, erwiderte der Wachmann. »Keine Angst, ich sorge schon dafür, dass er seinen Anteil bekommt.«

Sie rieb sich die Augen, kletterte langsam aus dem Bett und trat zu ihm auf den Flur. Ein weiterer Wächter lümmelte sich am anderen Ende des Korridors auf einem Stuhl, halb schlafend. Der Raucher und der Frauenheld waren nirgends zu sehen.

Ihr Aufpasser hielt sie am Ellbogen und führte sie rasch den Flur entlang. Er begleitete sie in den Waschraum und wartete vor dem Kubus. Die Krantz setzte sich auf die Toilette, zog das Kondom heraus, nahm zwei 20-Dollar-Scheine, faltete sie und versteckte sie in der rechten Hand. Dann schob sie das Kondom vorsichtig an den Ort zurück, den selbst die am wenigsten zimperlichen Wachleute nicht durchsuchten.

Sobald sie die Spülung betätigt hatte, schloss ihre Wache die Tür auf. Er lächelte vorfreudig, als sie auf den Flur trat. Der Wachmann am anderen Ende des Flurs rührte sich nicht und ihr persönlicher Bewacher schien ebenso erfreut wie sie, dass sonst niemand in der Nähe war.

Die Krantz nickte zu dem Kabuff mit der Bettwäsche. Er zog die Tür auf und sie gingen beide hinein. Sofort öffnete die Krantz die Hand und zeigte ihm die beiden 20-Dollar-Scheine. Sie reichte sie ihm. Gerade als er danach greifen wollte, ließ sie die Scheine zu Boden fallen. Er beugte sich nach unten, um sie aufzusammeln – nur eine Sache von einer Sekunde, aber lange genug, um die ganze Kraft ihres Knies zu spüren, das in seine Lende krachte. Als er nach vorn fiel und sich in den Schritt griff, packte ihn die Krantz an den Haaren und schlitzte ihm in einer einzigen Bewegung den Hals mit der Schere des Arztes auf. Nicht gerade ein sehr effizientes Instrument, aber das einzige, das sie in die Finger bekommen hatte. Sie ließ seine Haare los, packte ihn am Kragen und hievte ihn mit aller Kraft, die sie aufbringen konnte, in den Wäscheschlucker. Mit einem Stoß schickte sie ihn auf den Weg, dann folgte sie ihm.

Die beiden prallten in der geräumigen Metallröhre hin und her. Einige Sekunden später landeten sie auf einem Haufen Laken, Kissenbezügen und Handtüchern im Wäscheraum. Die Krantz sprang hoch, nahm den kleinsten Overall von einem Haken an der Wand, zog ihn an und rannte zur Tür. Sie öffnete sie vorsichtig und sah durch den Spalt in den Flur. Der einzige Mensch in Sichtweite war eine Putzfrau, die auf Knien den Boden schrubbte. Die Krantz ging zügig an ihr vorbei und öffnete die Notausgangstür, wo sie auf das Wort *Subsol* an der Wand vor sich stieß. Sie rannte eine Treppe nach oben, öffnete ein Erdgeschossfenster und kletterte hinaus in ein Blumenbeet. Es goss in Strömen.

Sie sah sich um, erwartete jede Sekunde, das Schrillen der Alarmsirene zu hören, gefolgt von Scheinwerfern, die jeden Zentimeter des Krankenhausgeländes absuchten.

Die Krantz hatte beinahe zwei Meilen hinter sich gebracht, als der Frauenheld die Privatsphäre des Wäschekabuffs zum zweiten Mal in dieser Nacht benötigte. Die Krankenschwester schrie auf, als sie all das Blut an den weißen Wänden sah. Der Wachmann rannte zurück in den Flur und auf den Gefangenenraum zu. Sein schläfriger Kollege am Ende des Flurs sprang von seinem Stuhl auf, der Raucher kam von der Feuertreppe gerannt. Der Frauenheld erreichte das Zimmer als Erster. Er riss die Tür auf, schaltete das Licht ein und stieß eine Tirade an Flüchen aus, während der Raucher das Glas über der Alarmsirene zerschlug und den roten Knopf drückte.

24. September

46

Eine von Annas goldenen Regeln, wenn sie morgens aufwachte, war, die Nachrichten auf ihrem Handy erst abzuhören, wenn sie geduscht, sich angezogen, gefrühstückt und die *New York Times* gelesen hatte. Aber da sie in den vergangenen vierzehn Tagen jede einzelne ihrer goldenen Regeln gebrochen hatte, hörte sie die Nachrichten auf ihrer Mobilbox ab, noch bevor sie das Bett verließ. Eine stammte vom Stalker, der sie bat, ihn anzurufen, was sie zum Lächeln brachte. Ein Anruf kam von Tina, die aber keine Nachricht hinterlassen hatte. Und eine Nachricht stammte von Mr. Nakamura. Anna runzelte die Stirn, denn es waren nur vier Worte: »Bitte dringend zurückrufen. Nakamura.«

Anna beschloss, kalt zu duschen, bevor sie zurückrief. Das Wort *dringend* ließ sie immer vom Schlimmsten ausgehen – Anna gehörte zu denen, die das Glas stets halb leer sahen, nicht halb voll.

Sie war hellwach, als sie aus der Dusche trat. Ihr Herz klopfte in derselben Geschwindigkeit wie nach ihrer morgendlichen Joggingrunde. Sie setzte sich auf den Bettrand und versuchte, sich zu sammeln.

Sobald Anna das Gefühl hatte, dass ihr Herz wieder normal schlug, wählte sie Nakamuras Nummer in Tokio.

»Hai, Shacho-Shitso desu«, sagte die Empfangsdame.

»Ich hätte gern Mr. Nakamura gesprochen.«

»Wen darf ich melden?«

»Anna Petrescu.«

»Ah ja, er erwartet Ihren Anruf.« Annas Herzschlag beschleunigte sich wieder.

»Guten Morgen, Dr. Petrescu.«

»Guten Tag, Mr. Nakamura.« Anna wünschte, sie könnte sein Gesicht sehen und auf diese Weise schneller ablesen, was das Schicksal für sie bereithielt.

»Ich habe vor Kurzem ein höchst unangenehmes Gespräch mit Ihrem ehemaligen Chef, Bryce Fenston, geführt«, fuhr Nakamura fort. »Und ich fürchte …« Anna vermochte kaum zu atmen, »… er hat mich dazu gebracht, neu zu überdenken …« Würde sie sich übergeben müssen? »… was ich von diesem Mann halte. Das ist jedoch nicht der Grund meines Anrufs. Ich wollte Sie nur wissen lassen, dass Sie mich derzeit ungefähr 500 Dollar pro Tag kosten, da ich, wie Sie es wünschten, fünf Millionen Dollar bei meinen Anwälten in London hinterlegt habe. Daher würde ich den van Gogh gern so schnell als möglich sehen.«

»Ich könnte in den nächsten Tagen nach Tokio fliegen«, versicherte Anna ihm. »Aber zuerst muss ich nach England und das Gemälde abholen.«

»Das wird nicht nötig sein«, meinte Nakamura. »Ich habe am Mittwoch einen Termin mit Corus Steel in London und komme gern einen Tag früher, wenn das Lady Arabella genehm ist.«

»Ich bin sicher, das passt ihr gut«, sagte Anna. »Ich spreche mit Arabella und rufe dann Ihre Sekretärin an, um die Einzelheiten zu bestätigen. Wentworth Hall liegt nur etwa dreißig Autominuten von Heathrow entfernt.«

»Hervorragend«, sagte Nakamura. »Ich freue mich schon darauf, Sie beide morgen Abend zu sehen.« Er hielt kurz inne. »Übrigens, Anna, haben Sie darüber nachgedacht, ob Sie die Direktorin meiner Stiftung werden wollen? Denn von einer Sache hat mich Mr. Fenston überzeugt: Sie sind auf jeden Fall 500 Dollar am Tag wert.«

Obwohl Fenston den Artikel nun schon zum dritten Mal gelesen hatte, musste er immer noch lächeln. Er konnte es kaum erwarten, Leapman diese Neuigkeit mitzuteilen, obwohl er vermutete, dass der den Artikel ebenfalls schon gelesen hatte. Fenston sah auf die Uhr auf seinem Schreibtisch. Kurz vor zehn. Leapman verspätete sich sonst nie. Wo war er?

Tina hatte ihn bereits gewarnt, dass Mr. Jackson, Sachverständiger von Lloyd's in London im Wartezimmer saß, und der Empfang hatte eben mitgeteilt, dass Chris Savage von Christie's auf dem Weg nach oben war.

»Sobald Savage auftaucht, schicken Sie beide herein«, befahl Fenston. »Und dann sagen Sie Leapman, dass er dazukommen soll.«

»Ich habe Mr. Leapman heute Morgen noch nicht gesehen«, entgegnete Tina.

»Tja, dann sagen Sie ihm, dass ich ihn brauche, sobald er kommt.« Fenston musste erneut lächeln, als er die Schlagzeile noch einmal las. Küchenmessermörderin entkommen.

Es klopfte an die Tür und Tina führte zwei Männer in sein Büro.

»Mr. Jackson und Mr. Savage«, stellte sie vor. Schon allein aus ihrer Kleidung ließ sich mühelos schließen, wer der Versicherungssachverständige war und wer sein Leben in der Kunstwelt zubrachte. Fenston trat vor und schüttelte die Hand eines kleinen Mannes mit schütterem Haar in einem marineblauen Nadelstreifenanzug und einer blauen, mit einem Wappen verzierten Krawatte, der sich als Bill Jackson vorstellte. Fenston nickte Savage zu, den er im Laufe der Jahre bei mehreren Auktionen von Christie's getroffen hatte. Er trug wie immer eine Fliege.

»Ich möchte gleich klarstellen, dass ich nur dieses eine Gemälde versichern will«, fing Fenston an und zeigte auf den van Gogh. »Und zwar für 20 Millionen Dollar.«

»Trotz der Tatsache, dass es fünf Mal so viel einbringen könnte, falls es unter den Hammer kommen sollte?«, fragte Savage, der sich daraufhin zum ersten Mal prüfend dem Bild zuwandte.

»Das würde natürlich weitaus geringere Versicherungsraten bedeuten«, warf Jackson ein. »Immer vorausgesetzt, unsere Sicherheitsjungs halten das Gemälde für angemessen geschützt.«

»Bleiben Sie einfach, wo Sie sind, Mr. Jackson, und finden Sie selbst heraus, ob es angemessen geschützt ist.«

Fenston ging zur Tür, gab eine sechsstellige Nummer in den Codekasten neben dem Lichtschalter ein und verließ den Raum. In dem Augenblick, als sich die Tür hinter ihm geschlossen hatte, tauchte ein Metallgitter aus der Decke auf und acht Sekunden später war es im Boden verhakt und schirmte den van Gogh ab. Im selben Moment stieß eine Sirene ein derart ohrenbetäubendes Geräusch aus, dass sich selbst Quasimodo eine andere Bleibe gesucht hätte.

Jackson hielt sich rasch die Handflächen über die Ohren. Als er sich umdrehte, sah er, dass sich bereits ein zweites Gitter vor den einzigen Ausgang des Raumes geschoben hatte. Er ging zum

Fenster und sah nach unten, wo Zwerge über die Gehwege liefen. Einige Sekunden später hörte der Alarm auf und die Metallgitter hoben sich wieder in die Decke. Fenston trat in den Raum und sah ziemlich selbstgefällig aus.

»Beeindruckend«, meinte Jackson, dem immer noch die Sirene in den Ohren nachklang. »Aber ich brauche dennoch Antworten auf ein paar Fragen. Wie viele Personen kennen den Nummerncode?«

»Nur zwei«, erwiderte Fenston. »Mein Stabschef und ich selbst. Außerdem ändere ich die Ziffernfolge jede Woche.«

»Und gibt es eine Möglichkeit, das Fenster zu öffnen?«, fragte Jackson.

»Nein. Es ist eine kugelsichere, doppelt verglaste Scheibe und selbst wenn man sie aufbrechen könnte, müsste man immer noch die 32 Stockwerke bis zum Boden bewältigen.«

»Und die Sirene …«

»Ist direkt mit Abbott Security verbunden«, sagte Fenston. »Sie haben ein Büro im Gebäude und garantieren, innerhalb von zwei Minuten auf diesem Stockwerk zu sein.«

»Ich bin beeindruckt«, meinte Jackson. »Das nennen wir in unserem Gewerbe eine Dreifache Eins, was für gewöhnlich bedeutet, dass die Prämie bei einem Prozent oder um die 200 000 Dollar pro Jahr gehalten werden kann.« Er lächelte. »Ich wünschte nur, die Norweger hätten Ihre Voraussicht besessen, Mr. Fenston, dann müssten wir jetzt vielleicht nicht so viel für *Der Schrei* bezahlen.«

»Können Sie mir in dieser Angelegenheit auch Diskretion zusichern?«, wollte Fenston wissen.

»Absolut«, versicherte ihm Jackson. »Wir haben die Hälfte aller Schätze dieser Welt versichert und Sie könnten nicht einmal dann herausfinden, wer unsere Kunden sind, wenn Sie in unser Hauptquartier in London einbrechen. Selbst ihre Namen sind verschlüsselt.«

»Das stimmt mich zuversichtlich«, meinte Fenston. »Dann müssen Sie jetzt nur noch den Papierkram erledigen.«

»Sobald Mr. Savage den Wert des Gemäldes in Höhe von 20 Millionen bestätigt hat.«

»Das sollte kein Problem darstellen.« Fenston wandte seine Aufmerksamkeit Chris Savage zu, der das Gemälde aufmerksam inspizierte. »Schließlich hat er uns versichert, dass der van Gogh der Sammlung Wentworth eher 100 Millionen wert ist.«

»Der van Gogh der Sammlung Wentworth ist das auch zweifellos«, erklärte Savage, »aber nicht dieses Exemplar.« Er schwieg, dann drehte er sich um und sah Fenston direkt an. »Das Einzige, was an diesem Kunststück ein Original ist, ist der Rahmen.«

»Wie meinen Sie das?« Fenston starrte zu seinem Lieblingsbild hoch, als ob man ihm soeben mitgeteilt hätte, dass sein einziges Kind nicht von ihm stammte.

»Ich meine es so, wie ich es sagte«, erklärte Savage. »Der Rahmen ist ein Original, das Gemälde ist eine Fälschung.«

»Eine Fälschung?«, wiederholte Fenston. Er brachte die Worte kaum über die Zunge. »Aber das Bild stammt aus Wentworth Hall.«

»Der Rahmen mag zweifelsohne aus Wentworth Hall stammen«, sagte Savage. »Aber ich kann Ihnen versichern, dass das für die Leinwand nicht gilt.«

»Wie können Sie so sicher sein, wenn Sie nicht einmal einen Test durchgeführt haben?«, verlangte Fenston zu wissen.

»Ich muss keinen Test durchführen«, erklärte Savage mit Nachdruck.

»Warum nicht?«, bellte Fenston.

»Weil das falsche Ohr bandagiert ist«, lautete die prompte Antwort.

»Das ist nicht wahr!«, insistierte Fenston und starrte sein Bild an.

»Jedes Schulkind weiß doch, dass van Gogh sich das linke Ohr abgeschnitten hat.«

»Aber nicht jedes Schulkind weiß, dass sein Selbstporträt in den Spiegel schaut, also ist das rechte Ohr bandagiert.«

Fenston ließ sich auf den Sessel hinter seinem Schreibtisch fallen, mit dem Rücken zum Gemälde. Savage schlenderte vor und betrachtete das Bild noch eingehender. »Mich erstaunt, dass das Gemälde zwar eindeutig eine Fälschung ist, es jemand dennoch in den Originalrahmen gesteckt hat.« Fenstons Gesicht wurde rot vor Wut. »Und ich muss zugeben«, fuhr Savage fort, »wer immer diese Version gemalt hat, ist ein hervorragender Künstler.« Er schwieg kurz. »Allerdings schätze ich den Wert des Gemäldes nur auf 10 000 Dollar und …«, er zögerte, »vielleicht weitere 10 000 für den Rahmen, was die vorgeschlagene Versicherungsprämie von 200 000 etwas überhöht erscheinen lässt.« Fenston sagte immer noch nichts. »Es tut mir leid, der Überbringer solch schlechter Nachrichten zu sein.« Savage entfernte sich von dem Bild und blieb vor Fenston stehen. »Ich hoffe nur, dass Sie keine allzu große Summe für dieses Bild bezahlt haben, oder falls doch, dass Sie wissen, wer für dieses ausgefeilte Täuschungsmanöver verantwortlich ist.«

»Holen Sie mir Leapman!«, brüllte Fenston mit aller Kraft, was Tina veranlasste, in das Büro gerannt zu kommen.

»Er ist eben eingetroffen«, sagte sie. »Ich werde ihm sagen, dass Sie ihn sprechen wollen.«

Weder der Mann von Lloyd's noch der Experte von Christie's hielten es für angebracht, in der Hoffnung auf eine Tasse Kaffee zu verweilen. Sie zogen sich diskret zurück, als Leapman hereingestürmt kam.

»Es ist eine Fälschung!«, schrie Fenston.

Leapman starrte einige Zeit zu dem Bild hoch, bevor er seine Meinung äußerte. »Dann wissen wir beide, wer dafür verantwortlich ist«, sagte er schließlich.

»Anna Petrescu.« Fenston spuckte den Namen förmlich aus.

»Ganz zu schweigen von ihrer Partnerin, die sie mit Informationen versorgt hat, seit die Petrescu von Ihnen gefeuert wurde.«

»Sie haben recht.« Fenston drehte sich zur offenen Tür und brüllte lauthals »Tina!«. Wieder kam sie in den Raum gerannt.

»Sehen Sie dieses Gemälde?«, fragte er, unfähig sich umzudrehen und es anzuschauen. Tina nickte, sagte aber nichts. »Ich will, dass Sie es wieder in die Kiste stecken und sofort nach Wentworth Hall schicken. Zusammen mit einer Zahlungsaufforderung über…«

»32 Millionen 892 000 Dollar«, ergänzte Leapman.

»Und sobald Sie das getan haben«, sagte Fenston, »können Sie Ihren persönlichen Kram einsammeln und dafür Sorge tragen, dass Sie binnen zehn Minuten das Gebäude verlassen haben, denn Sie sind gefeuert, Sie kleines Miststück.«

Tina zitterte, als Fenston sich hinter seinem Schreibtisch erhob und auf sie herabstarrte. »Doch bevor Sie gehen, habe ich noch eine letzte Aufgabe für Sie.« Tina konnte sich nicht bewegen. »Richten Sie Ihrer Freundin Anna Petrescu aus, dass ich ihren Namen immer noch nicht von der Liste der Vermissten und vermutlich Toten gestrichen habe.«

47

Anna hatte das Gefühl, dass ihr Mittagessen mit Ken Wheatley besser hätte laufen können. Der stellvertretender Leiter von Christie's hatte deutlich gemacht, dass der unselige Zwischenfall, der ihre Kündigung bei Sotheby's herbeigeführt hatte, von ihren Kollegen in der Kunstwelt noch längst nicht als *erledigt und abgehakt* betrachtet wurde. Und es half auch nicht, dass Bryce Fenston jedem, der es hören wollte, erzählte, ihr sei gekündigt worden, weil ihr Verhalten der Repräsentantin einer Bank unwürdig gewesen sei. Wheatley räumte ein, dass sich niemand viel aus Fenston machte. Man zögere jedoch, einen so wertvollen Kunden zu verstimmen, was bedeutete, dass sich ihr Wiedereintritt in die Auktionswelt nicht als einfach erweisen würde.

Wheatleys Worte stärkten nur Annas Entschlossenheit, Jack bei der Überführung von Fenston zu unterstützen. Fenston schien es ja egal zu sein, wessen Leben er ruinierte.

Im Moment gebe es nichts Passendes für jemanden mit ihren Fähigkeiten und Erfahrungen, so hatte Ken es euphemistisch formuliert. Er hatte jedoch versprochen, mit ihr in Kontakt zu bleiben. Anna verließ das Restaurant und winkte sich ein Taxi. Vielleicht würde sich ihr nächster Termin als nützlicher erweisen. »Federal Plaza Nummer 26«, sagte sie zum Fahrer.

Lange vor seiner Verabredung mit Anna stand Jack schon in der Lobby der New Yorker Außenstelle und wartete auf sie. Er war nicht überrascht, als sie einige Minuten zu früh eintraf. Drei Wachmänner beobachteten Anna, als sie die ein Dutzend Stufen hochstieg, die zum Eingang des Gebäudes in der Federal Plaza 26 führten. Anna nannte einem der Männer ihren Namen, der sie bat, sich auszuweisen. Sie reichte ihm ihren Führerschein, den er prüfend betrachtete, bevor er ihren Namen auf einem Klemmbrett abhakte.

Jack öffnete ihr die Tür.

»So stelle ich mir ein erstes Date eigentlich nicht vor.« Anna trat ein.

»Ich auch nicht«, versuchte Jack sie zu beruhigen. »Aber mein Boss will dir unbedingt klar machen, für wie wichtig er diesen Termin hält.«

»Warum? Soll ich verhaftet werden?«, fragte Anna.

»Nein, aber er hofft, dass du uns helfen wirst.«

»Dann los – packen wir den Stier bei den Hörnern.«

»Einer der Lieblingsausdrücke deines Vaters«, sagte Jack.

»Woher weißt du das?«, wollte Anna wissen. »Hast du auch eine Akte über ihn?«

»Nein.« Jack trat lachend in den Aufzug. »Das gehörte nur zu den Dingen, die du mir im Flugzeug während unserer ersten gemeinsamen Nacht erzählt hast.«

Jack begleitete Anna in den 19. Stock, wo Dick Macy im Flur auf sie wartete.

»Wie freundlich von Ihnen vorbeizuschauen, Dr. Petrescu«, sagte er, als ob sie eine Wahl gehabt hätte. Anna erwiderte nichts. Macy führte sie in sein Büro und bot ihr einen bequemen Sessel vor seinem Schreibtisch an.

»Dieses Treffen ist zwar inoffiziell«, fing Macy an, »ich kann jedoch gar nicht genug betonen, wie wichtig dem FBI Ihre Mithilfe ist.«

»Warum brauchen Sie ausgerechnet *meine* Hilfe?«, erkundigte sich Anna. »Ich dachte, Sie hätten Leapman verhaftet?«

»Wir haben ihn heute Morgen freigelassen«, sagte Macy.

»Ihn freigelassen?«, rief Anna. »Haben zwei Millionen nicht gereicht?«

»Sie hätten mehr als gereicht«, gab Macy zu. »Darum kam ich ins Spiel. Meine Spezialität sind Absprachen mit den Gefangenen. Um kurz nach neun Uhr heute Morgen hat Leapman eine Vereinbarung mit dem Staatsanwalt des südlichen Bezirks unterzeichnet, die ihm zusichert, bei voller Kooperation mit unseren Ermittlungen nur eine fünfjährige Haftstrafe zu kriegen.«

»Das erklärt aber immer noch nicht, warum Sie ihn auf freien Fuß gesetzt haben«, sagte Anna.

»Weil Leapman behauptete, er könne eine direkte finanzielle Verbindung zwischen Fenston und der Krantz belegen. Dafür müsse er jedoch in das Büro in der Wall Street zurück, damit er die relevanten Dokumente in die Hand bekommt, einschließlich einiger Nummernkonten und mehrerer illegaler Einzahlungen auf diverse Bankkonten in aller Welt.«

»Er könnte ein falsches Spiel mit Ihnen treiben«, sagte Anna. »Schließlich wurden die meisten Dokumente, die Fenston belasten, beim Einsturz des Nordturmes zerstört.«

»Stimmt«, räumte Macy ein. »Aber falls er uns hintergehen will, wird erden Rest seines Lebens in Sing Sing zu verbringen.«

»Das ist natürlich ein Ansporn«, meinte Anna.

»Leapman hat sich außerdem bereit erklärt, als Kronzeuge zu fungieren, falls der Fall vor Gericht kommt«, warf Jack ein.

»Dann können wir dankbar sein, dass die Krantz hinter Gittern sitzt, sonst würde es Ihr Starzeuge nie bis vor den Richter schaffen.«

Macy warf Jack einen Blick zu. Dabei konnte er seine Überraschung nicht verbergen. »Sie haben die heutige Ausgabe der *New York Times* noch nicht gelesen?«, fragte er und sah Anna an.

»Nein.« Anna hatte keine Ahnung, worauf er hinaus wollte. Macy schlug eine Akte auf, zog einen Artikel heraus und reichte Anna den Zeitungsausschnitt.

Olga Krantz, die aufgrund der Rolle, die sie als Scharfrichterin unter Ceauşescus brutalem Regime spielte, auch als »Die Küchenmessermörderin« bekannt ist, gelang gestern Nacht die Flucht aus einem Hochsicherheitsgefängnis in Bukarest. Krantz soll sich durch einen Müllschlucker abgesetzt haben, verkleidet als Krankenhauspfleger. Einen der Polizisten, der zu ihrer Bewachung abgestellt worden war, entdeckte man später mit ...

»Ich werde mir den Rest meines Lebens ständig über die Schulter schauen«, sagte Anna, noch bevor sie den letzten Abschnitt gelesen hatte.

»Das glaube ich nicht«, meinte Jack. »Olga Krantz wird nicht so schnell nach Amerika zurückkehren, wo sie jetzt zusammen mit neun Männern auf der FBI-Liste der meist gesuchten Verbrecher steht. Ihr wird auch klar sein, dass wir eine detaillierte Personenbeschreibung an alle Einreisestellen weitergeleitet haben, ebenso an Interpol. Und sollte sie irgendwo überprüft werden, hätte sie Probleme, die Schussverletzung an ihrer rechten Schulter zu erklären.«

»Das wird Fenston nicht davon abhalten, sich zu rächen.«

»Warum sollte er sich die Mühe machen?«, fragte Jack. »Er hat jetzt den van Gogh, darum bist du Geschichte.«

»Er hat den van Gogh nicht.« Anna senkte den Kopf.

»Wie meinst du das?«, wollte Jack wissen.

»Ich hatte einen Anruf von Tina, kurz bevor ich hierher gekommen bin. Sie hat mich gewarnt, dass Fenston einen Experten von Christie's hinzugezogen hat, weil er das Gemälde versichern wollte. Etwas, was er nie zuvor getan hat.«

»Warum sollte das ein Problem sein?«, hakte Jack nach. Anna hob den Kopf. »Weil es eine Fälschung ist.«

»Eine Fälschung?«, riefen beide Männer unisono.

»Ja, deswegen bin ich nach Bukarest geflogen. Ich habe von einem alten Freund, der ein brillanter Porträtmaler ist, eine Kopie anfertigen lassen.«

»Das würde das Gemälde in deiner Wohnung erklären«, sagte Jack.

»Du warst in meiner Wohnung?«, fragte Anna.

»Nur weil ich glaubte, dein Leben sei in Gefahr«, erwiderte Jack leise.

»Aber…«, fing Anna an.

»Und das erklärt auch, warum Sie die rote Kiste zurück nach London geschickt haben, wo Art Locations sie abfangen und an Fenston in New York überstellen konnte«, warf Macy ein.

Anna nickte.

»Dir muss aber doch klar gewesen sein, dass du irgendwann überführt werden würdest?«, sagte Jack.

»Irgendwann, ja«, wiederholte Anna. »Genau das ist der

springende Punkt. Ich brauchte nur genug Zeit, um das Original zu verkaufen, bevor Fenston herausfindet, was ich geplant habe.«

»Während dein Freund Anton also an der Fälschung gearbeitet hat, bist du nach Tokio geflogen und hast versucht, das Original an Nakamura zu verkaufen?«

Anna nickte.

»Hatten Sie damit Erfolg?«, wollte Macy wissen.

»Ja«, bestätigte Anna. »Nakamura hat sich einverstanden erklärt, das *Selbstporträt* für 50 Millionen Dollar zu kaufen und das reicht aus, damit Arabella die Schulden ihrer Schwester bei Fenston Finance begleichen und gleichzeitig den Rest des Familienbesitzes behalten kann.«

»Aber da Fenston jetzt weiß, dass er im Besitz einer Fälschung ist, wird er sich mit Nakamura in Verbindung setzen und ihm erzählen, was du geplant hattest«, resümierte Jack.

»Das hat er bereits«, meinte Anna.

»Dann stehen Sie jetzt wieder ganz am Anfang«, schlussfolgerte Macy.

»Nein.« Anna lächelte. »Nakamura hat bereits fünf Millionen Dollar bei seinen Londoner Anwälten hinterlegt und er ist einverstanden, den Rest zu zahlen, sobald er das Original geprüft hat.«

»Bleibt Ihnen dafür genug Zeit?«, fragte Macy.

»Ich fliege heute Abend nach London«, sagte Anna. »Nakamura kommt morgen Abend nach Wentworth Hall.«

»Es wird trotzdem knapp werden«, meinte Jack.

»Nicht, wenn Leapman liefert«, sagte Macy. »Vergessen wir nicht, was er für heute Nacht geplant hat.«

»Darf ich wissen, was Sie vorhaben?«, fragte Anna.

»Nein, darfst du nicht«, erklärte Jack fest. »Du musst dein Flugzeug nach England erwischen und den Deal mit Nakamura durchziehen, während wir hier unseren Job erledigen.«

»Gehört zu deinem Job auch, ein Auge auf Tina zu werfen?«, fragte Anna leise.

»Warum sollten wir das tun?«, erkundigte sich Jack.

»Sie wurde heute Morgen entlassen.«

»Mit welcher Begründung?«, fragte Macy.

»Fenston hat herausgefunden, dass sie mich ständig über all seine Schritte informiert hat. Ich fürchte, ich habe ihr Leben in Gefahr gebracht.«

»Ich habe mich geirrt, was Tina angeht«, räumte Jack ein und fügte mit Blick auf Anna hinzu: »Dafür entschuldige ich mich. Aber ich verstehe immer noch nicht, warum sie überhaupt jemals für Fenston arbeiten konnte.«

»Ich habe so ein Gefühl, dass ich das heute Abend herausfinden werde«, meinte Anna. »Wir treffen uns auf einen Drink, bevor ich zum Flughafen fahre.«

»Wenn du vor dem Abflug noch Zeit hast, dann ruf mich an. Dieses spezielle Geheimnis fasziniert mich auch.« Anna nickte.

»Es gibt noch ein Geheimnis, das ich gern lüften würde, bevor Sie sich auf den Weg machen, Dr. Petrescu«, sagte Macy.

Anna richtete ihre Aufmerksamkeit auf Jacks Chef.

»Wenn Fenston eine Fälschung besitzt, wo ist dann das Original?«, verlangte er zu wissen.

»In Wentworth Hall«, erwiderte Anna. »Sobald ich das Gemälde bei Sotheby's hatte, habe ich es mit einem Taxi nach Wentworth Hall bringen lassen. Ich selbst hatte nur die rote Kiste und den Originalrahmen des Gemäldes dabei.«

»Beides haben Sie nach Bukarest gebracht, damit Ihr Freund

Anton seine Fälschung in den Originalrahmen einpassen konnte. Um Fenston möglichst lange an der Nase herumführen zu können.«

»Und das hätte auch funktioniert, wenn er nicht beschlossen hätte, das Gemälde versichern zu lassen.«

Eine Weile sagte keiner ein Wort, dann meinte Macy: »Und das ganze Täuschungsmanöver haben Sie direkt vor Jacks Nase durchgeführt.«

»Allerdings.« Anna lächelte.

»Eine letzte Frage, Dr. Petrescu«, fuhr Macy fort. »Wo befand sich der van Gogh, als zwei meiner fähigsten Agenten mit Ihnen und Lady Arabella in Wentworth Hall gefrühstückt haben?«

»Beruf dich bitte auf dein verfassungsmäßiges Recht, die Aussage verweigern zu dürfen«, flehte Jack.

»Im Van-Gogh-Gästezimmer«, antwortete Anna. »Direkt über den beiden, im ersten Stock.«

Olga Krantz wartete bis zum zehnten Klingeln, dann hörte sie ein Klicken und eine Stimme fragte: »Wo sind Sie?«

»Hinter der russischen Grenze«, erwiderte sie.

»Gut, denn Sie können nicht nach Amerika zurück, so lange Sie regelmäßig in der *New York Times* erwähnt werden.«

»Ganz zu schweigen von der Suchliste des FBI«, fügte die Krantz hinzu.

»Das sind Ihre fünfzehn Minuten Ruhm«, meinte Fenston. »Aber ich habe einen Auftrag für Sie.«

»Wo?«, fragte die Krantz.

»Wentworth Hall.«

»Ich kann es nicht riskieren, dort ein zweites Mal …«

»Auch dann nicht, wenn ich Ihr Honorar verdoppele?«

»Es ist trotzdem ein zu großes Risiko.«

»Vielleicht überlegen Sie es sich anders, wenn ich Ihnen sage, wessen Hals ich gern durchtrennt sähe.«

»Ich höre«, sagte sie und als Fenston ihr den Namen ihres nächsten Opfers nannte, meinte sie nur: »Und dafür zahlen Sie mir zwei Millionen Dollar?«

»Drei, wenn Sie es fertig bringen, die Petrescu ebenfalls zu töten – sie bleibt dort über Nacht.«

Olga Krantz zögerte.

»Und vier, wenn sie zusieht, wie dem ersten Opfer die Kehle durchtrennt wird«, fügte Fenston hinzu.

Es folgte eine ausgedehnte Stille, dann sagte die Krantz: »Ich brauche zwei Millionen im Voraus.«

»Am üblichen Ort?«

»Nein«, erwiderte sie und nannte ihm ein Nummernkonto in Moskau.

Fenston legte den Hörer auf und summte Leapman an.

»Ich muss Sie sprechen – sofort.«

Während er auf Leapman wartete, notierte sich Fenston die Punkte, über die er sprechen musste: *van Gogh, Geld, Wentworth-Besitz, Petrescu.* Er kritzelte immer noch, als es an die Tür klopfte.

»Sie ist geflohen«, sagte Fenston, nachdem Karl Leapman die Tür geschlossen hatte.

»Dann war der Bericht der *New York Times* also zutreffend.« Leapman konnte nur hoffen, dass er nicht besorgt klang.

»Ja, aber die wissen nicht, dass sie auf dem Weg nach Moskau ist.«

»Will sie nach New York zurückkehren?«

»Vorerst nicht«, sagte Fenston. »Das kann sie nicht riskieren, solange die Sicherheitsmaßnahmen derart verschärft sind.«

»Sinnvolle Überlegung«, stimmte Leapman zu und versuchte, nicht allzu erleichtert zu klingen.

»In der Zwischenzeit habe ich ihr einen anderen Auftrag erteilt«, sagte Fenston.

»Wer soll es diesmal sein?«, fragte Leapman.

Leapman hörte ungläubig zu, als Fenston offenbarte, wen er als das nächste Opfer von Olga Krantz ausgewählt hatte und warum es unmöglich sein würde, das linke Ohr abzuschneiden.

»Ist der Hochstapler nach Wentworth Hall zurückgeschickt worden?«, fragte Fenston, während Leapman das vergrößerte Foto des Vorsitzenden anstarrte, wie er bei seinem Besuch am Ground Zero George W. Bush die Hand schüttelte. Es hing wieder an dem Ehrenplatz hinter Fenstons Schreibtisch.

»Ja. Art Locations hat das Bild heute Nachmittag abgeholt«, erwiderte Leapman. »Sie bringen die Fälschung irgendwann morgen zurück nach Wentworth Hall. Ich habe auch mit unserem Anwalt in London gesprochen. Die Beschlagnahmungsanordnung kommt am Mittwoch vor einen Richter. Wenn sie bis dahin das Original nicht ausgehändigt hat, fällt der Wentworth-Besitz automatisch an Sie; dann können wir den Rest der Sammlung verkaufen, bis die Schulden getilgt sind. Das könnte allerdings Jahre dauern.«

»Wenn die Krantz ihre Sache morgen Abend ordentlich erledigt, wird die Schuld niemals getilgt«, sagte Fenston. »Darum habe ich Sie zu mir gerufen. Ich will, dass Sie den Rest der Wentworth-Sammlung zum frühestmöglichen Zeitpunkt unter den

Hammer bringen. Teilen Sie die Gemälde zwischen Christie's, Sotheby's, Phillips und Bonhams auf und sorgen Sie dafür, dass sie alle zur selben Zeit versteigert werden.«

»Das überflutet den Markt und wird die Preise zweifellos absacken lassen.«

»Genau das ist meine Absicht«, erklärte Fenston. »Wenn ich mich recht erinnere, hat die Petrescu den Wert der Sammlung auf ungefähr 35 Millionen geschätzt, aber ich bin schon froh, wenn wir 15 bis 20 bekommen.«

»Dann fehlen aber immer noch zehn Millionen.«

»Wie schade.« Fenston lächelte. »In diesem Fall habe ich keine andere Wahl, als Wentworth Hall zu verkaufen und alles zu verscherbeln, bis zur letzten Rüstung.« Fenston hielt inne. »Sorgen Sie dafür, den Besitz den drei angesagtesten Maklern in London vorzulegen. Sagen Sie ihnen, sie dürfen teure Farbprospekte drucken lassen, in allen Hochglanzmagazinen werben und auch in ein oder zwei landesweiten Zeitungen eine halbe Anzeigenseite schalten. Das wird zu weiteren Gerüchten führen. Wenn ich mit Lady Arabella fertig bin, wird sie nicht nur mittellos sein, sondern – wie ich die britische Presse kenne – auch zutiefst gedemütigt.«

»Und die Petrescu?«

»Es ist ihr Pech, dass sie zufällig zur falschen Zeit am falschen Ort sein wird.« Fenston konnte sein hämisches Grinsen nicht unterdrücken.

»Dann wird die Krantz also zwei Fliegen mit einer Klappe erledigen«, konstatierte Leapman.

»Darum will ich, dass Sie sich darauf konzentrieren, den Bankrott des Wentworth-Anwesens einzuleiten, damit Lady Arabella einen noch langsameren Tod erleidet.«

»Ich mache mich sofort daran.« Leapman wandte sich zum Gehen. »Viel Glück bei Ihrer Rede, Herr Vorsitzender«, sagte er noch, als er zur Tür kam.

»Rede?«, fragte Fenston.

Leapman sah den Vorsitzenden an. »Ich dachte, Sie sprechen heute Abend auf der Jahresversammlung der Banker im Sherry Netherland.«

»Verdammt, Sie haben recht. Wo zur Hölle hat Tina meine Rede hin?«

Leapman lächelte, aber erst, als er die Tür hinter sich geschlossen hatte. Er kehrte in sein Büro zurück, setzte sich an seinen Schreibtisch und ging noch einmal durch, was Fenston ihm soeben mitgeteilt hatte. Sobald das FBI alle Details erfuhr, wo sich die Krantz morgen Abend aufhielt und wer ihr nächstes Opfer war, würde das Büro des Staatsanwalts seine Strafe noch weiter reduzieren, da war er sich sicher. Und wenn er den entscheidenden Beweis liefern konnte, der Fenston mit der Krantz in Verbindung brachte, würden sie seine Strafe womöglich zur Bewährung aussetzen.

Leapman zog die winzige Kamera, die das FBI ihm zur Verfügung gestellt hatte, aus der Innentasche seines Jacketts. Er überlegte, wie viele Dokumente er wohl fotografieren konnte, während Fenston seine Rede bei der Jahresversammlung der Banker hielt.

48

Um 19 Uhr 16 schalte Leapman das Licht in seinem Büro aus und trat in den Flur. Er schloss die Tür, verriegelte sie jedoch nicht. Dann ging er zu den Aufzügen. Er war sich bewusst, dass das einzige Büro, in dem noch Licht brannte, das des Vorsitzenden war. Leapman trat in einen leeren Aufzug und wurde rasch zum Erdgeschoss getragen. Langsam ging er zum Empfang und trug sich aus. Es war 19 Uhr 19. Eine Frau, die hinter ihm stand, trat vor und trug sich ebenfalls aus, während Leapman einen Schritt zurück ging, den Blick fest auf die beiden Wachmänner hinter der Theke geheftet. Einer überwachte den steten Fluss an Leuten, die das Gebäude verließen, während der andere sich um ein Paket kümmerte, für dessen Erhalt er unterschreiben musste. Leapman wich immer weiter zurück, bis er den leeren Aufzug erreichte. Er schlüpfte hinein und stellte sich an die Seite, damit die Wachmänner ihn nicht länger sehen konnten. Er drückte den Knopf für das 31. Stockwerk. Weniger als eine Minute später trat er in einen stillen Korridor.

Er ging zum anderen Ende des Flurs, öffnete die Notausgangstür und stieg in den 32. Stock hinauf. Dort stieß er die Tür langsam auf. Er wollte auch nicht das leiseste Geräusch verursachen. Auf Zehenspitzen schlich er über den dick mit Teppichen ausgelegten Flur, bis er wieder vor seinem Büro stand. Er prüfte, ob immer noch nur unter der Tür des Vorsitzenden Licht brannte. Dann öffnete er seine Bürotür, trat ein und verriegelte sie. Er setzte sich auf den Stuhl hinter seinen Schreibtisch und legte die Kamera in seine Tasche, schaltete jedoch kein Licht ein.

Er saß allein in der Dunkelheit und wartete geduldig.

Fenston überdachte den Kreditantrag eines Michael Karraway, der sich 14 Millionen borgen wollte, um in eine Gruppe von Provinztheatern zu investieren. Karraway war ein arbeitsloser Schauspieler mit wenig Bühnenerfahrung. Aber es sprach für ihn, dass er eine nachsichtige Mutter gehabt hatte, die ihm einen Matisse, *Blick aus dem Schlafzimmer*, und eine drei Hektar große Farm in Vermont hinterlassen hatte. Fenston betrachtete das beigefügte Dia einer jungen Nackten, die aus einem Schlafzimmerfenster schaute, und beschloss, Leapman anzuweisen, einen Vertrag aufzusetzen.

Fenston schob den Kreditantrag beiseite und blätterte den neuesten Katalog von Christie's durch. Bei einer Abbildung von Degas' *Tänzerin vor einem Spiegel* hielt er inne, aber sobald er den geringen Schätzwert sah, blätterte er weiter. Schließlich hatte ihm Pierre de Rochelle einen weitaus höher geschätzten Degas ermöglicht, *Die Tanzlehrerin*.

Fenston studierte die Preisangaben jedes Bildes und regelmäßig tauchte ein Lächeln auf seinem Gesicht auf, wenn ihm klar wurde, wie sehr seine eigene Sammlung im Wert stieg. Er sah zu der Uhr auf seinem Schreibtisch: 19 Uhr 43. »Scheiße«, rief Fenston. Wenn er sich nicht beeilte, würde er zu seiner eigenen Rede auf dem Festbankett zu spät kommen. Er nahm den Katalog und ging rasch zur Tür. Dort gab er den sechsstelligen Code in den Kasten neben dem Lichtschalter ein, trat auf den Flur und schloss die Tür hinter sich. Acht Sekunden, nachdem er sie abgeschlossen hatte, hörte er, wie die Sicherheitsgitter einrasteten.

Auf der Fahrt nach unten mit dem Aufzug entdeckte Fenston fasziniert Caillebottes *Straßenkehrer*. Er hatte die größere Version zum halben Preis von einem Kunden erworben, der vor Kurzem Konkurs angemeldet hatte. Als sich die Aufzugstüren öffneten, ging er rasch zum Empfang und trug sich aus. 19 Uhr 48.

Während er durch die Lobby schlenderte, sah er seinen Chauffeur, der an der untersten Stufe der Eingangstreppe auf ihn wartete. Fenston steckte seinen Daumen in den Katalog, als er sich auf dem Rücksitz niederließ. Zu seiner Verärgerung entdeckte er auf der nächsten Seite van Goghs *Die Kartoffelernte*, auf nur 27 Millionen Dollar geschätzt. Fenston fluchte. Das Bild war nicht einmal in derselben Liga wie *Selbstporträt mit abgeschnittenem Ohr*.

»Entschuldigen Sie, Sir«, sagte der Chauffeur. »Wollen Sie immer noch zum Festbankett der Banker?«

»Allerdings, also los.« Fenston blätterte eine weitere Katalogseite um.

»Es ist nur so, dass ...« Der Chauffeur nahm eine Einladungskarte mit Goldprägung vom Beifahrersitz.

»Dass was?«, fragte Fenston.

»Dass in der Einladung um Abendkleidung gebeten wird.« Der Chauffeur drehte sich um und reichte seinem Chef die Einladungskarte.

»Scheiße.« Fenston ließ den Katalog auf den Sitz neben sich fallen. Normalerweise hätte Tina seinen Smoking herausgelegt, anstatt ihn im Schrank hängen zu lassen. Er sprang aus dem Wagen, noch bevor der Chauffeur die Tür für ihn öffnen konnte, und nahm zwei Stufen auf einmal zum Eingang hoch. Rasch lief er am Empfang vorbei, ohne sich die Mühe zu machen, sich erneut einzutragen. Er eilte zu den Aufzügen und drückte auf den Knopf für den 32. Stock.

Als er aus dem Aufzug trat, fiel ihm als Erstes auf, dass Licht unter seiner Bürotür hindurchschien. Er hätte schwören können, dass er das Licht gelöscht hatte, nachdem er den Alarm eingestellt hatte. Oder war er von dem Katalog dermaßen gefesselt gewesen, dass er es einfach vergessen hatte? Er wollte gerade den Code in den Kasten neben seiner Tür eingeben, als er ein Geräusch in seinem Büro hörte.

Fenston rührte sich nicht, sondern wartete, ob der Eindringling seine Anwesenheit bemerkt hatte. Es tat sich nichts, darum ging Fenston langsam rückwärts und glitt geräuschlos in das angrenzende Büro, dessen Tür er hinter sich schloss. Er setzte sich auf den Stuhl seiner Sekretärin und suchte nach dem Schalter: Leapman hatte ihn davon in Kenntnis gesetzt, dass Tina alles beobachten konnte, was sich in seinem Büro abspielte. Nachdem er einige Zeit gesucht hatte, entdeckte er den Schalter unter der Schreibtischplatte. Er legte ihn um, woraufhin ein kleiner Bildschirm in der Ecke aufleuchtete und ihm deutlich das Innere seines eigenen Büros zeigte. Fenston konnte nur ungläubig starren.

An seinem Schreibtisch saß Leapman, eine dicke Akte lag offen vor ihm. Bedächtig drehte er die Seiten um, manchmal hielt er inne, um einen Eintrag sorgfältig zu studieren, während er gelegentlich ein Blatt herauszog, es auslegte und es mit etwas fotografierte, was wie eine Hightechkamera aussah.

Fenston schossen mehrere Gedanken durch den Kopf. Leapman sammelte möglicherweise Material, mit dem er ihn zu einem späteren Zeitpunkt erpressen konnte. Oder er ging mit den Informationen bei einer Konkurrenzbank hausieren. Oder das Finanzamt hatte ihn im Würgegriff und er hatte einen Deal geschlossen, um für die eigene Immunität im Gegenzug seinen Chef zu opfern. Fenston entschied sich für die Erpressungsvariante.

Bald darauf wurde klar, dass Leapman es keineswegs eilig hatte. Offenbar hatte er diesen Zeitpunkt mit Bedacht gewählt. Sobald er mit der Akte durch war, legte er sie methodisch zurück und wählte eine andere. Sein Ablauf änderte sich nicht: in aller Ruhe den Inhalt sichten, bestimmte Seiten sorgfältig inspizieren und gelegentlich ein Blatt abfotografieren.

Fenston überlegte sich mehrere Alternativen, bevor er sich schließlich für eine Lösung entschied, die Leapman angemessen war.

Zuerst schrieb er die Reihenfolge der Schritte auf, die nötig waren, damit er nicht gefasst wurde. Sobald er sicher war, dass er die richtige Reihenfolge gefunden hatte, legte er einen Schalter um, der verhinderte, dass man von seinem Büro aus telefonieren konnte. Geduldig blieb er am Schreibtisch seiner Sekretärin sitzen, bis er sah, wie Leapman eine weitere umfangreiche Akte öffnete. Dann schlich er hinaus auf den Flur und blieb vor seinem Büro stehen. Fenston ging die Reihenfolge noch einmal innerlich durch und, sobald er zufrieden war, trat er vor. Zuerst gab er den korrekten Code – 170 690 – in den Kasten neben der Tür ein, als ob er gehen wollte. Anschließend drehte er den Schlüssel im Schloss und ließ die Tür nicht mehr als einen Zentimeter aufgleiten. Daraufhin schloss er sie sofort wieder.

Automatisch setzte der ohrenbetäubende Alarm ein. Fenston wartete noch acht Sekunden, bis die Sicherheitsgitter eingerastet waren. Dann gab er rasch den Code der letzten Woche –

170680 – ein, öffnete die Tür ein zweites Mal und schlug sie umgehend wieder zu.

Er hörte, wie Leapman durch den Raum rannte, offenbar in der Hoffnung, mit dem korrekten Code den Alarm ausschalten und die Gitter wieder hochfahren zu können. Aber es war zu spät. Die Eisengitter rührten sich nicht und die überwältigende Kakophonie ging unablässig weiter.

Fenston wusste, dass ihm nur wenige Sekunden blieben, wenn er die Sequenz beenden wollte, ohne erwischt zu werden. Er rannte in das angrenzende Büro zurück und ging rasch die Notizen durch, die er auf dem Schreibtisch seiner Sekretärin zurückgelassen hatte. Er wählte die Notfallnummer von Abbott Security.

Eine Stimme meldete sich. »Wachhabender Sicherheitsbeamter.«

»Mein Name ist Bryce Fenston, Vorsitzender von Fenston Finance.« Er sprach langsam, aber mit Autorität. »In meinem Büro im 32. Stock wurde Alarm ausgelöst. Ich muss versehentlich den Code der letzten Woche eingegeben haben. Ich wollte Sie nur wissen lassen, dass es sich *nicht* um einen Notfall handelt.«

»Könnten Sie Ihren Namen wiederholen, Sir?«

»Bryce Fenston«, brüllte er über den Lärm der Sirene hinweg.

»Geburtsdatum?«

»6. Dezember 52.«

»Mädchenname der Mutter?«

»Madejski.«

»Private Postleitzahl?«

»Eins null null zwei eins.«

»Danke, Mr. Fenston. Wir schicken baldmöglichst jemanden in den 32. Stock. Die Techniker kümmern sich gerade um einen

Vorfall im 17. Stock. Da steckt jemand in einem Aufzug fest. Es kann also einige Minuten dauern, bis sie bei Ihnen sind.«

»Keine Eile«, meinte Fenston beiläufig. »Es arbeitet derzeit niemand auf diesem Stock und der Bürobetrieb beginnt erst wieder morgen früh um sieben.«

»So lange werden wir ganz sicher nicht brauchen«, versprach ihm der Wachmann. »Aber mit Ihrer Erlaubnis, Mr. Fenston, ändern wir Ihre Kategorie von ›Notfall‹ zu ›Dringlichkeitsstufe eins‹.«

»Soll mir recht sein«, rief Fenston über den ohrenbetäubenden Lärm hinweg.

»Dennoch wird eine Gebühr von 500 Dollar fällig, weil es außerhalb der Bürostunden liegt.«

»Das ist aber ziemlich teuer«, meinte Fenston.

»In einem solchen Fall ist das üblich, Sir«, erwiderte der diensthabende Sicherheitsbeamte. »Wenn Sie jedoch persönlich zum Empfang kommen könnten, Mr. Fenston, um unseren Alarmplan abzuzeichnen, halbiert sich die Gebühr automatisch.«

»Ich bin schon auf dem Weg«, erklärte Fenston.

»Ich muss jedoch darauf hinweisen, Sir«, fuhr der Sicherheitsbeamte fort, »dass Ihr Status dann auf ›Routine‹ gesenkt wird. Wir können Ihnen in diesem Fall erst dann zu Hilfe eilen, wenn wir alle anderen Notfallmeldungen erledigt haben.«

»Das ist kein Problem«, sagte Fenston.

»Sie können sich jedoch trotzdem darauf verlassen, dass wir uns innerhalb von vier Stunden um Ihren Fall kümmern, ungeachtet der anderen Notfallmeldungen.«

»Danke schön«, sagte Fenston. »Ich komme gleich hinunter und melde mich am Empfang.«

Er legte den Hörer auf und trat auf den Flur. Als er an seinem Büro vorbeikam, konnte er hören, wie Leapman gegen die Tür hämmerte wie ein Tier in der Falle, aber seine Stimme war angesichts des schrillen Kreischens der Sirene kaum auszumachen. Fenston ging zu den Aufzügen. Selbst noch in 15 Metern Entfernung fand er das ohrenbetäubende Dröhnen unerträglich.

Im Erdgeschoss trat er aus dem Aufzug und ging direkt zum Empfang.

»Ah, Mr. Fenston«, sagte der Sicherheitsbeamte. »Wenn Sie hier unterschreiben würden, das erspart Ihnen 250 Dollar.«

Fenston reichte ihm einen 10-Dollar-Schein. »Danke schön«, sagte er. »Nur keine Eile, ich war der Letzte«, versicherte er ihm, ging zum Eingang und stieg die Stufen hinunter.

Nachdem er in seine wartende Limousine gestiegen war, sah Fenston noch einmal zu seinem Büro hoch. Er konnte eine winzige Gestalt ausmachen, die gegen das Fenster trommelte. Der Chauffeur schloss hinter ihm die Tür und setzte sich verwirrt ans Steuer. Sein Chef trug immer noch keinen Smoking.

49

Jack Delaney parkte seinen Wagen kurz nach 21 Uhr 30 an der Broad Street. Er schaltete das Radio ein und lauschte auf FM 101.1 Cousin Brucie, während er auf Leapman wartete. Diesen Treffpunkt hatte Leapman vorgeschlagen und er hatte dem FBI-Mann zugesagt, ihn zwischen 22 und 23 Uhr zu erwarten. Dann würde er ihm die Kamera mit genug belastenden Beweisen überreichen, um eine Verurteilung sicherzustellen.

Jack war in jener surrealen Welt gefangen, irgendwo zwischen halb wach und halb im Schlaf, als er die Sirene hörte. Wie alle Polizeibeamte konnte er die unterschiedlichen Dezibelhöhen von Streifenwagen, Notarzt und Feuerwehr im Bruchteil einer Sekunde zuordnen. Diese Sirene gehörte zu einem Krankenwagen, wahrscheinlich einem vom St. Vincent Hospital.

Er sah auf seine Armbanduhr: 23 Uhr 15. Leapman verspätete sich, aber da er über einhundert Dokumente fotografieren musste, würde er möglicherweise nicht auf die Minute pünktlich sein können. Die Techniker des FBI hatten Leapman ziemlich lange gezeigt, wie er mit dieser Hightechkamera umzugehen hatte, damit er auch wirklich erstklassige Resultate lieferte. Aber das war vor dem Anruf gewesen. Leapman hatte kurz nach neunzehn Uhr in Jacks Büro angerufen und ihm mitgeteilt, dass Fenston ihm etwas gesagt hatte, was sich als weitaus belastender als jedes Dokument erweisen würde. Aber er wollte die Information nicht am Telefon preisgeben. Die Verbindung wurde unterbrochen, bevor Jack nachhaken konnte.

Die Sirene wurde lauter.

Jack beschloss, auszusteigen und sich die Beine zu vertreten. Sein Regenmantel fühlte sich zerknittert an. Er hatte ihn in jenen Tagen, als er noch jedermann hatte wissen lassen wollen, dass er für den Geheimdienst arbeitete, bei Brooks Brothers gekauft, aber je höher er die Karriereleiter hinauffiel, desto weniger auffällig wollte er wirken. Sollte er je zum Leiter einer eigenen Außenstelle befördert werden, würde er sich eventuell einen neuen Mantel zulegen, einen, der ihn wie einen Anwalt oder Banker aussehen ließ – das würde seinem Vater gefallen.

Jack musste an Fenston denken, der mittlerweile seine Rede über die moralische Verantwortung moderner Banker beendet haben dürfte. Dann an Anna, die auf dem Weg zu ihrem Treffen mit Nakamura sicher schon den halben Atlantik überquert hatte. Anna hatte ihm eine Nachricht auf sein Handy gesprochen und ihm mitgeteilt, dass sie jetzt wusste, warum Tina den Job als persönliche Assistentin von Fenston angenommen hatte; die Hinweise hätten ihr die ganze Zeit ins Gesicht gestarrt. Er hatte telefoniert, als sie angerufen hatte, aber Anna hatte versprochen, sich am Morgen wieder zu melden. Es musste zu der Zeit gewesen sein, als er mit Leapman telefoniert hatte. Dieser verdammte Kerl. Jack stand mitten in der Nacht auf einem Bürgersteig in New York, müde und hungrig, und wartete auf eine Kamera. Sein Vater hatte doch recht gehabt: Er hätte Anwalt werden sollen.

Jack schlenderte zur Straßenecke und schaute zu dem Gebäude hinüber, in dem Leapman arbeitete, irgendwo im 32. Stockwerk.

Ungefähr in der Mitte des Wolkenkratzers strahlte eine Reihe hell erleuchteter Fenster, ansonsten waren die meisten Fenster schwarz. Jack fing an, die Stockwerke zu zählen, aber ungefähr bei 18 kam er durcheinander und als er bei 32 anlangte, hätte es der Stock sein können, der in gleißendes Licht getaucht war. Aber das ergab keinen Sinn, denn in Leapmans Stock sollte nur ein einziges Büro erleuchtet sein. Das Letzte, was er gewollt hätte, wäre, Aufmerksamkeit auf sich zu ziehen.

Jack sah quer über die Straße zu dem Krankenwagen, der mit quietschenden Reifen vor dem Gebäude hielt. Die hinteren Türen wurden aufgestoßen und drei Sanitäter, zwei Männer und eine Frau in den vertrauten dunkelblauen Uniformen, sprangen auf die Straße. Einer schob eine Trage, der Zweite trug ein Sauerstoffgerät und die Dritte schleppte eine sperrige Ersthelfertasche. Jack sah zu, wie sie die Treppe hocheilten und im Gebäude verschwanden.

Er richtete seine Aufmerksamkeit auf den Empfang, wo ein Wachmann – der auf sein Klemmbrett zeigte – mit einem älteren Mann in einem eleganten Anzug sprach, wahrscheinlich sein Vorgesetzter, während ein zweiter Wachmann telefonierte. Die Aufzüge spuckten einige Menschen aus und verschluckten andere, was keine Überraschung war, da sie sich im Herzen jener Stadt befanden, in der die Finanzen ein 24-Stunden-Job waren. Die meisten Amerikaner schliefen, wenn Geld in Sydney, Tokio, Hongkong und jetzt London den Besitzer wechselte, aber es gab immer eine Gruppe von New Yorkern, die ihr Leben nach der Zeit anderer Menschen lebten.

Jacks Gedankenkette wurde unterbrochen, als sich eine Aufzugstür öffnete und die drei Sanitäter wieder auftauchten. Zwei von ihnen rollten einen Patienten auf der Trage, während der dritte immer noch das Sauerstoffgerät trug. Sie schritten langsam, aber zielgerichtet auf den Ausgang zu. Die Menschen in der Lobby machten ihnen Platz. Jack schlenderte zum Eingang, um sich die Sache näher anzusehen. Eine weitere Sirene schrillte in der Ferne, es war das Brummen der New Yorker Polizei, aber zu dieser nächtlichen Stunde konnte der Wagen überall hin unterwegs sein und außerdem konzentrierte Jack sich jetzt auf die Trage. Er stand neben der Tür, als die Sanitäter aus dem Gebäude traten und ihren Patienten vorsichtig die Stufen hinuntertrugen. Jack starrte in das bleiche Gesicht eines schwer leidenden Mannes, dessen Augen glasig starrten, als ob sie in einem Scheinwerfer gefangen wären. Erst als er an ihm vorbeigetragen wurde, erkannte Jack, um wen es sich handelte. Er musste augenblicklich eine Entscheidung treffen. Sollte er dem Krankenwagen zum St. Vincent Hospital folgen oder direkt in den 32. Stock eilen? Die Polizeisirene klang jetzt so, als würde sie in ihre Richtung fahren. Ein Blick in Leapmans Gesicht und Jack ahnte, dass der sehr lange mit niemandem mehr reden würde. Jack rannte in das Gebäude, als die Polizeisirene nicht mehr als einen oder zwei Häuserblocks entfernt war. Er wusste, er hatte nur wenige Minuten, bevor die Besten von New York die Szene betreten würden. Am Empfang blieb er kurz stehen und zeigte seine FBI-Marke vor.

»Sie sind aber schnell hier«, meinte einer der Wachmänner. Jack erwiderte nichts, sondern eilte zu den Aufzügen. Der Wachmann wunderte sich, woher der Agent wusste, in welches Stockwerk er musste.

Jack quetschte sich durch die Aufzugstüren, als diese sich gerade schließen wollten, und drückte auf den Knopf mit der 32. Als sich die Türen wieder öffneten, sah er rasch den Flur auf und ab, um zu sehen, woher das Licht kam. Dann rannte er zu einigen Büroräumen am anderen Ende des Korridors, wo ein Wachmann und zwei Techniker in roten Overalls zusammen mit einem Putzmann neben einer geöffneten Tür standen.

»Wer sind Sie?«, verlangte der Wachmann zu wissen.

»FBI.« Jack zeigte ihm seine Marke, nannte jedoch nicht seinen Namen, als er in das Büro ging. Das Erste, was er sah, war die Vergrößerung eines Fotos, das Fenston zeigte, wie er George W. Bush die Hand schüttelte. Es dominierte die Wand hinter dem Schreibtisch. Jacks Blick streifte rasch durch den Raum, bis er erblickte, was er suchte. Es lag mitten auf dem Schreibtisch, ruhte auf einem Haufen ausgebreiteter Papiere neben einer geöffneten Akte.

»Was ist passiert?«, verlangte Jack mit Bestimmtheit zu wissen.

»Irgendein Kerl war über drei Stunden in diesem Büro gefangen. Er muss den Alarm ausgelöst haben.«

»Das war nicht unser Fehler«, warf einer der Techniker ein. »Man hat uns aufgefordert, die Notfallmeldung niedriger einzustufen. Wir haben das schriftlich. Sonst wären wir doch schon viel früher gekommen.«

Jack musste nicht erst fragen, wer den Alarm ausgelöst und Leapman dann seinem Schicksal überlassen hatte. Er ging zu dem Schreibtisch. Sein Blick fuhr prüfend über die Papiere. Als er aufsah, bemerkte er, dass ihn die vier Männer anstarrten. Jack sah den Wachmann an. »Gehen Sie zum Aufzug und warten Sie auf die Cops. Sobald sie auftauchen, bringen Sie sie sofort zu mir.« Der Wachmann verschwand kommentarlos im Flur und eilte zu den Aufzügen. »Sie drei – raus hier«, lautete Jacks nächster Befehl. »Das hier könnte ein Tatort sein und ich will nicht, dass Sie mögliche Beweise durcheinander bringen.« Die Männer drehten sich um und in dem Bruchteil einer Sekunde, in dem sie ihm den Rücken zuwandten, griff Jack nach der Kamera und ließ sie in eine der ausgebeulten Taschen seines Trenchcoats fallen.

Er nahm das Telefon auf Fenstons Schreibtisch zur Hand. Es gab keinen Verbindungston, nur ein ununterbrochenes Summen. Jemand hatte die Leitung gekappt. Zweifellos dieselbe Person, die auch den Alarm ausgelöst hatte. Jack berührte weiter nichts in dem Raum. Er ging in den Flur und betrat das angrenzende Büro. In einer Ecke des Schreibtisches befand sich ein Monitor, der immer noch Bilder aus Fenstons Büro lieferte. Fenston hatte Leapmans Vorgehen nicht nur beobachtet, er hatte auch noch genug Zeit gehabt, um sich eine teuflische Rache auszudenken.

Jacks Blick glitt zum Telefon. Ein Knopf flackerte in einem orangefarbenen Licht und zeigte an, dass die Leitung belegt war. Er hatte Leapman jede Hoffnung genommen, die Außenwelt zu kontaktieren. Jack sah auf den Schreibtisch hinunter, an dem Fenston gesessen haben musste, als er die ganze Aktion geplant hatte. Er hatte sogar eine Liste erstellt, damit er auch ja keinen Fehler beging. Alle Hinweise waren hier, damit die Polizei von New York sie sammeln und bewerten konnte. Wäre dies eine Ermittlung bei Columbo, hätten der Schalter, die handgeschriebene Liste auf dem Schreibtisch und der Zeitpunkt der Alarmauslösung ausgereicht, damit der große Detektiv eine Verurteilung erreicht hätte. Fenston wäre zusammengebrochen und hätte nach der letzten Werbepause alles gestanden. Leider war dies kein schlicht gestrickter Fernsehfilm. Und eines war sicher: Fenston würde nicht zusammenbrechen und niemals auch nur daran denken, etwas zu gestehen. Jack schnitt eine Grimasse.

Das Einzige, was er mit Columbo gemeinsam hatte, war der zerknitterte Regenmantel.

Jack hörte, wie sich die Aufzugstüren öffneten, dann die Worte:

»Folgen Sie mir.« Er wusste, das mussten die Cops sein. Jack richtete seine Aufmerksamkeit wieder auf den Bildschirm auf dem Schreibtisch, als zwei uniformierte Beamte in Fenstons Büro traten und die vier Zeugen verhörten. Die Zivilbeamten würden ebenfalls gleich auftauchen. Jack verließ das angrenzende Büro und ging leise zu den Aufzügen. Er hatte die Türen gerade erreicht, als einer der Cops aus Fenstons Büro trat und rief: »He, Sie.« Jack drückte auf den Knopf und drehte sich zur Seite, damit der Streifenbeamte sein Gesicht nicht sehen konnte. Als die Türen aufglitten, trat er rasch ein. Jack hielt den Finger auf den Knopf mit dem E und die Türen schlossen sich sofort. Als sie sich dreißig Sekunden später im Erdgeschoss wieder öffneten, lief er zügig am Empfang vorbei, aus dem Gebäude, die Stufen hinunter und in Richtung seines Wagens.

Jack sprang in sein Auto und ließ den Motor an, als ein Cop um die Ecke gerannt kam. Er wendete ruckartig den Wagen, fuhr auf den Bürgersteig, dann zurück auf die Straße und preschte zum St. Vincent Hospital.

»Guten Tag, Sotheby's.«

»Lord Poltimore, bitte.«

»Wen darf ich melden, Madam?«

»Lady Wentworth.« Arabella musste nicht lange warten, bevor Mark an den Apparat kam.

»Wie schön, von Ihnen zu hören, Arabella«, sagte er. »Darf ich fragen, ob Sie kaufen oder verkaufen wollen?«

»Ich benötige nur einen Ratschlag«, erwiderte Arabella. »Aber wenn ich etwas zu verkaufen hätte …«

Mark machte sich Notizen, während er sich die Fragen anhörte, die Arabella offensichtlich sorgsam vorbereitet hatte.

»Als ich noch Kunsthändler war«, fing Mark an, »bevor ich zu Sotheby's kam, betrug die Kommission üblicherweise zehn Prozent bis zur ersten Million. Wenn abzusehen war, dass das Gemälde mehr als eine Million erzielen würde, handelte ich für gewöhnlich mit dem Verkäufer ein Honorar aus.«

»Und welches Honorar hätten sie ausgehandelt, wenn ich Sie gebeten hätte, den van Gogh zu verkaufen?«

Mark war froh, dass Arabella den Ausdruck auf seinem Gesicht nicht sehen konnte. Sobald er sich erholt hatte, ließ er sich Zeit, bevor er eine Summe nannte. Dann fügte er rasch hinzu: »Sollten Sie das Bild Sotheby's zur Versteigerung anvertrauen, würden wir Ihnen selbstverständlich nichts berechnen, Arabella. Wir garantieren Ihnen den vollen Preis, zu dem das Gemälde unter den Hammer kommt.«

»Und wie wollen Sie dann einen Gewinn erzielen?«, fragte Arabella.

»Wir schlagen eine Prämie für den Käufer auf«, erläuterte Mark.

»Ich habe bereits einen Käufer«, sagte Arabella. »Aber vielen Dank für den Rat.«

25. September

50

Olga Krantz bog um die Ecke und stellte zu ihrer Erleichterung fest, wie viele Menschen sich auf dem Gehweg tummelten. Sie ging weitere 100 Meter, dann blieb sie vor einem kleinen Hotel stehen und sah die Straße auf und ab, zuversichtlich, dass sie nicht verfolgt wurde.

Dann ging sie durch die Drehtür, die ins Hotel führte, marschierte – die Augen strikt nach vorn gerichtet – an der Rezeption vorbei, wobei sie den Portier ignorierte, der mit einem Touristen sprach, der dem Klang nach aus New York stammte. Ihr Blick fiel auf die Wand mit den Schließfächern, gleich links von der Rezeptionstheke. Sie wartete, bis alle drei Angestellten an der Rezeption beschäftigt waren, bevor sie aktiv wurde.

Sie schaute sich um, ob jemand womöglich dasselbe tun wollte wie sie, zog einen Schlüssel aus ihrer Hüfttasche und steckte ihn in das Schloss von Schließfach 19. Sie drehte den Schlüssel um und öffnete die Tür. Alles war noch genau so, wie sie es zurückgelassen hatte. Olga Krantz entfernte sämtliche Scheine und die beiden Ausweise und stopfte alles in ihre Jackentasche. Dann verschloss sie die Tür, verließ das Hotel und stand wieder auf der Straße, ohne mit jemandem gesprochen zu haben.

Sie winkte sich ein Taxi herbei, etwas, das sie in den Tagen, als die Kommunisten ihr ihren Job beigebracht hatten, nicht hätte tun können. Sie nannte dem Fahrer eine Bank in Tscherjomuschki, setzte sich auf den Rücksitz und dachte an Oberst Sergei Slatinaru – aber nur für einen kurzen Augenblick. Sie bedauerte nur, dass sie nicht dazu gekommen war, ihm das linke Ohr abzuschneiden. Gern hätte sie es der Petrescu geschickt, als kleine Erinnerung an ihren Besuch in Rumänien. Aber was Olga Krantz mit der Petrescu plante, würde sie für diese Enttäuschung mehr als entschädigen.

Zuerst musste sie sich allerdings darauf konzentrieren, aus Russland herauszukommen. Es mochte leicht gewesen sein, diesen Amateuren in Bukarest zu entfliehen, aber es würde sich als weitaus schwieriger erweisen, einen sicheren Weg nach England zu finden. Inseln stellten immer ein Problem dar: Berge waren so viel einfacher zu überqueren als Gewässer. Sie war an diesem Morgen erschöpft in der russischen Hauptstadt angekommen, nachdem sie seit ihrer Entlassung aus dem Krankenhaus auf eigene Verantwortung ständig in Bewegung gewesen war.

Als die Sirenen im Krankenhaus eingesetzt hatten, war Olga Krantz bereits an der Autobahn gewesen. Ein Lastwagenfahrer, der zwei Mal mit ihr schlief und es nicht verdiente zu sterben, hatte sie über die Grenze geschmuggelt. Ein Zug, ein Flugzeug und weitere 300 Dollar sowie siebzehn Stunden waren nötig, bevor sie endlich in Moskau eintraf. Sofort machte sie sich auf den Weg zum Isla Hotel, ohne die Absicht, dort zu übernachten. Ihr Interesse galt einzig und allein dem Schließfach, in dem sich zwei Pässe und einige Hundert Rubel befanden.

Während die Krantz in Moskau festsaß, hatte sie eigentlich ein wenig Bargeld verdienen und schwarz arbeiten wollen, um abzuwarten, bis die Einreise nach Amerika wieder sicher war. Die Lebenshaltungskosten waren in der russischen Hauptstadt um einiges billiger als in New York und dazu gehörten auch die Kosten für den Tod. 5000 Dollar für eine Ehefrau, 10 000 Dollar für einen Ehemann. Die Russen hatten mit der Gleichberechtigung noch nichts am Hut. Ein KGB-Oberst brachte bis zu 50 000 Dollar und für einen Mafiaboss konnte die Krantz 100 000 Dollar verlangen. Aber wenn Fenston die versprochenen zwei Millionen Dollar überwiesen hatte, dann mussten die langweiligen Ehemänner und -frauen eben auf ihre Rückkehr warten. Jetzt, da Russland sich dem freien Markt geöffnet hatte, könnte sie sich vielleicht einem der neuen Oligarchen verpflichten und ihm umfassende Dienstleistungen offerieren.

Sie war sicher, einer von ihnen konnte die drei Millionen Dollar brauchen, die in einem Schließfach in Queens ruhten. In diesem Fall musste sie niemals in die Staaten zurückkehren.

Das Taxi hielt vor dem diskreten Eingang einer Bank, die stolz darauf war, nur wenig Kunden zu haben. Die Buchstaben G und Z waren in die weiße Marmorleiste gemeißelt. Die Krantz stieg aus dem Taxi, zahlte das Fahrgeld und wartete, bis das Taxi außer Sichtweite war, bevor sie das Gebäude betrat.

Olga Krantz ging auf die altmodische Holztheke zu – ohne Schlange, ohne Gitter –, hinter der eine Reihe elegant gekleideter Männer in grauen Anzügen, weißen Hemden und ungemusterten Seidenkrawatten darauf wartete, zu Diensten sein zu können. Sie hätten auch in Genf oder Zürich nicht fehl am Platz gewirkt.

»Was kann ich für Sie tun?«, erkundigte sich der Angestellte, den die Krantz ausgewählt hatte. Er fragte sich, in welche Kategorie sie fiel – die Frau eines Mafiabosses oder die Tochter eines Oligarchen. Wie ein Popstar sah sie nicht aus.

»Eins null sieben zwei null neun fünf neun«, sagte sie.

Er gab den Code in seinen Computer ein und als die Zahlen auf dem Bildschirm aufflackerten, zeigte er etwas mehr Interesse.

»Darf ich Ihren Pass sehen?«, lautete seine nächste Frage.

Die Krantz reichte ihm einen der Pässe, die sie aus dem Isla Hotel geholt hatte.

»Wie viel befindet sich auf meinem Konto?«, wollte sie wissen.

»Was glauben Sie denn, wie viel darauf sein sollte?«, lautete seine Gegenfrage.

»Etwas über zwei Millionen Dollar«, erwiderte sie.

»Und welche Summe wünschen Sie abzuheben?«, fragte er.

»Zehntausend in Dollar und zehntausend in Rubel.«

Er zog eine Arbeitsplatte unter der Theke hervor und zählte die Scheine langsam ab. »Dieses Konto hat eine ganze Weile geruht«, wagte er zu bemerken und sah auf seinen Bildschirm.

»Stimmt«, räumte sie ein, »aber jetzt, da ich wieder in Moskau bin, werden Sie mehr Aktivitäten sehen«, fügte sie ohne weitere Erklärung hinzu.

»Dann freue ich mich schon darauf, Ihnen bald wieder zu Diensten zu sein, gnädige Frau.« Der Bankangestellte reichte ihr zwei Haufen an Scheinen, die ordentlich in Plastikhüllen verpackt waren, ohne Hinweis, woher sie stammten, und völlig ohne Papierkram, als ob niemals eine Transaktion stattgefunden hätte.

Die Krantz nahm die beiden Haufen, steckte sie in eine Innentasche und verließ langsam die Bank. Sie winkte sich das dritte verfügbare Taxi.

»Zum Kalstern«, sagte sie und setzte sich auf den Rücksitz, um den zweiten Teil ihres Planes vorzubereiten.

Fenston hatte seinen Teil der Abmachung eingehalten. Jetzt musste sie den ihren einhalten, wenn sie hoffte, die anderen beiden Millionen einzustreichen. Sie dachte kurz darüber nach, die ersten zwei Millionen zu behalten, ohne sich die Mühe zu machen, nach England zu reisen. Aber nur kurz, denn sie wusste, dass Fenston seine Kontakte zum KGB aufrecht erhalten hatte und dort wäre man für eine kleinere Summe nur allzu gern bereit, sie zu entsorgen.

Als das Taxi zehn Minuten später anhielt, reichte die Krantz dem Fahrer 400 Rubel, ohne auf Wechselgeld zu warten. Sie stieg aus und stellte sich zu einer Gruppe von Touristen, die in ein Schaufenster starrten, in der Hoffnung, etwas Erinnerungsträchtiges zu finden, um den Leuten daheim zu beweisen, dass sie die bösen Kommunisten besucht hatten. Mitten im Schaufenster wurde das beliebteste Souvenir ausgestellt: die Uniform eines Vier-Sterne-Generals mit allen Accessoires – Mütze, Gürtel, Holster und drei Reihen an Verdienstorden. Kein Preisschild, aber die Krantz wusste, dass derzeit zwanzig Dollar üblich waren. Neben dem General stand ein Admiral für fünfzehn Dollar und dahinter ein KGB-Oberst für zehn. Obwohl die Krantz kein Interesse daran besaß, den Leuten daheim zu beweisen, dass sie Moskau besucht hatte, vermochte jemand, der die Uniformen eines Generals, Admirals oder KGB-Obersten besorgen konnte, unzweifelhaft auch das zu liefern, was sie benötigte.

Die Krantz betrat das Geschäft und wurde von einer jungen Verkäuferin begrüßt. »Kann ich Ihnen helfen?«

»Ich muss in einer privaten Angelegenheit mit Ihrem Chef sprechen«, sagte die Krantz.

Die junge Frau wirkte unschlüssig, aber die Krantz starrte sie so lange an, bis sie schließlich sagte: »Folgen Sie mir.« Sie führte ihre Kundin in den hinteren Teil des Ladens, wo sie schüchtern klopfte, bevor sie die Tür zu einem kleinen Büro öffnete.

Hinter einem riesigen Holzschreibtisch, der mit Papieren, leeren Zigarettenschachteln und einem halb gegessenen Salamibrötchen zugemüllt war, saß ein übergewichtiger Mann in einem ausgebeulten braunen Anzug. Er trug ein aufgeknöpftes rotes Hemd, das aussah, als sei es schon lange nicht mehr gewaschen worden. Sein kahler Schädel und der üppige Schnauzer machten es der Krantz schwer, sein Alter zu erraten, obwohl es sich bei ihm ganz offensichtlich um den Geschäftsinhaber handelte.

Er legte beide Hände auf die Tischplatte und sah müde zu ihr auf. Außerdem deutete er ein Lächeln an, aber die Krantz bemerkte nur das Doppelkinn, das er statt eines Halses besaß. Immer schwierige Verhandlungspartner.

»Womit kann ich dienen?«, fragte er und klang nicht so, als ob er es der Mühe für wert hielt.

Die Krantz erklärte ihm genau, was sie brauchte. Der Geschäftsinhaber hörte in verblüfftem Schweigen zu und brach dann in Gelächter aus.

»Das wird nicht billig«, meinte er zu guter Letzt. »Und es könnte einige Zeit in Anspruch nehmen.«

»Ich brauche die Uniform noch heute Nachmittag«, erklärte die Krantz.

»Das ist nicht machbar.« Er zuckte mit den schweren Schultern. Die Krantz nahm ein Bündel Banknoten aus ihrer Tasche, schälte einen 100-Dollar-Schein ab und legte ihn vor ihm auf den Schreibtisch. »Heute Nachmittag«, wiederholte sie.

Der Besitzer hob die Augenbrauen, den Blick dabei fest auf Benjamin Franklin geheftet.

»Möglicherweise kenne ich eine Kontaktperson.«

Die Krantz legte einen weiteren Hunderter auf den Schreibtisch.

»Ja, ich glaube, ich habe die ideale Frau für Sie.«

»Ich brauche auch ihren Pass«, verlangte die Krantz.

»Unmöglich.«

Zwei weitere Hunderter gesellten sich zu den Franklin-Zwillingen.

»Machbar«, sagte er, »aber nicht einfach.«

Die Krantz legte noch einmal 200 Dollar auf den Tisch. Jetzt lagen da Sechslinge.

»Aber ich bin sicher, es lässt sich etwas arrangieren.« Er schwieg.

»Zum richtigen Preis.« Er sah zu seiner Kundin auf, während er die Hände auf seinen Bauch legte.

»Tausend, wenn alles, was ich brauche, heute Nachmittag zur Verfügung steht.«

»Ich werde mein Bestes versuchen«, versprach der Geschäftsinhaber.

»Da bin ich ganz sicher«, sagte die Krantz. »Denn für jede Viertelstunde nach …«, sie sah auf ihre Armbanduhr, »… vierzehn Uhr ziehe ich hundert Dollar ab.«

Der Ladenbesitzer wollte protestieren, überlegte es sich dann aber anders.

51

Als Annas Taxi durch die Pforten von Wentworth Hall fuhr, sah sie zu ihrer Überraschung, dass Arabella bereits auf der obersten Eingangsstufe wartete, eine Schrotflinte unter dem rechten Arm und Brunswick und Picton an ihrer Seite. Der Butler öffnete den Wagen, während seine Herrin und die beiden Labradore die Treppe hinunterstiegen, um Anna zu begrüßen.

»Wie schön, Sie wiederzusehen.« Arabella küsste sie auf beide Wangen. »Sie kommen gerade rechtzeitig zum Tee.«

Anna streichelte die Hunde, während sie Arabella die Treppe hinauf ins Haus begleitete. Ein Hausdiener holte ihren Koffer aus dem vorderen Teil des Taxis. Als Anna in die Eingangshalle trat, blieb sie stehen und ließ ihren Blick langsam von Bild zu Bild durch den Raum wandern.

»Ja, es ist schön, wenn man die eigene Familie noch um sich hat«, meinte Arabella, »auch wenn dies ihr letztes Wochenende auf dem Land sein könnte.«

»Wie meinen Sie das?«, erkundigte sich Anna besorgt.

»Fenstons Anwalt hat heute Morgen persönlich ein Schreiben überbracht, um mich daran zu erinnern, dass ich bis morgen Mittag den Kredit in voller Höhe zu tilgen habe. Andernfalls muss ich mich darauf einstellen, dass sämtliche Familienmitglieder ausrangiert werden.«

»Er plant, die gesamte Sammlung zu veräußern?«, fragte Anna.

»Das scheint seine Absicht zu sein«, bestätigte Arabella.

»Aber das ergibt doch keinen Sinn«, meinte Anna. »Wenn Fenston die gesamte Sammlung zur selben Zeit auf den Markt wirft, dann tilgt das nicht einmal den ursprünglichen Kredit.«

»Würde es auch nicht, würde er nicht gleichzeitig das Anwesen verkaufen«, sagte Arabella.

»Das würde er doch niemals ...«, fing Anna an.

»Er würde«, unterbrach Arabella. »Wir können nur hoffen, dass sich Mr. Nakamura Hals über Kopf in den van Gogh verliebt, denn offen gestanden ist er meine letzte Hoffnung.«

»Wo ist das Meisterwerk?«, fragte Anna, während Arabella sie in den Salon führte.

»Wieder im Gästezimmer, wo es die letzten hundert Jahre verbracht hat.« Arabella hielt inne. »Mit Ausnahme eines Tagesausflugs nach Heathrow.«

Arabella machte es sich in ihrem Lieblingssessel neben dem Kamin gemütlich, je ein Hund an jeder Seite. Anna tigerte durch den Raum. Sie sprach die italienische Sammlung an, die der vierte Earl zusammengetragen hatte.

»Sollten meine geliebten Italiener ebenfalls zu einer unerwarteten Reise nach New York gezwungen werden, dann dürfen sie nicht jammern«, meinte Arabella. »Schließlich scheint das eine alte amerikanische Tradition zu sein.«

Anna lachte, ging von Tizian zu Veronese und Caravaggio. »Ich hatte ganz vergessen, wie großartig der Caravaggio ist«, sagte sie und trat einen Schritt zurück, um *Die Hochzeit von Kanaa* zu bewundern.

»Ich glaube, Sie interessieren sich mehr für tote Italiener als für lebende Iren«, lachte Arabella.

»Wenn Caravaggio heute noch leben würde«, erwiderte Anna, »dann würde Jack ihm nachstellen und nicht mir.«

»Wie meinen Sie das?«, fragte Arabella.

»Caravaggio hat im Vollrausch einen Mann ermordet. Hat die letzten Lebensjahre auf der Flucht verbracht, aber wann immer er in eine neue Stadt kam, stellten sich die Einheimischen blind, solange er nur weiterhin herrliche Porträts der Jungfrau Maria mit ihrem Kind malte.«

»Anna, Sie sind ein unmöglicher Gast. Setzen Sie sich«, sagte Arabella. Der Butler betrat den Salon und verkündete: »Mylady, es sind drei Herren an der Tür, die ein Paket für Sie abzugeben wünschen. Ich habe sie aufgefordert, sich zum Dienstboteneingang zu begeben, aber sie meinten, ohne Ihre Unterschrift dürften Sie das Paket nicht aushändigen.«

»Eine Art moderner Viola«, schlug Arabella vor. »Ich werde nachsehen müssen, was diese übellaunigen Boten bringen«, fügte sie hinzu. »Vielleicht werfe ich ihnen für ihre Mühen einen Ring zu.«

»Ich bin sicher, die liebliche Olivia wird wissen, wie sie mit ihnen umzugehen hat«, fiel Anna mit ein.

Arabella verneigte sich artig und folgte Andrews aus dem Salon. Anna bewunderte gerade Tintorettos *Perseus und Andromeda*, als Arabella zurückkehrte. Das fröhliche Lächeln war einem finsteren Gesichtsausdruck gewichen.

»Gibt es ein Problem?« Anna drehte sich um und sah ihre Gastgeberin an.

»Diese übellaunigen Gesellen haben mir meinen Ring zurückgeworfen«, erwiderte Arabella. »Sehen Sie es sich selbst an.«

Anna folgte ihr in die Halle, wo sie auf Andrews und einen

Hausdiener stieß. Sie entfernten die Schutzhülle einer roten Kiste, von der Anna gehofft hatte, sie würde sie nie wieder sehen.

»Sie muss aus New York geschickt worden sein.« Arabella studierte einen Aufkleber auf der Kiste. »Wahrscheinlich reiste sie mit derselben Maschine, in der Sie saßen.«

»Offenbar verfolgt sie mich«, seufzte Anna.

»Diese Wirkung scheinen Sie auf Männer zu haben«, meinte Arabella.

Sie beobachteten, wie Andrews das Luftpolster entfernte und die Leinwand freilegte, die Anna zuletzt in Antons Atelier gesehen hatte.

»Das einzig Gute ist, dass wir das Meisterwerk jetzt wieder in den Originalrahmen einfügen können«, sagte Anna.

»Aber was sollen wir mit ihm machen?«, fragte Arabella und zeigte auf den Hochstapler. Der Butler hüstelte diskret. »Haben Sie einen Vorschlag, Andrews?«, fragte Arabella. »Wenn ja, dann raus damit.«

»Nein, Mylady«, antwortete Andrews, »aber ich dachte, Sie würden vielleicht wissen wollen, dass Ihr zweiter Gast die Auffahrt hochkommt.«

»Dieser Mann hat eine Gabe für Timing.« Arabella prüfte rasch ihre Frisur im Spiegel. »Andrews«, sagte sie und schlüpfte wieder in ihre übliche Rolle. »Ist das Wellington-Zimmer für Mr. Nakamura hergerichtet worden?«

»Ja, Mylady. Und Dr. Petrescu ist im Van-Gogh-Zimmer untergebracht.«

»Wie angemessen, dass er seine letzte Nacht dort mit Ihnen verbringt«, bemerkte Arabella an Anna gewandt.

Anna war erleichtert, dass Arabella sich so schnell wieder gefangen hatte. Sie hatte so ein Gefühl, dass Arabella und Nakamura gute Sparringspartner abgeben würden.

Der Butler öffnete die Tür und stieg die Stufen in einem solchen Tempo hinunter, dass er genau in dem Moment unten ankam, als der Toyota Lexus auf dem Kies zum Stehen kam. Andrews öffnete den hinteren Wagenschlag der Limousine, damit Mr. Nakamura aussteigen konnte. Dieser hielt ein kleines rechteckiges Päckchen in der Hand.

»Japaner bringen immer Geschenke mit«, flüsterte Anna. »Sie dürfen es jedoch unter keinen Umständen in seiner Gegenwart öffnen.«

»Das ist schön und gut«, meinte Arabella, »aber ich habe gar nichts für ihn.«

»Er erwartet auch nichts. Sie haben ihn als Gast in Ihr Haus eingeladen und das ist das größte Kompliment, das man einem Japaner machen kann.«

»Was für eine Erleichterung«, meinte Arabella, als Mr. Nakamura an der Haustür anlangte.

»Lady Arabella«, sagte er und verneigte sich tief. »Es ist mir eine große Ehre, in Ihr prachtvolles Heim eingeladen zu werden.«

»Sie ehren mein Heim, Mr. Nakamura«, sagte Arabella und hoffte, das war korrekt.

Der Japaner verneigte sich noch tiefer und als er sich wieder aufrichtete, sah er direkt auf das Porträt von Wellington, das Lawrence gemalt hatte.

»Wie passend«, meinte Nakamura. »Hat dieser große Mann nicht an dem Abend, bevor er nach Waterloo segelte, in Wentworth Hall gespeist?«

»Das hat er in der Tat«, sagte Arabella. »Und Sie werden in

demselben Bett nächtigen, in dem der Eiserne Duke bei dieser historischen Gelegenheit ruhte.«

Nakamura wandte sich an Anna und verneigte sich. »Wie schön, Sie wiederzusehen, Dr. Petrescu.«

»Ebenfalls, Nakamura San«, sagte Anna. »Ich hoffe, Sie hatten eine angenehme Reise.«

»Ja, danke. Wir sind zur Abwechslung sogar pünktlich gelandet.« Nakamura bewegte sich nicht, aber sein Blick wanderte durch die Halle. »Bitte korrigieren Sie mich, Anna, falls ich mich irren sollte. Dieser Raum ist eindeutig der englischen Schule gewidmet. Gainsborough?«, fragte er und bewunderte das Ganzkörperporträt von Lady Catherine Wentworth. Anna nickte. Nakamura sprach schon weiter. »Landseer, Morland, Romney, Stubbs. Ich bin von den Socken – ist das der richtige Ausdruck?«

»Das ist er durchaus«, bestätigte Arabella. »Obwohl unsere amerikanischen Vettern nicht einmal ansatzweise die Bedeutung dieses Idioms verstehen. Und Sie dürfen auch gern bei dem Lely von den Socken sein.«

»Ah, Sir Peter. Und was für eine gut aussehende Frau.« Er hielt inne. »Ein Familienmerkmal«, sagte er und sah seine Gastgeberin an.

»Ich sehe schon, Mr. Nakamura, Ihr Familienmerkmal ist die Schmeichelei«, neckte Arabella.

Nakamura lachte laut auf. »Trotz des Risikos, dieser Schwäche ein zweites Mal nachzugeben, Lady Arabella, aber wenn jeder Raum diesem hier ähnelt, dann könnte es sich als nötig erweisen, dass ich mein Treffen mit diesen Dummköpfen von Corus Steel absage.«

Nakamuras Blicke schweiften weiter durch die Halle. »Wheatley,

Lawrence, West und Wilkie«, schwärmte er, bevor sein Blick auf dem Porträt zu ruhen kam, das an der Wand lehnte.

Nakamura sagte eine Weile gar nichts. »Recht beeindruckend«, meinte er schließlich. »Die Arbeit einer inspirierten Hand.« Er schwieg. »Jedoch nicht der von van Gogh.«

»Wie können Sie so sicher sein, Nakamura San?«, fragte Anna.

»Weil das falsche Ohr bandagiert ist«, erwiderte Nakamura.

»Aber jeder weiß doch, dass van Gogh sich das linke Ohr abgeschnitten hat«, meinte Anna.

Nakamura drehte sich zu Anna um und lächelte. »Und Sie wissen nur zu gut, dass van Gogh das Original malte, während er in einen Spiegel schaute«, fügte er hinzu. »Aus diesem Grund endete der Verband am falschen Ohr.«

»Ich hoffe sehr, dass mir das irgendjemand später erklären wird«, meinte Arabella, während sie ihre Gäste in den Salon führte.

52

Olga Krantz kehrte um vierzehn Uhr in den Laden zurück, aber vom Geschäftsinhaber war weit und breit nichts zu sehen. »Er kommt jeden Moment zurück«, versicherte ihr die Verkäuferin ohne rechte Überzeugung.

Jeden Moment erwies sich als eine halbe Stunde. Mittlerweile war die Verkäuferin nirgends mehr zu sehen. Als der Geschäftsinhaber endlich auftauchte, sah die Krantz zu ihrer Freude, dass er eine voll gestopfte Plastiktüte mitbrachte. Ohne dass ein Wort fiel, folgte ihm die Krantz in den hinteren Teil des Ladens und in sein Büro. Erst, als er die Tür geschlossen hatte, tauchte ein breites Grinsen auf den fleischigen Lippen des Geschäftinhabers auf.

Er legte die Tüte auf seinen Schreibtisch, hielt einen Moment inne und zog dann die rote Uniform heraus, die die Krantz verlangt hatte.

»Sie ist vielleicht etwas zu groß für Sie«, sagte er halb entschuldigend, »aber ich liefere Nadel und Faden ohne Extrakosten dazu.« Er fing an zu lachen, hörte aber auf, als seine Kundin nicht mit einfiel.

Die Krantz hielt die Uniform vor ihre Schultern. Die frühere Besitzerin war mindestens fünf Zentimeter größer als die Krantz, aber nur wenige Pfund schwerer; nichts, was Nadel und

Faden nicht beheben konnten, wie es der Geschäftsinhaber vorgeschlagen hatte.

»Und der Pass?«, fragte die Krantz.

Wieder tauchte die Hand des Geschäftsinhabers in die Plastiktüte und wie ein Zauberkünstler, der ein Kaninchen aus einem Zylinder zieht, hielt er einen sowjetischen Pass hoch. Er überreichte der Krantz die Trophäe und sagte: »Sie genießt derzeit einen dreitägigen Zwischenstopp und wird vor Freitag wahrscheinlich gar nicht merken, dass er fehlt.«

»Bis dahin wird er seinen Zweck schon lange erfüllt haben.« Die Krantz blätterte die Seiten der offiziellen Identitätsbescheinigung durch.

Sascha Prestakawitsch, entdeckte sie, war ohne besondere Kennzeichen, drei Jahre jünger als sie und acht Zentimeter größer. Ein Problem, das ein paar hochhackige Schuhe lösen würden, außer ein übereifriger Beamter beschloss, sie abzutasten und entdeckte dabei auch noch die frische Wunde an ihrer rechten Schulter.

Als die Krantz zu der Seite kam, auf der sich einst Sascha Prestakawitschs Foto befunden hatte, konnte der Inhaber ein zufriedenes Grinsen nicht unterdrücken. Für seinen nächsten Trick nahm er eine Polaroidkamera von einer Arbeitsfläche.

»Lächeln«, sagte er. Sie tat es nicht.

Ein paar Sekunden später wurde ein Foto ausgespuckt. Eine Schere tauchte als Nächstes auf und der Geschäftsinhaber schnitt das Foto auf eine Größe zurecht, die zu dem kleinen, gepunkteten Rechteck auf Seite 3 des Ausweises passte. Dann ein Tropfen Kleber, um die neue Inhaberin des Passes an Ort und Stelle zu befestigen. Sein letzer Akt bestand darin, Nadel und Faden in die Tüte zu legen. Olga Krantz wurde allmählich klar, dass er diese Dienstleistung offenbar nicht zum ersten Mal anbot. Sie stopfte die Uniform und den Pass wieder in die Tüte, dann reichte sie ihm 800 Dollar.

Der Geschäftsinhaber zählte die Scheine sorgfältig ab.

»Sie sagten 1000«, protestierte er.

»Sie waren dreißig Minuten zu spät«, rief ihm die Krantz in Erinnerung, nahm die Tüte und wandte sich zum Gehen.

»Besuchen Sie uns einmal wieder«, schlug der Geschäftsinhaber vor, während sie sein Büro verließ. »Wann immer Sie in Moskau sind.«

Die Krantz machte sich nicht die Mühe, ihm zu erklären, warum sie in ihrem Beruf niemand zwei Mal sah, außer um sicherzustellen, dass es kein drittes Mal geben würde.

Sobald sie wieder auf der Straße war, musste sie nur wenige Häuserblocks gehen, bevor sie einen Laden erreichte, in dem sie einfache schwarze Schuhe mit hohen Absätzen kaufte – nicht ihr Stil, aber sie würden ihren Zweck erfüllen. Sie zahlte mit Rubeln und verließ den Laden mit zwei Tüten.

Als Nächstes winkte sich die Krantz ein Taxi, nannte dem Fahrer eine Adresse und erklärte ihm genau, an welchem Eingang sie abgesetzt zu werden wünschte. Als das Taxi an einer Seitentür mit der Aufschrift »Nur für Personal« hielt, zahlte Olga Krantz das Fahrgeld, betrat das Gebäude und ging direkt zur Damentoilette. Sie schloss sich in einen Kubus ein, in dem sie die nächsten vierzig Minuten verbrachte. Mit Hilfe von Nadel und Faden, die ihr der Geschäftsinhaber zur Verfügung gestellt hatte, kürzte sie den Saum des Rockes um einige Zentimeter und machte anschließend die Taille etwas enger, was man unter dem Jackett nicht sehen würde. Dann zog sie alle Oberbekleidungsstücke aus und probierte die Uniform an – sie passte nicht perfekt, aber glücklicherweise war das Unternehmen, für das zu arbeiten sie vorgeben wollte, nicht für seine schneidertechnische Eleganz bekannt. Als Nächstes ersetzte sie ihre Turnschuhe durch die neu gekauften, hochhackigen Pumps, dann stopfte sie ihre alten Kleider in die Tüte.

Als sie schließlich die Damentoilette verließ, suchte sie ihren neuen Arbeitgeber auf. Ihr Gang war noch ein wenig unsicher, denn sie war nicht an hohe Absätze gewöhnt. Der Blick der Krantz fiel auf eine Frau, die eine identische Uniform trug. Sie ging zu deren Schalter und fragte: »Gibt es auf einem der Flüge nach London noch einen freien Platz?«

»Das sollte kein Problem sein«, erwiderte die Frau. »Kann ich Ihren Pass sehen?« Die Krantz reichte ihr das neu erworbene Ausweisdokument. Die Vertreterin des Unternehmens inspizierte die Angaben zu Sascha Prestakawitsch in der Datenbank der Firma.

Laut den Unterlagen legte sie derzeit einen dreitägigen Zwischenstopp ein. »Scheint in Ordnung zu sein«, meinte sie schließlich und reichte der Krantz einen Crew-Pass. »Achten Sie nur darauf, dass Sie als eine der Letzten einchecken, falls wir einen Zuspätkommenden haben.«

Olga Krantz ging zum internationalen Terminal und sobald sie den Zoll durchlaufen hatte, lungerte sie im Duty-Free-Bereich herum, bis sie den letzten Aufruf für Flug 413 nach London hörte. Als sie an den Flugsteig kam, checkten gerade die letzten drei Passagiere ein. Wieder wurde ihr Pass mit der Datenbank der Firma abgeglichen. Der Beamte am Gate inspizierte seinen Bildschirm.

»Wir haben in jeder Klasse noch Sitze frei, Sie können es sich also aussuchen.«

»Die hinterste Reihe in der Touristenklasse«, sagte die Krantz ohne zu zögern.

Der Mann am Gate wirkte überrascht, druckte aber die Bordkarte aus und reichte sie ihr dann. Die Krantz ging durch das Gate und bestieg die Aeroflot-Maschine, Flug 413, nach London.

53

Anna schritt langsam die breite Marmortreppe hinunter. Nach jeder zweiten oder dritten Stufe blieb sie stehen, um ein weiteres Meisterwerk zu bewundern. Ganz egal, wie oft sie die Gemälde sah … da hörte sie plötzlich ein Geräusch hinter sich und schaute zurück in den Gästetrakt. Andrews war aus ihrem Schlafzimmer getreten. Er trug ein Bild unter dem Arm. Sie lächelte, während er in Richtung der hinteren Treppe entschwand.

Anna richtete ihre Aufmerksamkeit wieder auf die Gemälde und setzte ihren langsamen Abstieg die Treppe hinunter fort. Als sie in der Eingangshalle angelangt war, warf sie Lady Catherine Wentworth einen weiteren bewundernden Blick zu, dann schritt sie langsam über den schwarz-weißen Marmorfliesenboden zum Salon.

Das Erste, was Anna beim Eintreten sah, war Andrews, der den van Gogh auf eine Staffelei mitten im Raum stellte.

»Wie finden Sie es?«, fragte Arabella und trat einen Schritt zurück, um das auf diese Weise präsentierte Selbstbildnis zu bewundern.

»Denken Sie nicht auch, es könnte für Mr. Nakamura ein wenig zu …« Anna wollte ihre Gastgeberin nicht beleidigen.

»Zu plump, zu aufdringlich, zu offensichtlich sein? Welche

Formulierung suchen Sie, meine Liebe?«, fragte Arabella und drehte sich zu Anna um. Anna musste lachen. »Seien wir ehrlich«, fuhr Arabella fort, »ich habe keinen Cent mehr und die Zeit läuft mir davon, darum bleibt mir keine große Wahl.«

»Das würde man nicht glauben, wenn man Sie so sieht.« Anna bewunderte das herrliche, knöchellange Kleid aus rosa Seidentaft, das Lady Arabella trug, sowie ihr Diamanthalsband. Anna fühlte sich daneben in ihrem kurzen schwarzen Armani-Kleid ziemlich salopp.

»Wie nett, das zu sagen, meine Liebe, aber wenn ich Ihr Aussehen und Ihre Figur hätte, würde ich mich nicht von Kopf bis Fuß mit Ablenkungen bedecken müssen.«

Anna lächelte. Sie bewunderte die Art und Weise, wie Arabella ihr so rasch die Befangenheit zu nehmen vermochte.

»Wie alle großen Sammler wird er binnen Sekunden einen Entschluss fassen«, sagte Anna. »Vor kurzem hat eine wissenschaftliche Studie gezeigt, dass Männer in acht Sekunden entscheiden, ob sie mit einer Frau schlafen wollen oder nicht.«

»Doch so lange?«, spottete Arabella.

»Mr. Nakamura wird ungefähr ebenso lange brauchen, um zu entscheiden, ob er dieses Gemälde besitzen will.« Anna sah den van Gogh direkt an.

»Darauf wollen wir anstoßen«, sagte Arabella.

Andrews trat wie aufs Stichwort vor und hielt ihnen ein Silbertablett mit drei Gläsern entgegen.

»Ein Glas Champagner, Madam?«, fragte er.

»Danke«, sagte Anna und nahm eine langstielige Flöte. Als Andrews zurücktrat, fiel ihr Blick auf eine Vase in Türkis und Schwarz, die sie nie zuvor gesehen hatte.

»Sie ist prachtvoll«, sagte Anna.

»Das Geschenk von Mr. Nakamura«, erklärte Arabella. »Wie peinlich – ich hoffe, dass ich keinen Faux pas begehe, wenn ich es zur Schau stelle, während Mr. Nakamura noch Gast in meinem Hause ist?«, fügte sie hinzu und schwieg dann. »Falls doch, kann Andrews sie sofort entfernen.«

»Bitte nicht«, bat Anna. »Mr. Nakamura wird geschmeichelt sein, dass Sie sein Geschenk zu so vielen anderen Maestros gesellt haben.«

»Sind Sie sicher?«, fragte Arabella.

»Oh ja. Die Vase belebt den Raum, lässt ihn sogar erstrahlen. Es gibt eine sichere Regel, was echtes Talent betrifft«, erläuterte Anna.

»Kein Kunstwerk, welcher Art auch immer, ist fehl am Platz, solange es unter Gleichwertigem ausgestellt wird. Der Raffael an der Wand, die Diamantenkette, die Sie tragen, der Chippendale-Tisch, auf dem Sie die Vase platziert haben, der Kamin von Nash und dazu der van Gogh – alle wurden von Meistern ihres Faches geschaffen. Ich habe keine Ahnung, welcher Könner diese Vase geschaffen hat«, fuhr Anna fort und bewunderte immer noch das Türkis, das in das Schwarz zu verlaufen schien wie eine schmelzende Kerze, »aber ich zweifele nicht daran, dass er in seiner Heimat als echter Meister geehrt wird.«

»Nicht gerade als Meister«, meldete sich eine Stimme hinter ihnen zu Wort.

Arabella und Anna drehten sich gleichzeitig um und sahen, dass Mr. Nakamura den Raum betreten hatte. Er trug einen Smoking und eine Fliege, was Andrews für gut befunden hätte.

»Kein Meister?«, hakte Arabella nach.

»Nein«, erwiderte Nakamura. »In diesem Land ehren sie jeden, der ›Hoheit erwirbt‹, um ihren Barden zu zitieren, indem sie ihn zum Ritter schlagen oder zum Baron ernennen. Wohingegen wir in Japan ein solches Talent mit dem Titel ›nationaler Schatz‹ belohnen. Es ist angemessen, dass dieses Stück seine Heimat in Wentworth Hall gefunden hat, denn von den zwölf großen Töpfern der Geschichte stammten nach Meinung der Experten elf aus Japan. Es gibt nur eine einzige Ausnahme und das ist ein Mann aus Cornwall, Bernard Leach. Sie haben ihn nicht zum Lord gemacht, ihn nicht einmal zum Ritter ernannt, darum haben wir ihn zum nationalen Schatz ehrenhalber erklärt.«

»Wie ungeheuer zivilisiert«, meinte Arabella. »Ich muss leider zugeben, dass wir seit kurzem Popstars, Fußballern und schnöden Millionären diese Ehre zuteil werden lassen.« Nakamura lachte, während Andrews ihm ein Glas Champagner anbot. »Sind Sie ein nationaler Schatz, Mr. Nakamura?«, erkundigte sich Arabella.

»Ganz sicher nicht«, erwiderte Nakamura. »Meine Landsleute erachten schnöde Millionäre einer solchen Ehre nicht für würdig.«

Arabella wurde blutrot, während Anna weiterhin die Vase musterte, als habe sie diese Bemerkung nicht gehört. »Kann es sein, dass diese Vase nicht völlig symmetrisch ist, Mr. Nakamura?«

»Hervorragend beobachtet«, erwiderte Nakamura. »Sie hätten dem diplomatischen Corps beitreten sollen, Anna. Sie haben nicht nur geschickt das Thema gewechselt, gleichzeitig haben Sie eine Frage gestellt, die unbedingt beantwortet werden will.«

Nakamura ging an dem van Gogh vorbei, als habe er ihn nicht bemerkt, und betrachtete die Vase eine Weile, bevor er hinzufügte.

»Falls Sie jemals eine Keramik finden, die perfekt ist, dann dürfen Sie sicher sein, dass sie von einer Maschine gefertigt wurde. Bei einer Keramik muss man *annähernde* Perfektion anstreben. Wenn man sorgfältig hinschaut, findet man immer irgendeinen kleinen Fehler, der uns daran erinnert, dass dieses Teil von einer menschlichen Hand geschaffen wurde. Je länger man danach suchen muss, desto größer der Handwerker, denn nur Giotto war in der Lage, den vollkommenen Kreis zu zeichnen.«

»Für mich *ist* es Vollkommenheit«, erklärte Arabella. »Ich liebe die Vase und was immer Mr. Fenston mir in den kommenden Jahren nehmen wird, ich werde ihm niemals erlauben, seine Hände auf meinen nationalen Schatz zu legen.«

»Vielleicht wird der Fall, dass er Ihnen etwas nimmt, gar nicht eintreten.« Mr. Nakamura drehte sich zu dem van Gogh, als würde er ihn zum ersten Mal bemerken. Arabella hielt den Atem an, während Anna den Gesichtsausdruck von Mr. Nakamura zu lesen versuchte. Sie war sich nicht sicher.

Nakamura sah sich das Bild nur Bruchteile von Sekunden an, bevor er sich an Arabella wandte. »Es gibt Zeiten, in denen es ein absoluter Vorteil ist, ein schnöder Millionär zu sein, denn obwohl ich möglicherweise niemals selbst ein nationaler Schatz werde, erlaubt es mir, mich dem Sammeln der nationalen Schätze anderer Länder hinzugeben.«

Anna hätte am liebsten gejubelt, hob aber nur ihr Glas. Mr. Nakamura erwiderte das Kompliment und beide sahen Arabella an. Tränen strömten ihr über die Wangen.

»Ich weiß nicht, wie ich Ihnen danken soll«, sagte sie.

»Danken Sie nicht mir«, erwiderte Nakamura, »danken Sie Anna. Denn ohne ihren Mut und ihre Entschlossenheit hätte die ganze Episode nicht zu einem so lohnenswerten Abschluss gefunden.«

»Dem stimme ich zu«, erklärte Arabella. »Und aus diesem Grund werde ich Andrews bitten, das *Selbstporträt* in Annas Schlafzimmer zu bringen, damit sie der letzte Mensch sein kann, der das Bild genießt, bevor es seine lange Reise nach Japan antritt.«

»Wie passend«, meinte Nakamura. »Aber sollte Anna die Direktorin meiner Stiftung werden, könnte sie es betrachten, wann immer sie will.«

Anna wollte darauf etwas erwidern, aber da trat Andrews in den Salon und verkündete: »Das Dinner ist serviert, Mylady.«

Die Krantz hatte sich für den hinteren Teil des Flugzeugs entschieden, damit nur die Crew sie bemerkte und allenfalls eine Handvoll Passagiere. Sie musste von einem der Crewmitglieder adoptiert werden, bevor sie in Heathrow landeten. Die Krantz ließ sich Zeit, um herauszufinden, welche ihrer neuen Kolleginnen diesen Zweck erfüllen würde.

»Inland oder international«, erkundigte sich die Chefstewardess, nachdem die Maschine ihre endgültige Flughöhe erreicht hatte.

»Inland«, erwiderte die Krantz lächelnd.

»Ah, darum habe ich dich noch nie zuvor gesehen.«

»Ich bin erst seit drei Monaten dabei«, meinte die Krantz.

»Das erklärt alles. Ich heiße Nina.«

»Sascha«, sagte die Krantz und schenkte ihr ein warmes Lächeln.

»Lass mich wissen, wenn du etwas brauchst, Sascha.«

»Das werde ich«, versprach die Krantz.

Sie versuchte sich zu entspannen, obwohl sie sich nicht an ihre rechte Schulter lehnen konnte. Das bedeutete, dass sie einen Großteil des Fluges wach blieb. In dieser Zeit lernte sie Nina etwas besser kennen. Die Chefstewardess sollte nach der Landung unwissentlich eine Rolle im entscheidenden Teil eines Täuschungsmanövers spielen. Als die Krantz endlich einschlief, war Nina ihre Leibwächterin geworden.

»Möchtest du nach vorn kommen, Sascha?«, fragte Nina, nachdem der Kapitän die Crew angewiesen hatte, sich zu setzen und auf die Landung vorzubereiten. »Dann kannst du gleich aussteigen, sobald die Türen geöffnet werden.«

Die Krantz schüttelte den Kopf. »Es ist mein erster Besuch in England«, meinte sie nervös, »ich würde lieber bei dir und dem Rest der Crew bleiben.«

»Natürlich«, erwiderte Nina. »Wenn du willst, kannst du auch mit uns im Minibus fahren.«

»Danke.«

Sie blieb auf ihrem Sitz, bis der letzte Passagier die Maschine verlassen hatte. Dann marschierte sie mit der Crew in Richtung des Terminals. Auf dem langen Weg durch die endlosen Korridore blieb die Krantz stets an der Seite der Chefstewardess. Nina tat dabei ihre Meinung zu allem Möglichen kund, von Putin bis Rasputin.

Als die Aeroflot-Crew endlich zur Passkontrolle kam, führte Nina sie an der langen Schlange von Passagieren vorbei zu dem nächsten Ausgang mit der Aufschrift: Nur für Crewmitglieder. Die Krantz hielt sich dicht hinter Nina, die auch dann noch ununterbrochen redete, als sie dem Beamten ihren Pass reichte. Er blätterte langsam Seite für Seite um, prüfte das Foto und winkte Nina durch. »Nächster.«

Die Krantz gab ihm ihren Ausweis. Erneut betrachtete der Beamte sorgfältig das Foto und dann die Person, die es darstellte. Er lächelte sogar, als er sie durchwinkte. Doch plötzlich spürte die Krantz einen stechenden Schmerz in ihrer rechten Schulter. Einen Augenblick lang machte es ihr der durchdringende Schmerz unmöglich, sich zu bewegen. Sie versuchte, wenigstens ihre Gesichtszüge unter Kontrolle zu halten. Der Beamte winkte erneut, aber sie verharrte reglos.

»Komm schon, Sascha«, rief Nina. »Du hältst den Verkehr auf.« Irgendwie brachte die Krantz es fertig, unsicher durch das Drehkreuz zu schwanken. Der Beamte starrte ihr nach. Nie zurückschauen. Die Krantz lächelte Nina zu und hakte sich bei ihr unter, während sie auf den Ausgang zugingen. Endlich richtete der Beamte seine Aufmerksamkeit auf den Copiloten, der als Nächster anstand.

»Fährst du mit uns im Bus?«, fragte Nina, als sie aus dem Flughafengebäude auf den Bürgersteig schlenderten.

»Nein«, meinte die Krantz, »mein Freund holt mich ab.«

Nina schien überrascht. Sie verabschiedete sich, bevor sie die Straße in Gesellschaft des Copiloten überquerte.

»Wer war das?«, fragte ihr Kollege, als er in den Aeroflot-Bus stieg.

54

»War denn gar nichts auf dem Film, das uns weiterhelfen könnte?«, fragte Macy.

»Nichts.« Jack sah seinen Chef über den Schreibtisch hinweg an.

»Leapman war nur lange genug im Büro, um acht Dokumente zu fotografieren, bevor Fenston unvorhergesehen auftauchte.«

»Und was erfahren wir aus diesen acht Dokumenten?«, verlangte Macy zu wissen.

»Nichts, was wir nicht schon gewusst hätten«, räumte Jack ein und schlug die vor ihm liegende Akte auf. »Hauptsächlich Verträge, die bestätigen, dass Fenston immer noch überall auf der Welt Kunden schröpft, die entweder naiv oder gierig sind. Sollte einer von ihnen beschließen, dass es in seinem eigenen Interesse läge, seine Wertgegenstände zu verkaufen, um den Kredit bei Fenston Finance zu tilgen, dann haben wir es vermutlich bald mit einer weiteren Leiche zu tun. Nein, meine einzige Hoffnung besteht darin, dass die Polizei von New York genügend Beweise findet, um Leapman anzuklagen, denn ich habe noch nicht einmal genug, um ihm ein Knöllchen wegen Falschparkens anzuhängen.«

»Als ich heute Morgen mit meinem Pendant bei der Polizei von New York gesprochen habe«, wechselte Macy das Thema,

»oder besser gesagt, als er mit mir sprach, wollte er als Erstes wissen, ob wir einen FBI-Agenten namens Delaney haben und wenn ja, ob er vor seinen Jungs am Tatort war.«

»Was haben Sie ihm gesagt?«, wollte Jack wissen und versuchte, dabei nicht zu lächeln.

»Ich würde mich darum kümmern und ihn zurückrufen.« Macy schwieg. »Es könnte sie besänftigen, wenn Sie bereit wären, Informationen mit ihnen auszutauschen«, schlug er vor.

»Ich glaube nicht, dass wir etwas haben, das sie nicht schon wissen«, erwiderte Jack. »Und sie sind sicher nicht scharf darauf, Anklage zu erheben, solange Leapman noch nichts nachzuweisen ist.«

»Irgendwas Neues aus dem Krankenhaus, was seine Genesung angeht?«, erkundigte sich Macy.

»Sieht nicht gut aus«, gab Jack zu. »In Fenstons Büro hat er einen stressbedingten Schlaganfall erlitten, begünstigt von Bluthochdruck. Der medizinische Ausdruck lautet Aphasie.«

»Aphasie?«

»Der Teil von Leapmans Gehirn, der seine Sprache regelt, wurde irreparabel geschädigt, darum kann er nicht sprechen. Offen gesagt, sein Arzt hat ihn als Gemüse bezeichnet und mich gewarnt, dass dem Krankenhaus nur noch eine Entscheidung offen steht: ob sie den Stecker ziehen und ihn friedlich sterben lassen wollen.«

»Die Polizei von New York hat mir gesagt, dass Fenston besorgt neben dem Bett des Patienten sitzt.«

»Sie sollten ihn besser nicht allein mit ihm lassen«, warnte Jack.

»Falls sie es doch tun, brauchen die Ärzte nicht länger zu entscheiden, wer den Stecker ziehen soll.«

»Die Polizei von New York will außerdem wissen, ob Sie einen Fotoapparat vom Tatort entfernt haben.«

»Er gehörte dem FBI.«

»Nicht, wenn es ein Beweisstück in einer laufenden Ermittlung ist, wie Sie sehr wohl wissen, Jack. Warum schicken Sie ihnen nicht Kopien der Fotos, die Leapman gemacht hat, und versuchen, in Zukunft etwas kooperativer zu sein? Erinnern Sie sie daran, dass Ihr Vater 26 Jahre für die Polizei tätig war – das sollte sie für Sie einnehmen.«

»Aber was haben sie im Tausch zu bieten?«, fragte Jack.

»Die Kopie eines Fotos mit Ihrem Namen auf der Rückseite. Sie wollen wissen, ob es für Sie etwas bedeutet, denn für sie bedeutet es nichts. Und für mich auch nicht«, gab Macy zu.

Der Chef schob zwei Fotos über den Schreibtisch und ließ Jack einen Blick darauf werfen. Das erste war ein Foto von Fenston, wie er bei seinem Besuch am Ground Zero George W. Bush die Hand schüttelte. Jack erinnerte sich an die Vergrößerung dieses Fotos, die an der Wand hinter Fenstons Schreibtisch hing. Er hielt das Foto hoch und fragte: »Warum hat die Polizei hiervon eine Kopie gemacht?«

»Sie haben das Foto auf Leapmans Schreibtisch gefunden. Offensichtlich wollte er es Ihnen gestern Abend geben, zusammen mit einer Erklärung zu dem, was er auf die Rückseite geschrieben hat.«

Jack sah sich das zweite Foto von der Rückseite an und dachte über die Worte darauf nach: *Delaney, hier ist der Beweis, den Sie brauchen.* In diesem Augenblick summte das Telefon auf Macys Schreibtisch.

Macy nahm den Hörer ab und lauschte. »Stellen Sie ihn durch«, sagte er, legte den Hörer auf und legte einen Schalter um, damit beide dem Gespräch folgen konnten. »Es ist Tom Crasanti, aus London«, sagte Macy. »Hallo, Tom, hier Dick Macy. Jack sitzt bei mir im Büro. Wir sprechen gerade über den Fall Fenston, in dem wir immer noch keine großen Fortschritte erzielt haben.«

»Genau in dieser Angelegenheit rufe ich an«, sagte Tom. »Hier bei uns hat es eine Entwicklung gegeben und es ist keine gute Nachricht. Wir glauben, dass Olga Krantz in England ist.«

»Das ist unmöglich«, warf Jack ein. »Wie ist sie durch die Passkontrolle gekommen?«

»Sie hat sich offenbar als Aeroflot-Stewardess ausgegeben«, erläuterte Tom. »Mein Kontakt in der russischen Botschaft hat mich angerufen und gewarnt, dass eine Frau unter dem Namen Sascha Prestakawitsch mit einem gefälschten Pass in Großbritannien eingereist ist.«

»Aber warum nehmen die Russen an, dass es sich bei Sascha Prestakawitsch um die Krantz handelt?«, fragte Jack.

»Das haben sie anfangs gar nicht angenommen«, sagte Tom. »Sie hatten keine Ahnung, wer sie ist. Sie konnten mir nur sagen, dass die Verdächtige sich mit einer Chefstewardess von Aeroflot auf ihrem täglichen Flug nach London angefreundet hat. Sie hat sie dazu gebracht, sie durch die Passkontrolle zu begleiten. Auf diese Weise haben wir davon gehört. Der Copilot hat sich erkundigt, wer die Frau sei, und als man ihm sagte, es sei Sascha Prestakawitsch, meinte er, das sei unmöglich, weil er regelmäßig mit ihr geflogen sei, und das sei ganz sicher nicht die Prestakawitsch.«

»Das beweist immer noch nicht, dass es die Krantz war«, drängte Macy.

»Dazu komme ich gleich, Sir, geben Sie mir noch etwas Zeit.«

Jack war froh, dass sein Freund den Ausdruck der Ungeduld auf dem Gesicht des Chefs nicht sehen konnte.

»Der Copilot hat das seinem Kapitän gemeldet«, fuhr Tom fort, »der sofort die Sicherheitsleute von Aeroflot informiert hat. Sie brauchten nicht lange, um herauszufinden, dass sich Sascha Prestakawitsch auf einem dreitägigen Zwischenstopp befindet und ihr Pass zusammen mit ihrer Uniform gestohlen wurde.« Macy klopfte mit den Fingern auf die Schreibtischplatte. »Mein Kontakt in der russischen Botschaft hat mich daraufhin im neuen Geist einer *entente cordiale* nach dem 11. September angerufen und hatte auch schon Interpol verständigt.«

»Kommen wir jetzt endlich zum Punkt, Tom?«

»Sofort, Sir.« Tom schwieg. »Wo war ich?«

»Du hast einen Anruf von deinem Kontakt in der russischen Botschaft bekommen«, half ihm Jack auf die Sprünge.

»Ach ja«, sagte Tom. »Als ich ihm eine Beschreibung der Krantz gab – ungefähr einen Meter fünfzig, circa 50 Pfund, Kurzhaarschnitt –, bat er mich, ihm ein Foto von ihr zu faxen, was ich getan habe. Das Foto hat er dem Copiloten in dessen Londoner Hotel vorgelegt, der daraufhin bestätigte, dass es sich um die Krantz handelt.«

»Gute Arbeit, Tom«, lobte Macy. »Gründlich wie immer. Haben Sie schon eine Theorie, warum die Krantz es gerade jetzt wagt, nach England zu reisen?«

»Ich vermute, um die Petrescu umzubringen«, sagte Tom.

»Und was glauben Sie?«, fragte Macy und sah Jack über seinen Schreibtisch hinweg an.

»Ich stimme Tom zu«, erwiderte Jack. »Anna ist die offensichtliche Zielperson.« Er zögerte. »Ich kann mir nur noch nicht erklären, warum die Krantz gerade jetzt ein solches Risiko eingeht.«

»Stimmt«, meinte Macy, »aber ich werde nicht das Leben der Petrescu riskieren, während wir versuchen, die Motive der Krantz zu erraten.« Macy beugte sich vor. »Hören Sie mir gut zu, Tom, denn ich sage das nur einmal.« Er blätterte rasch die Seiten seiner Fenston-Akte durch. »Ich will, dass Sie Kontakt aufnehmen zu … einen Moment …«, er blätterte weiter, »… ah ja, hier steht es. Zu Chief Superintendent Renton von der Polizei Surrey. Nach der Lektüre von Jacks Bericht habe ich den Eindruck gewonnen, dass Renton ein Mann ist, der an schwere Entscheidungen gewöhnt ist und der auch die Verantwortung übernimmt, wenn einer seiner Untergebenen Mist gebaut hat. Ich weiß, Sie haben ihn bereits über die Krantz in Kenntnis gesetzt. Warnen Sie ihn, dass wir glauben, sie wolle wieder zuschlagen, und dass ihre Zielperson sich in Wentworth Hall aufhalten könnte. Er wird keinen zweiten Mord unter seiner Ägide zulassen wollen. Reiben Sie ihm unter die Nase, dass die Krantz nach ihrer letzten Verhaftung entfliehen konnte. Das wird ihm den Schlaf rauben. Und wenn er mit mir reden will, stehe ich ihm jederzeit am anderen Ende einer Telefonleitung zur Verfügung.«

»Und grüße ihn von mir«, fügte Jack hinzu.

»Das sollte den Ausschlag geben«, meinte Macy. »Also los, Tom, Tempo.«

»Ja, Sir«, kam die Antwort aus London.

Macy kappte die Verbindung. »Jack, ich will, dass Sie sich in den nächsten Flieger nach London setzen. Wenn die Krantz auch nur daran denkt, der Petrescu etwas anzutun, werden wir auf sie warten. Und falls sie ein zweites Mal fliehen kann, schickt man mich in Rente und Sie können jeden Gedanken an eine Beförderung vergessen.«

Jack runzelte die Stirn, sagte jedoch nichts.

»Sie wirken besorgt«, meinte Macy.

»Ich kann mir nicht denken, warum ein Foto, auf dem Fenston die Hand des Präsidenten schüttelt, *der Beweis ist, den ich brauche* …« Er schwieg. »Obwohl ich zu wissen glaube, warum die Krantz es riskiert, ein zweites Mal nach Wentworth Hall zu gehen.«

»Und das wäre?«, fragte Macy.

»Sie wird den van Gogh stehlen«, sagte Jack, »und ihn dann irgendwie zu Fenston bringen.«

»Falls die Petrescu nicht der Grund ist, warum die Krantz nach England zurückgekehrt ist.«

»Nein, das ist sie nicht«, widersprach Jack. »Aber sobald die Krantz herausfindet, dass sie dort ist, darf man davon ausgehen, dass sie die Ermordung von Anna als besonderen Bonus empfinden wird.«

55

Am 25. September wurde das Licht um 19 Uhr 41 eingeschaltet. Olga Krantz tauchte kurz nach zwanzig Uhr vor Wentworth Hall auf.

Arabella begleitete ihre Gäste gerade in den Speisesaal.

Die Krantz, in einen schwarzen hautengen Trainingsanzug gekleidet, umkreiste das Anwesen zwei Mal, bevor sie entschied, wo sie das Grundstück betreten wollte. Ganz sicher nicht durch die Pforte. Obwohl die hohen Steinmauern, die das Anwesen umgaben, ursprünglich unüberwindbar gebaut worden waren, um Eindringlinge fern zu halten, besonders die Franzosen und die Deutschen, hatten zu Beginn des 21. Jahrhunderts der Zahn der Zeit und die Mindestlöhne dazu geführt, dass es ein oder zwei Stellen gab, an denen der Zutritt selbst für einen Burschen aus dem Dorf, der Äpfel stehlen wollte, relativ einfach war.

Sobald die Krantz ihren Zugang ausgewählt hatte, kletterte sie mühelos in wenigen Sekunden auf das geschwächte Mauerwerk, setzte sich rittlings darauf, sprang auf der anderen Seite herunter und machte einen Überschlag, wie sie es nach einem missglückten Abstieg vom Hochbarren schon tausende Male zuvor getan hatte.

Für einen Augenblick blieb die Krantz reglos stehen und wartete, bis der Mond hinter einer Wolke verschwand. Dann rannte sie 30 oder 40 Meter in die Sicherheit eines kleinen Haines am Fluss. Sie wartete, bis der Mond wieder auftauchte, damit sie das Gelände genauer inspizieren konnte. Sie war sich bewusst, dass sie Geduld aufbringen musste. In ihrem Beruf führte Ungeduld nur zu Fehlern und Fehler ließen sich nicht so leicht beheben wie in manchen anderen Berufen.

Die Krantz hatte klare Sicht auf das Haus, aber es dauerte weitere vierzig Minuten, bis die riesige Eichentür von einem Mann in Frack und weißer Fliege geöffnet wurde, der zwei Hunde auf ihren nächtlichen Auslauf entließ. Sie schnüffelten in der Luft, witterten sofort den Geruch der Krantz und bellten laut, während sie auf sie zugelaufen kamen. Aber die Krantz hatte auf sie gewartet – geduldig.

Ihr Ausbilder hatte ihr beigebracht, dass die Engländer eine tierliebende Nation waren und man die Klassenzugehörigkeit eines Menschen an den Hunden ablesen konnte, mit denen er sein Heim teilte. Die Arbeiterklasse liebte Windhunde, die Mittelklasse JackRussell-Terrier und Cockerspaniels, während die Klasse der *Nouveau Riche* sich für einen Rottweiler oder einen Schäferhund entschied, um den neu erworbenen Reichtum zu schützen. Die Oberklasse wählte traditionell den Labrador, als Wachhund gänzlich ungeeignet, da er Fremde lieber leckt, als ihnen Fleischbrocken auszubeißen.

Die Krantz rührte sich nicht, als die beiden Hunde auf sie zugestürmt kamen. Gelegentlich blieben sie stehen, schnupperten nun noch etwas anderes, was ihr Schwanzwedeln beschleunigte. Die Krantz war zuvor bei Curnicks in der Fulham Road gewesen und hatte die zartesten Lendensteaks mitgenommen, die selbst die Gäste, die derzeit in Wentworth Hall speisten, schätzen würden. Olga Krantz fand, dass keine Kosten gescheut werden sollten. Schließlich würde es die letzte Mahlzeit der Hunde sein.

Die Krantz legte die saftigen Happen in einem Kreis um sich herum und blieb reglos in der Mitte sitzen, wie ein stummer Diener. Kaum hatten Brunswick und Picton das Fleisch erreicht, verschlangen sie gierig ihren ersten Gang und zeigten nicht viel Interesse an der menschlichen Statue in der Mitte des Kreises. Die Krantz ließ sich langsam auf ein Knie sinken und legte den zweiten Gang aus, wo immer sie in dem Kreis eine Lücke entdeckte. Gelegentlich hielten die Hunde zwischen zwei Bissen inne, sahen sie aus klagenden Augen an und wedelten noch begeisterter mit den Schwänzen, falls das überhaupt möglich war, bevor sie sich wieder ihrem Festmahl zuwandten.

Sobald die Krantz die letzten Delikatessen ausgelegt hatte, beugte sie sich vor und streichelte den seidigen Kopf von Picton, dem jüngeren der beiden Hunde. Er sah nicht einmal auf, als sie das Küchenmesser aus seiner Scheide zog. Sheffield-Stahl, ebenfalls an diesem Nachmittag in der Fulham Road erstanden.

Wieder streichelte sie zärtlich den Kopf des schokoladenbraunen Labradors, dann packte sie Picton plötzlich und vorwarnungslos an den Ohren, zog seinen Kopf weg von dem letzten saftigen Happen und mit einer raschen Bewegung der Klinge durchtrennte sie den Hals des Tieres. Einem lauten Bellen folgte ein schrilles Jaulen und in der Dunkelheit sah die Krantz, wie die großen schwarzen Augen sie schmerzerfüllt anschauten. Der schwarze Labrador, älter aber nicht weiser, sah auf und knurrte, wofür er eine volle Sekunde benötigte. Mehr als genug Zeit für die Krantz, ihren linken Vorderarm unter den Kiefer des Hundes vorschnellen zu lassen. Brunswick hob den Kopf gerade lange genug, damit die Krantz seinen Hals aufschlitzen konnte, wenn auch nicht mit ihrer üblichen Kunstfertigkeit und Präzision. Der Hund sank zu Boden, wimmernd vor Schmerz. Die Krantz beugte sich vor und erledigte mit einer finalen Bewegung ihre Aufgabe.

Sie zerrte beide Hunde ins Unterholz und ließ sie hinter einer umgekippten Eiche liegen. Dann wusch sie sich im Fluss die Hände, verärgert, dass ihr brandneuer Trainingsanzug über und über mit Blut verschmiert war. Schließlich wischte sie das Messer am Gras ab, bevor sie es wieder in die Scheide schob. Sie sah auf ihre Uhr. Die ganze Operation hatte zwei Stunden gedauert, und sie rechnete sich aus, dass ihr immer noch über eine Stunde blieb, bevor die Bewohner des Hauses bemerken würden, dass die Hunde nicht von ihrem Abendspaziergang zurückgekehrt waren.

Die Entfernung zwischen dem Unterholz und dem Nordflügel des Hauses schätzte die Krantz auf etwa einhundert, vielleicht einhundertundzwanzig Meter. Da der Mond so hell schien, wenn auch mit Unterbrechungen, wusste sie, dass nur eine Form der Fortbewegung unbemerkt bleiben würde.

Sie ging auf die Knie, dann legte sie sich im Gras auf den Boden. Zuerst streckte sie einen Arm vor sich, gefolgt von einem Bein, dann den zweiten Arm, gefolgt vom zweiten Bein. Auf diese Weise schob sie ihren Körper vorwärts. Ihr Rekord für 100 Meter als menschliche Krabbe lag bei sieben Minuten und 19 Sekunden. Hin und wieder legte sie eine Pause ein und hob den Kopf, um den Lageplan des Hauses zu studieren, damit sie den optimalen Zugang bestimmen konnte. Das Erdgeschoss erstrahlte hell, während der erste Stock beinahe in Dunkelheit lag. Im zweiten Stock, in dem die Dienerschaft wohnte, brannte nur ein einziges Licht. Olga Krantz interessierte sich nicht für den zweiten Stock. Die Person, die sie suchte, befand sich im Erdgeschoss und später im ersten Stock.

Als die Krantz nur noch zehn Meter vom Haus entfernt war, wurde sie immer langsamer, bis sie spürte, wie ein Finger die Außenwand berührte. Sie blieb liegen, wandte den Kopf zur Seite und inspizierte das Gebäude im Licht des Mondes genauer. Nur große Anwesen besaßen noch Abflussrohre diesen Ausmaßes. Wenn man schon Purzelbäume auf einem zehn Zentimeter breiten Barren durchgeführt hatte, kam einem ein derart breites Abflussrohr wie eine Leiter vor.

Die Krantz prüfte die Fenster des großen Raumes, aus dem der meiste Lärm drang. Obwohl die schweren Vorhänge zugezogen waren, machte sie einen schmalen Lichtspalt aus. Sie bewegte sich noch langsamer auf den Lärm und das Gelächter zu. Als sie das Fenster erreichte, richtete sie sich auf, bis sie mit einem Auge direkt in den schmalen Vorhangspalt schauen konnte.

Das Erste, was sie sah, war ein Mann im Smoking. Er stand mit einem Glas Champagner in der Hand da, als spreche er einen Toast aus. Sie konnte nicht hören, was er sagte, aber das interessierte sie auch nicht. Ihr Blick wanderte durch den Teil des Raumes, den sie sehen konnte. An einem Tischende saß eine Frau in einem langen Seidenkleid mit dem Rücken zum Fenster und sah aufmerksam zu dem Mann, der die improvisierte Rede hielt. Der Blick der Krantz fiel auf ihre Diamantenkette, aber das war nicht ihr Gewerbe. Ihre Spezialität lag etwa fünf Zentimeter über den funkelnden Pretiosen.

Sie wandte ihre Aufmerksamkeit dem anderen Tischende zu. Beinahe hätte sie gelächelt, als sie sah, wer dort Fasan aß und an einem Glas Wein nippte. Wenn die Petrescu sich später an diesem Abend zurückzog, würde die Krantz bereits auf sie warten, versteckt an einem Platz, wo sie sie am wenigsten erwarten würde.

Olga Krantz sah zu dem Mann in dem schwarzen Frack, der die Tür geöffnet und die Hunde hinausgelassen hatte. Er stand nun hinter der Dame in dem Seidenkleid und füllte ihr Glas mit Wein auf. Die anderen Diener entfernten Teller und einer tat nichts anderes, als Krumen vom Tisch auf ein Silbertablett zu wischen. Die Krantz verharrte absolut reglos, während ihre Augen weiter durch den Raum wanderten, auf der Suche nach dem anderen Hals, den sie im Auftrag von Fenston aufschlitzen sollte.

»Lady Arabella, ich erhebe mein Glas, um Ihnen für Ihre Güte und Gastfreundschaft zu danken. Ich habe die Forelle sehr genossen und ebenso den Fasan, der auf Ihrem Anwesen geschossen wurde. All das in Gesellschaft von zwei bemerkenswerten Frauen. Aber der heutige Abend wird mir noch aus vielen anderen Gründen immer in Erinnerung bleiben. Nicht zuletzt werde ich Wentworth Hall morgen mit zwei einzigartigen neuen Stücken für meine Sammlung verlassen – mit einer der besten Arbeiten von van Gogh und einer der talentiertesten jungen Expertinnen auf ihrem Gebiet, die sich einverstanden erklärt hat, Direktorin meiner Stiftung zu werden.« Nakamura wandte sich an seine Gastgeberin. »Ihr Urgroßvater ist 1889, vor über einem Jahrhundert, so klug gewesen, von Dr. Gachet das Selbstporträt von Vincent van Gogh zu erwerben. Morgen wird dieses Meisterwerk eine Reise zur anderen Seite der Welt antreten. Aber ich muss Sie warnen, Arabella, dass ich nach nur wenigen Stunden in Ihrem Heim mein Auge auf einen weiteren Ihrer nationalen Schätze geworfen habe, und dieses Mal wäre ich bereit, weit mehr als das Übliche zu zahlen.«

»Und was wäre das?«, erkundigte sich Arabella.

Die Krantz kletterte in weniger als zwei Minuten auf den Balkon im ersten Stock und hielt einen Augenblick inne, um zu überlegen, wie viele Schlafzimmer sie wohl aufsuchen musste. Sie wusste, dass zwar Gäste im Haus waren, aber es keinen Grund zu der Annahme gab, dass einer der Räume mit einem Alarmsystem ausgestattet sein würde. Und aufgrund des Alters des Gebäudes bereitete der Einbruch auch sonst nicht viele Probleme. Mit Hilfe ihres Messers öffnete die Krantz den Riegel am Fenster im ersten Raum. Sobald sie im Innern war, tastete sie nicht nach einem Lichtschalter, sondern betätigte eine schmale Stifttaschenlampe, die einen Bereich von der Größe eines kleinen Fernsehbildschirms erhellte. Das Rechteck aus Licht bewegte sich über die Wand, beleuchtete Bild um Bild und obwohl Hals, Hobbema und van Goyen die meisten Kenner entzückt hätten, wanderte der Blick der Krantz rasch über sie hinweg. Sie suchte einen anderen holländischen Meister. Sobald sie jedes Gemälde im Zimmer einer oberflächlichen Inspektion unterzogen hatte, schaltete sie die Taschenlampe aus und kehrte auf den Balkon zurück. Sie drang in das zweite Gästezimmer ein, als Arabella gerade aufstand, um Mr. Nakamura für seine freundliche Rede zu danken.

Wieder studierte die Krantz jede Leinwand und wieder zauberte nichts ein Lächeln auf ihre Lippen. Rasch kehrte sie auf die Brüstung zurück, während der Butler Mr. Nakamura Portwein anbot und eine Zigarrenschachtel öffnete. Mr. Nakamura gestattete Andrews, ihm einen Taylor 47 einzuschenken. Der Butler kehrte zu seiner Herrin am anderen Ende des Tisches zurück, aber Arabella lehnte den Portwein ab. Sie rollte jedoch mehrere Zigarren zwischen Daumen und Zeigefinger und wählte dann eine Monte Cristo. Als der Butler ein Streichholz für seine Herrin entzündete, lächelte Arabella. Alles lief nach Plan.

56

Als Arabella ihre Gäste aufforderte, ihr auf einen Kaffee in den Salon zu folgen, hatte die Krantz bereits fünf Gästezimmer inspiziert. Es gab noch neun weitere Räume und die Krantz war sich bewusst, dass ihr nicht nur die Zeit davonlief, sondern dass sie auch keine zweite Chance erhalten würde.

Rasch begab sie sich in das nächste Zimmer, wo jemand, der an frische Luft glaubte, ein Fenster weit offen gelassen hatte. Sie knipste ihre Taschenlampe an und wurde von dem stahlharten Blick des Eisernen Herzogs begrüßt. Sie schaute zum nächsten Gemälde, als Mr. Nakamura seine Kaffeetasse auf den Beistelltisch stellte und sich von seinem Stuhl erhob. »Ich denke, ich werde mich jetzt zurückziehen, Lady Arabella«, sagte er. »Diese langweiligen Männer von Corus Steel sollen nicht auf die Idee kommen, ich hätte meinen Biss verloren.« Er wandte sich an Anna. »Ich freue mich schon, Sie morgen früh wiederzusehen. Vielleicht können wir beim Frühstück über Ihre Idee zum Ausbau meiner Sammlung sprechen. Oder vielleicht über Ihre Vergütung.«

»Sie haben doch bereits klargestellt, was ich Ihrer Meinung nach wert bin«, sagte Anna.

»Ich kann mich nicht erinnern.« Nakamura war verblüfft.

»Oh doch«, meinte Anna lachend. »Ich erinnere mich nur zu

gut an Ihre Worte, dass Fenston Sie davon überzeugt habe, ich sei 500 Dollar am Tag wert.«

»Sie nutzen einen alten Mann schamlos aus«, erwiderte Nakamura lächelnd. »Aber ich werde zu meinem Wort stehen.«

Die Krantz glaubte zu hören, wie eine Tür geschlossen wurde, und ohne Wellington eines zweiten Blickes zu würdigen, kehrte sie rasch auf den Balkon zurück. Sie musste ihr Messer einsetzen, um sich Zugang zum nächsten Zimmer zu verschaffen. Verstohlen schlich sie über den Boden und blieb vor einem weiteren Himmelbett stehen. Sie knipste die Taschenlampe an.

Die wahnsinnigen Augen eines Genies sahen sie an. Die wahnsinnigen Augen einer Mörderin starrten zurück.

Olga Krantz lächelte zum zweiten Mal an diesem Tag. Sie kletterte auf das Bett und krabbelte langsam auf ihr nächstes Opfer zu. Als sie nur noch Zentimeter von der Leinwand entfernt war, zog sie das Messer aus der Scheide, hob es über den Kopf und wollte die Klinge in den Hals von van Gogh stoßen, doch da fiel ihr wieder ein, worauf Fenston bestanden hatte, wenn sie vier anstatt nur drei Millionen einstreichen wollte. Sie schaltete ihre Taschenlampe aus, kletterte vom Bett auf den dicken Teppich und rollte sich unter das Himmelbett. Dort blieb sie flach auf dem Rücken liegen und wartete.

Als Arabella und ihre Gäste aus dem Salon in die Eingangshalle schlenderten, fragte sie Andrews, ob Brunswick und Picton schon zurückgekehrt waren.

»Nein, Mylady«, erwiderte der Butler. »Aber heute Abend sind viele Hasen unterwegs.«

»Dann werde ich diese Schlingel selbst einsammeln«, murmelte Arabella. Sie wandte sich wieder an ihre Gäste und fügte hinzu:

»Schlafen Sie gut. Ich sehe Sie beide dann morgen früh zum Frühstück.«

Nakamura verneigte sich, dann begleitete er Anna die Treppe hinauf. Gelegentlich blieb er stehen, um Arabellas Vorfahren zu bewundern, die seine Blicke erwiderten.

»Vergeben Sie mir, Anna«, sagte Nakamura, »dass ich mir so viel Zeit lasse, aber möglicherweise erhalte ich nie wieder die Gelegenheit, diese Herren zu betrachten.«

Anna lächelte und ließ ihn allein, damit er *Mrs. Siddons* von Romney bewundern konnte.

Sie ging den Flur entlang, blieb vor dem Van-Gogh-Zimmer stehen, öffnete die Tür, schaltete das Licht ein und hielt kurz inne, um das Porträt van Goghs zu bewundern. Dann zog sie ihr Kleid aus und hängte es in den Schrank. Den Rest ihrer Kleider legte sie auf das Sofa am Fußende des Himmelbettes. Anschließend schaltete sie die Lampe auf dem Nachttisch ein und sah auf ihre Uhr. Es war kurz nach 23 Uhr. Sie verschwand im Badezimmer.

Als die Krantz das Geräusch der Dusche vernahm, glitt sie unter dem Bett hervor und kniete dann daneben. Sie legte die Ohren an, wie ein wachsames Tier, das dem Wind lauscht. Die Dusche lief immer noch. Sie stand auf, ging quer durch den Raum zur Tür und schaltete das Schlafzimmerlicht aus. Die Leselampe auf dem Nachttisch ließ sie brennen. Sie klappte die Überdecke auf der anderen Seite des Bettes auf und stieg vorsichtig hinein. Ein letzter Blick auf den van Gogh, dann zog sie sich die Überdecke über den Kopf und verschwand völlig darunter. Die Krantz machte sich ganz flach und bewegte keinen Muskel. Sie war so schmal, dass ihr Umriss im Dämmerlicht kaum auszumachen war. Obwohl sie unter der dicken Decke versteckt war, hörte sie, wie die Dusche abgedreht wurde. Es folgte Stille. Anna trocknete sich offenbar ab. Dann hörte man, wie ein Lichtschalter umgelegt wurde – das Badezimmerlicht –, gefolgt vom Geräusch einer sich schließenden Tür.

Die Krantz zog das Messer aus der maßgefertigten Scheide und umklammerte mit fester Hand den Griff, während Anna ins Schlafzimmer zurückkehrte. Anna glitt auf ihrer Seite des Bettes unter die Laken und drehte sich sofort auf die Seite. Sie streckte den Arm aus, um die Nachttischlampe auszuschalten. Dann senkte sie den Kopf auf das weiche Daunenkissen. Als sie in diese ersten Augenblicke des Schlummers glitt, war ihr letzter Gedanke, dass der Abend kaum besser hätte verlaufen können. Mr. Nakamura hatte den Deal nicht nur besiegelt, er hatte ihr sogar eine Stelle angeboten. Was konnte sie mehr verlangen?

Anna war kurz vor dem Einschlafen, als die Krantz sich zur Seite beugte und mit dem Zeigefinger sacht über Annas Rücken fuhr, die Wirbelsäule hinunter, über ihre Pobacken bis zum Oberschenkel. Anna seufzte. Die Krantz hielt einen Augenblick inne, dann legte sie ihre Hand zwischen Annas Beine.

Träumte sie oder berührte sie jemand, fragte sich Anna in jenem halb bewussten Zustand vor dem Einschlafen. Sie bewegte sich nicht. Es war unmöglich, dass jemand in ihrem Bett lag. Sie musste träumen. In diesem Moment spürte sie den kalten Stahl der Klinge zwischen ihren Beinen. Plötzlich war Anna hellwach. Tausend Gedanken schossen ihr durch den Kopf. Sie wollte die Decke zurückschlagen und aus dem Bett springen, als eine kalte Stimme ruhig, aber entschlossen sagte: »Denken Sie nicht einmal daran, sich zu bewegen. Rühren Sie keinen Muskel. Sie haben ein zwanzig Zentimeter langes Messer zwischen den Beinen und die Klinge zeigt nach oben.« Anna rührte sich nicht. »Wenn Sie auch nur murmeln, schlitze ich Sie vom Schritt bis zum Hals auf und Sie werden gerade noch lange genug leben, um sich zu wünschen, Sie wären tot.«

Anna spürte, wie die Klinge zwischen ihre Schenkel gedrängt wurde. Sie versuchte krampfhaft, sich nicht zu bewegen, obwohl sie ihr Zittern nicht unterdrücken konnte.

»Wenn Sie meine Anweisungen haargenau befolgen«, sagte die Krantz, »dann könnten Sie eventuell überleben, aber darauf verlassen würde ich mich an Ihrer Stelle nicht.«

Anna wusste, wenn sie auch nur die geringste Aussicht haben wollte, das hier zu überleben, musste sie auf Zeit spielen. »Was wollen Sie?«, fragte sie.

»Ich habe Ihnen doch gesagt, Sie sollen nicht einmal murmeln«, wiederholte die Krantz und schob das Messer weiter zwischen Annas Beine, bis die Klinge nur noch Millimeter von ihrer Klitoris entfernt war. Anna wollte sich nicht mit der Krantz streiten.

»Auf Ihrer Seite des Bettes steht eine kleine Lampe«, sagte die Krantz. »Lehnen Sie sich hinüber, ganz langsam, und schalten Sie sie ein.«

Anna lehnte sich hinüber. Sie spürte, wie sich die Klinge mit ihr bewegte, während sie die Leselampe einschaltete.

»Gut«, sagte die Krantz. »Jetzt werde ich die Decke auf Ihrer Seite des Bettes zurückschlagen. Sie rühren sich nicht. Das Messer bleibt, wo es ist – vorerst.«

Anna starrte geradeaus, während die Krantz vorsichtig die Decke aufschlug.

»Ziehen Sie jetzt die Knie unter Ihr Kinn«, befahl die Krantz. »Langsam.«

Anna gehorchte ihrem Befehl und wieder spürte sie, wie sich das Messer mit ihr bewegte.

»Jetzt rollen Sie sich auf Ihre Knie, Gesicht zur Wand.«

Anna legte den linken Ellbogen auf das Bett, schob sich langsam auf die Knie und rückte zentimeterweise auf die Wand zu, bis sie den van Gogh ansah. Als sie sein bandagiertes Ohr erblickte, musste sie daran denken, was die Krantz Victoria angetan hatte.

Die Krantz kniete jetzt direkt hinter ihr, die Hand immer noch fest um den Griff des Messers.

»Beugen Sie sich langsam nach vorn«, sagte die Krantz. »Packen Sie das Bild zu beiden Seiten des Rahmens.«

Anna gehorchte, und jeder Muskel in ihrem Körper zitterte.

»Nehmen Sie das Bild jetzt vom Haken und senken Sie es langsam auf die Kissen.«

Anna brachte irgendwie genügend Kraft auf, um diesen Befehl auszuführen. Sie stellte das Bild auf den Kissenberg.

»Ich ziehe jetzt das Messer ganz langsam zwischen Ihren Beinen hervor. Dann werde ich die Klinge an Ihren Hals legen. Kommen Sie ja nicht auf die Idee, sich plötzlich zu bewegen, denn wenn Sie so dumm sein sollten, etwas zu versuchen, bringe ich Sie in weniger als drei Sekunden um und bin in weniger als zehn Sekunden aus dem offenen Fenster verschwunden.«

Anna rührte sich nicht. Einige Sekunden später spürte sie, wie das Messer zwischen ihren Beinen herausglitt. Wie versprochen wurde einen Moment später die Klinge gegen ihren Hals gepresst.

»Heben Sie jetzt das Bild vom Kissen«, befahl die Krantz. »Dann drehen Sie sich zu mir um. Seien Sie versichert, dass das Messer nie weniger als ein paar Zentimeter von Ihrem Hals entfernt sein wird. Die geringste Bewegung – und ich meine jede Bewegung, die ich für unangemessen halte – wird Ihre letzte sein.«

Anna beugte sich vor, hob das Bild vom Kissen und bewegte die Knie Zentimeter um Zentimeter, bis sie von Angesicht zu Angesicht vor Olga Krantz kniete. Als Anna sie das erste Mal ansah, war sie kurz überrascht. Die Frau war so klein und so fragil und schien so verletzlich. Derselbe Fehler, den einige erfahrene Männer in der Vergangenheit gemacht hatten – weswegen sie jetzt selbst Vergangenheit waren. Wenn die Krantz Sergei hatte überwältigen können, welche Chance hatte sie dann? Ein seltsamer Gedanke schoss Anna durch den Kopf, während sie auf den nächsten Befehl wartete. Warum hatte sie nicht zugestimmt, als Andrews ihr angeboten hatte, ihr eine Tasse heiße Schokolade ans Bett zu bringen?

»Ich will, dass Sie das Bild jetzt umdrehen, damit die Vorderseite zu mir zeigt«, zischte die Krantz. »Und wenden Sie Ihren Blick nicht vom Messer ab«, fügte hinzu, als sie die Klinge von Annas Hals entfernte und sie über ihren Kopf hob. Während Anna das Bild umdrehte, hielt die Krantz das Messer parallel zu ihrem liebsten Teil der Anatomie.

»Halten Sie den Rahmen fest«, ordnete die Krantz an. »Ihr Freund Vincent wird jetzt mehr verlieren als nur sein linkes Ohr.«

»Warum?«, rief Anna, die nicht länger stumm bleiben konnte.

»Wie schön, dass Sie fragen«, meinte die Krantz. »Die Anweisungen von Mr. Fenston hätten nicht deutlicher sein können. Er wollte, dass Sie der letzte Mensch sind, der das Meisterwerk sieht, bevor es endgültig zerstört wird.«

»Aber warum?«, wiederholte Anna.

»Wenn Mr. Fenston das Bild schon nicht selbst besitzen darf, dann möchte er sicher sein, dass es auch Mr. Nakamura niemals gehören wird.« Die Krantz hielt die Klinge des Messers immer noch wenige Zentimeter von Annas Hals entfernt. »Es ist stets ein Fehler, Mr. Fenston zu verärgern. Wie schade, dass Sie nicht die Gelegenheit haben werden, Ihrer Freundin Lady Arabella mitzuteilen, was sich Mr. Fenston für sie ausgedacht hat.« Die Krantz schwieg. »Aber ich habe das Gefühl, dass es ihm nichts ausmachen würde, wenn ich Ihnen die Details anvertraue. Sobald das Gemälde zerstört ist – wie bedauerlich, dass Lady Arabella es sich nicht leisten konnte, das Bild zu versichern, das nennt man am falschen Ort gespart –, wird Mr. Fenston den Rest des Wentworth-Besitzes verkaufen, bis die Schulden getilgt sind. Lady Arabellas Tod wird, anders als der Ihre, ein langwieriger sein. Man kann das logische Denken von Mr. Fenston wirklich nur bewundern.« Sie schwieg erneut. »Ich fürchte, die Zeit ist um – die von Ihnen und von Vincent van Gogh.«

Plötzlich hob die Krantz das Messer hoch über ihren Kopf und stieß die Klinge dann in die Leinwand. Anna spürte die Wucht, mit der Olga Krantz den Hals von van Gogh aufschlitzte und mit all der Kraft, die sie aufbringen konnte, die Bewegung fortführte, bis sie einen unregelmäßigen Kreis zustande gebracht hatte. Sie entfernte den Kopf von van Gogh und hinterließ ein gezacktes Loch mitten in der Leinwand. Die Krantz lehnte sich zurück, um einen Moment der Zufriedenheit auszukosten. Sie hatte das Gefühl, ihren Vertrag mit Mr. Fenston buchstabengetreu erfüllt zu haben, und nun, da Anna das ganze Spektakel mitangesehen hatte, war die Zeit gekommen, dass sich die Krantz ihre vierte Million verdiente.

Anna sah zu, wie der Kopf von van Gogh neben ihr auf das Laken fiel, ohne dass ein Tropfen Blut vergossen wurde. Als die Krantz sich zurücklehnte, um ihren Triumph zu genießen, stieß Anna den schweren Rahmen auf ihren Kopf zu, aber die Krantz war schneller, als Anna gedacht hatte, und konnte sich rasch umdrehen, einen Arm heben und den Schlag mit der linken Schulter abwehren. Anna sprang vom Bett, während die Krantz den Rahmen zur Seite stieß und sich vom Bett stemmte. Anna brachte sogar einen Schritt in Richtung Tür zustande, bevor die Krantz vom Bett herunter auf sie sprang und ihr die Spitze der Klinge ins Bein rammte, als Anna gerade zum zweiten Schritt ansetzen wollte. Anna stolperte und fiel, nur wenige Zentimeter von der Tür entfernt. Blut spritzte in alle Richtungen. Die Krantz war nur einen Schritt hinter ihr, als Anna den Türknauf berührte, aber bevor sie ihn umdrehen konnte, hatte die Krantz sie an den Haaren gepackt und zu Boden gezerrt. Die Krantz hob das Messer über ihren Kopf und die letzten Worte, die Anna sie sagen hörte, lauteten: »Dieses Mal ist es etwas Persönliches.« Die Krantz wollte gerade den rituellen Schnitt durchführen, als die Schlafzimmertür aufgestoßen wurde. Nicht von einem Butler, der eine Tasse heiße Schokolade brachte, sondern von einer Frau mit einer Schrotflinte unter dem rechten Arm. Ihre Hände und das schimmernde Seidenkleid waren blutgetränkt.

Die Krantz war vorübergehend wie erstarrt, als sie zu Lady Victoria Wentworth aufsah. Hatte sie diese Frau nicht schon umgebracht? Sah sie einen Geist vor sich? Die Krantz zögerte, wie hypnotisiert, während die Erscheinung auf sie zukam. Die Krantz konnte den Blick nicht von Arabella wenden, während sie gleichzeitig noch das Messer vor Annas Hals hielt, die Klinge nur Zentimeter von Annas Haut entfernt.

Arabella hob die Flinte, während die Krantz langsam nach hinten trat und dabei ihre Beute über den Boden zum geöffneten Fenster mit sich zerrte. Arabella entsicherte die Waffe. »Noch ein einziger Tropfen Blut«, sagte sie, »und ich puste Sie in Ihre Einzelteile. Mit Ihren Beinen fange ich an und die zweite Ladung hebe ich mir für Ihren Bauch auf. Aber ich werde Sie nicht gleich töten. Nein, ich verspreche Ihnen einen langsamen, schmerzhaften Tod und ich werde erst den Notarzt rufen, wenn ich davon überzeugt bin, dass er nichts mehr tun kann, um Sie zu retten.« Arabella senkte die Waffe langsam. Die Krantz zögerte. »Lassen Sie sie los«, sagte Arabella, »dann schieße ich nicht.« Arabella brach den Lauf der Flinte und wartete. Es überraschte sie, wie viel Angst die Krantz hatte, während Anna bemerkenswert gefasst blieb.

Ohne Vorwarnung ließ die Krantz Annas Haare los und warf sich seitlich aus dem offenen Fenster, wobei sie auf dem Balkon landete. Arabella ließ die Flinte wieder einschnappen, hob sie und feuerte – alles in einer einzigen fließenden Bewegung. Das Fenster explodierte und übrig blieb nur ein klaffendes Loch. Arabella lief hinüber und brüllte: »Jetzt, Andrews!«, als ob sie einen Schießbefehl bei der Fasanenjagd erteilte. Eine Sekunde später wurde die Sicherheitsbeleuchtung des Rasens eingeschaltet, so dass er wie ein Fußballfeld aussah, auf dem ein einziger Spieler in Richtung Tor lief.

Arabellas Blick erfasste die winzige schwarze Gestalt, die im Zickzack über den Rasen lief. Arabella hob die Flinte ein zweites Mal, presste den Kolben fest gegen ihre Schulter, zielte, holte tief Luft und drückte ab. Einen Augenblick später fiel die Krantz zu Boden, brachte es aber dennoch irgendwie fertig, weiter auf die Mauer zuzukriechen.

»Verdammt«, fluchte Arabella. »Nur ein Streifschuss!« Sie rannte aus dem Zimmer, die Treppe hinunter und rief, lange bevor sie unten ankam: »Noch zwei Patronen, Andrews.«

Andrews öffnete mit der Rechten die Eingangstür und reichte

ihrer Ladyschaft mit der Linken zwei weitere Patronen. Arabella lud rasch nach, lief dabei die Stufen hinunter. Sie konnte gerade noch eine winzige schwarze Gestalt ausmachen, die zum geöffneten Tor lief, aber Arabella gewann mit jedem Schritt an Boden. Sobald die Krantz in Schussweite war, blieb Arabella mitten auf dem Rasen stehen, hob die Flinte und presste sie gegen ihre Schulter. Sie wollte gerade abdrücken, als aus dem Nichts drei Streifenwagen und ein Krankenwagen durch die Pforten donnerten. Die Scheinwerfer blendeten Arabella und sie konnte ihre Beute nicht länger sehen.

Der erste Wagen blieb mit quietschenden Reifen vor ihr stehen und als Arabella sah, wer aus dem Wagen ausstieg, ließ sie widerstrebend die Flinte sinken.

»Guten Abend, Chief Superintendent«, sagte sie und legte eine Hand an ihre Stirn in dem Versuch, sich von dem Lichtstrahl zu schützen, der direkt auf sie gerichtet war.

»Guten Abend, Arabella«, erwiderte der Chief Superintendent, als ob er einige Minuten zu spät zu einer ihrer Cocktailpartys gekommen wäre. »Ist alles in Ordnung?«, erkundigte er sich.

»Das war es, bis Sie aufgetaucht sind und Ihre Nase in anderer Leute Angelegenheiten gesteckt haben«, schimpfte Arabella. »Darf ich fragen, wie Sie so schnell hier sein konnten?«

»Dafür müssen Sie Ihrem amerikanischen Freund Jack Delaney danken«, erklärte der Chief Superintendent. »Er hat uns darauf aufmerksam gemacht, dass Sie womöglich unserer Hilfe bedürfen. Also haben wir Ihr Anwesen in der letzten Stunde überwacht.«

»Ich bedurfte keiner Hilfe«, erklärte Arabella und hob ihre Flinte.

»Wenn Sie mir noch ein paar Minuten gegeben hätten, dann

hätte ich sie erledigt. Die Folgen hätte ich nur zu gern auf mich genommen.«

»Ich habe keine Ahnung, wovon Sie reden.« Der Chief Superintendent ging zu seinem Wagen zurück und schaltete die Scheinwerfer aus. Der Krankenwagen und die beiden anderen Streifenwagen waren nicht mehr zu sehen.

»Sie haben Sie davonkommen lassen, Sie Narr.« Arabella hob ihre Flinte ein drittes Mal, gerade als Mr. Nakamura im Morgenmantel neben ihr auftauchte.

»Ich glaube, dass Anna ...«

»Oh mein Gott.« Arabella drehte sich um, ohne auf die Reaktion des Chief Superintendent zu warten. Sie rannte zum Haus zurück, die Eingangsstufen hinauf, durch die geöffnete Tür, dann die Treppe hinauf und blieb erst stehen, als sie das Gästezimmer erreichte. Sie fand Andrews, der auf dem Boden kniete und Annas Bein verband. Mr. Nakamura kam gleich darauf ebenfalls durch die Tür gerannt. Er blieb kurz stehen, um Luft zu holen, dann sagte er: »Seit vielen Jahren schon frage ich mich, wie man sich wohl auf englischen Landsitzen die Zeit vertreibt, Arabella.« Er schwieg kurz. »Nun, jetzt weiß ich es.«

Arabella brach in Gelächter aus. Als sie sich zu Nakamura wandte, stellte sie fest, dass er die verstümmelte Leinwand neben dem Bett anstarrte.

»Oh mein Gott«, wiederholte Arabella, als sie sah, was von ihrem Erbe übrig geblieben war. »Dieser Scheißkerl Fenston hat uns doch geschlagen. Jetzt verstehe ich, warum er so zuversichtlich war, dass ich den Rest meiner Sammlung würde verkaufen müssen und schließlich sogar das Anwesen selbst.«

Anna hievte sich langsam auf die Beine und setzte sich auf das Bett. »Das denke ich nicht«, sagte sie und sah ihre Gastgeberin an. Arabella wirkte verwirrt. »Aber dafür müssen Sie Andrews danken.«

»Andrews?«, wiederholte Arabella.

»Ja. Er hat mich darauf aufmerksam gemacht, dass Mr. Nakamura schon sehr früh aufbrechen müsse, wenn er sich für sein Treffen mit Corus Steel nicht verspäten wolle, und schlug vor, das Gemälde während des Abendessens auszutauschen, damit ich nicht zu unchristlicher Zeit gestört werde. Dadurch konnte sein Personal das Original nicht nur wieder in den ursprünglichen Rahmen stecken, sondern hatte auch genug Zeit, das Gemälde reisefertig zu verpacken, bevor Mr. Nakamura aufbrechen musste.« Anna schwieg.

»Ich sagte Andrews, dass Sie nicht erfreut sein würden, wenn Sie feststellten, dass er Ihre Wünsche missachtet hatte, während ich Ihre Gastfreundschaft schändlich missbrauchte. Ich glaube, ich kann mich an Andrews genaue Worte erinnern«, fuhr Anna fort. »›Wenn Sie mir erlauben würden, das Meisterwerk durch die Fälschung zu ersetzen, wird Ihre Ladyschaft das ganz sicher nicht bemerken.‹«

Es war eine der seltenen Gelegenheiten während der vergangenen 49 Jahre, dass Andrews miterlebte, wie Lady Arabella sprachlos war.

»Ich finde, Sie sollten ihn wegen Insubordination sofort entlassen«, erklärte Nakamura. »Dann kann ich ihm eine Stelle anbieten.« Er wandte sich an Andrews. »Und falls Sie annehmen, verdoppele ich Ihr Gehalt.«

»Keine Chance«, warf Arabella ein, bevor der Butler darauf etwas erwidern konnte. »Andrews gehört zu den nationalen Schätzen, von denen ich mich niemals trennen werde.«

26. September

57

Takashi Nakamura wachte kurz nach sechs Uhr auf, weil er zu hören glaubte, wie sich die Schlafzimmertür schloss. Er dachte einige Augenblicke darüber nach, was am Vorabend geschehen war, versuchte, sich davon zu überzeugen, dass all das kein Traum gewesen war.

Er schlug die Laken zurück und stellte die Füße auf den Teppich. Da bemerkte er, dass ein Paar Hausschuhe und ein Morgenmantel neben dem Bett bereitgelegt worden waren. Er schlüpfte in die Hausschuhe, zog den Morgenmantel an und ging zum Fußende des Bettes, wo er seinen Smoking, sein Hemd und den Rest seiner Kleider auf einen Stuhl gelegt hatte. Er hatte beabsichtigt, vor seiner Abreise zu packen, aber seine Sachen waren nicht mehr dort. Er versuchte sich zu erinnern, ob er sie schon in seinen Koffer gelegt hatte. Also öffnete er den Koffer und entdeckte, dass sein Hemd gewaschen, gebügelt und zusammengelegt worden war. Seine Smokingjacke war gebügelt und in seinen Kleidersack gehängt worden.

Nakamura ging ins Badezimmer und stellte fest, dass die große Wanne bereits zu drei Vierteln voll war. Er tauchte die Hand ins Wasser: Es war warm, aber nicht heiß. Dann erinnerte er sich, wie die Schlafzimmertür geschlossen worden war. Zweifelsohne laut genug, um ihn zu wecken, ohne dabei einen anderen Gast zu stören. Er zog den Morgenmantel aus und stieg in die Wanne.

Anna trat aus dem Badezimmer und zog sich an. Sie legte gerade Tinas Armbanduhr um, als sie den Umschlag auf dem Nachttisch bemerkte. Hatte Andrews ihn hingelegt, während sie unter der Dusche war? Als sie aufwachte, war der Umschlag noch nicht dort gewesen war, da war sie sicher. *Anna* stand in Arabellas unverwechselbarer Handschrift auf dem Umschlag.

Anna setzte sich ans Fußende des Bettes und riss den Umschlag auf.

WENTWORTH HALL

26. September 2001

Liebste Anna,

wie kann ich Ihnen nur jemals danken? Vor zehn Tagen teilten Sie mir mit, dass Sie beweisen wollten, nichts mit dem tragischen Tod von Victoria zu tun zu haben. Seit damals haben Sie so viel mehr bewerkstelligt und zu guter Letzt haben Sie sogar das Familiensilber gerettet.

Anna lachte über den altmodischen Ausdruck. Dabei fielen zwei Blatt Papier aus dem Umschlag und flatterten zu Boden. Anna bückte sich und hob sie auf. Das erste war ein Scheck über eine Million Pfund, ausgestellt auf *Anna Petrescu*. Das zweite …

Nachdem Nakamura sich angekleidet hatte, zog er sein Handy aus dem Nachttisch und wählte eine Nummer in Tokio. Er wies seinen Finanzdirektor an, 45 Millionen Dollar elektronisch zu seiner Bank in London zu transferieren. Er musste seine Anwälte nicht erst instruieren, da sie bereits die eindeutige Anweisung hatten, die gesamte Summe an Coutts & Co zu überweisen, wo die Familie Wentworth seit über zwei Jahrhunderten ein Konto zu haben pflegte.

Bevor er sein Zimmer verließ, um sich zum Frühstück nach unten zu begeben, blieb Mr. Nakamura vor dem Porträt von Wellington stehen. Er verneigte sich leicht vor dem Eisernen Herzog und war sich sicher, dass dieser die Scharmützel der letzten Nacht genossen hätte.

Als er die Marmortreppe hinunterstieg, entdeckte er Andrews in der Eingangshalle, der den Transport der roten Kiste überwachte, in der sich der van Gogh, wieder in seinem Originalrahmen, befand.

Ein Diener stellte die Kiste neben die Eingangstür, damit sie in dem Moment in Mr. Nakamuras Wagen verladen werden konnte, in dem der Chauffeur vorfuhr.

Arabella eilte aus dem Frühstückszimmer, als ihr Gast die unterste Treppenstufe erreichte.

»Guten Morgen, Takashi«, rief sie. »Ich hoffe, dass Sie trotz allem etwas Schlaf abbekommen haben.«

»Ja, danke schön, Arabella«, erwiderte er, als Anna hinter ihm die Treppe heruntergehinkt kam.

»Ich weiß nicht, wie ich Ihnen danken soll«, sagte Anna.

»Sotheby's hätte mir weitaus mehr berechnet«, meinte Arabella erklärungslos.

»Und ich weiß, dass Tina …«, fing Anna an, als plötzlich laut gegen die Eingangstür geklopft wurde. Nakamura stockte, während Andrews gemäßigten Schrittes durch die Halle ging.

»Wahrscheinlich mein Fahrer«, meinte Nakamura, als der Butler die Eichentür aufzog.

»Guten Morgen, Sir«, sagte Andrews.

Arabella drehte sich um und lächelte ihren unerwarteten Gast an.

»Guten Morgen, Jack«, rief sie. »Ich wusste gar nicht, dass Sie mit uns frühstücken wollten. Sind Sie soeben aus den Staaten eingetroffen oder haben Sie die Nacht auf unserem örtlichen Polizeirevier verbracht?«

»Nein, Arabella, das habe ich nicht. Aber man hat mir zugetragen, dass *Sie* das eigentlich verdient hätten«, erwiderte Jack grinsend.

»Hallo, mein Held.« Anna gab Jack einen Kuss. »Du kommst genau richtig, um uns alle zu retten.«

»Das ist nicht ganz fair«, warf Arabella ein, »da Jack es war, der die örtliche Polizei alarmiert hat.«

Anna lächelte und wandte sich an Nakamura. »Das ist mein Freund, Jack Fitzgerald Delaney.«

»Der zweifelsohne John gerufen wird.« Mr. Nakamura schüttelte Jacks Hand.

»Das stimmt, Sir.«

»Wurden die Namen von einer irischen Mutter ausgesucht oder wurden Sie zufällig am 22. November 1963 geboren?«

»Schuldig in beiden Anklagepunkten«, gab Jack zu.

»Sehr drollig«, befand Arabella und führte ihre Gäste ins Frühstückszimmer. Anna erklärte Jack, warum ihr Bein verbunden war.

Arabella bat Nakamura, sich zu ihrer Rechten zu setzen. Dann winkte sie Jack zu sich. »Kommen Sie auf meine linke Seite, junger Mann. Es gibt noch ein oder zwei Fragen, auf die ich gern eine Antwort hätte.« Jack begutachtete die scharfen Nierchen und nahm Messer und Gabel zur Hand. »An Essen brauchen Sie gar nicht zu denken«, fügte Arabella hinzu, »bevor Sie mir nicht erklärt haben, warum ich es trotz meiner heldenhaften Bemühungen der letzten Nacht nicht auf die Titelseite der *Daily Mail* geschafft habe.«

»Ich habe keine Ahnung, wovon Sie reden«, meinte Jack, während Andrews ihm eine Tasse schwarzen Kaffee eingoss.

»Sie tauchen ebenfalls auf keiner Titelseite auf«, meinte Arabella.

»Kein Wunder, dass so viele Menschen an Verschwörungstheorien und Polizeivertuschungen glauben. Geben Sie sich mehr Mühe, Jack.«

»Als ich heute Morgen meine Kollegen beim MI5 gefragt habe, versicherten sie mir, dass in den letzten 24 Stunden keine Terroristen dieses Land betreten haben.« Jack legte Messer und Gabel auf dem Tisch ab.

»Mit anderen Worten, sie ist davongekommen«, sagte Anna.

»Nicht direkt«, erwiderte Jack. »Eine Frau von ungefähr einem Meter fünfzig, die etwa 50 Kilo wiegt und eine Schusswunde hat, verbrachte die Nacht in Einzelhaft im Gefängnis von Belmarsh.«

»Aus dem sie zweifelsohne entfliehen wird«, vermutete Arabella.

»Ich kann Ihnen versichern, Arabella, dass niemandem jemals die Flucht aus Belmarsh gelungen ist.«

»Aber letzten Endes muss man sie doch nach Bukarest zurückschicken.«

»Das ist unwahrscheinlich«, meinte Jack. »Da es keinen Beweis für ihre Einreise in dieses Land gibt und in diesem Gefängnis niemand nach einer Frau suchen wird.«

»Tja, wenn das der Fall ist, dann erlaube ich Ihnen, sich eine kleine Portion Pilze zu nehmen.«

Jack nahm Messer und Gabel wieder zur Hand.

»Die ich wärmstens empfehlen kann«, sagte Mr. Nakamura und erhob sich. »Aber ich fürchte, Arabella, ich muss Sie nun verlassen, wenn ich mich zu meinem Termin nicht verspäten will.«

Jack legte Messer und Gabel ein zweites Mal aus der Hand, da alle den Tisch verließen, um Mr. Nakamura in die Halle zu begleiten.

Andrews stand neben der Eingangstür und überwachte die Verladung der roten Kiste in den Kofferraum einer Toyota-Limousine, als Arabella und ihre Gäste die Halle betraten.

»Ich denke, meinen kurzen Besuch auf Wentworth Hall als erinnerungsträchtig zu beschreiben, wäre ein klassisches Beispiel für englisches Understatement.« Mr. Nakamura lächelte Arabella an, bevor er einen letzten Blick auf das Porträt von Lady Catherine Wentworth von Gainsborough warf. »Korrigieren Sie mich, wenn ich mich irre, Arabella«, fuhr er fort, »aber ist das nicht dieselbe Halskette, die Sie gestern Abend beim Dinner trugen?«

»Das ist sie tatsächlich«, erwiderte Arabella lächelnd. »Ihre Ladyschaft war Schauspielerin, was heute mit einer Stripteasetänzerin gleichzusetzen wäre. Der Himmel allein weiß, von welchem ihrer vielen Bewunderer sie diese prachtvollen Klunker bekommen hat. Aber ich will mich nicht beklagen, denn ich habe die Kette nur *ihr* zu verdanken.«

»Und die Ohrringe«, ergänzte Anna.

»*Der* Ohrring, leider.« Arabella berührte ihr rechtes Ohr.

»Der Ohrring«, wiederholte Jack und sah zu dem Gemälde auf.

»Ich bin ja so dämlich«, fügte er hinzu. »Es lag die ganze Zeit direkt vor meinen Augen.«

»Was genau lag die ganze Zeit vor deinen Augen?«, wollte Anna wissen.

»Leapman hat auf die Rückseite des Fotos, auf dem Fenston die Hand von George W. Bush schüttelt, geschrieben: ›Hier ist der Beweis, den Sie brauchen.‹«

»Der Beweis wofür?«, fragte Arabella.

»Der Beweis, dass Fenston Ihre Schwester umgebracht hat«, erwiderte Jack.

»Ich sehe keine Verbindung zwischen Lady Catherine Wentworth und dem Präsidenten der Vereinigten Staaten«, meinte Arabella.

»Genau diesen Fehler habe ich auch gemacht«, räumte Jack ein.

»Die Verbindung liegt nicht in Lady Wentworth und Bush, sondern in Lady Wentworth und Fenston. Und der Hinweis war die ganze Zeit vor unseren Augen.«

Alle sahen zu dem Gainsborough-Porträt auf.

Nach langem Schweigen ergriff Anna als Erste das Wort. »Sie tragen beide denselben Ohrring«, meinte sie leise. »Das ist mir auch völlig entgangen. Dabei habe ich an dem Tag, als Fenston mich feuerte, noch gesehen, wie er diesen Ohrring trug, aber ich habe die Verbindung einfach nicht hergestellt.«

»Leapman ist seine Bedeutung sofort klar geworden.« Jack rieb sich förmlich die Hände. »Er wusste, es war der entscheidende Beweis, den wir brauchen, um eine Verurteilung zu erwirken.«

Andrews hüstelte.

»Sie haben recht, Andrews«, sagte Arabella. »Wir dürfen

Mr. Nakamura nicht länger aufhalten. Der arme Mann hat für einen Tag genug Familienenthüllungen über sich ergehen lassen müssen.«

»Das stimmt«, meinte Mr. Nakamura. »Aber ich möchte Mr. Delaney zu einer beachtlichen Detektivarbeit gratulieren.«

»Er ist langsam, aber am Ende kriegt er sie alle.« Anna nahm seine Hand.

Mr. Nakamura lächelte. Arabella begleitete ihn zu seinem Wagen, während Jack und Anna auf der obersten Stufe warteten.

»Gut gemacht, Stalker. Ich stimme Mr. Nakamura zu: Das war keine schlechte Detektivarbeit.«

Jack lächelte und sah Anna an. »Und was ist mit deinen Bemühungen als Nachwuchsagentin? Hast du herausgefunden, warum Tina …«

»Ich dachte schon, du würdest niemals fragen«, sagte Anna. »Obwohl ich zugeben muss, das mir auch einige Hinweise entgangen sind, die eigentlich ins Auge stechen mussten, selbst einem Amateur.«

»Zum Beispiel?«, fragte Jack.

»Eine Frau, die zufällig ein Fan der 49ers und der Lakers ist, die amerikanische Kunst liebt und unglaublich viel darüber weiß und die in ihrer Freizeit auf einem Boot namens *Christina* segelt, das nach den Kindern des Besitzers benannt wurde.«

»Tina ist die Tochter von Chris Adams?«, fragte Jack.

»Und die Schwester von Chris Adams junior«, bestätigte Anna.

»Tja, das erklärt alles.«

»Fast alles«, meinte Anna. »Tina Adams hat nicht nur ihr Heim und ihre Yacht verloren, nachdem die Krantz ihrem Bruder die Kehle aufgeschlitzt hat, sie musste auch ihr Jurastudium abbrechen.«

»Dann ist Fenston also endlich der falschen Person in die Quere gekommen.«

»Es wird noch besser«, sagte Anna. »Tina hat ihren Namen von Adams in Forster geändert, ist nach New York gezogen, hat einen Kursus für Sekretärinnen besucht, sich als Aushilfe bei der Bank beworben und gewartet, bis Fenstons Sekretärin kündigte – was regelmäßig vorkam –, und ist in die Bresche gesprungen.«

»Und sie hat die Stelle behalten, bis sie letzte Woche gefeuert wurde«, rief Jack ihr in Erinnerung. Nakamura verneigte sich gerade tief vor Arabella, dann stieg er in den Fond seiner Limousine.

»Es gibt noch bessere Neuigkeiten, Stalker«, fuhr Anna fort und erwiderte dabei Mr. Nakamuras Winken. »Tina hat jedes Dokument auf ihren persönlichen Computer heruntergeladen, das Fenston belasten könnte. Sie hat alles aufbewahrt, von Verträgen bis zu Briefen, sogar persönliche Memos, die Fenston nach dem Einsturz des Nordturmes für vernichtet hielt. Ich habe so ein Gefühl, dass es nicht mehr lange dauern wird, bevor du die Akte Bryce Fenston endgültig schließen kannst.«

»Dank dir und Tina«, sagte Jack und verstummte. »Aber sie hat dennoch alles verloren.«

»Nicht alles«, meinte Anna. »Es wird dich freuen zu hören, dass Arabella ihr eine Million Dollar geschenkt hat für die Rolle, die sie bei der Rettung des Wentworth-Anwesens gespielt hat.«

»Eine Million Dollar?«, sagte Jack.

»Ganz zu schweigen von der einen Million Pfund, die sie mir gegeben hat, ›denn ein Arbeiter ist seines Lohnes wert‹, wie Arabella es in ihrem Brief formuliert hat.«

»Lukas-Evangelium«, erläuterte Jack. »›In demselben Haus

aber bleibt, esst und trinkt, was man euch gibt; denn ein Arbeiter ist seines Lohnes wert.‹«

»Beeindruckend«, meinte Anna.

»Und ich habe noch nicht einmal gefrühstückt.«

»Tja, vielleicht habe ich Mitleid mit dir, Stalker, und erlaube dir, auf dem Rückflug den Lunch mit mir in der Ersten Klasse einzunehmen.«

Jack drehte sich zu Anna und lächelte. »Mir wäre es viel lieber, du würdest mit mir am Samstagabend essen gehen.«

»Zur Irishstew-Nacht deiner Mutter?«, fragte Anna. »Das ist besser als die Erste Klasse. Ich bin auf jeden Fall dabei.«

»Aber bevor du zustimmst, Anna, muss ich dir noch etwas sagen«, beichtete Jack, während der Wagen von Mr. Nakamura die Ausfahrt hinunter und durch das Tor fuhr.

»Und das wäre?« Anna sah ihn an.

»Meine Mutter glaubt, dass du bereits drei Mal verheiratet warst, fünf Kinder hast, nicht unbedingt von den drei Ehemännern, dass vier der Kinder harte Drogen konsumieren und das fünfte derzeit im Knast sitzt.« Er schwieg kurz. »Sie denkt außerdem, dass du in einem weitaus älteren Gewerbe tätig bist als dem Kunsthandel.«

Anna brach in Lachen aus. »Und was willst du ihr sagen, wenn sie herausfindet, dass nichts davon der Wahrheit entspricht?«

»Dass du keine Irin bist«, sagte Jack.

Anmerkung des Autors

Obwohl sich van Gogh nach einem Streit mit Gauguin einen Teil des linken Ohrs abgeschnitten hat, bleibt bis heute rätselhaft, warum in beiden Selbstporträts das rechte Ohr verbunden ist.

Kunsthistoriker wie Louis van Tilborgh, Kurator des Van Gogh Museums, sind davon überzeugt, dass der Künstler die Gemälde von seinem Spiegelbild abmalte.

Tilborgh weist auch darauf hin, dass van Gogh seinem Bruder Theo am 17. September 1888 schrieb, er habe einen Spiegel gekauft, um ihm »bei der Arbeit zu helfen« (Brief Nummer 685 in der Buchausgabe von van Goghs Briefen aus dem Jahr 1990 und Nummer 537 in der [englischen] Ausgabe seiner Korrespondenz von 1953).

Der Spiegel blieb in Arles, als der Künstler nach Saint-Remy zog. Jedoch schrieb van Gogh einen weiteren Brief an J. Ginoux (11. Mai 1890, 634a in der englischen Ausgabe, 872 in der holländischen Ausgabe), in dem er Ginoux bat, »sich gut um den Spiegel zu kümmern«.

Man weiß, dass Vincent van Gogh zwei Selbstporträts mit abgeschnittenem Ohr gemalt hat. Eines ist im Courtauld-Institute im Somerset House in London ausgestellt. Das andere befindet sich in Privatbesitz.

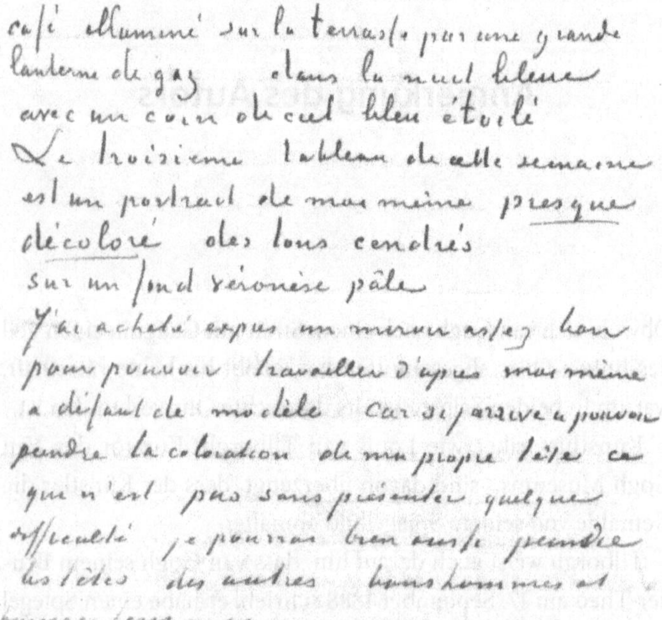
café illuminé sur la terrasse par une grande
lanterne de gaz dans la nuit bleue
avec un coin de ciel bleu étoilé
Le troisieme tableau de cette semaine
est un portrait de moi même presque
décoloré des tons cendrés
sur un fond véronèse pâle
J'ai acheté expres un miroir assez bon
pour pouvoir travailler d'apres moi même
à défaut de modèle car si j'arrive à pouvoir
peindre la coloration de ma propre tête ce
qui n'est pas sans présenter quelque
difficulté je pourrai bien aussi peindre
les têtes des autres bonshommes et
bonnes femmes
La question de peindre les scenes de nuit ou effets
sur place et la nuit même m'intéresse
énormément Cette semaine je n'ai absolument
rien fait que peindre et dormir
et prendre mes repas. Cela veut dire
des séances de douze heures de
6 heures et selon et puis des
sommeils de 12 heures d'un seul
trait aussi.

Ausschnitt des Briefes von Vincent van Gogh
an seinen Bruder Theo vom 17. September 1888

Bestseller in der Auktionswelt 1980–2005

Jahr	Künstler/Titel	Preis/US-Dollar
1980	TURNER, Juliet and Her Nurse	7.000.000
1981	PICASSO, Yo Picasso	5.800.000
1982	BOTTICELLI, Giovanni de Pierfrancesco de Medici	1.400.000
1983	CÉZANNE, Sucrier, Poires et Tapies	4.000.000
1984	RAFFAEL, Kreidestudie Männerkopf und Hand	4.400.000
1985	MANTEGNA, Anbetung der drei Weisen	10.500.000
1986	MANET, La rue Mosnier aux paveurs	11.100.000
1987	VAN GOGH, Iris	53.900.000
1988	PICASSO, Acrobate et jeune arlequin	38.500.000
1989	PICASSO, Yo Picasso	47.900.000
1990	VAN GOGH, Portrait du Dr. Gachet	82.500.000
1991	TIZIAN, Venus und Adonis	13.500.000
1992	CANALETTO, The Old Horse Guards	17.800.000
1993	Cézanne, Nature morte: les grosses pommes	28.600.000
1994	DA VINCI, Codex Hammer	30.800.000
1995	PICASSO, Angel Fernandez de Soto	29.100.000
1996	John F. Kennedys Schaukelstuhl	453.500
1997	PICASSO, Le Rêve	48.400.000
1998	VAN GOGH, Porträt des Künstlers ohne Bart	71.500.000
1999	CÉZANNE, Rideau, cruchon et compotier	60.500.000

2000	MICHELANGELO, The Risen Christ	12.300.000
2000	REMBRANDT, Bildnis einer alten Frau	28.700.000
2001	KOONS, Michael Jackson und Bubbles	5.600.000
2002	RUBENS, Der bethlehemitische Kindermord	76.700.000
2003	ROTHKO, NR. 9 (Weiß und Schwarz auf Wein)	16.400.000
2004	RAFFAEL, Madonna Sixtina	62.700.000
2004	PICASSO, Garçon à la pipe	104.000.000
2004	VERMEER, Junge Frau am Spinett	30.000.000
2004	WARHOL, Mustard Race Riot	15.100.000
2005	GAINSBOROUGH, Porträt von Sir Charles Gould	1.100.000
2005	Vase aus der Yuan-Dynastie	27.600.000

Quelle: *Art & Auction*, September 2005

Danksagungen

Ich möchte den folgenden Personen und Institutionen für ihre unschätzbare Hilfe und ihren Rat danken: Rosie de Courcy, Mari Roberts, Simon Bainbridge, Victoria Leacock, Kelley Ragland, Mark Poltimore (Vorsitzender, Gemälde des 19. und 20. Jahrhunderts, Sotheby's), Louis van Tilborgh (Kurator der Gemälde, Van Gogh Museum), Gregory DeBoer, Rachel Rauchwerger (Direktorin, Art Logistics), dem National Art Collections Fund, dem Courtauld Institute of Art, John Power, Jun Nagai und Terry Lenzer.

Jeffrey Archer